COLLECTION FOLIO

PLAN DE PÉKIN

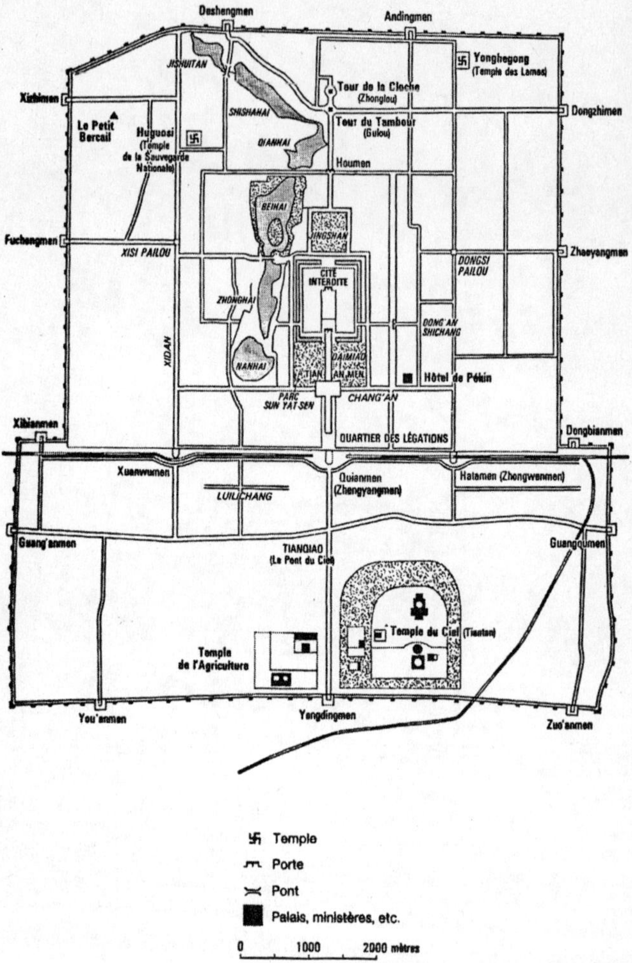

Lao She

Quatre générations sous un même toit

III

La famine

Traduit du chinois
par Chantal Chen-Andro
Postface de Paul Bady

Mercure de France

Né en 1899 dans une famille mandchoue de la capitale, Lao She a été, dès son enfance, plongé dans une société en pleine évolution. Après avoir enseigné pendant une vingtaine d'années, notamment en Angleterre, l'écrivain, à la suite du succès remporté par son fameux *Pousse-pousse*, a pu se consacrer entièrement à son œuvre. Sous le régime communiste, il a été amené à composer plusieurs pièces de théâtre, en particulier *La maison de thé*. « Suicidé » au début de la Révolution culturelle, il n'a pu achever le grand roman autobiographique qu'il avait entrepris, *L'enfant du Nouvel An*, mais cette œuvre posthume montre qu'il n'avait rien perdu de son talent de romancier.

PERSONNAGES

La famille Qi

LE VIEUX QI : l'aïeul

QI TIANYOU : fils du vieux Qi, gérant d'une boutique d'étoffes

MADAME TIANYOU : femme de Qi Tianyou

QI RUIXUAN : fils aîné de Qi Tianyou, professseur dans un lycée

YUN MEI : femme de Qi Ruixuan

PETIT SHUNR : fils aîné de Qi Ruixuan

NIUZI : fille de Qi Ruixuan

QI RUIFENG : deuxième fils de Qi Tianyou, économe dans un lycée

CHRYSANTHÈME : femme de Qi Ruifeng

QI RUIQUAN : troisième fils de Qi Tianyou, étudiant

La famille Qian

QIAN MOYIN : poète

MADAME QIAN : femme de Qian Moyin

MENGSHI : fils aîné de Qian Moyin, professeur dans un lycée

LA JEUNE MADAME QIAN : femme de Mengshi

ZHONGSHI : second fils de Qian Moyin, chauffeur

MONSIEUR JIN : père de la jeune Mme Qian, agent immobilier

CHEN YEQIU : frère de Mme Qian, homme de lettres

La famille Guan

GUAN XIAOHE : ancien fonctionnaire
LA « GROSSE COURGE ROUGE » : femme de Guan Xiaohe
GAODI : fille aînée de Guan Xiaohe
ZHAODI : seconde fille de Guan Xiaohe
YOU TONGFANG : seconde femme de Guan Xiaohe

Autres voisins de la famille Qi

MONSIEUR LI : déménageur
MADAME LI : femme de M. Li
PETIT CUI : tireur de pousse
MAÎTRE SUN : barbier
MAÎTRE LIU : artisan tapissier
CHENG CHANGSHUN : musicien ambulant
LA VEUVE MA : sa grand-mère
LE JEUNE MONSIEUR WEN ET SA FEMME RUOXIA : chanteurs d'opéra
JOHN DING : domestique à l'ambassade de Grande-Bretagne
LA VIEILLE DAME JAPONAISE
DEUX FAMILLES JAPONAISES

Autres personnages

MONSIEUR GOODRICH : Anglais travaillant à l'ambassade de Grande-Bretagne
LI KONGSHAN : ami des Guan
LAN DONGYANG : ami des Guan
GAO YITUO : protégé de la « grosse courge rouge »

CHAPITRE LXVIII

Fort heureusement, John Ding était chez lui, sinon Guan Xiaohe et Gaodi se seraient vus contraints de passer la nuit sous les gros sophoras.

Couvert d'une couette de dessous et du manteau de Gaodi, Xiaohe dormait à poings fermés quand les Japonais revinrent.

« Papa, réveille-toi ! Ils sont revenus ! lui dit tout bas Gaodi.

— Qui donc ? demanda Xiaohe les yeux encore ensommeillés.

— Mais, les Japonais, voyons ! »

D'un bond Xiaohe avait sauté du lit, avait mis à la hâte le manteau sur ses épaules. « Parfait, voilà qui est parfait ! » Oublié le sommeil ! Les Japonais étaient là ! Il percevait une lueur d'espoir. Il s'empressa de passer ses doigts dans ses cheveux pour les lisser, se frotta les yeux, puis, avec un sourire juste esquissé, mais qui lui donnait un air plus charmeur que s'il souriait vraiment, il se porta à leur rencontre. Il était persuadé que, en se comportant de façon digne et courtoise, en quelques belles phrases, il parviendrait à subjuguer les Japonais et à récupérer tout ce qui lui appartenait. Seuls les Japonais étaient des gens sensés, eux seuls l'aimaient vraiment.

Quand il les aperçut (ils étaient trois, un en civil, deux en tenue de policier militaire), avec force simagrées, tout frétillant, tout sourire, en parfait diplomate, il s'inclina profondément.

L'homme en civil désigna la porte. Xiaohe, tout en souriant, s'efforçait de comprendre, en vain. Il s'approcha pour regarder : peut-être présentait-elle quelque défaut, ce qui aurait pu expliquer le mécontentement des Japonais ? Ne trouvant rien d'anormal, il resta debout sur place à cligner des yeux. À chaque battement de paupière, sa bouche se fendait davantage ; on aurait dit un poupon bien sage qui, à peine réveillé, se met déjà à sourire.

Voyant qu'il restait immobile, l'homme en civil fit une moue à l'intention des deux policiers militaires. Ceux-ci le saisirent chacun sous un bras et le traînèrent vers l'extérieur. Il les suivait, docile ; ses pieds touchaient à peine la terre. Arrivés à la porte de la rue, ils le jetèrent dehors ; son sourire se brisa sur le sol.

Gaodi, qui s'était échappée en courant, était là, adossée contre le mur-écran.

Il se releva lentement, aperçut sa fille : « Qu'est-ce que ça veut dire, mais qu'est-ce que tout ça veut dire, Gaodi ?

— Saisie ! On ne peut plus rien emporter, pas même un lit ! » Gaodi avait bien envie de pleurer, mais elle s'efforçait de retenir ses larmes. « Il faut trouver une solution, il faut en trouver une ! Où aller ? »

Si Xiaohe ne souriait plus, il n'était pas trop inquiet pour autant. « C'est impossible, voyons ! Les Japonais ne sauraient se montrer aussi cruels envers nous !

— Et en vertu de quoi ne le seraient-ils pas ? Qu'est-ce qu'ils sont pour toi ? » lui demanda Gaodi en se tordant les mains. Sans cette éducation confucéenne plusieurs fois millénaire qui la retenait, elle l'aurait giflé volontiers.

« Attendons, on verra bien ! Quand ils sortiront, nous pourrons entrer. Je ne les ai pas offensés, moi, ces étrangers de l'Est[1], ils ne peuvent pas se montrer aussi intraitables, ils n'ont aucune raison de l'être ! »

Gaodi s'éloigna de lui et se tint sous les sophoras.

Xiaohe était resté debout, tourné avec déférence vers la porte de la maison. Une bonne demi-heure après, les Japonais sortirent. L'homme en civil tenait à la main une lampe électrique avec laquelle il éclairait, comme il pouvait, les deux autres qui apposaient les scellés.

Xiaohe eut l'impression que son cœur s'arrêtait de battre. Pourtant, tel un acteur chevronné capable de terminer la représentation alors que le mal le tient, il fit encore trois profonds saluts en direction des hommes qui s'éloignaient Mais après, comme à bout de force, il tomba assis sur les marches et se mit à pleurer, le visage dans les mains. Il semblait avoir soudain tout perdu · histoire, culture, biens, jouissance, philosophie, hypocrisie, moyens.

Gaodi s'approcha doucement : « Il faut trouver une solution ! Ça sert à quoi de pleurer ?

— Tout est fini pour moi, fini ! » Il en avait si gros sur le cœur qu'il n'arrivait plus à parler. Il fit un effort sur lui-même et retrouva sa voix. « Je m'en vais de ce pas faire un rapport, c'est cela, un

1. Voir tome I, note 1, page 437. *Dongyang* : « océan de l'Est », autre nom du Japon, mais aussi « étranger de l'Est ». (*Toutes les notes sont de la traductrice*).

rapport ! » Il se leva brusquement. « Ces trois-là ne sont sûrement pas de vrais étrangers de l'Est, ce sont des imposteurs, c'est sûr ! De vrais étrangers de l'Est ne sauraient se conduire ainsi ! Oui, je vais faire un rapport !

— Tu es un salaud ! » Jamais Gaodi n'avait insulté son père de la sorte mais, à présent, elle ne pouvait vraiment plus se contrôler. « Les Japonais ont saisi tes biens et tu continues à ne jurer que par eux ? Est-ce que ces scellés seraient faux par hasard ? Si oui, et bien arrache-les ! » Sa voix s'étrangla, elle avait du mal à parler. Elle n'y parvint qu'après plusieurs raclements de gorge : « Où va-t-on ? On ne peut pas rester ici à se geler toute la nuit ! »

Xiaohe n'avait pas d'idée. Les gens qui comptent toujours sur les autres ne résistent pas aux rudes coups du sort.

Gaodi alla frapper chez les Qi.

Vu le froid et la pénurie de charbon, tous, petits et grands, étaient déjà couchés. Yun Mei, en percevant des coups à la porte, ne put s'empêcher de trembler. Ruixuan avait entendu, lui aussi, il voulut se lever tout de suite. « Est-ce qu'ils ne viendraient pas de nouveau pour t'arrêter ? » l'en empêcha Yun Mei, tandis qu'elle-même mettait un vêtement et sautait du lit. Elle marcha doucement vers l'extérieur. Arrivée à la rue, elle pensa tout d'abord glisser un regard par la fente du portail ; il faisait nuit, elle ne pouvait rien distinguer. S'armant de courage, elle demanda tout bas : « Qui va là ?

— C'est moi, Gaodi, ouvrez ! » Gaodi non plus n'avait pas parlé fort, mais le ton était insistant.

Yun Mei ouvrit. Sans même attendre que la porte fût ouverte entièrement Gaodi s'était glissée dans la cour et avait saisi avec impétuosité la main de Yun Mei : « Grande belle-sœur Qi, nous avons reçu la sanction que nous méritions, nos biens ont été saisis ! »

Yun Mei et Gaodi se mirent toutes deux à trembler.

Ruixuan, inquiet, arrivait en courant, un vêtement sur les épaules. « Que se passe-t-il, mais que se passe-t-il donc ? » Alors qu'il pensait garder son sang-froid, voilà que l'affolement le gagnait un peu à son insu.

« Frère aîné, on nous a saisi nos biens, aidez-nous à trouver une solution ! » Gaodi, qui s'était retenue trop longtemps, laissait libre cours à ses larmes.

Ruixuan, après avoir posé encore quelques questions, avait compris en gros de quoi il retournait. Il voulait bien rendre service à Gaodi ; il savait que c'était une brave fille. Seulement voilà, en agissant ainsi, il viendrait aussi en aide à Xiaohe. Il hésitait. Certes il avait bon cœur, mais de là à aller jusqu'à aider cet infâme Guan Xiaohe qui avait vendu Qian Moyin, il n'en avait pas envie.

Yun Mei, quant à elle, ne voulait rien faire pour les Guan, non par méchanceté de cœur, mais elle craignait des suites fâcheuses. Elle savait que, par les temps qui couraient, il importait de se montrer circonspect.

Gaodi vit l'hésitation des époux Qi, aussi son ton se fit-il plus implorant : « Frère aîné, grande belle-sœur, aidez-moi, sans vous occuper des autres ! Il fait froid, on est en plein hiver, vous me laisseriez me geler toute la nuit sous les sophoras ? »

Ruixuan commençait à se laisser attendrir, il en oubliait Xiaohe, tant il était occupé à chercher un lieu d'accueil pour Gaodi. « L'aînée des demoiselles, le logement de Petit Wen n'est-il pas resté inoccupé ? Allez demander à John Ding ! »

Yun Mei, à son tour, en oublia toute prudence. « Vas-y toi-même, il a une haute opinion de toi, cela lui évitera de se heurter à un refus. Car, enfin, ce serait tout de même malheureux de la laisser accroupie au pied des sophoras toute une nuit ! »

Fort heureusement, John était chez lui. Il avait loué la cour entière pour la sous-louer ensuite. Il entendait montrer à Ruixuan qu'il avait de la considération pour lui. « Mais, c'est qu'il n'y a rien dans la pièce !

— Juste pour cette nuit, on verra après ! » dit Ruixuan.

Yun Mei alla chercher une vieille couverture pour Gaodi.

Personne ne se souciait de Xiaohe, seul John Ding lui glissa deux phrases : « Les Japonais ne sont pas comme les Anglais, c'est ce que vous n'avez jamais voulu comprendre. Un Japonais vous tournera le dos, un Anglais, lui, n'a qu'une parole. Si vous ne me croyez pas, demandez son avis à M. Qi ! »

Xiaohe n'avait rien osé répondre. Il n'éprouvait pas pour autant de la gratitude envers Ruixuan et John ; pour lui, les relations humaines étaient basées sur le profit mutuel, il ne comprenait rien à la bonté ni à l'amitié. D'après lui, en l'aidant ainsi, ils faisaient en quelque sorte un investissement : certes, aujourd'hui, il avait tout perdu, mais il était certain de pouvoir repartir tambour battant (du moins tant que les étrangers de l'Est resteraient à Peiping) ; il allait rebondir et ils le savaient, c'est pourquoi ils le flattaient ainsi. Et puis, toujours selon lui, la « grosse courge rouge » allait bientôt sortir de prison et, tout de suite,

elle saurait amener les étrangers de l'Est à leur restituer leurs biens.

Assis sur le petit tabouret apporté par John, les jambes couvertes de la vieille couverture prêtée par les Qi, Xiaohe avait froid, il souffrait, mais il n'avait pas perdu tout espoir. La pensée de la « grosse courge rouge » atténuait un peu son pessimisme. Il ne put s'empêcher de dire : « Gaodi ! Il n'y a pas trop de soucis à se faire ! Dès que ta mère sera libérée, tout se réglera facilement !

— Et comment sais-tu qu'elle pourra l'être ? demanda Gaodi de mauvaise grâce.

— Est-ce que par hasard tu lui souhaiterais de ne jamais être relaxée ?

— Non, mais je sais tout le mal qu'elle a fait !

— Qu'est-ce que tu racontes ? Elle nous a procuré argent, nourriture et distractions, grâce à elle nous étions des gens influents, où est le mal ? »

Gaodi n'avait pas envie de perdre encore son temps en parlotes inutiles.

Le lendemain, les habitants de la ruelle virent les scellés apposés sur la porte des Guan ; ils s'en réjouirent. Tous connaissaient la perfidie des Japonais : ils laissaient les espions chinois à leur solde faire le mal et, ensuite, ils jouaient les hommes de bien en les corrigeant. Non seulement ils leur reprenaient ce qu'ils avaient extorqué à la population mais, de plus, leur confisquaient ce qu'ils possédaient au départ. Cependant, la vue de ces scellés les remplissaient d'aise : pour ne plus voir la famille Guan ils étaient prêts à brûler de l'encens, et du meilleur !

Ils étaient loin de penser que Xiaohe irait habiter au n° 6. Toutefois, cette petite déception n'engendra pas chez eux un sentiment d'hostilité ou un désir de représailles. Ils étaient tous des

Chinois : qui n'aurait pas hésité à frapper le chien tombé à l'eau ? Sans se donner le mot, ils cessèrent de saluer Xiaohe ; ils se disaient qu'une telle démonstration de froideur lui serait, en soi, insupportable.

Ruifeng faisait exception. Selon lui, c'était l'occasion ou jamais de reprendre des relations amicales avec les Guan. Il lui fallait donc aller bavarder avec Xiaohe. De plus, faire du zèle alors que les Guan étaient dans la déveine lui permettrait peut-être de mettre la main sur Gaodi. Bien que cette dernière ne fût pas aussi jolie que sa sœur, avoir une femme c'est toujours mieux que de rester célibataire. C'était sa chance, il ne devait pas la laisser passer !

« Où vas-tu comme ça, le cadet ? demanda Ruixuan après le petit déjeuner, en voyant son frère partir à la hâte.

— Voir M. Guan, répondit Ruifeng tout guilleret.

— Et en quel honneur ?

— En quel honneur ? Mais, grand-frère, n'est-ce pas toi-même qui l'as aidé à trouver un endroit où se loger ? »

Ruixuan, la veille au soir, avait eu du mal à se décider : devait-il ou non apporter son aide ? Il craignait que sa bonté ne fût cause de malentendus — comme c'était justement le cas avec le cadet. On lui reprocherait de confondre le vrai et le faux, de ne pas savoir distinguer le bien du mal. En entendant les propos de Ruifeng, immédiatement, son visage se décomposa. Il avertit son frère : « Je t'interdis d'y aller ! » C'était presque un blâme.

« Comment ça ? demanda le cadet mal disposé.

— C'est comme ça ! Je t'interdis d'y aller ! » se contenta de crier Ruixuan en se fâchant tout

rouge. Il ne voulait lui donner aucune explication.

Mme Tianyou comprenait les motivations de son aîné. Son bon cœur avait des limites : certes il avait apporté son aide aux Guan, mais il se refuserait toujours à devenir l'ami de Xiaohe. Elle prit la parole : « Écoute ce que te dit ton frère, le cadet ! »

Ruifeng était très mécontent. Avec un mouvement de son petit visage sec, il déclara : « C'est bon, c'est bon, je n'irai pas ! Là, vous êtes contents ! Peuh ! On n'a aucune liberté ici, je ne le savais que trop ! » Sur ces mots, il entra dans sa chambre en maugréant.

Ruixuan aurait bien voulu décharger sa bile dans une bonne dispute, mais, après avoir jeté un coup d'œil à sa mère, il enfouit ses paroles au plus profond de lui-même. Il mit à la hâte son chapeau et sortit.

Comme il franchissait la porte, voilà qu'il se trouva nez à nez avec Guan Xiaohe !

Ce dernier n'avait jamais été très matinal mais, aujourd'hui, il faisait tellement froid dans la pièce qu'il avait dû sortir tôt pour bouger ses jambes à demi ankylosées. Les habitants du Petit-Bercail se levaient pour la plupart de très bonne heure. Il avait rencontré de nombreux voisins. Il ne savait pas trop quelle attitude adopter. Leur octroyer un peu d'affabilité, c'était s'abaisser malgré tout. Bien qu'il fût actuellement en très mauvaise posture, il ne s'appelait pas pour rien M. Guan, et un chameau, même mort, vaut toujours mieux qu'un âne ! Par ailleurs, ne pas les saluer, ce serait tout de même un peu gênant. Il se considérait pour l'heure comme un « gentilhomme tombé dans le malheur », il lui semblait juste d'être l'objet de la sollicitude de tous, d'être réconforté. Les autres aimeraient sans doute l'entendre parler de son infortune, et il se devait de la leur raconter.

Mais voilà, personne ne l'avait salué. On s'était contenté de lui jeter un coup d'œil, puis le regard avait glissé vers les scellés apposés sur la porte, enfin les gens étaient passés, indifférents, comme s'il n'avait pas eu plus de valeur que ces cachets de cire. Cela lui avait été insupportable, il avait eu le sentiment que, sans bien immobilier, sans argent, sans influence, sans la protection des Japonais, sans une femme comme la « grosse courge rouge » il était pareil à un chien perdu. Non seulement les voisins ne le saluaient plus, mais ils pourraient peut-être même, si l'envie leur en prenait, lui donner quelques coups de pied au passage. Arrivé à ce point de ses réflexions, il avait senti la colère le gagner. Il avait eu envie de se rendre à la caserne de la police militaire japonaise pour faire son rapport sur l'« attitude réactionnaire » des habitants de la ruelle afin de les faire tous jeter en prison.

Dès qu'il aperçut Ruixuan, il pensa avoir enfin quelqu'un à qui se plaindre. D'ordinaire il trouvait Ruixuan hautain, froid, peu liant. À présent, il voyait en lui la personne la plus intelligente de la ruelle, car ce dernier avait compris qu'un chameau mort vaut toujours mieux qu'un âne.

« Ruixuan ! lança Xiaohe sur un ton cordial et chagrin. Ruixuan ! » Le sourire qui marquait son visage était étouffé par la tristesse. C'était une façon subtile de laisser entendre que, s'il n'était pas complètement abattu, il était cependant bien à plaindre.

Ruixuan s'écarta fièrement sans même lui adresser un salut de la tête. Tout en marchant, il s'en voulait d'avoir pensé qu'il devait appliquer à Guan Xiaohe l'adage selon lequel on ne frappe

pas un chien tombé à l'eau. Xiaohe était un chien, et, qui plus était, un chien enragé, or, quand un tel chien tombe à l'eau, il incombe à chacun de le noyer à coups de briques, oui, de le noyer !

Xiaohe n'en fut pas trop peiné, il pardonnait à Ruixuan : « Il n'était pas responsable de ces grands airs, tout ça c'était à cause de l'ambassade de Grande-Bretagne ! » Comme il était là à marmonner dans sa barbe, Gaodi entrouvrit la porte et l'appela : « Rentre, Pa ! »

Une fois à l'intérieur, Xiaohe regarda la pièce vide, puis sa fille qui ne s'était ni lavée ni coiffée ; il avala plusieurs fois sa salive.

« Papa, tu as une idée ou non ? demanda Gaodi avec sa franchise habituelle.

— Ah ! » Il réfléchit. « On a encore de l'argent à la banque, voyons un peu ! »

Il sortit son carnet de chèques de la poche intérieure de son vêtement. « J'ai toujours ce précieux carnet sur moi. Quand j'ai besoin d'argent, je remplis une formule, c'est commode ! Quant à celui de ta mère, en revanche, je ne sais pas où il est.

— Parce que tu crois qu'après cette saisie les Japonais nous auront laissé de l'argent ? Tu prends tes désirs pour des réalités !

— Co... comment ça ? Ils auraient confisqué l'argent aussi ? » Xiaohe était pris de panique. « C'est impossible, voyons !

— Tu as oublié ce qui est arrivé à Li Kongshan ?

— Oh !... » Il ne trouva rien à répondre, la sueur perla sur son front.

« Remets un peu les pieds sur terre !

— Je sors faire un tour à la banque !

— Papa, écoute-moi ! J'ai encore un tout petit peu d'argent liquide. Je vais demander à M. Li de nous procurer deux lits d'occasion et autres bricoles. Quant à moi, je vais vite chercher du travail. Lorsque j'en aurai trouvé, je pourrai subvenir à tes besoins. Mais à une condition : je ne veux plus que tu fasses mention des Japonais, ni que tu t'entêtes à les aider. Si tu acceptes, je pars de ce pas à la recherche d'un travail, sinon, je m'en vais !

— Où ?

— Ce ne sont pas les endroits qui manquent !

— Selon toi, ta mère pourrait ne pas être libérée ?

— Qu'est-ce que j'en sais !

— Quel travail vas-tu faire ?

— Le premier qui se présentera.

— Je vais d'abord aller faire un tour à la banque, on en rediscute tout à l'heure, d'accord ?

— Soit ! »

Xiaohe ne prit pas de pousse mais, qui l'eût cru, se rendit à pied à la banque. Là, on refusa d'encaisser son chèque. Il revint vite à la maison ; c'était la première fois de sa vie qu'il marchait si rapidement, il courait presque.

« Alors ? » demanda Gaodi.

Il ne put articuler le moindre mot. Il semblait à demi mort. Il n'avait plus un sou, les Japonais — eh oui, les Japonais — l'avaient spolié !

Il lui fallut un certain temps avant de pouvoir ouvrir la bouche : « Gaodi, allons vite au secours de ta mère, c'est la seule chose qui compte ! Quand elle sera libérée, nous serons sauvés, sinon...

— Et si elle ne pouvait pas sortir pour de bon ?

— En faisant intervenir des gens, en nous démenant en démarches, nous réussirons.

— Tu penses encore à Lan Dongyang, à la grassouillette Chrysanthème, c'est ça ? »

Xiaohe lui lança un regard furieux. « Laisse-moi tranquille, j'ai mon plan ! »

Gaodi n'ajouta rien. Elle s'en fut trouver M. Li et lui demanda de leur procurer quelques objets d'occasion. Puis elle se rendit elle-même dans la rue pour acheter un petit récipient en terre, une théière en terre cuite également, de l'eau bouillie et quelques galettes.

Après avoir mangé et bu, Xiaohe s'en fut à la recherche de ses anciens compères, tout aussi pendards. Certains refusèrent carrément de le voir, tandis que les autres se contentèrent d'échanger quelques phrases avec lui.

Une dizaine de jours passa sans qu'il pût obtenir le moindre renseignement sur le lieu où se trouvait détenue la « grosse courge rouge ». Mais il n'avait pas perdu tout espoir pour autant. Il pensait que, si lui était un incapable, Zhaodi, elle, pourrait faire quelque chose. Où était-elle ? Il s'informa à droite et à gauche de ce qu'était devenue cette dernière. Elle semblait aussi introuvable qu'une aiguille dans une botte de foin.

À court de solution, Xiaohe se vit contraint d'accepter la proposition de Gaodi · « C'est bon, va chercher du travail ! »

Quelques jours passèrent encore, on n'avait toujours aucune nouvelle de la « grosse courge rouge », ni de Zhaodi. Pour se faire bien voir de sa fille, il dit tout exprès : « Si cela continue, je crois que je n'aurai plus qu'à partir pour Chongqing.

— Parfait, je pars avec toi ! »

Xiaohe effrayé, s'empressa de se rétracter : « Mais, surtout, n'en parle pas à tort et à travers ! Sapristi, si on échoue, c'est nos têtes qu'on va y laisser ! Tout compte fait, je pense qu'il vaudrait mieux pour moi me faire bonze. Au Temple du Nuage blanc, au Temple du Nuage bleu, j'aurais un gîte et je mangerais végétarien tous les jours, je ferais brûler de l'encens, je psalmodierais des prières, ce serait même pas mal du tout ! »

Gaodi décida de ne plus gaspiller sa salive davantage à discuter avec lui. Elle voyait bien qu'il était incurable, et que, jusqu'à sa mort, il resterait aussi minable. Elle avait vraiment envie de prendre son courage à deux mains et de s'enfuir seule de Peiping. Mais elle n'avait pas le cœur à mettre son projet à exécution. Sans elle, se disait-elle, il ferait si bien que même un chien n'agiterait plus la queue à son adresse. Quand il se retrouverait dans une impasse totale, il retournerait voir les Japonais et, pour une galette dont ceux-ci lui feraient l'aumône, il serait prêt à jouer tranquillement les traîtres. Non, elle ne pouvait pas partir ! Elle devait subvenir à ses besoins, le surveiller, se comporter envers lui comme envers un tire-au-flanc qui ne sait rien faire d'autre que manger. Elle préférait qu'il fût propre-à-rien, plutôt que traître !

CHAPITRE LXIX

La « grosse courge rouge » s'était retrouvée en prison.

Elle pensait qu'il ne pouvait s'agir que d'un malentendu, oui, d'un malentendu.

Car enfin, se disait-elle, qu'un tel sort fût réservé à une femme de tête comme elle et qui, de plus, travaillait pour le compte des Japonais, c'était chose inconcevable ! Oui, pensait-elle, il s'agissait d'un malentendu, elle ne pouvait imaginer d'autre explication.

« Si c'est bien le cas, c'est facile à régler ! » se dit-elle à elle-même. Dès qu'elle verrait les Japonais, forte de son éloquence, de son allure, de sa finesse, des mérites accumulés, en deux mots elle tirerait la chose au clair et retournerait chez elle en se pavanant. Eh ! Ses idées prirent soudain un autre cours, qui sait, oui, qui sait si en raison de ce malentendu, de cette légère injustice, les Japonais ne la feraient pas monter en grade ! Il ne s'agissait après tout que d'un petit orage qui passerait, rien de bien méchant !

Mais trois, cinq, et même dix jours s'écoulèrent, sans qu'elle eût vu un seul Japonais. Deux fois par jour elle avait pour seule visite un Chinois qui lui jetait une galette noire et un peu d'eau fraîche. Elle avait posé de nombreuses questions à cet homme. Ce dernier semblait muet, n'ouvrait pas la bouche. Elle ne pouvait ni se changer ni faire sa toilette, n'avait même pas un peu d'eau pour se laver les mains. Très vite, elle perçut la mauvaise odeur qui se dégageait de son corps. Elle fut prise de panique. Elle commença à douter : ne s'agissait-il que d'un malentendu ?

Elle espérait vivement qu'un des siens viendrait lui rendre visite. Pour peu que quelqu'un vînt, se disait-elle, elle pourrait alors lui faire part de tous ses plans, communiquer avec l'extérieur et, peu après, recouvrer sa liberté. Mais elle ne voyait pas âme qui vive. On aurait dit que tout le monde l'avait oubliée, à moins que personne ne sût où elle avait été incarcérée. À la pensée que la première supposition était la bonne, elle ne pouvait s'empêcher de grincer des dents de fureur : ah, c'est comme ça ! En temps ordinaire ils vivent à mes crochets et, à présent que je suis en difficulté, ils ne font même pas l'effort de me rendre une petite visite, les bâtards ! Quant à la seconde hypothèse — personne ne serait au courant de l'endroit où elle se trouvait — là, pour le coup, c'était grave, et elle en avait des sueurs froides.

Jour et nuit elle calculait : auprès de qui fallait-il faire des démarches du côté chinois ? Quel piston devait-elle faire marcher du côté japonais ? Elle allait jusqu'à régler méthodiquement les propos qu'il conviendrait de tenir devant telle ou telle personne, les cadeaux qu'il serait bon d'offrir à telle ou telle autre. À force de réfléchir, ses yeux brillaient. Si seulement quelqu'un pouvait venir recueillir ses propos, agir selon ses plans, la réussite était assurée. Certes, en prison, elle faisait piteuse impression mais, à sa sortie, il lui faudrait déployer plus de faste encore, se parer plus que jamais de rouge et de violet et, de retour à la maison, organiser un banquet pour se consoler de toutes ses frayeurs.

Elle désirait surtout la venue de Zhaodi. Elle était belle, elle avait de l'entregent, partout où elle allait elle l'emportait haut la main. Mais voilà, personne ne venait. Devant ses yeux tout ne fut plus qu'une masse noire. « Est-ce que, après avoir connu des temps héroïques, je serais condamnée à finir ainsi ? » se demandait-elle, demandait-elle au mur, aux divinités peuplant son imagination. En vain. Ces questions ne lui étaient d'aucun secours. Sa confiance en soi en fut ébranlée, elle pensa à la mort !

Non, elle ne mourrait pas ! Elle n'avait pas encore été interrogée, comment la décision pourrait-elle être définitive, pourquoi devrait-elle mourir ? C'était chose impensable ! Et puis, elle n'avait pas commis de crime passible de la peine de mort, elle avait tout au plus couvert des prostituées illégales et perpétré quelques escroqueries envers les filles ! C'était une plaisanterie ! Quel fonctionnaire ne se livre pas à des exactions ? À quoi bon être fonctionnaire si on ne se sert pas au passage ? Non, vraiment !

Elle se dit que c'était son tempérament violent, vif, qui l'avait amenée à penser si vite à la mort. Allons, patience et courage, se disait-elle pour se réconforter ; une fois en salle d'audience, devant les juges japonais, en quelques phrases, elle tirerait tout cela au clair et pourrait rentrer tranquillement chez elle. Ces pensées lui procurèrent un calme et une consolation passagers. Elle rajusta ses vêtements, se tapota les cheveux et attendit patiemment l'audience. Car, enfin, une femme de tête a-t-elle peur d'un procès ? Elle se mit à rire, les lèvres mi-closes.

Les jours passaient, on n'était toujours pas venu l'assigner à comparaître en jugement. Son visage amaigri n'était plus que taches de son et peau flasque. Ses cheveux ébouriffés étaient desséchés, emmêlés, collés comme des paquets de chanvre en bataille ; des poux noirs et dodus s'y étaient installés. Ses yeux étaient deux petits cratères de volcan, entourés de cernes rouges. Elle ne cessait de se gratter. Au bout d'un moment, en regardant ses mains, elle apercevait sur ses ongles des squames blanchâtres et parfois même un peu de sang ; ses talons gelés ressemblaient à des racines de moutarde violacées. Elle était à bout. Elle saisissait les barreaux de sa cellule et les secouait désespérément, on aurait dit une femelle gorille devenue enragée. Elle voulait sortir, voir Beihai, le parc Sun Yat-sen, le Bazar Dong'an et autres lieux. Elle voulait boire de ce vin étranger rapporté par John Ding de l'ambassade de Grande-Bretagne, manger un repas dont Guan Xiaohe aurait veillé à la préparation ou, tout au moins, elle aurait voulu un peu d'eau chaude, pour brûler ses engelures.

S'agiter ainsi lui donnait des courbatures dans les bras, les barreaux l'empêchaient toujours de sortir. Alors elle se mettait à hurler comme une folle. En vain. Lentement, elle s'asseyait, le menton contre la poitrine, et restait là, à entendre grincer ses dents.

Elle en voulait à toutes ses connaissances, âges et sexes confondus, hormis aux Japonais. Elle pensait que son incarcération n'avait rien à voir avec ces derniers, qu'elle était le fait de parents ou d'amis qui la jalousaient et qui avaient dû dire du mal d'elle en présence des Japonais. Après avoir grincé des dents de fureur pendant un bon moment, soutenant sa tête de ses mains, elle implorait, en proie à la colère : « Vous, mes pères de l'Océan de l'Est, n'écoutez pas les rumeurs que font courir à tort ces salauds ! Venez me rendre visite, m'interroger, je suis victime d'une injustice. Je suis votre fidèle servante ! »

Sa supplique terminée, elle se sentait un peu mieux. Elle était persuadée que sa loyauté pourrait émouvoir ceux qu'elle considérait comme ses pères, tout comme celle du fils pieux ou de la veuve chaste peut toucher le Ciel. Ils allaient très vite s'enquérir de son sort, la faire relâcher. Elle s'assoupissait.

Elle n'était pas encore complètement endormie, elle était dans un état de torpeur entre l'éveil et le sommeil : elle se revoyait, accompagnée de Zhaodi, saluant profondément les Japonais lors de la grande fête du patinage à Beihai, ou bien dans une réunion convoquée par l'occupant, et elle leur offrait des fleurs ou, encore, elle comptait les billets que lui avaient remis les filles. Ces rêves agréables la faisaient entrer dans un état de douce léthargie, comme si elle avait fumé de l'opium. Elle avait l'impression de s'élever dans les airs, emportant avec elle la pestilence qui émanait de son corps, ses poux, ses engelures, et elle gardait malgré tout l'allure d'une impératrice douairière ; elle était une femme de tête, haut dans les airs.

Un souffle d'air froid la faisait se recroqueviller sur elle-même et retomber bien vite ; elle atterrissait sur le sol comme une motte de boue sale et puante. Elle ouvrait les yeux : l'obscurité, la crasse, la pestilence, le froid la cernaient de toutes parts, elle, l'incarcérée. Elle ne pouvait s'empêcher de hurler de nouveau. La colère la consumait intérieurement, brûlait sa gorge, son corps tout entier. Oubliant le froid, elle déboutonnait son vêtement, laissant voir ses seins longs et flasques. Elle s'adressait au mur : « Regarde, allez regarde, je suis une femme, une femme de tête ! Pourquoi m'a-t-on bouclée ici ? Relâchez-moi ! » Alors qu'elle avait envie de pleurer, elle partait d'un rire dément. En deux temps trois mouvements elle ôtait ses vêtements, allait et venait, la tête penchée, avec un regard en coin, en tortillant des hanches : « Regarde, mais regarde donc ! ordonnait-elle au mur. Regarde si j'ai l'air d'une pute ! Les filles, le bordel, les filleules, les billets, ah, ah ! »

Par l'interstice entre les grilles, on lui jetait une galette noire et un petit seau en fer empli d'eau. Toute nue, elle saisissait les barreaux et criait : « Eh ! Merde alors, c'est comme ça qu'on me traite ! Sans même me donner du "chef de centre", ne fût-ce qu'une fois ! Car je suis chef de centre, le chef de centre Guan ! » Puis elle se mettait à ramper sur le sol, tel un chien enragé, buvait le peu d'eau dont on la gratifiait. Tout en se léchant les lèvres, elle ramassait la galette, la reniflait avant de la projeter avec force contre le mur.

Alors qu'elle était là, dans sa cellule, avec un comportement qui tenait autant du quadrupède que de l'être humain, gardant son allure d'impératrice douairière, tout en ressemblant à une mégère, occupée à pleurer et gémir, ou à rire, de nombreuses lettres anonymes la dénonçant furent adressées aux Japonais. Contre toute attente, l'acte d'accusation de Cheng Changshun devait aussi retenir l'attention de ces derniers. Dans le même temps, quelques femmes, nourrissant le projet d'usurper sa place, n'hésitèrent pas à l'attaquer en y ajoutant de leur cru, allant jusqu'à publier ses crimes dans les journaux, ainsi que des statistiques sur le nombre de prostituées illicites protégées par elle.

L'hiver passa, le printemps lentement délivra Peiping de la glace. Ruisseaux et lacs semblaient tout juste s'éveiller, pour assister à l'éclosion du vert. Dans les courettes, au pied des murs, une herbe jeune verdissait ; les chats sur les crêtes des murs et des toits entraient dans la saison des amours.

Mais dans la petite cellule de la « grosse courge rouge », il n'y avait ni herbe, ni fleurs. Elle ne voyait que l'éclat du feu, un éclat rouge, brûlant, venu de son cœur. Il gagnait sa bouche, ses yeux, ses talons qui dégelaient. Elle-même était rouge, tout dans le cachot était rouge. Elle avait chaud, cela la rendait irascible, elle hurlait comme une folle. Ses cris étaient des flammes qui lui consumaient le gosier, la langue. Elle criait de toutes ses forces, mais aucun son ne s'élevait plus de sa gorge rendue muette par toutes ces brûlures. Seul un souffle poussif en sortait, on aurait dit les râles d'une truie.

Elle avait déchiré un à un ses vêtements infestés de poux. Quand elle n'avait plus rien eu à déchirer, elle s'était mise alors à arracher ses cheveux ; ces cheveux pour lesquels elle avait dépensé autrefois tant de temps et tant d'argent afin qu'ils fussent toujours bien permanentés. Elle serrait les poings pour frapper You Tongfang, mais c'est le mur qu'elle frappait, et elle en avait les mains en sang. Tout en arrachant ses cheveux elle lançait des injures : « Salauds, je vais vous mettre en morceaux ! » et elle les arrachait, les arrachait encore, ne sachant plus si elle s'en prenait à ces salauds ou à elle-même. Aucun son ne sortait de sa bouche, mais elle n'en continuait pas moins de crier. Elle appelait le chauffeur, réprimandait avec colère les domestiques et Petit Cui, clamait : « L'armée impériale a gagné ! » et, bien qu'elle seule sût ce qu'elle hurlait ainsi, elle s'imaginait que le monde entier l'avait entendue. Quand elle était fatiguée, elle s'arrêtait de vociférer, mais continuait de marmonner : « Frappe ! Frappe ! Frappe ! » Dans son esprit surgissaient des prostituées, ou ses proches : « Frappe ! Frappe ! Frappe ! » Et elle abattait une à une toutes ces ombres, les empilait. On aurait dit une montagne humaine ; alors, elle se dressait au sommet. Elle était une héroïne, une femme de tête, un chef de centre !

Elle perdit peu à peu la notion de soi. Elle devenait Zhaodi, faisait étalage de ses atours et de ses charmes tandis qu'elle se promenait dans le parc, remorquant un homme séduisant avec lequel elle flirtait ; ou bien, elle était une prostituée, jouissait avec frénésie des ébats amoureux. Soudain, elle se levait, tel un coq sur ses ergots grattant la terre, elle cherchait tout autour d'elle, heurtant de son corps, de sa tête, de ses mains et de ses pieds la porte, le mur. « Et mes billets, hein, mes billets ? Qui les a cachés ? Qui donc ? Et où ? » En se cognant ainsi elle avait le corps tout ensanglanté, alors elle restait debout, immobile. La tête penchée, elle prêtait l'oreille, puis disait avec un sourire enjôleur : « Ça y est, ça y est ! On vient chercher le chef de centre Guan pour le faire passer en jugement ! »

Mais il n'y avait pas âme qui vive. Cela attisait de nouveau sa colère qui, telle une flamme, montait jusqu'au plafond, le brûlait, s'élevait jusqu'au ciel. Dans les airs s'inscrivaient alors trois mots immenses d'un rouge flamboyant : chef de centre !

Elle ressentait à leur vue consolation et fierté. Elle s'asseyait lentement. Elle ramassait ses excréments à deux mains, leur donnait la forme d'une petite galette et, comme elle aurait fait d'une houppe à poudrer, doucement, gentiment, elle s'en tapotait le visage : « Maquillons-nous, maquillons-nous ! » Puis, attrapant quelques bandes de tissu, elle se les attachait dans les cheveux : « C'est fou ce que vous semblez jeune, chef de centre ! »

Déjà elle ne faisait plus la différence entre le jour et la nuit, entre le rêve et la réalité ; elle avait perdu la notion du temps. Pleurs, rires, coups, injures se déroulaient simultanément, sans heurts. Elle était une boule de colère incandescente et son monde tourbillonnait à la clarté de ce feu.

Finalement, elle vit Xiaohe, Zhaodi, Gao Yituo, Tongfang, Petit Cui, ainsi que d'innombrables Japonais qui venaient la chercher. Vêtue d'un grand manteau de demi-saison en drap rouge vif, d'escarpins dorés, coiffée de son chapeau dans lequel était fichée une plume de faisan, elle sortait en se pavanant. La fanfare japonaise jouait une marche de bienvenue, Zhaodi lui offrait une corbeille de fleurs coupées, tout un groupe de « filleules » la saluait avec déférence tandis que chacune d'elle lui remettait une liasse de billets. Et elle, pareille à l'impératrice douairière, montait en voiture avec un léger sourire : « À Beihai ! » ordonnait-elle.

La voiture roulait, entrait dans les ténèbres sans qu'elle pût jamais voir Beihai.

Pendant le séjour de la « grosse courge rouge » en prison, la personne qui se dépensa le plus en démarches pour obtenir le poste de chef du

Centre de contrôle des prostituées fut sa « disciple », la grassouillette Chrysanthème.

Lan Dongyang avait là de riches matériaux pour ses poèmes. Il y allait sans retenue de la moquerie, de l'insulte plaisante pour mettre à mal la « grosse courge rouge ». Ces attaques en forme de vers étaient envoyées au siège des journaux pour être publiées dans la colonne des arts et des lettres. À la lecture de ses propres œuvres, il mobilisait tous les muscles de son visage qui en était violemment tiraillé, on l'aurait cru en pleine crise d'épilepsie.

La grassouillette Chrysanthème avait donc décidé de se hisser du statut de disciple à celui de maître. Elle se lança avec audace dans des innovations vestimentaires, faisant appel à son propre talent créateur, sans plus imiter sa rivale. Elle avait encore grossi, s'entêtait pourtant à se faire confectionner des vêtements serrés, très étriqués, si bien qu'on avait l'impression que tous ses bourrelets allaient s'échapper de leur enveloppe de tissu. Lan Dongyang, qui raffolait de sa nouvelle mise, alla même jusqu'à écrire un poème qui le satisfaisait plus que tous ceux qu'il avait jamais composés :

Tes vêtements me laissent deviner ta chair,
saucisses sensuelles.

Elle ne l'aimait pas, et encore moins ses poèmes. Le sourire qu'elle lui adressait dessinait cependant des rides sur son visage joufflu. Elle devait le ménager, en apparence, afin qu'il se montrât coopératif et que le titre de « chef de centre » parvînt jusque dans sa main grassouillette. Elle calculait : dès qu'elle serait effectivement en poste, qu'elle aurait revenus, statut, pouvoir — et liberté —, elle pourrait alors refuser sa bouche qui empestait, son visage vert, son corps osseux, et, s'il se rebellait, elle lui tournerait carrément le dos. Au départ, si elle l'avait suivi, c'était pour sa position sociale ; quand elle aurait son propre statut, elle pourrait l'écarter d'un coup de pied, sans ménagement.

Vêtue de ses vêtements moulants, elle courait de droite et de gauche à longueur de journée. Elle était allée rendre visite à tous les amis de sa rivale et leur avait signifié : « Désormais, c'est moi qui fait autorité. Vous devez m'aider à détrôner la "grosse courge rouge". »

Quand elle rentrait le soir, sa taille, ses bras, son cou avaient été si comprimés par les vêtements qu'ils en étaient tout engourdis ; de même, la peau de ses pieds grassouillets, entamée par les nouvelles chaussures étroites, s'en allait à plusieurs endroits. Elle se sentait exténuée, elle souffrait physiquement, mais son moral était bon, il y avait de l'espoir. En un tournemain, elle ôtait ses « gaines et carcans de fée », poussait un soupir de soulagement. Puis, tout aussi vite qu'elle les avait ôtés, elle les remettait. Non ! elle ne pouvait pas se relâcher, elle devait savoir endurer, toujours un peu plus, pour son avenir. Car enfin, si à ce moment-là un invité s'était présenté, aurait-elle pu l'accueillir dans une tenue aussi négligée ? Il lui fallait vaincre la « grosse courge rouge » en ayant recours aux méthodes de cette dernière : n'était-elle pas habillée de façon tapageuse en toute circonstance ? Fort bien, elle ferait de même.

Bien qu'elle s'efforçât de faire preuve d'originalité dans sa recherche vestimentaire et qu'elle n'imitât plus la « grosse courge rouge », sa conduite, ses gestes, insensiblement, prenaient un peu du style de sa rivale. Quand elle appelait quelqu'un, elle cultivait un ton et un air matures ; elle marchait comme elle, le cou dressé, et quand elle se retournait elle le faisait avec d'amples mouvements de hanches et de fesses. Toutes ces manières mettaient à mal son corps grassouillet, aussi son cou trapu en était-il tout courbatu. Elle n'osait pas pour autant se laisser aller à la paresse. Il lui fallait devenir la « grosse courge rouge » et liquider cette dernière physiquement.

Au bout de quelques jours de démarches tous azimuts, comme les choses n'avaient guère avancé, la grassouillette Chrysanthème commença à se faire du souci. Plus elle s'inquiétait plus sa gorge replète s'emplissait de glaires. Souvent cela la gênait quand elle se trouvait en présence d'un personnage important, car elle ne pouvait plus parler. L'éloquence n'ayant jamais été son fort, cette obstruction n'arrangeait pas les choses, on aurait dit un poisson hors de l'eau ; elle avait beau ouvrir la bouche, rien ne venait. Après cet opéra muet, elle s'affolait, perdait tous ses moyens, en oubliait, par là même, de cultiver son nouveau style. Elle prit peur, s'inquiéta de ce que la « grosse courge rouge » vînt à être libérée avant de voir aboutir ses démarches. Certes, elle voulait égaler sa rivale, mais, au fond, elle redoutait cette vieille peau. Son impatience et sa peur lui dictèrent d'aller l'empoisonner immédiatement.

Elle en délibéra avec Dongyang.

Ces derniers temps, il avait été quasiment sur des charbons ardents et il ne savait trop que faire. La pensée que la position, les revenus de chef de centre pourraient bien être transférés chez lui le démangeait. Il se démenait alors en démarches en ce sens, écrivait des vers. De sa propre initiative, il avait créé un « Cercle réclamant le châtiment de la “grosse courge rouge” ». Les vers étaient de lui seul, les attaques aussi, mais il s'était inventé des comparses, pour la dénoncer à l'unisson, d'où le nom de « cercle ». Dans son premier article, on trouvait des phrases du genre : « Or, “grosse courge rouge” est un sobriquet. Pourquoi “rouge” ? Rouge veut dire communiste. Tous ceux qui ont quelque chose dans le ventre s'accordent à dire que celui qui est “rouge” est passible de mort, il s'ensuit que la “grosse courge rouge” doit mourir ! » Il était très satisfait de ces phrases, il savait bien que, par les temps qui couraient, en entendant le mot « rouge », les Japonais en oublieraient le noir et le blanc. C'était plus perfide à l'égard de la « grosse courge rouge » que de lui coller n'importe quel autre crime.

Toutefois, l'ardeur excessive que mettait la grassouillette Chrysanthème à accomplir ses démarches l'inquiétait. Il n'avait pas oublié le processus qui avait amené Chrysanthème à l'épouser. Si elle avait consenti à abandonner Qi Ruifeng, qui pouvait garantir que, lorsqu'elle aurait une position sociale et des revenus personnels, elle ne l'abandonnerait pas à son tour ? Ces pensées aussi lui donnaient des démangeaisons par tout le corps.

D'un autre côté, il ne pouvait se résoudre, à cause de cette vieille affaire qui lui était restée en travers du gosier, à rester là, sans bouger, les yeux ronds, pendant que quelqu'un d'autre s'emparerait du poste de chef de centre.

Et puis Zhaodi était venue le trouver pour lui demander de venir au secours de sa mère, il n'avait pu faire autrement que dire oui, sans restriction. C'était pour lui une occasion de rester en contact avec elle, et une occasion qui ne lui coûtait rien. Il savait que Zhaodi était un bonbon onéreux, mais, cette fois, c'était elle qui était venue le supplier ; il pouvait, sans avoir pour autant à l'inviter au restaurant ou au théâtre, en tirer à l'œil quelques profits, comme par exemple lui prendre la main. Pour avoir davantage d'occasions de rencontrer Zhaodi, il aurait dû arrêter ses attaques dans la presse contre la « grosse courge rouge ». Mais voilà : s'il relâchait ses efforts, arrêtait de lancer ses accusations, il y avait le risque de se voir ravir ce poste de chef de centre.

Toutes ces pensées contradictoires se livraient bataille dans son esprit à longueur de journée. Il le vivait mal. Par moments il pensait que Chrysanthème était déjà chef de centre, et il en avait chaud au cœur ; à d'autres qu'elle l'avait abandonné, et cela le glaçait. À d'autres moments encore, il se représentait la beauté de Zhaodi, et son corps entier le démangeait ; puis il se disait que, en cherchant à plaire à cette dernière, il retarderait une affaire aussi importante, et il en avait alors la chair de poule.

Malgré ces contradictions, malgré cette fièvre qui le rongeait, il n'avait pas stoppé pour autant ses activités. Il continuait à écrire vers et textes courts attaquant la « grosse courge rouge ». Il voyait Zhaodi, lui prenait la main, faisait des démarches en tous sens. Il encourageait aussi la grassouillette Chrysanthème à ne pas ménager ses forces de son côté. Contradictions et mal-être finirent par devenir une jouissance : il prenait plaisir à souffrir ainsi. Il se disait que pouvoir fouetter autant de chats à la fois était la marque du génie.

Il approuva la suggestion de Chrysanthème

d'empoisonner la « grosse courge rouge ». Mais il ignorait où cette dernière avait été incarcérée. Il approcha son visage verdâtre de la face joufflue de sa femme, tout en pensant à Zhaodi, et lui dit : « Tâche de savoir vite où se trouve la “grosse courge rouge”, pour l'empoisonner une bonne fois pour toute ! Oui, c'est ça, l'empoisonner ! » En prononçant ces mots il eut l'impression de posséder un droit de vie et de mort sur autrui. Ses globes oculaires se révulsèrent et mirent longtemps avant de revenir à leur place initiale ; c'était sa façon à lui d'en imposer.

Ils discutèrent de tous les points sauf d'un : les causes de l'incarcération de la « grosse courge rouge », et le danger pour Chrysanthème, si elle succédait à sa rivale comme chef de centre, de connaître le même sort. Certes, quand ils délibéraient de la façon de lancer leurs attaques, ils abordaient le problème de sa corruption, mais sans s'étendre sur ce point, comme s'ils se disaient : « Sa vénalité devait la conduire en prison ; en nous montrant plus malins qu'elle nous échapperons à ce danger, c'est certain ! »

CHAPITRE LXX

Depuis que leurs biens avaient été saisis, Zhaodi n'avait pas remis les pieds à la maison. Elle redoutait quelque autre infortune — comme d'être arrêtée — car elle souhaitait de tout son cœur venir en aide à sa mère. Sans elle, elle l'avait bien compris, elle perdait tout.

À l'époque où elle suivait des cours de théâtre, elle avait adulé une actrice nommée Fen Zhuanglou laquelle, d'amateur, était devenue professionnelle. Elle alla la trouver et parvint, en quelques mots, à se faire loger chez elle.

Cette femme avait beaucoup d'amis, les visites se succédaient du matin au soir. Zhaodi s'intégra au groupe, leur demanda de faire délivrer la « grosse courge rouge ».

Elle alla rendre visite également à d'anciennes relations, mais tous ces gens se montrèrent très froids à son égard. Certains allèrent même jusqu'à lui signifier en face : « Nous craignons d'être impliqués, nous vous serions gré de ne pas revenir ! »

Parmi eux, seul Lan Dongyang n'avait pas rejeté sa demande. Elle savait parfaitement que ce dernier ne faisait jamais pour une femme d'autre dépense que celle de quelques cacahuètes ou d'un kaki séché. Aussi, n'osait-elle absolument pas escompter qu'il l'invitât au restaurant ou à se distraire. C'est elle qui venait le supplier de l'aider et c'était donc à elle d'investir un peu pour lui graisser la patte. Or son capital à elle était son corps. Pour faire libérer sa mère, elle n'avait pas d'autre solution que de le laisser lui prendre la main, ou lui caresser le visage. Il lui fallait supporter tout cela, mais, quand sa mère serait libérée, elle pourrait montrer à Dongyang de quel bois elle se chauffait.

Quant aux attaques formulées par ce dernier dans la presse, elles ne les avaient pas lues. Elle n'avait pas pour habitude de lire le journal et si, à l'occasion, il lui arrivait d'en feuilleter un, c'était juste pour l'actualité des spectacles et des films, ainsi que les romans d'amour.

Elle désirait beaucoup voir sa mère, mais, elle avait beau se renseigner, elle ne parvenait pas à savoir où cette dernière avait été incarcérée. Elle pleurait, elle devinait que l'affaire était extrêmement grave. S'il arrivait vraiment un malheur à sa mère, se disait-elle, que deviendrait-elle, elle ? Elle n'avait aucune compétence, aucun dépôt à la banque, aucun... C'était vrai, elle avait sa beauté et sa jeunesse, il était peu probable que personne ne voulût d'elle, mais ces deux atouts, en ces temps troublés, étaient pour le plaisir. Elle ne voulait pas se marier bien sagement, passer son temps entre les casseroles et les couches. Car, même mariée à un homme riche qui la délivrerait de ces tâches, sa liberté s'en trouverait tout aussi réduite. C'était impossible, elle voulait vivre dans l'insouciance, sans contrainte, jouir de la vie à volonté sans engager sa responsabilité, faire ce que bon lui semblait quand elle en éprouvait l'envie. Or, cette vie-là, seule sa mère pouvait la lui donner. En repensant à tous les bons côtés de sa mère, elle pleurait du fond du cœur et se demandait comment elle vivrait si celle-ci était réellement en danger.

Parmi les nombreux amis masculins de Fen Zhuanglou, il y avait un espion à la solde des Japonais, nommé Huang Xing. Il était joli garçon, et portait toujours un pistolet sur lui. Il était beau, le savait, aussi, à tout moment, et même quand cela ne paraissait pas nécessaire, arborait-il un sourire charmeur, pensant ainsi accroître sa séduction. Il s'habillait bien, le savait également, passait son temps à tirer sur son col, sur son pantalon, ou à ajuster sa veste. En plus du pistolet, il avait toujours sur lui un petit miroir qu'il sortait à tout bout de champ pour se regarder ; parfois même il y mirait ses gencives.

Après avoir bavardé un moment avec Zhaodi, Huang Xing avait compris dans quelle situation difficile elle se trouvait. Il était prêt à l'aider et il était même sûr de son affaire. Si elle voulait bien l'accompagner pour rendre visite à quelqu'un, la « grosse courge rouge » pourrait sortir immédiatement de prison.

Zhaodi accepta, transportée de joie.

Il l'emmena à la ville est, dans un bâtiment isolé, à proximité des remparts. Une fois à l'intérieur, il la présenta à un Japonais, puis s'éclipsa. Zhaodi sentit alors que quelque chose clochait. Le Japonais lui posa des questions précises sur ses antécédents. Tout en répondant, elle évoqua le problème de la « grosse courge rouge ». Il nota tout ce qu'elle lui dit sur elle-même, mais ne fit aucune observation sur sa mère. Puis il la conduisit jusqu'à une pièce minuscule, qui comportait pour tout mobilier un lit et une chaise.

« Voici ta chambre, rappelle-toi bien du

numéro : 109. C'est désormais ton matricule, personne ne t'appellera plus par ton nom. » Sur ces mots, le Japonais appela quelqu'un à l'extérieur :

« 104 ! »

Peu de temps après, entra une femme qui semblait avoir le même âge que Zhaodi. Elle salua le Japonais avec déférence, puis se tint debout, droite comme un « i ».

« Mets-la au courant du règlement ! » dit le Japonais en sortant.

Le cœur de Zhaodi se mit à battre à tout rompre. Elle aurait voulu filer au plus vite. 104 l'en empêcha : « Pas un geste ! On entre ici, mais on n'en sort pas !

— Qu'est-ce que cela veut dire, mais enfin qu'est-ce que tout cela veut dire ? demanda Zhaodi sur un ton pressant.

— Tu comprendras à la longue, pas de quoi dramatiser !

— Laissez-moi partir, vous entendez ? J'ai une affaire importante à régler !

— Te laisser partir ? On n'a jamais relâché personne, ici ! dit 104 sans s'émouvoir davantage.

— Eh bien, moi, il faut absolument que je sorte ! Il faut que j'aille au secours de ma mère !

— Reste ici, et, quand tu auras fait tes preuves, tu pourras sauver ta mère ! » 104 partit d'un petit rire sec, froid, dur.

« C'est vrai ? » Zhaodi n'accordait aucune confiance aux propos de la jeune femme.

« Libre à toi de me croire ou non ! » 104 émit le même petit rire, puis entreprit d'informer Zhaodi du règlement.

Cette dernière eut un serrement de cœur. Elle qui n'avait jamais supporté la moindre contrainte ne comprenait rien au mot « règlement ». Et voilà qu'ici tout était codifié, comme si on voulait faire de personnes vivantes des machines ! Elle pleura une bonne partie de la nuit.

Elle eut beaucoup de mal à s'endormir. Mais déjà elle était réveillée par le bruit d'une sonnerie. Il ne faisait pas encore complètement jour. 104, de l'extérieur, lui dit à voix basse : « Debout, et vite, toi ! Si tu es en retard, tu seras fouettée et laissée plus morte que vive ! »

Zhaodi se leva toute tremblante et, encore endormie, courut vers l'extérieur. Il faisait très froid, un air glacé vint soudain frapper son visage, ce qui eut pour effet de la réveiller complètement. Aussitôt, des larmes embuèrent de nouveau ses yeux. Arrivée à la salle d'ablutions, elle se contenta d'une gorgée d'eau pour se rincer la bouche, s'aspergea le visage, et s'éloigna à la hâte tant elle avait peur de se faire frapper pour son retard. Tout en se frottant les yeux, elle suivait le mouvement. Il y avait en tout une quarantaine de jeunes gens des deux sexes. Ils rejoignirent en courant un espace vide dans l'arrière-cour où ils se rassemblèrent.

Le lieu était entouré de trois côtés par de hauts murs ; sur leur crête était fixé serré du grillage en fil de fer. L'autre côté était occupé par le bâtiment ; dans le mur pignon étaient percées des ouvertures carrées. Au-delà du mur est, tout près, c'était les murailles de la ville, noirâtres, colossales qui, du haut de leur silence, surveillaient l'intérieur de la cour.

Le sol était gelé, luisant, d'un gris sale ; les murailles étaient noirâtres, dures, brillantes. Le ciel était verdâtre, brouillé, froid, luisant lui aussi. Zhaodi fit passer son regard du sol aux murailles, puis au ciel ; même en rêve, elle n'aurait jamais pu imaginer un endroit aussi effrayant. Tout n'était que silence, grisaille, froidure, brillance. Elle n'osa plus regarder davantage, mais, même ainsi, elle sentait toujours ces souffles glacés qui semblaient vouloir la pétrifier de froid, cette grisaille prête à la figer dans son opacité. Elle pensa saisir le bras de quelqu'un pour garder l'équilibre. Elle tremblait de tout son corps, pouvait entendre ses dents claquer.

Les garçons devant, les filles derrière, tous debout en rang, faisaient face au mur pignon percé d'ouvertures carrées. Les agents 105 à 109 étaient debout au fond, ce devait être de nouvelles recrues ; ils avaient un air contraint, semblaient inquiets au plus haut point.

Après un bon moment d'attente debout, quatre officiers instructeurs, trois Japonais, un Chinois, armés jusqu'aux dents, la mine solennelle, sévère, arrivèrent de la cour de devant. Le chef de groupe cria un salut auquel les trois instructeurs japonais répondirent. Leur regard glissa des premiers de la file vers les derniers. Ils semblaient infatués d'eux-mêmes, menaçants.

L'instructeur chinois, après avoir salué les Japonais, avec la raideur d'une marionnette, se tourna majestueusement vers le rang, fit claquer ses talons avec un bruit de pétard. Il commença ses semonces, dit des choses qui concernaient l'ensemble des stagiaires, puis ordonna aux nouveaux arrivants : « Cinq pas en avant, marche ! »

Zhaodi regarda ceux qui se trouvaient à côté d'elle, puis s'avança à leur suite.

L'instructeur chinois toussa avant de dire sur un ton relativement cordial : « Vous êtes déjà au courant du règlement, je n'ai donc pas besoin de revenir sur ce point. C'est votre dernière chance : décidez-vous de rester de votre plein gré ici ou non ? Que ceux qui ne sont pas consentants s'avancent encore de cinq pas ! »

Personne n'osa bouger. Les anciens stagiaires, derrière eux, semblaient tous retenir leur respiration. Zhaodi voulut s'avancer mais ses pieds ne lui obéissaient plus. Elle regarda autour d'elle, tous les regards convergeaient vers elle.

« Personne ? » les pressa l'officier instructeur.

Une jeune fille à gauche de Zhaodi, qui devait avoir tout au plus seize ou dix-sept ans, de petite taille et assez robuste, avec un visage tout aplati, des joues rouges, pas très jolie, mais d'une simplicité charmante s'avança brusquement.

« Fort bien ! dit l'instructeur en riant. Y a-t-il quelqu'un d'autre ? »

Zhaodi allait s'avancer quand elle fut retenue par une jeune fille à ses côtés, elle oscilla sur elle-même avant de retrouver son équilibre.

« Fort bien, approche ! » dit l'instructeur à la jeune fille au visage plat. Elle hésita un instant puis, courageusement, reprit sa marche en avant. Un peu de vapeur blanche sortait de sa bouche.

« De ce côté-ci ! » L'instructeur la conduisit au pied du mur pignon du bâtiment et lui dit de s'appuyer contre une des petites ouvertures carrées. À ce moment, le soleil rouge se leva, éclaira le ciel brouillé dont une bonne moitié devint comme congestionnée de sang. Les murailles noires, le mur de la cour et les silhouettes se découpèrent avec plus de netteté. Le corps de la jeune fille au visage plat rougeoyait, la vapeur qui sortait de sa bouche semblait plus blanche. Un officier instructeur japonais bondit, leva la main, cria : « C'est bon ! » Une fusillade éclata, partie de l'intérieur de la pièce. La jeune fille tomba en avant raide comme une planche ; de la vapeur blanche sortait encore de sa bouche. Le ciel était de plus en plus rouge, le sang coulait sur le sol.

« Reprenez le rang ! » dit l'officier instructeur chinois à Zhaodi et aux autres.

Zhaodi ne savait pas comment elle avait repris sa place. Elle n'avait plus devant les yeux que cette couleur rouge qui, du sol, rejoignait le ciel ; dans tout ce rouge volaient quelques étoiles dorées.

« Demi-tour gauche ! Au trot ! » ordonna l'officier instructeur.

Zhaodi était incapable de courir. Mais avec ce cadavre couché là-bas, elle n'osa pas ne pas s'exécuter. Chaque fois qu'elle se rapprochait du corps, elle aurait bien voulu fermer les yeux mais, allez savoir pourquoi, comme un fait exprès, elle le voyait, ainsi que le sang à terre. Elle était à bout de souffle, mais ne se serait pas permis de s'arrêter. La bouche grande ouverte, tenant son bas-ventre à deux mains, elle avait l'impression que ses entrailles allaient se fendre. Supportant la douleur, elle tanguait d'un pied sur l'autre. On aurait dit une ivrogne. Très vite, un brouillard rouge voila ses yeux ; il ne fit plus qu'un avec le rouge du ciel et le rouge du sang. Elle avait perdu la notion de son corps, celle de toute chose, elle trouvait que l'univers entier, cet univers rouge, tournoyait.

Elle n'aurait pu dire quand ni comment elle était revenue dans sa chambre. Lorsqu'elle ouvrit les yeux, elle était allongée sur son lit et il était déjà midi.

Elle ne pleurait plus, n'osait penser à rien. Elle tenait trop à la vie. Elle décida qu'elle ne s'adosserait pas contre l'une des ouvertures carrées du mur.

Quand on est jeune on est de fer, et le milieu ambiant est un creuset. Un mois après, elle « revivait ». Elle n'avait plus peur du sang ni de la mort. Son cœur s'était déjà fait de pierre. Elle avait oublié sa vie de grande demoiselle, ne se mettait plus de vernis sur les ongles, elle était devenue une nouvelle Zhaodi, et cette nouvelle Zhaodi, estimait-elle, serait plus terrible encore que sa mère, plus diabolique. Autrefois elle se contentait de mener une vie dissipée, jouant avec le feu, tirant profit de son visage, beau comme une fleur. À présent elle ajouterait à sa beauté un cœur de pierre, pour devenir, oui, une femme de tête, et qui en imposerait plus encore que sa mère. Certes, cette dernière était toujours en prison, mais elle se devait de remercier les Japonais qui lui avaient donné sa chance. Elle se disait : pour peu que je fasse mes preuves, à coup sûr je pourrai la sauver. Quand sa mère aurait recouvré sa liberté, debout l'une à côté de l'autre, elles feraient trembler la capitale entière !

Le printemps passé, Zhaodi arriva au terme de son instruction.

Elle espérait recevoir un revolver. Il n'en fut rien.

Elle espérait un travail qui l'enthousiasmerait, or elle fut envoyée à la gare ferroviaire pour contrôler les voyageurs. Elle reçut un carnet avec des photos qu'elle eut à mémoriser une à une, afin de vérifier s'il n'y avait personne à la gare correspondant à ce signalement. C'était une tâche difficile et sans intérêt, qui demandait une attention de chaque instant, et il y avait peu de chance de pouvoir découvrir au bout du compte un « agent secret ». Elle devait changer chaque fois de déguisement : elle ressemblait un jour à une fille de la campagne, le lendemain à une femme d'un certain âge. Elle ne pouvait plus se mettre de fard ni de poudre comme font les jeunes filles modernes. Elle n'était pas satisfaite de cette mission et surtout n'aimait pas ces accoutrements. Mais les ordres étaient les ordres, elle ne pouvait s'y opposer. Elle savait à quoi menait l'opposition, elle n'avait pas oublié cette fille au visage aplati. Alors qu'elle aspirait à mettre de nouveau de beaux vêtements et des chaussures à hauts talons, comme en portent les espionnes dans les films d'Hollywood, à évoluer dans le milieu des grands hôtels et des gens huppés, il lui fallait jouer les filles de la campagne !

Elle aurait aimé aller voir son père, simplement pour lui montrer qu'elle était devenue quelqu'un. Mais les ordres reçus lui interdisaient de rentrer chez elle, d'avoir des contacts avec les siens.

Elle brûlait d'envie de voir sa mère. Elle se disait que, dans la mesure où elle espionnait pour le compte des Japonais, elle aurait l'occasion de la rencontrer, que c'était dans son droit, dans ses intérêts. Mais voilà, elle avait beau chercher à s'informer, elle ne parvenait toujours pas à savoir où se trouvait la « grosse courge rouge ».

La première fois où elle se rendit à la station de la porte Qianmen pour prendre son service, elle exultait : elle était libre de nouveau. Elle revoyait Peiping, la douceur de son printemps et ses fleurs. Pourtant, quand elle arriva à la gare, elle eut un peu peur. Elle était une espionne, elle avait l'autorité pour procéder à des arrestations, mais n'était-ce pas dangereux ? Elle portait un insigne, seulement il n'était pas visible, il était caché à l'intérieur de son vêtement. Alors, au lieu d'en imposer aux autres, elle restait plantée là, la tête rentrée dans les épaules, comme une fille stupide venue de sa campagne. Elle éprouvait une impression de solitude, d'ennui, se sentait ridicule.

Au bout d'un moment, elle ramassa un journal. Au premier coup d'œil elle vit la photo de sa mère. Ainsi, la « grosse courge rouge » était morte en prison ! Tout autour de la photo on donnait des détails sur sa corruption, sur les chefs d'accusation retenus contre elle, et sur la façon dont elle avait sombré dans la démence.

Sa lecture terminée, ses larmes se mirent à couler à flots. Elle avait enduré toutes ces souffrances pour rien. Elle était entrée dans l'espionnage pour rien. Jamais plus elle ne reverrait sa mère !

Au travers de ses larmes elle regardait les gens qui allaient et venaient dans la gare. Il y avait tant de monde, pourtant elle se retrouvait seule, elle n'avait plus sa mère qui l'aimait, qui pourvoyait à tous ses besoins.

Après un long moment d'hébétude, la première idée qui lui vint à l'esprit fut de prendre la fuite. Puisqu'elle n'avait pas pu sauver sa mère quel intérêt pour elle de rester dans l'espionnage ? Les Japonais s'étaient joué de sa mère, d'elle-même, elle devait fuir, ne plus être le laquais de ceux qui l'avaient roulée dans la farine.

Mais elle savait que c'était chose impossible. Tandis qu'elle regardait les gens qui allaient et venaient, ainsi que les porteurs, les agents de police, les employés de la gare, elle se demandait combien d'espions se cachaient parmi eux, et quelle personne en était un. Une chose était sûre : il y en avait et pas qu'un seul. Parmi eux, peut-être, certains étaient chargés spécialement de la surveiller. Elle revit la jeune fille au visage aplati, tomber sans un cri devant l'ouverture carrée du mur, perdant tout son sang.

Elle leva la tête pour regarder les créneaux des murailles, ces orifices lui semblaient des yeux énormes ; qu'elle se mît à bouger et une balle viendrait se loger dans sa poitrine ! Elle trembla un instant, en oublia l'enthousiasme et le prestige que lui procurait le statut d'espionne, elle ne sentait plus que de nombreux fusils pointés derrière son dos !

« Fort bien ! se dit-elle à elle-même, au bout d'un long moment. Je vais continuer comme je pourrai, et je saurai être diabolique ! Si je peux avoir la peau de quelqu'un, je l'aurai, si je peux faire du tort à quelqu'un, je le ferai ! Tuer c'est aussi une façon de se venger ! »

Elle n'avait plus de famille, plus de mère, elle avait perdu sa liberté. Il ne lui restait plus qu'à tuer, nuire, haïr ! Pourtant ce n'est pas aux Japonais qu'elle en voulait, car ils avaient des fusils et des espions en nombre et, de plus, ils allaient vite en besogne !

Pendant ce temps-là, Gaodi passait ses journées à chercher du travail, mais elle n'en trouvait pas. Peiping était déjà plus morte que vive ; tous les commerces appartenant aux Chinois connaissaient le même sort que la boutique de Qi Tianyou : on ouvrait, mais on ne faisait pas d'affaires. Alors que partout on licenciait, qui aurait accepté de supporter des charges supplémentaires ? Les négoces importants, et même les restaurants ne pouvaient déjà plus refuser les « actionnaires » japonais, étaient contraints de collaborer avec l'occupant. Gaodi répugnait à aller travailler dans un lieu tenu par des « collabos », encore aurait-il fallu qu'elle en eût l'occasion. Quant aux organismes officiels, inutile d'en parler, ils étaient tous dans la main des Japonais. À moins de se faire pistonner par des traîtres ou l'occupant, il ne fallait pas songer trouver un poste ! Si l'enveloppe corporelle de Peiping était toujours ces hautes et épaisses murailles, ces palais et ces jardins où avaient séjourné tant d'empereurs, ses viscères étaient désormais les Japonais. Quiconque voulait respirer, avoir un peu de sang neuf, devait aller leur cirer les bottes. Gaodi n'aurait jamais consenti à une telle chose. Elle avait pu constater par elle-même ce qu'avait fait sa mère, et comment leurs biens avaient été saisis.

Alors qu'elle était prête à travailler dur pour gagner sa croûte, les occasions qui s'offraient à elle n'étaient pas nombreuses. En temps de paix, une femme qui faisait des travaux de blanchissage et de couture pour les boutiques avait au moins ses trois repas quotidiens assurés. À présent, les effectifs dans les magasins avaient été réduits d'une bonne moitié, il n'y avait pas de travail à se disputer. Quant à devenir employée de maison, seuls les espions « en vogue » pouvaient se permettre de prendre des domestiques. Gaodi n'avait pas envie de faire ce genre de travail, et encore moins d'être l'esclave d'esclaves.

Elle regrettait de n'avoir pu acquérir quelque capacité pour gagner sa vie, mais il était trop tard. Elle avait certes du courage, mais pas de qualification, pas de capitaux. Si elle avait pu fuir Peiping, elle aurait trouvé des occasions pour faire quelque chose : comme travailler tout en étudiant et, à la longue, elle aurait acquis des connaissances, un savoir-faire ; penser qu'il était possible de gagner honnêtement sa vie à Peiping, c'était s'engager dans une impasse.

Ce n'était pas les occupations qui manquaient : il lui fallait cuisiner, s'occuper du linge, des courses et chercher partout un gagne-pain. Elle était impatiente, elle enrageait : elle voulait absolument montrer à son père qu'on pouvait trouver du travail sans se faire traître. Mais voilà, elle ne trouvait pas d'emploi, et l'argent était presque épuisé. Elle s'affolait. Elle n'avait jamais appris à cuisiner, à s'occuper du linge ; à présent, alors qu'elle s'y mettait tout juste, et qu'elle faisait des efforts, il lui arrivait trop souvent de laisser coller le riz ou de constater, après avoir lavé les vêtements, que c'était ni fait ni à faire. Elle était en colère : Xiaohe ne l'aidait pas, ne l'encourageait pas. Il considérait qu'elle n'avait pas clairement analysé la tendance générale des événements et agissait en fonction de questions d'intérêt secondaire ; visiblement elle allait au-devant des humiliations. Bien qu'il n'en eût rien dit, son expression était éloquente en soi : « Penser qu'on peut s'en sortir sans manger dans la main des "étrangers de l'Est" c'est se comporter comme un idiot fini ! » C'est la raison pour laquelle il attendait qu'elle se rendît compte à quel point elle faisait fausse route ; aussi, même quand elle était très occupée, gardait-il les pouces à la ceinture. Quand Gaodi se mettait en colère, il disait avec indifférence : « S'il fallait que je prépare une dizaines de tables pour un banquet je ne me montrerais pas négligent, mais me demander de faire la vaisselle, je suis désolé, ça on ne me l'a jamais appris ! »

De nombreux jours passèrent sans qu'il pût avoir de nouvelles sur ce qu'étaient devenues la « grosse courge rouge » et Zhaodi. Il se dit qu'il valait mieux ne pas courir inutilement. Quand John Ding rentrait à la maison, il pouvait discutailler avec lui pendant des heures, s'enquérant par le menu sur ce qui se passait à l'ambassade de Grande-Bretagne, puis il laissait libre cours à son étonnement et à son envie. Il disait en plissant les yeux, tout en s'extasiant avec délectation :

« Eh ! Eh ! Pour profiter de tous ces trucs-là, il faudrait se réincarner en étranger ! Le monde leur appartient ! »

John Ding, qui ne tenait plus Xiaohe en grande estime, n'était pas trop enclin au départ à le saluer, mais comme ce dernier ne tarissait plus d'éloges sur l'ambassade de Grande-Bretagne, il considérait que montrer de la froideur à son égard aurait été presque un manque de loyauté envers l'ambassade, c'est pourquoi il avait fini par mettre de l'eau dans son vin. De telles discussions pouvaient durer des heures.

Hormis John Ding, Ruifeng était son confident. La chance ne leur avait souri ni à l'un ni à l'autre, aussi en vinrent-ils, tout naturellement, à s'apitoyer sur leur sort mutuel. Dès qu'ils se mettaient à parler de leur talent inemployé, ils ressentaient une sorte de douceur amère ainsi que la grandeur de la souffrance. Ruifeng parlait toujours de ses amis espions. Cela lui donnait le sentiment qu'il lui restait de l'espoir, qu'il avait de l'avenir. Il en arrivait à cette conclusion : « Frère aîné Guan, vous verrez, je finirai bien par devenir un chef de l'espionnage !

— Mais oui, certainement ! » Xiaohe plissait ses yeux en deux minces fentes. « C'est la seule voie vers la fortune, assurément ! »

Parfois, alors que ni l'un ni l'autre n'avait un sou en poche, ils se nourrissaient d'illusions, et la conversation allait bon train. Ils n'avaient pas grand-chose pour flatter leur palais, et quand ils avaient la bouche sèche d'avoir trop parlé, ils devaient se contenter d'une gorgée de thé froid ou d'eau glacée. Au fil de la conversation, leur visage verdissait ; ils suaient abondamment de la tête comme cela vous arrive parfois la nuit, ou bien ils étaient pris de nausées et vomissaient une eau acide. Mais ils ne se taisaient pas pour autant, il leur fallait continuer de parler, cela leur permettait d'entrevoir quelque espoir ou bonheur vagues et chimériques.

Si cela se passait juste après le repas, Ruifeng s'empressait d'aider Gaodi à laver la vaisselle afin d'obtenir ses faveurs. Même si cette dernière ne lui faisait pas bonne figure, il se sentait tout de même très heureux. Il y allait souvent de ses insinuations : « Ne vous inquiétez pas, l'aînée des demoiselles ! Quand j'aurai un travail intéressant, tout le monde s'en trouvera bien par la même occasion. C'est que nous sommes des amis intimes ! »

Quand ils n'avaient vraiment plus rien à se dire, tous les deux recouraient au peu de connaissances qu'ils avaient en physiognomonie, et se disaient mutuellement l'avenir en étudiant les traits de leur visage : « Ruifeng ! » Xiaohe de son index ou de son annulaire parcourait doucement le visage de son compère. « Votre peau est sèche, c'est vrai, mais votre teint est tout à fait normal, tout à fait ! D'après vos yeux et votre nez, la chance est avec vous ! » Puis c'était au tour de Ruifeng de choisir des éloges agréables pour Xiaohe ; alors ils se détendaient, et chacun croyait qu'il était, pour le moins, quelque dieu égaré sur cette terre !

On était déjà au printemps et Gaodi n'avait toujours pas trouvé de travail. Elle s'affola, se mit à penser que c'était un juste retour des choses pour le mal qu'avait fait la « grosse courge rouge » : non seulement cette dernière avait été incarcérée, mais sa fille devait mourir de faim ! Elle vendit, dès qu'ils cessèrent de les porter, ses vêtements d'hiver et ceux de Xiaohe. Elle ne put faire autrement que d'avoir une discussion avec son père « J'ai tout essayé, en vain, que faire ! »

Xiaohe avait une réponse toute prête : « À mon avis, la meilleure solution est que tu te maries ! Épouse un homme riche, et nous ne mourrons pas de faim ! » Vraiment, c'était la conclusion la plus opportune qu'il pouvait faire au terme de cet épisode. Car, enfin, quand on est jeune on se fait entretenir par ses parents ; dans la force de l'âge, si on peut être fonctionnaire, on vit aux crochets du peuple ; quand on est vieux, on profite de ses enfants. Gaodi étant sa fille, elle se devait donc, pour subvenir à ses besoins à lui, de vendre son corps.

« N'y a-t-il donc d'autre solution ? demanda encore Gaodi.

— Non ! »

Gaodi s'en fut trouver discrètement Ruixuan et lui raconta l'affaire en détail et, de plus, lui demanda conseil.

« Je crains bien que tu ne sois obligée de partir ! Ici tout est mort déjà, on ne peut trouver la vie dans un endroit mort ! lui dit Ruixuan.

— Et comment partir ?

— Ce n'est bien sûr pas facile ! Il faut d'abord de l'argent pour le voyage, puis il faut accomplir les formalités de sortie, enfin c'est une entreprise éprouvante et dangereuse. Toutefois, en partant, on a toujours plus de chance que de rester à croupir ici !

— Et papa ?

— Au risque de paraître impoli, je dirai qu'il ne mérite pas la moindre petite attention, et cela tu le sais encore mieux que moi ! »

Gaodi hocha la tête pour montrer qu'elle était bien d'accord avec lui.

Ruixuan, lui donna vingt yuans qu'il avait dû

trouver en raclant les fonds de tiroirs : « C'est bien peu ! Mais au moins cela te permettra de sortir de la ville même, une fois au-dehors, tu verras bien ! »

Munie de ces vingt yuans et d'un petit baluchon, sans avoir osé faire ses adieux à son père, ni accomplir les démarches pour l'autorisation de quitter la ville, elle se rendit à la station de la porte Qianmen. Elle s'était bien renseignée : pour effectuer les formalités de sortie, elle aurait dû dire où elle se rendait, pour combien de temps. Par ailleurs, si elle ne rentrait pas dans les délais impartis, les Japonais la réclameraient à sa famille. Elle avait donc préféré braver le danger et n'impliquer personne. Et puis elle ne savait absolument pas où elle irait. Elle s'était dit, grosso modo, qu'elle ferait bien de se rendre d'abord à Tianjin, par petites étapes ; avec seulement vingt yuans en poche, elle ne pouvait pas faire de projet bien précis. Elle était déterminée. Elle avait toujours l'impression d'être dans les rets de l'ombre de sa mère et, pour y échapper, il lui fallait quitter Peiping.

Elle prit un tramway en direction de la porte Qianmen. Son cœur battait la chamade. La tête baissée, la main serrée sur son petit baluchon, elle avait l'impression que d'innombrables yeux étaient fixés sur elle. Au bout de quelques stations, les gens étaient montés et descendus, sans avoir prêté, lui sembla-t-il, attention à elle. Elle osa alors soulever les paupières. Mais, au même moment, elle vit un agent de police et deux Japonais monter dans la voiture. De nouveau, son cœur fit un bond. Elle se dit qu'ils venaient à coup sûr pour l'arrêter. Peu après, ils descendirent tous. Elle avala sa salive, poussa un soupir de soulagement. Elle repensa à Tongfang, elle lui lança ce cri rentré : « Tongfang ! Tongfang ! Ah ! si j'avais su, si nous nous étions enfuies ensemble ! Donne-moi ta bénédiction et ta protection, je t'en prie ! Fais que je puisse sortir sans encombre ! »

Le printemps était doux cette année-là à Peiping, pourtant Gaodi ne sentait pas sa chaleur. Elle n'avait plus de foyer, plus rien. À présent elle s'en allait seule vers un endroit inconnu. À la vue de la porte Qianmen, sa panique s'accrut. La haute porte lui paraissait être celle séparant ce monde-ci de l'autre monde. Elle descendit du tramway, marcha lentement vers la gare. Ses jambes semblaient ne plus avoir de force.

L'express pour Tianjin ne partait que dans vingt bonnes minutes. La tête baissée, elle se mit à la fin d'une file assez longue de voyageurs. Un frisson glacé, à tout moment, lui parcourait le dos, elle avait les paumes moites. Elle n'osait penser à rien d'autre, elle espérait que quelqu'un viendrait vite se placer derrière elle, pour se retrouver prise dans la file et être un peu mieux cachée aux regards.

Alors qu'elle n'avait pas tous ses esprits, on lui tapota doucement l'épaule. Instinctivement, elle pensa se sauver mais ses jambes ne bougèrent pas d'un pouce. Elle se dit : « Je suis faite ! »

« Grande-sœur ! » l'appela tout bas Zhaodi.

Gaodi se sentit défaillir, ses larmes soudain se mirent à couler. Pendant tous ces longs mois elle n'avait plus entendu cette appellation familière : « Grande sœur » ! Même si en temps ordinaire elle n'éprouvait pas une affection bien profonde pour Zhaodi, les liens de sang étaient là. L'appel de sa sœur semblait anéantir la détermination et les efforts désespérés qui avaient marqué ces derniers mois.

Elle n'osa pas regarder Zhaodi, elle ne put que la laisser lui prendre la main pour se diriger vers un endroit moins fréquenté. Elle avait oublié Tongfang, elle avait tout oublié. Telle une petite fille perdue, elle serrait fortement la main de sa cadette, cette main menue, toute chaude.

Une fois sorties de la gare, derrière une file de pousses, elles se retrouvèrent face à face. L'aînée avait changé, la cadette aussi. Elles se regardaient, interdites.

Au bout d'un bon moment, Zhaodi demanda tout bas : « Où vas-tu grande sœur ? »

Gaodi ne répondit pas.

« Et papa ? »

Gaodi ne savait trop quoi répondre.

« Parle, grande sœur ! »

Gaodi resta encore un moment interloquée, avant de demander : « Et maman ? »

Zhaodi baissa la tête. « Comment, tu ne sais pas ?

— Mais non !

— Elle est morte ! » Zhaodi releva brusquement la tête, fixa sa sœur.

« Morte ? » Gaodi baissa la tête. Ses mains se mirent à trembler légèrement.

« Dis-moi : où vas-tu ?

— À Tianjin !

— Pour y faire quoi ?

— Y chercher du travail ! » Gaodi serra son petit baluchon pour cacher le tremblement de ses mains.

« Quel travail ?

— T'en occupe pas ! Il faut vite que j'aille acheter mon billet !

— Si tu ne me le dis pas, tu ne partiras pas, cela relève de mon autorité.

- Pardon ?

— Cela relève de mon autorité !

— Toi, tu... ? » Les jambes de Gaodi se mirent à trembler elles aussi. « Comment est morte maman, hein ? Et toi, à présent tu... Tu n'as donc aucune notion du bien et du mal ?

— Je n'ai pas le choix ! » Zhaodi eut un sourire forcé, mais déjà son ton se faisait cassant : « Tu vas me faire le plaisir de rentrer bien gentiment à la maison. Si je te laisse partir, je serai châtiée !

— Mais je suis ta sœur aînée !

— Cela ne change rien à la chose ! Même si je te laissais partir, les autres ne resteraient pas là à bayer aux corneilles ! En route ! Rentre à la maison ! » Zhaodi sortit un peu d'argent, le fourra dans la main de sa sœur puis tira cette dernière vers les pousses. « Tu prends un pousse ou le tramway ? »

Gaodi était incapable de répondre. Ses pieds et ses mains ne tremblaient plus, son visage s'empourpra, elle avait beau réfléchir, la même phrase tournait dans sa tête : « C'est le juste retour des choses ! Le juste retour des choses ! Celle qui t'empêche de partir est ta propre sœur ! »

« Grande sœur, rentre bien gentiment à la maison ! » Tout en marchant, Zhaodi poursuivit : « Si tu oses encore penser à t'enfuir, je ne me montrerai pas aussi gentille ! Et puis cette gare est un filet dont on n'échappe pas, sans pièce officielle personne ne peut en sortir ! » Elle appela un pousse.

Gaodi avait déjà un pied à l'intérieur, Zhaodi la retint et lui dit à l'oreille : « Attends un peu et je te trouverai du travail ! »

Gaodi regarda sa sœur avec colère, les mots lui sifflèrent entre les dents : « Pour moi ? Je ne mangerai pas de ton pain, dussé-je mourir de faim ! » Elle lui jeta l'argent qu'elle avait dans la main.

Zhaodi partit d'un petit rire. « Fort bien, au revoir ! »

CHAPITRE LXXI

Peu après avoir franchi dans l'autre sens la porte Qianmen, Gaodi fit arrêter le pousse et s'excusa auprès du tireur : « Je suis désolée, je ne continue pas ! » Elle lui donna quelques pièces, puis marcha en direction de l'ouest. Elle ne savait pas où elle allait, ni où elle devait aller, elle éprouvait seulement le besoin de marcher, pour dissiper la colère qui l'habitait.

Elle alla ainsi, un bon moment, l'esprit troublé avant de se rendre compte qu'elle suivait la rue Shunchengjie, toujours dans la même direction. Elle marcha encore avant d'apercevoir un petit temple au nord de la rue. Elle s'arrêta malgré elle. La porte n'était pas entretenue depuis bien longtemps, un battant était ouvert, elle entra. Peut-être n'était-elle pas venue là pour prier le Bouddha et brûler de l'encens, mais parce que, tout simplement, elle trouvait que c'était un endroit calme où s'asseoir et repenser à tout ce qui était arrivé. Passée la grande porte, elle constata qu'il n'y avait pas âme qui vive. Les trois temples du Bouddha sur les côtés étaient tout aussi laids que la porte, mais propres. Elle se sentit plus à l'aise. Comme elle regardait de tous côtés, quelqu'un sortit du temple à gauche :

M. Qian Moyin. Il était vêtu d'une vieille robe de prêtre taoïste en coton, si courte qu'elle lui arrivait tout juste au genou. Il tenait à la main un gros sac en toile grossière sur lequel était écrit en gros caractères très noirs : « Vénérer l'écrit ».

Gaodi, partagée entre le rire et les pleurs, incapable de dire un seul mot, se précipita vers lui, comme elle aurait fait si elle avait rencontré par hasard un proche perdu de vue depuis longtemps.

Le visage du vieil homme était noirâtre, émacié, il avait les cheveux grisonnants. À la vue de Gaodi, il resta interloqué, cligna des yeux, la reconnut et rit avec beaucoup de douceur : « Gaodi ! » mais tout de suite son rire s'arrêta net et il demanda presque avec inquiétude : « Comment saviez-vous que j'étais là ? Qui vous l'a dit ? »

Gaodi rit à son tour : « Personne ne m'a rien dit, je suis venue me réfugier là comme une étourdie. »

Le vieil homme, qui semblait vraiment rassuré, lui dit à voix basse : « Ne dites à personne que je suis ici ! D'ailleurs je n'habite pas dans le temple, j'y viens parfois pour... » Le vieil homme se mit à rire de nouveau. « Dites-moi, que devenez-vous ? » Tout en parlant, il se dirigeait vers le temple principal. Gaodi le suivit. Ils s'assirent sur les marches en pierre.

Pour Gaodi ce fut comme si on ouvrait une vanne, un flot de paroles se déversa, elle raconta toutes les épreuves par lesquelles elle était passée ces derniers mois. Le vieil homme écoutait sans mot dire. À la fin Gaodi prononça les mots de « juste retour des choses » en guise de conclusion.

Quand elle eut fini, le vieil homme resta un

moment sans parler avant de dire : « Il n'y a pas de rétribution, Gaodi, c'est l'homme qui a la clef de tout, il ne faut pas croire à la rétribution !

— Que vais-je faire ?

— Attendez que je réfléchisse ! » Le vieil homme ferma les yeux.

Gaodi, qui n'avait pas la patience d'attendre, demanda tout de suite : « Et si Zhaodi me demande d'entrer dans l'espionnage ?

— C'est justement ce sur quoi je suis en train de réfléchir ! Avez-vous le courage d'accepter ? » Le vieil homme ouvrit les yeux, la fixa du regard.

« Je..., quand bien même j'en aurais le courage, je ne pourrais pas ; je ne peux travailler pour...

— Vous ne voyez qu'un aspect de la question. Si vous aviez le courage d'y entrer, vous me tiendriez au courant à tout moment de ce que vous faites, ne serait-ce pas très utile ?

— Alors, je dois attendre qu'elle se manifeste et quand elle me demandera d'y entrer, j'accepterai ?

— C'est tout à fait cela ! Toutefois... » le vieil homme continuait de fixer le visage de Gaodi, « qu'ils viennent à le savoir, vous pourrez sur-le-champ dire adieu à la vie. C'est pourquoi je vous demandais si vous aviez du courage ! »

Gaodi hésita un instant. « Oncle Qian, vous ne pourriez pas, vous, me donner un peu de travail ? Je voudrais rester avec vous !

— Hum ! Je n'ai jamais voulu engager de demoiselles. Vous voyez, les Japonais, eux, aiment former des femmes pour l'espionnage, d'abord parce qu'ils sont misogynes et pensent qu'elles sont timorées, qu'on peut donc les contrôler facilement ; et puis, les Chinois étant courtois avec les femmes, elles parviennent, sans difficultés, à infiltrer un milieu. Quant à eux, une femme ne les a pas aisément. Ils procurent partout des prostituées à leurs officiers et à leurs soldats pour les servir. Même si nos espionnes acceptaient de sacrifier leurs charmes, elles ne pourraient pas les approcher. Il faut vraiment que je ne puisse pas faire autrement pour que j'en vienne à demander l'aide d'une femme ; par exemple, quand un homme ne peut mener à bien une action. Oserez-vous y aller si Zhaodi venait vous chercher ?

— J'irai ! Mais si elle ne vient pas ?

— Vous n'aurez qu'à attendre et on verra. De mon côté, si j'ai besoin de vous, je vous le ferai savoir.

— Mais je n'ai pas de revenus, comment vais-je vivre ?

— Hum ! On va y réfléchir tranquillement. Ne vous faites pas de souci à l'avance, prenez patience, on ne meurt pas si facilement de faim !

— Je vous crois, oncle Qian ! Quand je serai rentrée, dois-je informer papa de ma rencontre avec Zhaodi ?

— Mais oui, il le faut, car, dès qu'il le saura, il ne manquera pas d'aller trouver tout de suite Zhaodi et de se vanter partout que sa fille est dans l'espionnage, ainsi Zhaodi en pâtira, ne réussira pas à s'imposer et nous aurons un astre de malheur en moins !

— Mais si, effectivement, elle ne réussit pas, peut-être ne viendra-t-elle pas me trouver pour me demander de devenir...

— L'être humain est quelque chose de mouvant, Gaodi ! Il faut agir en fonction des circonstances et non commencer par se tracer une voie toute faite et la suivre ! » Le vieil homme se leva. « Ah oui, ceci encore, vous pourrez à tout moment discuter avec Ruixuan, il n'est pas très téméraire, mais il est attentif aux autres. »

Gaodi se leva à son tour. « Oncle Qian, comment faire par la suite pour vous rencontrer ?

— Ici ! Si je n'y suis pas, prévenez le moine Mingyue dans l'arrière-cour, il est des nôtres. Quand vous le verrez, vous devrez d'abord prononcer les mots suivants : "Vénérer l'écrit", sinon il ne vous croira pas. »

Gaodi sortit lentement du temple à la suite du vieil homme. À la vue du sac dans la main de celui-ci, elle demanda, poussée par la curiosité : « Oncle Qian, qu'est-ce qu'il y a dans votre sac ? »

Le vieil homme s'arrêta, la regarda, rit, ne dit rien. Comme ils arrivaient à la porte du temple, il demanda à Gaodi de sortir la première : « Gaodi, rappellez-vous bien ceci : ne parlez de moi à per sonne ! Rentrez gentiment chez vous et attendez des nouvelles de Zhaodi ou de moi ! Ne vous impatientez pas, ne vous faites pas de souci ! Agissez en fonction des circonstances ! Vous êtes une brave fille, je le savais depuis longtemps. Allez maintenant ! »

Gaodi sortit la première. Elle n'osa pas se retourner, elle savait que si le vieil homme ne voulait pas sortir du temple en même temps qu'elle c'est qu'il avait ses raisons, elle ne pouvait pas décemment rester là à regarder de tous côtés au risque de provoquer son mécontentement. Toutefois, le visage basané et émacié du poète, ainsi que son doux sourire restaient très nets dans son esprit. Cette image, comme celle d'un bodhisattva, semblait diffuser lumière et chaleur ; elle voyait le printemps, son corps entier en ressentait une agréable douceur ; elle éprouvait un sentiment de sécurité, un espoir infini. Elle se dit que, même si elle devait rencontrer tout de suite Zhaodi pour entrer dans l'espionnage, elle irait braver le danger, sans cligner des yeux, elle se sacrifierait. Elle avait à l'esprit les paroles de M. Qian, elle se sentait bien, même si elle devait être décapitée sur-le-champ.

Ce qui la comblait c'était ce qu'il lui avait dit à propos de la juste rétribution. Ces mots avaient dissipé un nuage noir qui occupait ses pensées. Elle était elle, et la « grosse courge rouge » était la « grosse courge rouge ». Elle ne portait pas la responsabilité des actes de sa mère, elle n'aurait pas à subir de châtiment. Pour peu qu'elle s'armât de courage, fît ce que lui avait dit M. Qian, elle pourrait être en accord avec sa conscience et avec tous les êtres. Une fois qu'elle eut compris cela, elle ressentit un grand soulagement, ses jambes avaient de l'énergie à revendre. Elle rentra d'une traite à la maison.

Guan Xiaohe et Qi Ruifeng étaient en train de bavarder. À leur vue, elle fronça les sourcils. Ces deux diablotins qu'elle avait en face d'elle lui semblaient franchement répugnants, exécrables après la vision qu'elle venait d'avoir, dans le petit temple, de ce bodhisattva bienveillant, courageux, plein de sagesse. Elle décida de ne plus se montrer aussi aimable envers eux, de ne plus prendre de gants à leur égard. Les yeux pleins de colère, elle leur lança cette phrase qui fit l'effet d'un coup de tonnerre dans un ciel bleu · « Maman est morte ! »

Xiaohe n'en crut pas ses oreilles : « Comment ?

— Maman est morte ! » les yeux de Gaodi continuaient de lancer des éclairs.

Xiaohe cacha ses yeux dans ses mains. Ruifeng, bouche bée, regardait le père, puis la fille, sans pouvoir dire un mot. Contre toute attente, il était ému, comme si la « grosse courge rouge » n'avait jamais dû mourir.

« Frère aîné ! Frère aîné ! » les yeux pleins de larmes, il tenta de le consoler : « N'ayez pas trop de chagrin ! N'allez pas... » Ses mots s'étranglèrent dans sa gorge, il se mit à pleurer.

Xiaohe laissa retomber ses mains. « Je ne pleure pas ! Je ne dois pas pleurer maintenant ; non, il ne faut pas que je laisse libre cours à mes larmes ! Pensez donc, depuis qu'elle est incarcérée, les voisins me regardent de haut. Quand ils vont apprendre la mort du chef de centre Guan, ne vont-ils pas me mépriser davantage ? Qui sait s'ils n'iront pas jusqu'à m'envoyer quelques jets de salive ? Je ne pleure pas. J'ai de la peine, je le sais, mais je ne peux pas faire en sorte que les voisins m'entendent et s'en réjouissent !

— Frère aîné ! » Ruifeng s'empressa d'essuyer ces larmes versées à tort et d'arborer un sourire « Frère aîné, vous analysez fort bien les choses, c'est remarquable ! »

Xiaohe poussa un long soupir avant de demander d'une voix mourante à Gaodi : « Comment le sais-tu ?

— C'est Zhaodi qui me l'a dit ! »

Les deux hommes firent un bond et posèrent ensemble la même question : « Zhaodi ! Comment ça Zhaodi ? »

Gaodi avait une folle envie de les gifler à tour de bras, mais il lui fallait agir en fonction des recommandations de M. Qian. Elle ravala sa colère : « Elle fait de l'espionnage !

— Vraiment ? » Ruifeng, fou de joie, continua : « Oh ! Rendons grâces au ciel ! La seconde demoiselle est vraiment débrouillarde, ça oui ! Bravo ! Je l'admire du fond du cœur !

— Gaodi ! cria Xiaohe, nous pouvons pleurer

haut et fort ! Que les voisins nous entendent ! Peuh... ! J'ai perdu ma femme qui était chef de centre, mais j'ai une fille qui fait de l'espionnage ! Qu'ils osent encore me mépriser, je les ferai arrêter immédiatement par Zhaodi et mettre en prison ! Viens, on va pleurer ! » Sur ces mots il laissa libre cours à ses cris et à ses pleurs.

Gaodi était tellement en colère qu'elle s'était remise à trembler, elle resta assise dans la pièce extérieure. Ruifeng n'osait pas se mettre lui aussi à pleurer bruyamment la « grosse courge rouge ». Il se contenta de masser Xiaohe en lui tapotant le dos tout en versant quelques larmes. Ce faisant, il s'efforçait de le consoler : « Frère aîné ! Frère aîné ! Allons, n'ayez pas tant de peine ! Puisque la seconde demoiselle est entrée dans l'espionnage, nous devrions fêter cela ! À pleurer ainsi à en émouvoir ciel et terre vous risquez d'ébranler la bonne fortune qui vient contrebalancer cette mort et de faire se retourner la situation contre vous ! »

Ce ne fut pas facile pour Xiaohe d'arrêter ses lamentations, il cracha un liquide visqueux, puis dit à Gaodi : « Trouve un peu de tissu noir, nous devons porter son deuil ! »

Gaodi ne bougea pas, elle restait assise, furieuse, dans son coin. Xiaohe chercha lui-même un moment dans la pièce sans trouver la moindre bande de tissu. Cela le mit un peu en colère : « Quelle vie ! On n'a même pas un bout de tissu noir ! Et merde, tiens !

— Rien ne presse, quand la seconde demoiselle aura fait ses preuves, est-ce que les billets de banque ne gonfleront pas de nouveau vos poches ? » dit Ruifeng, tout frétillant de joie.

Xiaohe se rendit dans la pièce extérieure et demanda à Gaodi : « Où l'as-tu rencontrée ?

— À la station de la porte Qianmen !

— À la porte Qianmen ! » Ruifeng qui arrivait à son tour eut un signe de tête admiratif.

« Comment était-elle vêtue ?

— Comme une fille de la campagne.

— Déguisée, c'était un déguisement ! » commenta Ruifeng.

— Ruifeng ! » Xiaohe tira Ruifeng par le bras : « Allons-y, venez la voir avec moi !

— En route ! Quand on aura vu la seconde demoiselle, on lui demandera un peu d'argent pour fêter son succès dans la joie avec quelques verres de vin ! Est-ce faisable ? » Ruifeng ne voulait pas y aller pour rien, il avait donc essayé d'abord de coincer Xiaohe.

— C'est faisable, en route ! »

Arrivés à la gare, il s'avéra qu'ils avaient manqué leur coup, Zhaodi avait déjà quitté les lieux.

« Frère aîné, confiez-moi l'affaire, je vais essayer de savoir où elle est. J'ai des amis dans l'espionnage, j'aurai le renseignement, sûr ! Rentrez chez vous, on se verra là-bas ! dit Ruifeng tout de go.

— Fort bien, c'est convenu ! Je vais encore attendre un peu ici, on se verra à la maison ! »

Xiaohe attendit encore une bonne heure, sans avoir aperçu Zhaodi, il s'en retourna chez lui.

À peine entré au Petit-Bercail, il tomba sur M. Li qui venait à sa rencontre. Il se dépêcha de renifler, d'avoir les yeux mouillés, pour l'informer que la « grosse courge rouge » avait « trépassé ». Puis il jura qu'il retrouverait son cadavre, pour lui faire un enterrement de première classe avec soixante-quatre porteurs. « Maintenant, Monsieur Li, écoutez bien ce que je vais vous dire, recruter des porteurs c'est de votre ressort. C'est faisable, car, voyez-vous, Zhaodi à son tour est devenue quelqu'un : elle est employée par les Japonais ! »

M. Li se contenta d'émettre deux grognements avant de s'éloigner sur cette réponse évasive.

Arrivé sous les gros sophoras, Xiaohe rencontra cette fois M. Sun. Tout rayonnant de joie il lui dit : « Venez me raser ! Si vous ne savez pas faire grand-chose de bien, là au moins vous vous débrouillez ! »

M. Sun lui dit sans ménagement : « Je suis occupé, pas le temps !

— Oh ! En voilà de grands airs ! » Xiaohe fit une moue : « Ne vous amusez plus à cela avec moi ! Je vous préviens, Zhaodi, ma seconde demoiselle, est dans l'espionnage ! »

M. Sun n'ajouta rien, il s'éloigna en clignant ses yeux de myope.

Xiaohe fit quelques pas de plus pour rendre une visite au chef de police Bai, il le mit au courant : « Je dois continuer à assumer les fonctions de chef de quartier ! Zhaodi, notre seconde demoiselle, est fonctionnaire, et elle est même un petit peu plus haut placée que vous ! »

Ces derniers mois, grâce à Gaodi, tout le monde avait oublié à quel point Xiaohe était détestable, odieux. Par égard pour sa fille, et parce que Xiaohe était dans l'indigence, on aurait trouvé inconvenant de battre le chien tombé à l'eau. En un jour, cette petite avancée avait été réduite à néant par Xiaohe.

Le lendemain, les scellés sur la porte des Guan avaient été arrachés, et sept à huit Japonais s'étaient installés. Tous les voisins avaient baissé la tête. Dans une si petite ruelle, voilà que deux cours étaient occupées par les Japonais. Tous trouvaient que c'était trop lourd à assumer. Comme ils détestaient les Japonais, ils en voulaient encore plus à Xiaohe : si, se disaient-ils, ce dernier n'avait pas vendu M. Qian, si la « grosse courge rouge » n'avait pas amené les Japonais à saisir ses biens, comment ceux-ci auraient-ils pensé à cette petite ruelle peu attirante ?

Xiaohe avait une tout autre façon de voir les choses. Il expliqua aux voisins : « Il faut bien comprendre que les étrangers de l'Est forment avec nous une seule et même famille. C'est ma maison et je n'en serais pas désolé ? Mais si, bien sûr ! Seulement, voilà, il faut voir les deux aspects des choses, Zhaodi en ce moment travaille pour eux, et ils habitent chez moi, n'est-ce pas une façon de devenir encore plus intimes, d'entretenir l'amitié ? Si, bien sûr ! »

Il ne se contentait pas de telles déclarations. Chaque jour, quand il croisait l'un des nouveaux locataires, homme ou femme, il s'inclinait profondément, puis s'empressait de les rattraper pour essayer d'engager la conversation en leur faisant l'historique de la maison : « Cette maison je l'ai remise en état il y a..., laissez-moi réfléchir..., c'est ça, il y a six ans ! Les matériaux sont d'une solidité à toute épreuve. Elle ne prend pas l'eau, même s'il tombe une pluie diluvienne. La seule chose c'est qu'il y fait un peu chaud en été. Il faudrait, je vous prie de le noter, édifier une tonnelle et arroser le sol. Inutile de vous dire à quel point ce serait agréable ! »

Ruifeng se démena toute une journée sans succès : Zhaodi restait introuvable. Il était nerveux. Il garantit à Xiaohe, quand il le vit, qu'il reprendrait ses recherches dès le lendemain et qu'il finirait bien par la trouver. Xiaohe prit ses airs de grand seigneur : « Bien, Ruifeng, vos démarches m'éviteront de me fatiguer les jambes ! » Il se disait que, Zhaodi étant sa fille, tant mieux si on la retrouvait un jour plus tôt, mais, si cela devait prendre un ou deux jours de plus, cela n'avait guère d'importance. Elle n'en chercherait pas un autre père pour autant. Il garda son calme, il jubilait. On aurait dit que sa fille avait été promue impératrice et que lui-même allait se retrouver Premier ministre sans avoir eu le moindre effort à faire. Il n'avait plus envie de courir à droite et à gauche, il semblait attendre l'édit impérial. Oui, il jubilait. Plus il analysait la situation, plus il était persuadé que sa conduite passée avait été tout à fait raisonnable et humaine. Le ciel qui n'était pas aveugle lui permettait de sortir de cette mauvaise passe et de renaître.

Ruifeng, lui, était bien plus impatient. Il avait fait son petit calcul : s'il retrouvait Zhaodi, peut-être le recommanderait-elle. Il était persuadé que se faire espion était le moyen le plus rapide de s'enrichir. Et, quand bien même il ne serait pas introduit dans ce milieu, les services qu'il aurait rendus aux Guan en faisant toutes ces démarches lui permettraient sans doute de vivre quelques temps à leurs crochets sans avoir rien à se reprocher. N'était-il pas leur « ami à toute épreuve » ?

Zhaodi était contente d'elle. Elle avait pu, sans se laisser attendrir, intercepter sa sœur aînée, elle croyait en ses capacités. Elle décida d'accomplir à la gare quelque action d'éclat afin de monter vite en grade et de pouvoir enfin porter de beaux vêtements, se farder les lèvres. Elle allait allier romantisme et meurtre. Forte de cette résolution, elle arrêta en deux semaines huit jeunes. Parmi eux, un seul était effectivement suspecté d'espionnage, les autres étaient tous d'honnêtes voyageurs. Elle ne chercha pas à éclaircir ce point ; une seule chose comptait pour elle : acquérir des mérites. Elle savait que les Japonais ne lui tiendraient pas rigueur pour avoir arrêté des gens à tort. Ils appréciaient de pouvoir détenir toujours plus de jeunes afin d'expérimenter sur eux tortures et barbarie.

Ses yeux étaient aussi beaux, mais ils brillaient d'une lueur nouvelle, mouvante, terrible. Quiconque la regardait semblait condamné à tomber immédiatement amoureux d'elle. Quant à elle, sans même regarder davantage la personne à qui elle faisait perdre ainsi la tête, elle restait indifférente. Cette lueur était comme une toile d'araignée, prête à prendre bourdons ou papillons qui se présenteraient dans ses rets pour les tuer !

Son sourire avait perdu déjà cette candeur qu'il avait autrefois, remplacé par une mimique qui pouvait disparaître aussi vite qu'elle était montée à ses lèvres. Quand elle se mettait brusquement à sourire, de son visage, de son corps émanait soudain un air de jeunesse qui vous ensorcelait. S'arrêtait-elle de rire, son corps entier se mettait alors comme hors circuit et, à la place de la lumière, on ne voyait plus que ténèbres et terreur.

Bien qu'elle fût toujours aussi menue, elle n'avait plus cette fragilité d'antan. Elle avait conscience à tout moment de sa beauté et, même déguisée en fille de la campagne, elle regardait ses pieds ou, de sa paume, tapotait doucement ses cheveux. Parfois pourtant elle semblait oublier cette beauté faite de fraîcheur, allongeait loin les jambes, ou bien négligeait de boutonner un ou deux boutons, comme si elle voulait faire l'aumône de son corps au monde entier.

Après ces huit arrestations, elle était entrée dans les bonnes grâces des Japonais. Elle se dit qu'elle avait effectivement des capacités, de l'audace, de la force et qu'elle n'était pas pour rien la fille de la « grosse courge rouge » !

Quelques jours passèrent. L'endroit où elle avait reçu son entraînement fêta ses trois ans d'existence. C'était pour Zhaodi une occasion inespérée. Lors du gala elle interpréta *Le mariage de Hongyin* qu'elle n'avait pu chanter la fois précédente et qui avait été la cause de tant de malheur. Non qu'elle chantât mieux qu'auparavant, mais son interprétation montrait qu'elle avait acquis du métier. Déjà, elle n'avait plus le trac, elle savait qu'il lui fallait saisir sa chance, se faire remarquer. Elle cultiva l'expression mouvante de son regard, balayant les Japonais au pied de la scène. Elle joua d'une façon sensuelle répugnante de son corps qui n'était déjà plus aussi gracile. Son interprétation ne se fit pas selon les règles de l'art, mais elle déploya toutes les ressources de sa sensualité. Les Japonais au pied de la scène en étaient tous comme pris de folie.

Par cette prestation elle écrasa toutes ses collègues. Elle espérait qu'elle pourrait obtenir très vite un bon poste, porter de beaux vêtements, des chaussures à talons et que le numéro 109 deviendrait un chiffre haut en couleur dans l'esprit des Japonais.

Mais Ruifeng finit, à force d'expédients, par retrouver sa trace. Xiaohe et lui, pareils à des explorateurs, au comble de l'exultation, arrivèrent aux remparts de la ville est. La porte était hermétiquement close. Ils n'osèrent pas aller frapper, mais restèrent plantés là avec déférence, attendant que Zhaodi sortît. À l'intérieur, le gardien les avait bel et bien repérés par les fentes de la porte. Au bout d'une bonne vingtaine de minutes, comme personne ne se montrait, Xiaohe décida d'aller frapper. Il pensait que, en qualité de père de Zhaodi, il serait bien reçu, indépendamment du fait qu'elle fût là ou non. Il n'avait pas encore touché la porte qu'elle s'entrouvrait légèrement. Le gardien, un jeune Chinois, demanda à voix basse : « C'est pour quoi ?

— Je voudrais voir ma fille Zhaodi, dit Xiaohe en prenant un ton très distingué.

— Partez et vite, si ne voulez pas avoir des ennuis ! dit le jeune portier. Vu votre âge, il serait mal venu de ma part de faire un rapport, il faut que vous sachiez qu'ici un regard de trop est passible de crime !

— Faites-moi une faveur, annoncez-moi. Guan Zhaodi est ma fille, je suis venu la voir ! »

Le jeune portier s'impatientait. « C'est pour vous que je vous ai dit de partir au plus vite, si vous ne me croyez pas j'entre faire mon rapport et vous en prendrez au minimum pour six mois de prison. Qui vous a informé du fait qu'elle habitait là ? »

Xiaohe s'empressa de désigner Ruifeng : « C'est lui !

— Partez, partez vite ! » dit le jeune homme avec impatience.

Ni Xiaohe ni Ruifeng ne voulaient partir ; puisqu'ils avaient trouvé le lieu, il n'était pas question de s'en aller comme ça sans avoir vu Zhaodi !

À ce moment-là un Japonais sortit. Xiaohe s'empressa de mobiliser ses pieds pour faire un salut à quatre-vingt-dix degrés. Le jeune portier avait déjà dégainé son pistolet : « Que personne ne bouge ! »

Comme Ruifeng allait prendre la fuite, il répéta : « Que personne ne bouge ! »

Sur un signe de tête du Japonais, le jeune homme les fit entrer, tout en les tenant en joue. Avant de s'avancer, Xiaohe adressa quand même un profond salut au Japonais. Quant à Ruifeng, son petit visage sec était blême de peur.

Quand ils furent à l'intérieur, le Japonais posa quelques questions au portier. Il sentit immédiatement le complot. Il était le vainqueur, or un vainqueur n'a pas la conscience tranquille et voit des esprits partout. Il commença par s'enquérir de la façon dont ils avaient appris que Zhaodi se trouvait en cet endroit. Xiaohe mit tout sur le dos de Ruifeng. Ce dernier pensa d'abord couvrir son indicateur chinois, mais deux gifles bien appliquées sur son petit visage sec le forcèrent à cracher le morceau. Après l'avoir entendu, le Japonais en arriva aux déductions suivantes : « On ne peut plus se fier entièrement aux espions chinois, il faut les dénoncer, sinon les services d'espionnage japonais vont s'écrouler ! »

Ruifeng, qui redoutait d'être frappé de nouveau, donna, sans attendre qu'on le lui demandât, le nom des espions qu'il connaissait. Le Japonais comprit qu'il y avait des intelligences dans la place, que les travailleurs clandestins chinois et les Chinois travaillant dans les services d'espionnage japonais organisaient un coup monté !

Il demanda à Ruifeng pour quelle raison il se liait avec des espions. Ruifeng répondit : « Parce que je voudrais en être un ! » C'était une excellente réponse, le Japonais, toutefois, n'en abandonna pas sa méfiance pour autant.

Pour se venger de la crasse que venait de lui faire Xiaohe, et des gifles reçues, il dit au Japonais : « C'est lui qui a su le premier que Zhaodi était dans l'espionnage, alors j'ai cherché à savoir où elle se trouvait. »

Le Japonais demanda à Xiaohe comment il l'avait appris. Ne voulant pas être souffleté, ce dernier prit les devants et impliqua immédiatement Gaodi.

Le Japonais s'affaira, après avoir incarcéré Xiaohe et Ruifeng, il fit mettre au cachot tous les espions cités par Ruifeng en attendant de les interroger.

CHAPITRE LXXII

À dix heures du soir, Xiaohe n'étant toujours pas rentré, le cœur de Gaodi se mit à battre la chamade. Tout d'abord, elle éprouva de la joie, si Xiaohe et Ruifeng étaient détenus par les Japonais, Zhaodi se verrait infliger une sanction disciplinaire. Cela ne signifiait-il pas la réussite de l'habile stratagème de M. Qian ? Mais, en poussant plus loin sa réflexion, elle se dit que, si ses suppositions étaient les bonnes, les Japonais ne feraient pas grâce si facilement à la famille Qi ni à elle-même. Elle s'affola un peu, décida d'aller d'abord mettre en garde les Qi.

Yun Mei, de son côté, attendait le retour de Ruifeng.

Quand Gaodi lui eut fait part de l'objet de sa visite, elle appela Ruixuan. Une fois mis au courant, ce dernier fit venir son grand-père et sa mère. Il savait que si les Japonais venaient pour une enquête, ils interrogeraient individuellement chaque membre de la famille et que, si les réponses données par les uns et les autres ne concordaient pas, ce serait dangereux.

Gaodi répéta tout ce qu'elle venait de dire. Ni le vieux Qi ni Mme Tianyou n'ouvrirent la bouche.

Ruixan commença par faire la proposition suivante : « Même sous la torture, nous ne devrons pas parler de M. Qian ! Qu'en pensez-vous ? »

Le vieux Qi acquiesça d'un signe de tête. « Si les Japonais posent des questions sur le cadet, que répondrons-nous ? demanda Ruixuan.

— La vérité ! Rien que la vérité ! dit Mme Tianyou tout bas mais avec fermeté.

— C'est ça, la vérité ! répéta le vieux Qi en fixant ses genoux. Son âge, sa conduite, son passé, le fait qu'il souhaite être un espion. Nous dirons la vérité, sans rien inventer, libre à eux de nous croire ou non ; qu'ils nous tuent ou nous laissent vivre, ce sera à leur discrétion, mais, au moins, nous aurons dit la vérité ! » Le vieil homme redressa la tête, il regarda tout le monde de ses petits yeux. « Il faut absolument dire la vérité, j'ai bientôt quatre-vingts ans, je me suis toujours considéré à tort comme un inférieur, saluant le front contre terre avant de parler. À présent, j'ai compris ceci : saluer le front contre terre, dire des choses agréables à entendre, ce n'est pas forcément le meilleur parti. De la force de caractère, que diable ! » Mais quand il eut fini de parler, ses mains tremblaient.

« Et moi, frère aîné, je dis aussi la vérité ? demanda Gaodi à Ruixuan.

— Sauf en ce qui concerne ta rencontre avec M. Qian, tu n'as qu'à tout dire ! Il demandera à Zhaodi de se confronter avec toi, lui dit Ruixuan.

— Alors je vais sans doute me retrouver en prison !

— Comment ça ? demanda Yun Mei.

— Pourquoi voulais-je quitter Peiping, je n'ai pas d'explication plausible.

— Sur ce point encore, dites la vérité ! » Le vieux Qi, comme s'il était sous le coup de la colère, avait élevé la voix. « Notre destin est entre leurs mains, à quoi bon biaiser en disant des mensonges ! »

Gaodi resta longtemps sans rien dire avant de reprendre : « Bon, je les attends ! »

Ruixuan la raccompagna. Il avait encore beaucoup de recommandations à lui faire, pourtant il ne dit rien de plus.

On dormit mal chez les Qi cette nuit-là. C'était vrai, les difficultés rencontrées toutes ces années les avaient aguerris, endurcis, mais ils restaient Pékinois dans l'âme, et, par là même, comment n'auraient-ils pas été inquiets, pris de panique ?

Effectivement, comme l'avait prévu Gaodi, vers cinq heures, un camion de Japonais arriva au Petit-Bercail. Ils installèrent momentanément des hommes en faction sous les gros sophoras à l'entrée de la ruelle, comme si le Petit-Bercail était tenu par un corps de guérilleros.

Trois hommes entrèrent au n° 6, cinq chez les Qi.

Les tourments de plusieurs années et la délibération de la veille avaient décidé le vieux Qi à se montrer aussi inflexible que les Japonais. Il les fixait droit dans les yeux, le ton de sa voix était assez fort, indiquant clairement qu'il ne resterait pas déférent plus longtemps, car ce comportement policé n'avait pas empêché Tianyou, Petit Wen et Petit Cui de trouver la mort.

Ruixuan, Yun Mei, Mme Tianyou et le vieux Qi furent interrogés chacun dans un endroit séparé, à la suite de quoi leurs dépositions furent confrontées ; puis ils furent tous rassemblés, et l'interrogatoire reprit depuis le début. D'un regard le vieux Qi fit comprendre à Ruixuan et aux autres qu'il consentait à parler au nom de tous. Il répondit sans hésitation aux questions qui lui étaient posées. Les Japonais demandèrent : « Vous saviez qu'il voulait se faire espion ?

— Oui ! répondit le vieil homme.

— Et pourquoi le voulait-il ?

— Car c'est un bon à rien.

— Pardon ?

— Il est clair que ceux qui acceptent d'accomplir des actes inhumains sont des bons à rien. »

En entendant cette réponse, Mme Tianyou et Yun Mei eurent des sueurs froides. Mais les Japonais semblèrent se montrer un peu plus conciliants. Tout en regardant le vieux Qi, ils restèrent longtemps sans rien dire. Les cheveux blancs du vieil homme, sa haute stature, ses propos inflexibles lui conféraient une dignité inviolable ; il leur était difficile de poser d'autres questions.

Deux des Japonais murmurèrent quelques phrases, puis l'un d'entre eux sortit précipitamment. Peu de temps après, il était de retour, accompagné de la vieille femme japonaise du n° 1. Ruixuan eut une illumination, se félicita de s'être toujours méfié d'elle, de s'être tenu sur ses gardes chaque fois qu'elle avait essayé de sonder ses pensées, refusant de bavarder plus que de nécessaire. Mais très vite il devait découvrir qu'il se trompait.

Le Japonais désignant un à un les Qi posa quelques questions à la vieille femme. Elle répondit brièvement avec une grande politesse. Bien que le dialogue se fît en japonais et qu'il ne comprît pas ce qu'ils se disaient, Ruixuan, au vu de l'expression de la vieille femme et des réactions de ses interlocuteurs, comprit qu'elle parlait d'eux en bien.

Quand ils eurent fini avec elle, ils posèrent encore quelques questions à Ruixuan. Les réponses concordaient avec les dépositions. Bon gré mal gré, ils se dirigèrent vers l'extérieur. La vieille femme les suivait avec beaucoup de déférence. Elle dut attendre d'être arrivée au milieu de la cour avant d'avoir l'opportunité de jeter un coup d'œil à Ruixuan. Elle lui adressa un léger signe de tête. Ruixuan comprit ce qu'elle voulait dire et se contenta de lui rendre un salut tout aussi discret, sans oser lui adresser la parole.

Après le départ des Japonais, le vieux M. Qi éprouva une peur rétrospective. Il s'assit sur le bord du kang, ses mains tremblaient.

Yun Mei, pour le réconforter, dit en se forçant à sourire : « Il ne devrait pas y avoir de suite, n'est-ce pas ? »

Le vieil homme resta un moment interloqué avant de répondre : « Qu'ils reviennent ! De toute façon j'ai assez vécu, pourquoi aurais-je peur de la mort ? Qu'ils reviennent, je les attends d'un pied ferme ! » Il resta encore un moment sans rien dire avant de reprendre en hochant la tête : « Qu'un bon à rien soit capable de provoquer un tel chambardement ! Nous nous sommes tous trompés en nous montrant trop bienveillants pour le cadet !

— Oui, mais, on aura beau dire, la famille c'est la famille, est-ce que nous devons le rejeter parce que c'est un bon à rien ? dit Yun Mei en continuant de se forcer à sourire. Ne croyez-vous vraiment pas que, si demain il sort de prison, à son retour nous ne lui donnerions pas comme avant à manger ? »

Le vieil homme ne dit plus rien, il s'était renversé sur le kang.

Gaodi fut emmenée par les Japonais. Elle n'avait pu répondre à la question concernant les raisons pour lesquelles elle avait voulu quitter

Peiping et avait essayé de le faire sans accomplir les formalités d'usage.

Tout en les suivant, curieusement, elle se calma. Elle se disait : « Puisque je ne peux pas quitter Peiping, y rester c'est aussi une façon d'être en prison ; alors, être emprisonnée pour de bon, c'est même plus satisfaisant, et si les Japonais me forcent à me faire espion, eh bien, j'accepterai et je pourrai ainsi faire quelque chose pour M. Qian. S'ils veulent me tuer, qu'ils me tuent, de toute façon, vivre c'est souffrir ! » Après avoir bien réfléchi, non seulement elle s'en trouva apaisée, mais ressentit même presque de la joie.

Une fois en prison, les Japonais la confrontèrent sur-le-champ avec Zhaodi. Ce qu'elles dirent fut conforme à leurs dépositions orales. Puis ils les emmenèrent à la gare de Qianmen pour reconstituer leur précédente rencontre. Tout fut refait avec exactitude, jusqu'au moindre pas ; tout concordait avec les procès-verbaux. La scène de l'entrevue à la gare pouvait être considérée comme exempte de points faibles.

Mais ils ne pouvaient pas relâcher pour autant Gaodi, car elle n'avait toujours pas donné d'explication satisfaisante sur le fait quelle voulait fuir Peiping. Ils étaient persuadés que sa décision ne relevait pas de sa propre initiative, qu'elle y avait été poussée par un certain contexte — ils pensaient par exemple à quelque organisme clandestin établi en dehors de la ville qui recruterait en fait spécialement parmi les jeunes de Peiping. Ils devaient donc l'enfermer et, par un interrogatoire lent, minutieux, l'amener à dire la vérité sur ce chapitre.

Que des meurtres sanglants puissent être le fait d'un ou deux minables, cette affaire en était une belle illustration. Les services de contre-espionnage japonais de Peiping connurent un renforcement de la discipline. Tous les Chinois non fiables furent liquidés radicalement. Xiaohe, pas plus que Ruifeng ne savaient quel rôle ils avaient joué par leur conduite ignoble, ni combien de jeunes avaient, à cause d'eux, versé leur sang dans les geôles obscures. Tous les espions que Ruifeng avait vendus y laissèrent la vie, ni vu ni connu. Puis, les espions, en rivalité constante, saisirent cette occasion pour se dénoncer mutuellement, aussi furent-ils nombreux à se retrouver en prison.

Zhaodi, après la confrontation avec son aînée, avait retrouvé son cachot. Elle analysait fort bien la situation : « J'ai laissé Gaodi rentrer à la maison, mais ne l'ai pas relâchée en cachette, car mon intention était de la recommander pour entrer dans l'espionnage. » Mais les Japonais n'acceptèrent pas ses explications. Ils considéraient qu'elle aurait dû faire immédiatement un rapport à ses supérieurs et non prendre, dans son coin, la décision de laisser Gaodi rentrer à la maison. Et si cette dernière au lieu de rentrer s'était enfuie de Peiping par un autre endroit ? Zhaodi fut incapable de répondre.

Le cas de Xiaohe et de Ruifeng était le plus épineux. Les Japonais firent une enquête sur leurs antécédents : tous les deux n'étaient pas mal, il s'agissait de vrais bons citoyens. Les Japonais firent venir exprès de Tianjin deux « spécialistes des questions chinoises » pour expertiser ces phénomènes. Le résultat fut le suivant : en tous points, physionomie, propos, manières, inclinations, ambition, psychologie, les notes obtenues par Xiaohe frisaient le maximum ; quant à Ruifeng, ses notes étaient très légèrement inférieures, quatre-vingt-douze au lieu de quatre-vingt-dix-huit. Selon les deux experts, quiconque obtenait quatre-vingt pouvait être considéré comme un bon citoyen de première catégorie. Xiaohe et Ruifeng se plaçaient bien au-dessus de cette norme !

Les Japonais vouant un culte à l'autorité, au vu du rapport des deux experts, ils auraient dû immédiatement donner un poste important aux deux compères. Cependant, en fin de compte, ils n'étaient pas tout à fait tranquilles ; il leur fallait encore poursuivre leur enquête minutieuse. Ils les interrogeaient trois fois par jour et, plus on avançait dans l'interrogatoire, plus ils les trouvaient sympathiques en tous points, mais aussi plus leur perplexité allait grandissant.

Les courbettes de Xiaohe, sa façon de parler (il imitait l'intonation que prenaient les Japonais quand ils s'exprimaient en chinois, usait des mêmes mots qu'eux), ainsi que toute sa gestuelle les stupéfiaient. Cela faisait tout au plus trois ou quatre ans qu'ils occupaient Peiping et voilà qu'ils avaient déjà produit des personnages présentant une heureuse combinaison des éléments japonais et chinois. Ils lui demandèrent : « La "grosse courge rouge" est morte en prison, et tu n'en éprouves pas de révolte ? » La réponse fut si naturelle, si naïve, qu'ils ne surent trop que faire. Il s'inclina profondément et dit : « Si vous me donnez un poste, même si on devait, pour ce faire, déterrer le squelette de la "grosse courge rouge" et le fustiger une fois encore, je n'en serais pas affecté. Si j'ai un poste, je me trouverai une femme jeune et jolie ! Si vous ne me donnez pas d'emploi, je serai condamné à continuer de penser à elle !

— Quel poste voudrais-tu ?

— Le plus important possible, peu importe la nature ! »

Ils se regardèrent, ils étaient désemparés. Ils appréciaient les traîtres tout en les méprisant en même temps, mais, en ce qui concernait Xiaohe, ils n'arrivaient pas à se déterminer. Cet être pratiquement hors du commun les déconcertait. Ils firent venir Ruifeng pour l'interroger : « Qu'as-tu envie de faire ?

— Moi ? » Ruifeng caressa son petit visage sec et dit : « Je voudrais être dans l'espionnage.

— Et pourquoi ?

— Pour gagner de l'argent facilement ! »

Eh oui, dans son discours, son attitude, Ruifeng ne montrait pas la maturité, l'à-propos de Xiaohe. Toutefois sa candeur et sa franchise touchèrent les Japonais. Car, en vérité, si ces derniers avaient agressé la Chine, n'était-ce pas pour l'argent ? Ils ne pouvaient pas davantage gifler Ruifeng. Avec lui, aussi, ils avaient affaire à quelqu'un hors norme !

Pour le mettre à l'épreuve, ils acquiescèrent à sa demande d'entrer dans l'espionnage. Il s'étrangla plusieurs fois avant de répondre : « C'est merveilleux ! »

De retour dans sa cellule, il exultait. Quand il voyait le geôlier qui lui apportait à manger, ou quand des gens passaient de l'autre côté des barreaux, il disait transporté de joie : « Avez-vous jamais vu une chose pareille ? On m'a emprisonné, j'ai tout au plus reçu une paire de gifles et, par un tour de passe-passe, tout a basculé, je me retrouve soudain dans l'espionnage ! Je, ah ! oh ! Il semblerait que j'aie un peu de chance. On va voir, dès que je serai dehors, un pistolet à la ceinture, eh, eh ! j'aurai des billets plein les poches ! »

Les Japonais ne savaient trop que faire, ils ne

parvenaient pas à prendre un parti en ce qui le concernait. Ils ne pouvaient pas continuer à lui faire subir des châtiments corporels, c'eût été offenser les deux experts. Ils ne pouvaient pas pour autant passer aux actes et en faire un espion, car il était aussi bavard qu'un speaker à la radio. S'ils le gardaient en prison, il leur coûterait le prix de sa nourriture, le relaxer n'était pas la solution pour autant.

C'est ainsi que Xiaohe et Ruifeng continuèrent de mener leur petite vie paisible et minable en prison. Les torrents en crue rompaient les digues en pierre, dévastaient les villages, noyaient le bétail, déracinaient les vieux arbres, mais ne parvenaient pas à pulvériser cette racaille !

CHAPITRE LXXIII

Alors que la « grosse courge rouge » était emprisonnée, la guerre avait déjà éclaté en Europe. Les journaux pékinois ne savaient trop comment rapporter les nouvelles du conflit en Occident, fallait-il pavoiser ou mettre en berne ? Quand ils réalisèrent que l'armée allemande était invincible, les Japonais ainsi que les traîtres chinois furent remplis d'allégresse et se montrèrent disposés à faire de la propagande pour le démon de la guerre à coups de gros titres dans les journaux. Mais les attaques éclairs suivies de victoires de l'armée allemande les rendirent honteux de leur incapacité à anéantir la Chine en une fois. Ils ne pouvaient pas ne pas faire de propagande pour l'Allemagne, ils étaient donc là à battre la grosse caisse pour les autres, ce qui abaissait leur prestige.

Quant aux Pékinois, pour la plupart d'entre eux, ils n'avaient pas trop prêté attention à tous ces faits. Ils étaient habitués aux rumeurs, aussi n'étaient-ils guère enclins à croire les nouvelles rapportées dans les journaux du régime fantoche. Et puis, y accorder foi réduisait encore l'espoir : si l'Allemagne triomphait en Europe, et les Japonais en Asie, ils seraient bien naturellement à jamais des esclaves, ne connaîtraient pas la libération. Ils tenaient donc ces nouvelles pour des rumeurs. Ils ne croyaient pas à une domination allemande en Europe, pas plus qu'ils ne croyaient que le Japon allait anéantir la Chine.

De plus, leurs propres difficultés ne leur laissaient pas le temps de prendre du recul pour analyser les problèmes du monde. Il leur fallait vivre. Ils n'avaient plus de charbon, plus de céréales. Leur ventre qui criait famine, les cris plaintifs de leurs enfants, voilà les questions auxquelles ils devaient s'attaquer en priorité. La faim et le froid sont les choses les plus importantes au monde, car derrière se profile l'ombre de la mort.

L'armée allemande avait enlevé Varsovie, elle occupait le Danemark, les troupes franco-anglaises étaient battues... Les nouvelles arrivaient à la file, comme si le dieu de la guerre, à l'instar de la « grosse courge rouge », avait sombré dans la folie. Les Pékinois, eux, gardaient les yeux fixés sur les moissons du blé. Ils espéraient vivement une bonne récolte, pour se procurer de la farine fraîche.

On fit les moissons dans le Nord-Est, mais ils n'en virent pas la couleur et, de plus, ne touchèrent même pas de céréales secondaires.

Sur l'ordre des Japonais, toutes les minoteries de Peiping avaient cessé le travail, si bien que les magasins de céréales se trouvèrent dans l'impossibilité de faire marcher leur négoce. Les réserves furent confisquées, tout comme la nouvelle récolte ; les machines des moulins furent arrêtées ; les grands vans ovales des graineteries furent posés à l'envers sur le sol. Peiping devint une ville privée de céréales.

En revanche, à Tianjin, Shijiazhuang, Baoding

furent édifiés d'immenses greniers où l'on stocka en prévision d'une guerre longue.

M. Li, la personne la plus débrouillarde du Petit-Bercail, était lui-même à court d'expédients. Tout au long de ces dizaines d'années d'épreuves, quand un président avait succédé à l'Empereur, quand les étrangers ou les seigneurs de guerre avaient occupé Peiping, il avait toujours fini par dégoter des céréales, non seulement pour sa propre consommation, mais aussi pour aider les autres dans la mesure du possible. Aujourd'hui il n'y pouvait mais. Il avait pu constater par lui-même qu'un silence de mort régnait dans les minoteries, que dans les graineteries les grands vans étaient effectivement posés le cul en l'air, que les marchands de galettes avaient éteint leur foyer, que les vendeurs de raviolis et de nouilles avaient cessé leur travail. D'ordinaire il informait les voisins quand il apprenait une mauvaise nouvelle, non pour les plonger dans l'inquiétude, mais pour préparer les esprits. Aujourd'hui il était rentré la tête basse ; il n'avait pas osé prévenir le voisinage, car il n'avait que ses yeux pour voir, il était à court de moyens pour aider les autres dans le malheur. Les Japonais rendaient inefficaces la sagesse et la bonté des anciens.

Le vieux Qi était furieux. Quand il avait appris que les céréales manquaient, il était allé lui-même inspecter les jarres à riz et à farine, pensant qu'ils avaient de quoi tenir trois mois. C'était sa façon immuable de se tenir prêt contre périls et calamités. Quand il découvrit qu'ils avaient tout au plus de quoi se nourrir pendant une dizaine de jours, il vit rouge, reprocha à Yun Mei de ne pas s'être conformée à ses bonnes vieilles pratiques.

Yun Mei avait des arguments en sa faveur : les

céréales avaient vu leur prix augmenter de jour en jour, elles s'étaient faites toujours plus difficiles à trouver. Par ailleurs, elle n'avait ni l'argent, ni les capacités de s'en procurer. Mais elle aurait jugé inconvenant de se justifier auprès du vieil homme. C'était une femme vertueuse à l'ancienne manière, elle n'aurait jamais consenti, pour se disculper, à provoquer la colère du patriarche.

Tout cela, Mme Tianyou le savait ; elle trouvait bien que son beau-père avait été injuste envers Yun Mei, mais elle n'avait pas osé ouvrir la bouche, elle non plus. Elle se contentait de repenser à la mort tragique de son mari et se maudissait : « Je suis une incapable, pourquoi ne suis-je pas morte, au lieu d'être une bouche inutile à nourrir ! »

Petit Shunr et Niuzi semblaient sentir eux aussi qu'un malheur était proche. Ils avaient suivi le vieil homme dans ses inspections, puis avaient couru jusqu'au jujubier et restaient là à chuchoter : « On n'a plus de céréales, on n'a plus de céréales ! »

M. Sun, qui travaillait dans les graineteries et était mieux informé que quiconque, était encore plus affolé. Il savait que, dorénavant, les boutiques n'auraient plus le droit de négocier librement et qu'elles recevraient des céréales secondaires de la main des Japonais. Ils moudraient la farine en fonction de ce qu'on leur allouerait, puis ils la revendraient aux habitants selon le principe des cartes de rationnement, au prix et au moment convenus. Les graineteries ne feraient plus de commerce à proprement parler, mais seraient des organismes ayant pour obligation de distribuer les céréales à la place des Japonais. Ainsi, excepté pendant le laps de temps où ils toucheraient la marchandise, les boutiquiers n'auraient rien d'autre à faire, aussi chaque boutique devrait-elle procéder à des licenciements. Là où il y avait dix commis, on n'en garderait qu'un ou deux, et cela serait amplement suffisant. En entendant cela M. Sun, découragé, en avait eu le cœur serré. Les autres commerces avaient déjà procédé à des mises à pied, et voilà que maintenant c'était au tour des graineteries ! Comment allait-il s'en sortir ? Plus les boutiques congédiaient du personnel, plus son commerce périclitait.

De retour à la maison il eut envie de se lamenter tout son content auprès de Cheng Changshun et de pousser une bonne gueulante contre l'occupant. Il n'osait pourtant pas vomir tout haut des injures ; il savait que, en face, il y avait deux familles de Japonais. Clignant ses yeux de myope, il les maudissait à voix basse, dans l'espoir que, à défaut d'être entendu par eux, Changshun au moins compatirait à son malheur.

Mais Changshun était marié, et allait bientôt être papa, il ne s'emportait plus aussi facilement qu'avant, n'aimait plus trop s'occuper des affaires des autres, ni même prendre la parole. Certes, il haïssait toujours les Japonais, mais il ne grinçait plus des dents de fureur à la seule mention de l'occupant, ne pensait plus, comme autrefois, à s'enfuir de Peiping pour s'engager dans l'armée. À présent, la première des urgences était pour lui de subvenir aux besoins de sa grand-mère et de sa femme, la politique venant en second rang. Parfois, il lui fallait volontairement oublier les Japonais pour trouver de l'intérêt à la vie un peu mollasse qu'il menait.

Après avoir confectionné les uniformes en

vieux papiers et en chiffons, il avait une idée plus nette de la condition et des pratiques du « petit négoce », aussi prit-il comme capital la maigre somme reçue de John. Il se procura une palanche et se fit « tambourineur ».

Ce n'était pas un commerce facile. Tout d'abord il fallait avoir l'œil pour conclure à première vue de la valeur d'un objet et de sa bonne fortune. Cela permettait d'acheter des marchandises qui se revendaient bien — par exemple, un livre dans une édition rare pour le prix de vieux papiers ou des antiquités en cuivre pour le prix de la ferraille. Sans ce coup d'œil, on n'obtenait que des choses facilement repérables par tous et qui n'étaient pas de la bonne chine. Il fallait en outre être des plus vigilants, ne pas se risquer, par amour du gain, à acheter des objets volés pour se retrouver ensuite avec un procès sur le dos, les agents de police et les détectives étant experts pour déceler les objets volés chez les « tambourineurs ». Ceux-ci étaient arrêtés à la place des vrais voleurs, la loi ne les protégeant pas. Il en allait déjà ainsi autrefois, et c'était encore plus vrai sous la domination japonaise. Il fallait, de plus, être sans pitié. Tout comme les prêteurs avec intérêts, les « tambourineurs » vivaient sur le dos des pauvres gens. Plus le vendeur avait un besoin urgent d'argent, plus le tambourineur devait se blinder pour faire son offre. Se procurer l'objet au prix le plus bas et le revendre à son prix maximum, telle était la charte en vigueur ; si l'on avait le cœur tendre mieux valait s'abstenir, dès le début, de s'engager dans cette profession. Enfin, il ne fallait pas avoir peur des difficultés et de la fatigue, de se lever aux aurores pour se rendre au premier marché. Puis, la palanche sur l'épaule, on allait de ruelle en ruelle, frappant du tambour à timbre pour attirer l'attention des pauvres gens. Il arrivait qu'on eût à parcourir maintes ruelles avant de pouvoir faire une affaire, parfois cela n'aboutissait à rien ; et, même quand pieds et jambes étaient douloureux, que le commerce ne se faisait pas, on n'avait pas le droit de se relâcher.

Le choix de ce métier avait donné lieu à de longues réflexions et à des discussions entre Changshun et sa grand-mère. Il savait qu'il n'avait pas le coup d'œil, ne s'y entendait qu'en matière de vieux papiers et de vieux chiffons, or le métier de tambourineur impliquait de savoir apprécier la qualité de tout objet. Et puis il se connaissait : il n'était pas assez dur. Il était pauvre lui-même, il lui était difficile de mettre en application l'adage : « Pour avoir de quoi manger il faut tuer les pauvres. » Mais il avait bien compris aussi que l'expérience ne s'acquiert pas en un jour et que, à ne jamais vouloir essayer quoi que ce fût, il n'en aurait jamais.

Par ailleurs, il savait qu'il ne redoutait pas les longues courses et la fatigue, car autrefois il avait parcouru les rues avec son gramophone, s'était rendu au marché du matin pour acheter des objets mis au rebut. Il était prêt à continuer sur sa lancée. Et puis, même s'il devait courir tous les jours, il serait libre d'aller à sa guise. Ses jambes le porteraient là où il voudrait, il pourrait décider en toute liberté de ses horaires de travail. En cela résidait, à ce qu'il lui semblait, tout l'attrait de cette profession.

Quant à son manque de dureté, il pensait que ce n'était pas très grave. Il était prêt à des marchés honnêtes. S'il était droit, le commerce fleurirait, il pourrait gagner sa croûte.

Ce qui inquiétait le plus sa grand-mère était

qu'il achetât des objets volés et fût poursuivi en justice. Changshun jura qu'il ne rechercherait pas les petits profits, qu'il serait vigilant — il noterait sur un petit carnet l'aspect, l'âge du vendeur, le lieu de la vente afin d'avoir des données pour des recherches éventuelles. D'autre part, si vraiment par malheur il achetait un objet volé, cela ne le mènerait pas forcément au tribunal.

Il prépara une palanche et un tambour à timbre.

Au début il se contenta d'acheter de vieux papiers et de vieilles bouteilles, objets qui avaient pratiquement un prix fixe, il ne serait pas perdant. Il pourrait les revendre au marché selon un prix fixe également. Il ne gagnerait pas beaucoup, mais il y avait tout de même un bénéfice assuré. Il fallait déployer pas mal d'énergie pour transporter ces lourds objets, mais il n'osait pas se ménager. Il avait fondé un foyer, il lui fallait subvenir aux besoins de sa femme.

La femme de Petit Cui (devenue la femme de Petit Cheng), sous l'autorité de la vieille Mme Ma, était beaucoup plus propre et soigneuse qu'avant. Elle n'arrivait pas à dire si elle aimait ou non Changshun. Elle trouvait qu'elle devait faire de son mieux pour plaire à la vieille femme, vivre convenablement. Elle avait maintenant de quoi manger et se vêtir, un logement. Qu'elle aimât ou non Changshun, il lui fallait mobiliser son énergie, travailler. Sans ce remariage, elle le savait, elle aurait été réduite à la misère ou obligée de se prostituer. Certes elle n'avait pas oublié la gêne et la honte qui avaient accompagné ce remariage, d'autant plus que chaque jour elle avait sous les yeux la grand-mère Ma qui gardait le veuvage depuis tant d'années. Toutefois, le fait qu'elle n'avait pas eu d'autre choix pouvait tout excuser. Elle ne parvenait pas à oublier Petit Cui ; quand arrivait la date de son anniversaire ou de leur mariage, elle n'en parlait pas ouvertement mais pleurait en secret. Elle redoutait surtout d'entendre le mot « Japonais », car, à chaque fois, son regard devenait fixe, elle se prostrait soudain.

Cheng Changshun se rendait compte de tout cela, mais il avait décidé de ne pas en parler. Il savait qu'il devait se dépenser sans compter pour gagner de l'argent. Avec une bonne nourriture et des vêtements meilleurs, elle serait satisfaite et finirait par oublier Petit Cui. Par ailleurs, il n'osait plus parler des Japonais devant elle, ni même prononcer les seuls mots « étrangers de l'Est ».

Après les vieux papiers et les vieilles bouteilles il prit peu à peu de l'assurance et acheta fripes et chaussures usagées. Il avait vu des gens se procurer à bon compte un canapé, ou une table et des chaises élégants ; toutefois, il n'osait pas se lancer, même quand une occasion se présentait. Il savait qu'à Peiping, dans la situation actuelle, les objets d'occasion d'usage courant étaient plus utiles et rencontreraient plus de succès qu'un canapé ou que du beau mobilier en bois.

Mais ce qu'il savait, les autres le savaient aussi. Depuis qu'il était devenu tambourineur, les effectifs de la profession avaient doublé, voire quadruplé. Tout le monde avait bien compris que, Peiping s'appauvrissant chaque jour davantage, les gens seraient de plus en plus nombreux à vendre, et à acheter — on vendait ce qu'on avait de mieux pour acquérir quelque chose de moins bien, que l'on revendait pour acheter la qualité en dessous encore, et ainsi jusqu'à se procurer des choses en très mauvais état... Avec la pléthore des effectifs, la concurrence devenait inévitable. Ce qu'il voulait acheter, les autres voulaient se le procurer eux aussi. Il dut payer plus cher, gagner moins. Il trouva une solution. Il demanda l'aide de sa grand-mère et de sa femme : elles lavaient, raccommodaient et rapiéçaient les objets qui avaient besoin de l'être. Certes elles ne pouvaient faire des miracles, mais elles parvenaient à changer un peu l'aspect de ces choses en mauvais état, ce qui permettait de les revendre un peu plus cher. Ainsi, les deux femmes avaient de quoi s'occuper.

Mis à part les vieux vêtements, les chaussures et chapeaux usagés, les objets ayant le plus de valeur étaient le cuivre, le fer, le plomb et l'étain. Les Japonais, non contents d'organiser chaque mois des collectes forcées de ces matières premières, essayaient de s'en procurer partout. Celui qui arrivait à en trouver était sûr de les revendre. Changshun, quant à lui, se refusait à toucher à ce commerce, même s'il savait pourtant qu'il y aurait toujours quelqu'un pour le faire. C'était une résolution qu'il avait prise. Il se défendait de collecter pour les Japonais tout ce qui aurait pu servir à fabriquer des obus qui seraient lancés contre les Chinois.

Depuis qu'il avait opté pour ce métier, il vivait tant bien que mal, fermant exprès les yeux, ne se souciant de rien d'autre que de mettre sa petite famille de trois personnes à l'abri de la faim et du froid. Mais, à parcourir ainsi à longueur de journée rues et venelles, il avait, à son insu, le doigt sur le pouls de Peiping. Il voyait bien que, si les fripes avaient une valeur marchande, c'était parce que les Japonais contrôlaient le coton, et que si un bout de ferraille avait aussi sa valeur c'est qu'ils extorquaient la ferraille. Il pouvait constater également que les Pékinois « moyens » n'arrivaient plus à se maintenir dans leur catégorie, qu'ils s'étaient mis à vendre des objets, tandis que les gens pauvres en étaient arrivés au stade où ils n'avaient plus rien à se mettre sous la dent ni sur le dos. Parfois la veste de femme ou le vêtement d'enfant qu'il prenait dans la main était encore tout chaud du corps de son propriétaire. Il serrait les dents, demandait le prix, payait, mais il avait vraiment envie de pleurer. Il ne pouvait s'empêcher d'arrondir un peu la somme qu'il rendait, oubliant qu'il était là pour faire ses affaires. Après ce genre de tractations, qu'il eût ou non acheté le vêtement, il s'en allait loin avec sa palanche, en oubliant, dans son trouble, de battre de son petit tambour. Il savait que, pour Peiping, c'était la fin !

Il obtint d'un vieil homme une longue pipe au tuyau en ébène, au bec en cuivre blanc. Plusieurs jours passèrent et il ne l'avait toujours pas vendue, il la garda pour lui. Il se voulait fort, n'entendait tomber dans aucun vice, mais il avait besoin de fumer un peu. Quand il voyait dans la rue quelque chose qui l'attristait, il cherchait l'ombre d'un arbre, ou un endroit à l'écart, posait sa palanche, remplissait le fourneau et aspirait doucement. La vue de la fumée bleue qui tournoyait devant ses yeux lui apportait un peu de paix.

De retour à la maison, quand il ne devait pas aider les deux femmes à laver ou à remettre en état les vieilleries, il s'asseyait dehors sur les marches et fumait une ou deux pipes. Il les regardait furtivement du coin de l'œil tout en se disant : « J'ai tant de soucis en tête, mais ce ne serait pas bien de vous les dire ! »

Il avait essayé de vendre son vieux gramophone ainsi que les disques, mais, jusqu'à présent, n'y était pas parvenu. Il n'allait pas pour autant le faire jouer par les rues, il se contentait de chanter pour lui-même ; parfois, après l'achat d'une « trouvaille », tout content, il lui arrivait inconsciemment de fredonner une ou deux phrases de l'opéra de Peiping. Il aimait chanter de l'opéra, mais le son de sa propre voix le faisait se taire sur-le-champ au bout de quelques vocalises car il repensait aux époux Wen. C'était vrai, il aurait voulu se consacrer corps et âme à son commerce, oublier le pays, les Japonais, mais ces derniers, comme des esprits, le suivaient partout.

M. Sun et sa manie des grands discours n'arrivaient plus à amener de sa part une riposte allègre. Devant ce flot de paroles qui n'en finissait pas, il rentrait la tête dans les épaules et fumait sa pipe sans mot dire. Et quand M. Sun, n'y tenant plus, le pressait de répondre, il disait en nasillant : « Qui sait ? »

C'était la réponse qu'il venait de lui faire alors que son voisin s'était montré inquiet de la pénurie de céréales. M. Sun était au bord d'exploser de colère : « Tu es devenu tout bonnement un petit vieux ! »

Changshun n'avait pas le cœur à avoir une prise de bec avec lui ; il frappa doucement le fourneau de sa pipe contre les marches et entra chez lui.

Depuis qu'il s'était mis dans le commerce des objets au rebut, Changshun n'était plus allé bavarder avec Ruixuan. Quand il rencontrait ce dernier, il répondait évasivement en nasillant un mot ou deux avant de s'éloigner au plus vite. Lorsqu'il se trouvait en présence de Ruixuan, il repensait à celui qu'il était deux ou trois ans auparavant, au courage et à l'enthousiasme qui l'habitaient. Même si, à l'époque, il n'avait pas accompli d'acte bien extraordinaire, il avait quand même un peu plus de tempérament. À présent il avait honte de parler de nouveau avec l'aîné des Qi.

Depuis que son père avait été acculé au suicide, Ruixuan s'était dit que Peiping, tôt ou tard, allait connaître une disette artificielle. Dans la mesure où les Japonais contrôlaient le coton et de nombreuses autres marchandises, ils le feraient aussi certainement pour les céréales. Malgré cette prévision, il n'avait fait aucun préparatif en ce sens. D'abord parce qu'il n'avait pas d'argent pour stocker, puis, comme bien des lettrés, il ne savait que s'inquiéter, incapable qu'il était de penser à des solutions concrètes.

Avec les troubles provoqués par les Japonais contre les Anglais à Tianjin, le déclenchement de la guerre en Europe, il avait pensé à l'éventualité d'une attaque japonaise contre les places fortes et les points stratégiques tenus par les Anglais en Orient. Si les choses devaient réellement se passer de cette façon, les Japonais feraient tout leur possible pour collecter des matériaux et des céréales, afin de se préparer à une extension du conflit.

Il avait pensé souvent en parler avec M. Goodrich, mais ce dernier avait toujours éludé. Le vieil homme savait tout comme Ruixuan que la situation n'était pas brillante ; toutefois, il essayait de se persuader que les Japonais n'oseraient pas lancer un défi à la Grande-Bretagne. Lui qui aimait tant les polémiques gardait le silence à présent. Il s'inquiétait pour les Chinois, et aussi pour les Anglais. Mais, pour lui, la Grande-Bretagne était la Grande-Bretagne, et ne pouvait être mise sur le même plan que la Chine, il refusait d'admettre qu'elle se trouvait dans une situation tout aussi critique.

Voyant que le vieil homme n'était guère enclin à parler, Ruixuan s'appliquait au travail. C'était aussi une façon de calmer l'inquiétude qui le dévorait. Pourtant il ne parvenait pas à se concentrer. Tantôt il repensait aux hostilités en Europe, et supputait que, peu à peu, le monde entier se trouverait divisé en deux camps ; la Chine aurait alors l'espoir d'être aidée et de gagner. Puis il repensait à son grand-père, à sa mère, à ses enfants qui allaient connaître la tragédie de la famine. Ce mouvement de yo-yo entre joie et inquiétude le rendait nerveux.

Si Changshun n'osait plus le saluer, lui non plus, de son côté, n'osait plus saluer Changshun. Il ne se trouvait pas plus brillant que lui, tous les deux semblaient être devenus des petits vieux, et même si leurs corps restaient jeunes, de leur cœur n'émanait plus le parfum des fleurs de la jeunesse.

Petit Shunr avait déjà l'âge d'être scolarisé. Ruixuan prit la décision de ne pas l'envoyer à l'école — il n'était pas question que son fils reçût une éducation d'esclave. Mme Tianyou et Yun Mei s'étaient opposées à cette façon de voir les choses. Mais Ruixuan s'était montré ferme, comme si le fait de ne pas laisser son fils recevoir une telle éducation constituait la dernière ligne de résistance contre le Japon.

Peu de temps après, il commença à se moquer de lui-même : « Se servir d'un enfant pour résister à l'agresseur, pour laver le déshonneur de toute une famille qui vivote ! » Mais il ne changea pas pour autant d'opinion. Chaque jour, dès qu'il avait un moment, il apprenait lui-même les idéogrammes et le calcul à Petit Shunr. De plus, il lui racontait par le menu l'histoire et la civilisation chinoises. Il savait pertinemment que ce n'était pas trop conforme aux grands principes de l'éducation, mais il semblait bien qu'il s'agît de la seule chose qu'il pût faire avec enthousiasme. Pendant qu'il discourait ainsi, il oubliait momentanément les périls et la honte présents, pour ne plus voir que la gloire et la splendeur de la Chine, au travers des bronzes des Zhou, des poteries Han, des poèmes Tang, des calligraphies Jin et de la splendeur des paysages. Par la même occasion il en oubliait sa vie routinière et faussement sécurisante, pensait à l'avenir de Petit Shunr, un avenir prometteur et radieux s'il en était !

Pour économiser l'huile, Yun Mei s'arrangeait pour faire son travail la journée, le soir elle se couchait donc très tôt, évitant ainsi d'avoir à allumer les lampes ; et si elle le faisait, elle montait une mèche très courte. Pour apprendre à lire à Petit Shunr, Ruixuan, lui, la réglait plus grande. Il ne pouvait pas, pour des économies de bouts de chandelles, retarder l'éducation de son fils, ça, non ! La lampe dans la pièce semblait la seule lumière de cette cité perdue, un phare au beau milieu de la tempête !

Les jours de froid, il mettait les menottes de Petit Shunr dans ses manches à lui et, en face de lui, lui racontait des histoires d'aujourd'hui ou de naguère. Au bout d'un moment Petit Shunr s'endormait, il ne lui restait plus qu'à le porter dans le lit. Quand il faisait chaud, le père et le fils, assis dans la cour, travaillaient avec application. À ces moments-là la petite Niuzi s'asseyait en faisant des manières pour écouter. Si Petit Shunr protestait : « Niniu tu comprends rien ! »

Ruixuan disait avec douceur : « Laisse-la écouter, elle comprendra ! »

Ces deux derniers jours, alors qu'il parlait ainsi, il repensa soudain à cette famine artificielle qui sévissait. Il ressentit un grand froid par tout le corps. Il avait vu des petits enfants mourant de faim, pareils à Petit Shunr, mais qui n'avaient déjà plus que la peau sur les os. Il ne put continuer ses explications. « Petit Shunr, allez, au lit ! » Il savait que ce rien d'éducation ne sauverait pas son fils, et il s'en voulait davantage encore pour son incapacité. Il se sentait ridicule.

C'est la raison pour laquelle il s'attachait plus que jamais à l'enfant. En lui étaient tous ses espoirs, il serait plus tard tout ce que lui-même n'avait pu être. Il ne fallait pas que Petit Shunr mourût de faim !

Mais qui aurait pu garantir que, dans une ville touchée par une pénurie de céréales, ses enfants ne mourraient pas de faim ?

CHAPITRE LXXIV

Les affaires ne marchaient pas si mal pour M. Li. Peiping s'appauvrissait, n'avait plus de céréales, cependant la population ne cessait d'augmenter. Certes, les boutiques licenciaient du personnel, mais les habitants des campagnes qui avaient perdu leurs biens, ou dont le village avait été brûlé par l'ennemi, ou qui pensaient échapper aux combats, arrivaient en masse, comme les jours de foire, dans cette ville morte. On aurait dit que le seul fait d'entendre ces deux syllabes : « Peiping » les mettait hors de danger. Si dans quatre-vingt-dix pour cent des boutiques il ne restait plus qu'un ou deux employés inefficaces, dans les ruelles on s'entassait. M. Li déménageait les vivants, portait les cercueils, aussi avait-il pratiquement tous les jours du travail.

Bien qu'il ne restât jamais oisif, le vieil homme cependant ne se sentait pas le cœur en fête. Que tant de gens viennent souffrir dans cette ville morte le laissait perplexe. Peiping n'était pas un lieu producteur de céréales ! Parfois, quand il emportait un cercueil hors de la ville, en entendant gronder au loin le canon, il comprenait pourquoi les gens venaient s'y réfugier : on se battait partout ! Mais, peu après, il se disait : ils échapperont peut-être au feu des armes, mais pas à la famine ! Arrivé à ce point de ses réflexions, il avait presque envie de rester aux portes de la ville à crier : « Mes amis, ne franchissez pas cette porte, une fois dedans, c'est la mort assurée ! » Cependant il n'osait pas agir ainsi, car aux entrées il y avait des soldats japonais.

« Tu parles, se disait-il tout en réfléchissant, les gens dans la ville n'osent pas en sortir par peur de la mort, ceux qui sont à l'extérieur, y entrent poussés par la même peur. Et même toi, Li le quatrième, tu n'oses pas crier à la porte de la ville, toi aussi tu as peur ! » Il méprisait tout le monde, se méprisait lui-même !

Ce qui le chagrinait le plus était que, dans la banlieue, on ne plantait plus de maïs, de sorgho, de millet ; jusqu'à l'horizon on ne voyait plus que des plants verts de patates douces à ras du sol. Après s'être informé, il apprit que dans tout territoire occupé par les Japonais, à vingt kilomètres de chaque côté des routes ou des voies ferrées, on n'autorisait plus que ce type de culture. Les Japonais redoutaient les maquisards, c'est la raison pour laquelle ils ne leur laissaient pas d'écrans de verdure. Les plants de patates rampaient sur le sol, les Chinois semblaient condamnés à faire de même, il leur était impossible de se tenir debout et de faire feu sur l'ennemi.

Ces collines monotones, ces plants verts lui donnaient le tournis. Les autres années, chaque fois qu'il sortait de la ville, il pouvait voir toutes sortes de cultures et cela lui réjouissait le cœur. Les hautes tiges du sorgho et du maïs, celles plus courtes du millet ou celles vert foncé du soja, avec chacune leur parfum spécifique, lui donnaient des assurances pour sa propre consommation et pour celle des autres. Surtout après une forte pluie, au beau milieu de la route entourée de chaque côté de pousses vertes, il pouvait sentir leur odeur sucrée, entendre aussi le léger craquement des sections de sorgho et de maïs s'étirer toujours plus haut. Cela lui donnait de la joie de vivre, il se sentait rajeunir de plusieurs années.

À présent, il avançait les yeux mi-clos. Les plants de pommes de terre n'avaient pas de parfum, n'avaient pas de fleurs, ni d'épis qui passaient du blanc au jaune puis au rouge. Ils ne faisaient que ramper au ras du sol, rangées après rangées, lui donnaient des troubles de la vision, l'angoissaient, si bien qu'il lui arrivait parfois d'en oublier presque la direction à prendre.

De plus, à la vue de ces plants rampants, verts, peu plaisants à regarder, il pensait immédiatement à leur pauvreté nutritionnelle : si on en mangeait peu on avait tout de suite faim, si on en mangeait trop, cela vous donnait des aigreurs d'estomac. Il avait plus de soixante-dix ans, comment être repu avec une telle nourriture ?

À part ces réflexions désordonnées, autre chose le peinait davantage. Depuis qu'il était sous-chef de quartier, il accompagnait le chef de police Bai dans la collecte de porte à porte du cuivre et du fer. Sa bonne renommée en avait pris un coup. Tout le monde savait bien qu'il était un brave homme, mais il est des logiques illogiques — on n'osait pas résister aux Japonais et, dans le même temps, comme on n'avait pas envie de rester sans rien dire, on déchargeait sa bile sur lui.

Or à présent c'était pire. Il devait informer chaque foyer et dire à ses occupants : « Ne jetez pas les feuilles de thé usagées, chaque famille doit en remettre tous les mois !

— Pour en faire quoi ? lui avait-on demandé.

— Bien malin qui peut le savoir ! avait crié le vieil homme très nerveux.

— Oh ! » Le chef de police Bai était alors intervenu pour la forme. « On dit que les feuilles de thé usagées mélangées au fourrage sont données aux chevaux des Japonais contre l'inflammation. On dit aussi qu'on peut en extraire de l'huile. Oh ! C'est que je ne sais pas trop, moi non plus !

— On n'a même plus les moyens de boire du thé, on n'a pas de feuilles ! avaient dit certains.

— En ce cas il te faudra trouver une solution pour t'en procurer ! » Le sourire du chef de police Bai s'était figé sur son visage, on aurait dit qu'il était sur le point de pleurer.

Quelques jours passèrent et il fallut encore informer tout le monde : « Chaque mois il faudra aussi fournir le papier d'étain des cigarettes. » Le vieil homme énervé, peu amène, déclara au chef de police Bai : « Je n'ai plus envie d'y aller ! Je n'ai plus le temps pour cavaler comme ça, et, pardessus le marché, je me fais injurier ! Laissez-moi tranquille, voulez-vous ? Je ne veux plus assurer cette sale fonction de chef de quartier ! »

Il avait beau parler, le chef de police Bai ne hochait pas la tête en signe d'approbation. « Cher Monsieur ! Un chef de quartier est fait pour être insulté, vous seul êtes capable de supporter cela. Soutenez-moi, car toutes leurs injures en fait me sont destinées. Bon, alors on est d'accord ? »

En plus de cette supplication, le chef de police Bai émit l'idée suivante : puisque Guan Xiaohe était en prison, M. Li serait promu au rang de chef de quartier officiel et M. Sun le seconderait. Peu après, il leur demanda de vérifier les cartes de séjour pour faciliter l'attribution des cartes de céréales.

Cette fonction ne plaisait pas à M. Li, mais en entendant qu'il s'agissait de distribuer à chacun des cartes de céréales, il se sentit un peu apaisé. Il se dit à lui-même : « Bon, puisqu'on parle de cartes, peu importe les céréales, on n'aura pas à souffrir de la faim. » Et il fit part aux voisins de cette réflexion afin de rassurer tout le monde. Ceux-ci, effectivement retrouvèrent le sourire et se consolèrent les uns les autres : « M. Li a raison, du moment qu'on distribue encore des céréales, peu importe lesquelles, on survivra tant bien que mal ! » Et voilà que « on survivra tant bien que mal » leur semblait la solution idéale !

Mais une fois les titres de séjours vérifiés, tous devaient comprendre que les personnes âgées de plus de soixante ans et les enfants de moins de six ans n'avaient pas le droit de toucher une ration.

Aucun Chinois ne pouvait accepter une chose pareille ! Il n'y aurait pas de céréales pour les vieillards et les enfants ? Était-ce seulement possible ? Le plus grand devoir d'un Chinois ayant toujours été de subvenir aux besoins des anciens et d'élever ses enfants, c'était carrément culbuter toute l'histoire de la Chine ! Bon, eh bien, puisque les Japonais voulaient faire mourir de faim les vieillards et les enfants, quel sens avait encore la vie pour ceux qui étaient dans la force de l'âge ? Tous les habitants du Petit-Bercail pensaient qu'il s'agissait là d'une « révolution » foncièrement scélérate : on voulait renverser d'un coup leur histoire, leur morale, leurs devoirs. S'ils acceptaient ces méthodes « révolutionnaires », ils deviendraient des barbares incapables d'éprouver de la compassion, dépourvus de pitié filiale !

Mais que faire ?

M. Sun, malgré sa promotion récente comme chef de quartier adjoint, décida de montrer qu'il n'était pas du côté des Japonais. Il proposa de se rebeller et de s'emparer des céréales. « Et merde ! Alors comme ça il n'y aurait pas de céréales pour les vieillards ? Et la piété filiale, qu'est-ce qu'on en fait ? Il n'y en aurait pas non plus pour les enfants ? Et la descendance alors ? Mais c'est un génocide ! Faut vraiment être un pisse-verglas pour être aussi cruel ! Et merde, tiens ! Dans les greniers, chez les grands traîtres au pays c'est pas les céréales qui manquent. Au pillage ! Au point où on en est, qu'est-ce qu'on a besoin de s'embarrasser de dignité ? »

En entendant ces propos résolus, francs, justifiés, ils en avaient tous les joues en feu, les yeux brillants. Mais quand il se tut, lui-même et les autres avec semblèrent déjà apercevoir les mitrailleuses. Ils avalèrent leur salive, personne n'osait lever le poing pour crier : « Au pillage ! » Ils étaient Chinois, Chinois de Peiping et ils trouvaient qu'il valait encore mieux mourir lentement de faim que d'être décapité pour avoir pillé des céréales ; leur cadavre au moins serait intact ! Plutôt mourir de faim que se révolter !

Alors ils firent marche arrière : « Bon, si les vieillards et les enfants n'ont pas de céréales, on partagera, voilà tout ! Personne ne mangera à sa faim, mais, au moins, personne non plus ne sera condamné à mourir de faim à brève échéance N'était-ce pas la solution ? »

Cette idée de « partage » obtint l'accord de tous. C'était une proposition plus souple que celle de M. Sun, d'une souplesse presque révoltante, toutefois, dans l'esprit des habitants du

Petit-Bercail, c'était une solution humaine et sage.

Alors que les discussions allaient bon train, ils reçurent un tract : « Décidez-vous sur-le-champ, compatriotes, acceptez-vous de mourir de faim, ou êtes-vous prêts à vous lever pour combattre ? La voie du salut, c'est notre sang qui la fraiera. Rentrer la tête dans les épaules, fermer les yeux, c'est prendre le chemin de la ruine et attendre, mais oui, c'est attendre — la mort ! »

Tout le monde avait deviné qu'il y avait de fortes chances pour que ce tract émanât de leur vieux voisin Qian Moyin. Ils en approuvèrent à l'unanimité le contenu et les esprits s'échauffèrent de nouveau. Mais très vite leur « sagesse » reprit le dessus. Cette sagesse, aussi inutile que l'étaient les antiques murailles de la ville, leur donnait l'impression d'être un peu en sécurité.

M. Sun pas plus que M. Qian n'étaient parvenus à stimuler le courage des habitants et à les amener à résister. Ces derniers durent donc trouver un moyen de donner libre cours à leur ressentiment. Ils pensèrent que M. Li les avait trompés à dessein. « Il nous a dit qu'il y aurait des céréales, mais a omis de préciser que les vieillards et les enfants n'y auraient pas droit. Et puis, il est chef de quartier, qu'il ait soixante ou soixante-dix ans, il aura toujours sa part, lui ! Les temps ont bien changé, si même M. Li se met à berner les gens ! »

Ces attaques inutiles lancées derrière le dos du vieil homme, ces chuchotements, leur permettaient de décolérer un peu et de rendre le chef de quartier responsable de tout.

Le vieux Qi, qui l'eût cru, s'en fut trouver M. Li.

Lui, le plus ancien habitant de la ruelle, le représentant moral de tous, le symbole de la longévité et de la félicité était devenu un mendiant qui n'avait même plus le droit de recevoir une part de céréales, un vieux diable condamné à mourir de faim. C'était plus qu'il n'en pouvait supporter !

« Et moi, je vous le demande, le Quatrième », le vieux Qi n'osait pas regarder en face ce vieil ami qu'il connaissait depuis des dizaines d'années de peur de perdre tout courage. « Comment une telle chose peut-elle arriver, comment est-il possible que je n'aie pas de ration de céréales ?

— Frère aîné ! Comme si la décision venait de moi ! »

Le fait de s'entendre appeler « frère aîné » par M. Li avait déjà ébranlé de moitié la détermination du vieux Qi. Entre deux amis de si longue date, ne se connaît-on pas trop bien ? Mais il n'osait toujours pas regarder M. Li en face ; il ne voulait pas fléchir mais bien continuer de l'interroger. L'affaire était trop grave, il n'était pas question de laisser passer ça. Il se blinda mentalement et dit les lèvres tremblantes : « Le Quatrième, toi, tu as ta part ! »

Quand il entendit les questions malveillantes du frère aîné Qi lui demandant des comptes, M. Li, qui connaissait pourtant bien la vie et les gens et qui ne se fâchait pas facilement, ne put s'empêcher de rougir jusqu'aux oreilles et resta longtemps avant de répondre.

Les petits yeux du vieux Qi rencontrèrent le visage de M. Li. Vite, ils s'en écartèrent, lui non plus ne trouvait pas ses mots.

« Frère aîné, dit M. Li avec un sourire embarrassé, tous les chefs de quartier ont droit à une part, la décision ne vient pas de moi. Écoutez-moi bien, frère aîné, j'ai encore bon pied bon œil, je peux gagner ma croûte ; je ne veux pas de cette part, cela évitera bien des ragots ! »

Le vieux Qi baissa lentement la tête, une larme stagnait au coin de ses yeux. Après être resté abattu un moment, il dit tout bas : « Le Quatrième, c'est que j'étais inquiet, si inquiet ! Sinon... Je trouve que tu ne devrais pas refuser cette part. Si tu le fais, où trouveras-tu des céréales ? »

M. Li fit un pas en avant et prit les mains du vieux Qi. Ces quatre mains totalisaient à elles seules plus de cent cinquante ans. Les deux hommes se comprenaient, se pardonnaient ; ils ne purent s'empêcher de pleurer.

Après avoir pleuré un moment, les deux vieillards, le ressentiment passé, n'éprouvaient plus que de la peine. Ils avaient bien envie de parler pendant des heures de tout ce qu'ils avaient sur le cœur. Mais aucun d'eux n'ouvrit la bouche. Ils venaient tous deux de familles pauvres, avaient réussi en partant de rien et voilà qu'à présent ils étaient confrontés au risque de mourir de faim ! Ce n'étaient plus ces patriarches fiers de leur réussite familiale et sociale, mais deux vieux chiens qui n'avaient plus personne pour les nourrir. Ils avaient toujours été honnêtes, avaient éduqué leurs enfants dans ce sens, c'était un fait dont ils pouvaient se glorifier, mais ils s'étaient trompés. C'était justement cette droiture et cette honnêteté qui les empêchaient, sous le joug de l'ennemi, de dire le ressentiment qu'ils éprouvaient. Ils allaient mourir de faim, sans oser ouvrir la bouche !

En temps ordinaire, ils étaient fiers de leur grand âge. À présent, alors qu'ils avaient affaire à un tigre redoutable, ils se rendaient bien compte que leur âge avancé était cause de leur malheur !

Ils se regardèrent longuement et décidèrent de ne plus reparler de ces céréales de merde. Leur gloire passée ne faisait qu'accentuer le côté pénible et amer du présent.

Une fois rentré à la maison, le vieux Qi, livré à ses réflexions, se sentait de plus en plus peiné, il trouvait tout cela sans intérêt. Au bout d'un moment, il se dit qu'il devrait faire quelque chose, il ne pouvait rester assis dans sa chambre à attendre la mort ! Il repensa aux malheurs qu'il avait connus tout au long de sa vie, et à la façon dont il s'était sorti de ces mauvais pas. C'est cela, il lui fallait faire quelque chose. À chaque fois n'avait-il pas triomphé des épreuves grâce à son courage, à sa diligence, à son opiniâtreté ? Il tâta ses quatre membres : oui, il était vieux, mais il devait malgré tout faire quelque chose au lieu de rester assis à attendre la mort.

Il ôta sa tunique, se dirigea à pas de loup vers la cuisine à la recherche de ses outils de travail d'autrefois : corbeilles, corde, palanche. Il ne savait pas s'il les retrouverait, n'auraient-ils pas été jetés depuis longtemps ou brûlés par sa petite-belle-fille ?

Yun Mei entra doucement : « Oh ! Que fait grand-père dans la cuisine ?

— Ah !... » Cette soudaine question semblait avoir fait oublier au vieil homme ce qu'il était venu chercher. Il eut un rire feint, avant de se rappeler : « Mes corbeilles et ma palanche ?

— Quelles corbeilles, quelle palanche ? » Yun Mei ne se rappelait pas du tout avoir vu traîner ce genre de choses par ici.

« Mais enfin ! J'ai touché à tous les commerces ! En 1900 j'ai vendu des jujubes. Je voudrais retrouver les corbeilles et la palanche dont je me servais à l'époque.

— Et pour quoi faire, grand-père ? » Yun Mei écarquillait ses grands yeux, elle resta longtemps ainsi sans ciller.

« Je vais faire un peu de commerce ! Comme je ne peux pas marcher bien longtemps, je traînerai près d'ici. Je ne peux pas porter des choses trop lourdes, alors je vendrai des confiseries, des cacahuètes. Même si je ne rapporte que quelques centimes par jour, je m'en contenterai, de toute façon je veux gagner un peu ma vie, je ne veux pas attendre là de mourir de faim, ni profiter de vos rations de céréales sans rien faire.

— Grand-père ! » se contenta de déclarer Yun Mei qui, sur le moment, ne sut trop que dire. Sa voix était assez forte et aiguë.

En entendant ce cri, Petit Shunr, Niuzi et Mme Tianyou accoururent.

Entouré par tous le vieil homme répéta ce qu'il venait de dire. Il parlait de façon objective, en évitant de manifester la moindre émotion, afin qu'ils comprennent bien qu'il en avait décidé ainsi et qu'il serait inutile de prendre des airs menaçants.

Quand il eut fini, ils se regardèrent tous en silence, la petite Niuzi s'avança, saisit la main du vieil homme.

Mme Tianyou savait qu'il lui revenait de parler la première : « Nous ne pouvons vous laisser y aller ! La situation n'est pas aisée à régler c'est vrai, mais quoi qu'on en dise, nous devons trouver un moyen de vous exprimer notre piété filiale. Quant aux corbeilles et à la palanche, même si on les avait gardées, elles seraient en mauvais état ! »

Petit Shunr et Niuzi firent écho ensemble : « Arrière-grand-papa, n'y va pas ! »

Yun Mei, à son tour, s'empressa de dire :

« Attendez que Ruixuan soit là, nous en rediscuterons tous ensemble ! » Elle se retourna et dit à Petit Shunr : « Petit Shunr, aide ton grand-père à marcher ! »

Avec force flatteries et cajoleries tous reconduisirent le vieil homme jusque dans sa chambre.

Une fois allongé sur son lit, le grand-père raconta de long en large aux enfants l'histoire de son combat passé, mais il n'osa pas parler du présent ni du futur, sur lesquels il n'avait aucune prise.

Quand Ruixuan revint le soir, Yun Mei et sa belle-mère s'empressèrent de lui raconter ce petit fait. Il resta un moment interloqué, puis il se força à sourire, il était incapable de dire quoi que ce fût.

Chose étrange, le vieux Qi ne reparla pas de l'affaire avec l'aîné de ses petits-fils. Quand le regard de ce dernier rencontra le sien, il s'empressa de détourner les yeux, ses lèvres bougèrent puis se serrèrent. Finalement, la famille entière se coucha tôt, confiant au sommeil humiliations, amertumes, difficultés.

CHAPITRE LXXV

Tous pensaient que la validité des cartes de céréales serait d'une durée illimitée. Le vieux M. Li surtout espérait que cela se passerait ainsi, car il avait déjà été accusé à tort et cela permettrait de mettre un terme à toutes ces injustices dont il était victime, de ne plus être la cible des attaques.

Qui aurait imaginé que ces cartes ne seraient valables qu'une seule fois et que, la date passée, elles seraient périmées. Tous pensèrent sur-le-champ que, pratiquement tous les jours, il leur faudrait attendre une nouvelle carte et que, dès qu'elle arriverait, ils auraient à trouver immédiatement un moyen pour se procurer de l'argent afin d'aller toucher au plus vite leurs céréales, avant la date de péremption. Si les Pékinois avaient un idéal, c'était bien de vivre libres, dans la courtoisie, de façon agréable. Si cela ne pouvait se faire, ce qu'il recherchait en second lieu c'était, même si on les privait de leur liberté, de continuer à vivre dans la courtoisie, sans être importunés — par exemple de recevoir des cartes valables pendant un ou deux ans qui leur permettraient d'aller toucher leurs céréales quand bon leur semblerait et de ne pas être soumis, comme c'était le cas avec le système actuel, à des tracasseries sans fin ! C'était un peu comme lorsqu'on a avalé une mouche : on voudrait la recracher tout de suite !

Ce qui les faisait trembler était le risque que la première distribution de cartes ne fût pas suivie d'une autre, que feraient-ils alors ? Ou bien qu'il y en ait une autre, mais dix ou quinze jours après, que faire dans l'intervalle ? Leur ventre pouvait-il se reposer ainsi quelques jours sans crier famine ? À force de faire toutes ces conjectures ils entrevoyaient l'ombre de la mort, aussi nette que celle portée sur le sol par les arbres un jour de grand soleil. Elle était là, devant leurs yeux ! Ils étaient affolés, aussi leurs invectives contre M. Li se firent-elles plus virulentes. Ils n'osaient pas s'en prendre directement aux Japonais, ni d'ailleurs au chef de police Bai car, en fin de compte, c'était un fonctionnaire. Ils auraient trouvé gênant de s'en prendre à M. Sun, il n'était que chef de quartier adjoint. M. Li n'étant pas fonctionnaire mais le chef de quartier officiel, tout naturellement ils se mirent à crier haro sur lui.

Le vieux M. Li en restait souvent interloqué ; se mettre en colère ne servait à rien, quant à tout supporter, il l'acceptait mal. Il avait vu la mort, lui aussi. Il se disait que, une fois mort, il aurait beau se trouver en accord avec l'univers, au diapason avec les divinités, il lui faudrait encore supporter les insultes.

Peut-être est-ce seulement à Peiping qu'existent de tels matins d'été ! Dans l'air frais rayonne une lumière brillante et gaie, tout est contraste. Avant que la rencontre entre ces deux sensations, la fraîcheur de l'air et la douceur de la lumière, ne les ait faites se neutraliser, les fleurs crachent leurs pistils et sur les feuilles scintille l'éclat de la rosée.

Même cet espace restreint et peu engageant qu'était le Petit-Bercail offrait un tableau charmant : la partie inférieure des deux gros sophoras était encore cachée dans l'ombre, les feuilles étaient vert foncé tandis que leurs cimes voyaient déjà la lumière et que les fleurs jaune pâle devenaient d'or. Les insectes vert tendre étaient suspendus à un fin fil de soie blanc, dont la moitié supérieure étincelait de lumière. La brise matinale qui soufflait faisait trembler le fil de gauche à droite, on aurait dit la corde d'un violon. La lumière de l'aube éclairait en premier la porte de M. Li. L'auvent bas qui la surmontait n'était déjà plus très régulier, entre les fentes des briques et des tuiles poussaient quelques brins d'herbe. Malgré son délabrement, il brillait sous la lumière tandis que l'herbe renaissait.

Des hirondelles virevoltaient au faîte des arbres ; elles apparaissaient, tels des éclairs de lumière noire. Il n'était jusqu'aux libellules qui volaient assez haut. Soudain l'une d'entre elles, d'un rouge éclatant, après un coup d'œil aux fleurs de sophora sur la cime s'enfonçait dans le ciel bleu ; une autre, avec des reflets vert émeraude sur son dos se contentait, par jeu, de s'attarder un instant sur les herbes du petit auvent de M. Li avant de faire demi-tour.

En temps de paix, une telle matinée engageait les vieux Pékinois, après leur toilette matinale, à sortir de la ville. Portant une cage occupée par leur oiseau favori, ils longeaient les rives plantées de saules ou les étangs de roseaux en quête de maisons de thé en plein air où tromper leur ennui avec une tasse de thé. Les amateurs de pigeons lâchaient des dizaines de volatiles diaprés qui tournoyaient dans le ciel bleu. Les pêcheurs, quant à eux, en profitaient pour sortir tôt de la ville en quête d'un coin tranquille où ils pourraient se livrer toute la journée à leur passe-temps favori. Ceux qui ne voulaient pas aller loin louaient un petit bateau et ramaient sur Beihai, ou bien se promenaient sous les vieux cyprès du parc Sun Yat-sen.

Aujourd'hui les Pékinois n'avaient plus le cœur à lever la tête pour regarder le ciel, ce ciel où volaient hirondelles et libellules. L'ombre de la famine voilait leurs yeux. Il n'y avait plus de tourterelles blanches dans les airs, les vieillards avaient perdu leur oiseau favori. Il n'y avait plus de céréales pour les êtres humains, comment y en aurait-il eu pour les volatiles ! C'était vrai, là où il y avait de l'eau, il y avait des pêcheurs et des rameurs, mais il s'agissait de Japonais ! Les Chinois, tenaillés par la faim, n'avaient plus le cœur à se divertir. Peiping était comme à demi paralysée dans la splendeur limpide de ce matin d'été.

C'est par un de ces matins-là que Yun Mei décida d'aller elle-même toucher les céréales. Elle savait que, dorénavant, il lui faudrait considérer sa vie passée — bien qu'elle n'eût pas été très rose — comme un doux souvenir. Les bons jours étaient derrière, devant elle se dressait le spectre de la misère et de la famine. Il lui fallait serrer les dents, ne pas s'affoler, ne s'étonner de rien, aller jusqu'au bout de ses devoirs. Elle laissait le rire monter à ses joues, pour bien faire comprendre ceci : « Voyez, je suis encore capable de rire, ne vous faites pas trop de soucis ! »

À la voir ainsi, Ruixuan ne se sentait pas très à l'aise. Il avait gardé une certaine distance vis-à-vis d'elle pendant toutes ces années, ne lui avait guère manifesté de tendresse. À présent, à la voir ainsi déterminée, prête à aller jusqu'au bout de ses responsabilités, si pleine de courage, il avait envie de lui dire quelques douces paroles pour lui apporter un peu de réconfort, lui montrer sa reconnaissance, la stimuler. Mais il n'y parvenait pas. Finalement il se contenta de lui adresser un sourire, et se rendit au bureau.

Yun Mei prépara le petit déjeuner pour tout le monde, attendit que tous l'eussent pris, fit la vaisselle, avant de se laver le visage et de revêtir une tunique en coton bleue toute propre. Après avoir enveloppé la carte de céréales dans son petit mouchoir, elle l'attacha à son poignet, prit un sac et sortit d'un pas pressé, mais sans agitation. Arrivée devant le mur-écran, elle revint sur ses pas pour faire ses recommandations aux enfants . « Petit Shunr, Niuniu, pas de bêtises, hein ! C'est compris ? »

Niuniu répondit la première : « Maman va chercher à manger. Niuniu sera sage, elle ne fera pas de bêtises. »

Petit Shunr dit à sa mère : « Prends de la farine de froment, pas de la farine faite de divers haricots !

— Hum ! » Tout en se dirigeant vers l'extérieur, elle fit remarquer : « Je serai bien obligée de prendre ce qu'on me donnera, tu ne crois pas ? »

Il était tôt, il n'était pas encore huit heures. Yun Mei se dit qu'elle ne serait pas en retard. De plus, l'endroit où elle devait se rendre était justement chez Yishun où la famille Qi se servait en céréales depuis toujours. Alors se disait-elle, même si je suis légèrement en retard, on est un peu en pays de connaissance.

Alors qu'elle était presque arrivée, son cœur se glaça. Une longue file noire et dense s'allongeait déjà sur plusieurs centaines de mètres. Tout en sachant bien que cela ne servirait à rien, elle allongea le pas. Elle se retrouva tout au bout. La porte de chez Yishun était hermétiquement close. Elle ne comprenait pas ce qui se passait. Elle s'en voulait d'être arrivée si tard. Si elle devait attendre jusqu'à midi, qui préparerait le repas pour les enfants et les anciens ? Elle s'inquiéta. Ses grands yeux se tournaient à droite et à gauche, à la recherche d'une connaissance qui l'éclairerait sur la situation et sur l'heure à laquelle on procéderait à la distribution. Mais elle ne se remettait personne parmi les gens qui l'entouraient. Elle comprit que les habitants du Petit-Bercail n'étaient pas du genre à traîner quand il s'agissait de choses comme toucher des céréales, qu'ils étaient probablement arrivés une ou deux heures avant et se trouvaient en tête de la queue afin d'être les premiers servis. Elle s'en voulut de n'avoir pas pensé à venir plus tôt. Une vieille femme devant elle avait même apporté un petit tabouret ; une autre femme, d'un certain âge, s'était munie d'une ombrelle. Et oui, elles avaient été prévoyantes. Elle n'avait rien, il lui faudrait rester debout à en avoir les jambes lourdes, pendant des heures, tandis que le soleil lui donnerait des maux de tête. Elle semblait n'avoir pas encore compris ce que voulait dire être citoyen d'un pays occupé !

Quand elle était arrivée tout le monde faisait la queue en bon ordre, et si l'on échangeait des propos, ce n'était que chuchotements, personne n'osait élever la voix. À l'extérieur du rang, une dizaine de policiers veillaient au maintien de l'ordre, deux ou trois d'entre eux tenaient des fouets en cuir. À leur vue, ceux qui échangeaient des propos, à voix basse pourtant, s'empressèrent de se taire. Ils aimaient trop la « paix », ils n'avaient pas envie de s'attirer des coups de fouet. Ils savaient que derrière les policiers il y avait les Japonais et que les fouets seraient vraiment implacables.

À force d'attendre, le soleil s'était fait plus fort, l'ombre se raréfiait, tous commençaient à s'agiter ; de partout montaient des voix ; les pieds et les yeux des policiers se mirent également à intensifier leurs mouvements. Au début, l'expression de leur regard avait calmé les bougonnements qui reprenaient dès que les policiers avaient le dos tourné. Alors le bruit s'intensifiait d'un côté pour s'apaiser plus loin, sans former vraiment un brouhaha continu ou une protestation unanime. Peu à peu les regards des gardes furent sans effet, la masse des gens d'un bout à l'autre de la file devint un train en mouvement, le bruit montait de partout.

Yun Mei s'affolait un peu. Elle redoutait des troubles. Elle n'avait pas l'habitude de s'afficher dans la rue, ni de se trouver au milieu des bousculades et du tapage. Elle aurait bien voulu rentrer mais, en repensant à ses devoirs, elle se ravisa. Non elle ne pouvait pas s'enfuir, elle devait revenir avec des céréales ! Elle se fit cette mise en garde : être vigilante, mais ne pas avoir peur !

La lumière ardente du soleil tapait déjà sur sa tête. Au début elle avait juste senti sa chaleur, puis, au bout d'un moment, le cuir chevelu s'était mis à la démanger, c'était insupportable ! La sueur coulait sur son front et sous ses aisselles. Elle leva la tête et constata que le ciel n'était plus aussi bleu, que partout tremblait une vapeur blanche. Le vent était tombé, les feuilles des arbres au bord de la rue restaient immobiles, couvertes de poussière. Sur le trottoir les voitures à cheval faisaient se lever un nuage gris, empreint de l'odeur du crottin et de celle de l'urine. Elle suffoquait, son nez et ses yeux la démangeaient. Très abattue elle dénoua son petit mouchoir, essuya la sueur sur sa tête avant d'attacher de nouveau la carte et le tissu bien serrés à son poignet.

Elle aperçut le chef de police Bai, aussi se sentit-elle immédiatement un peu rassérénée. Les compétences et la bonté du policier lui laissaient penser que, du moment qu'il était là, il n'y aurait pas de mouvement de foule. Elle lui adressa un signe de la tête, il s'approcha : « Madame Qi, pourquoi ne pas avoir envoyé un homme ? »

Elle ne répondit pas à sa question mais, à son tour, lui demanda en souriant : « Pourquoi ne distribue-t-on pas les céréales, chef de police Bai ?

— Les céréales sont arrivées dans la soirée seulement. On a moulu toute la nuit, dans un moment on servira tout le monde. » Bien que le chef de police Bai ne se fût adressé qu'à elle, les gens à côté avaient tout entendu, aussi se sentirent-ils rassurés.

Mais une demi-heure passa encore, aucune autre information ne leur était parvenue. Les paroles apaisantes du chef de police Bai avaient déjà perdu leur effet. Tous pensaient : « Les Japonais sont malhonnêtes, ils se moquent des pauvres gens ! » Le soleil était encore plus ardent ; les têtes se couvraient d'une sueur légèrement grasse, collante. Plus on transpirait, plus on avait la bouche assoiffée, plus on s'impatientait. Le ciel, de blanc qu'il était, prenait une teinte sale, on aurait dit qu'un voile de grisaille flottait dans l'air. Le soleil au-dessus était petit, blanc, si brillant que les gens n'osaient pas lever les yeux ; et même en gardant la tête baissée cette lumière ardente, comme autant de pointes d'aiguille chauffées au rouge, piquait les têtes, les épaules, les dos, et toutes les parties du corps non protégées. Ceux qui avaient le ventre vide étaient sur le point de s'évanouir, ceux qui avaient soif avaient envie de pousser des cris furieux, et même Yun Mei, pourtant si soucieuse des convenances, s'impatientait et avait envie de trépigner sur place ! Ils n'étaient pas venus là pour toucher des céréales, mais pour subir un terrible supplice !

Cependant personne n'osait crier ouvertement : « À bas les Japonais ! » Ceux qui avaient soif avalaient désespérément leur salive ; ceux qui allaient s'évanouir se raccrochaient à leurs voisins ; ceux qui avaient mal aux jambes faisaient doucement du surplace. Pour se protéger du soleil certains avaient enroulé leur mouchoir sur leur tête, d'autres avaient posé leur sac sur leurs épaules, d'autres encore avaient retiré leur veste et la tenaient haut à deux mains, pour former un petit abri. Ils s'efforçaient de trouver une solution pour adoucir leurs souffrances physiques, afin de garder l'esprit calme et ne pas courir le risque de se mettre à crier : « À bas les Japonais ! »

Des vagues se produisirent soudain devant, le rang se déforma, prit une forme ovoïdale. Hissée sur la pointe des pieds Yun Mei regarda : les portes de la graineterie étaient toujours fermées. Elle n'arrivait pas à deviner ce qui pouvait bien se passer, mais ne put s'empêcher d'espérer, pensant qu'on avait annoncé la nouvelle d'une distribution. Elle en oublia à quel point elle avait mal aux pieds, elle en oublia aussi la lumière brûlante ; elle n'espérait qu'une chose : que la distribution se fît sur-le-champ afin de pouvoir rentrer à la maison.

Devant, quelques hommes se mirent à crier. Yun Mei quitta le rang et, juchée sur la pointe des pieds, comprit enfin ce qui se passait : près de la grande porte de la graineterie avait été percé un orifice, obstrué par une planche qu'on avait déplacée à demi. D'innombrables mains se tendaient vers cet orifice, s'agitaient. Elle n'avait pas envie de jouer des pieds et des mains pour s'approcher, mais ces mains qui bougeaient devant semblaient exercer sur elle une force d'attraction si grande qu'elle se déplaça de quelques pas en avant pour s'approcher de la foule. Il lui semblait qu'ainsi seulement elle pourrait obtenir des céréales, et non en regardant en spectatrice, les bras croisés.

Les fouets retentirent. Claquèrent, claquèrent encore. La luminosité soudain s'atténua, un souffle frais se produisit au sein de l'air chaud. Les gens en avaient la chair de poule, les cœurs grelottaient. Les jambes de Yun Mei semblaient ne plus pouvoir la porter, bien qu'elle eût envie de fuir au plus vite. Les personnes devant se ruaient en avant, esquivaient, criaient dans un beau désordre. Elle avait l'impression d'être prise dans un ouragan, tout bougeait, mais elle n'arrivait pas à faire un pas. « Quoi qu'il arrive, je dois obtenir des céréales ! » s'entendit-elle dire soudain. Alors elle sentit une force nouvelle dans ses jambes, et elle se tint vaillamment debout, comme si elle avait pris racine.

Tout à coup elle ne vit plus rien. Le bout du fouet l'avait touchée près de l'œil. Elle posa la main dessus, oublia tout ; elle trouvait que le monde était devenu noir. Instinctivement elle pensa s'accroupir, elle n'en fut pas capable ; elle aurait voulu partir mais ne pouvait pas bouger. Elle ne sentait pas encore la douleur ; son corps, son cœur étaient anesthésiés ; la terreur avait momentanément tué ses nerfs.

Au bout d'un moment, elle crut entendre qu'on l'appelait. « Madame Qi ! Rentrez vite chez vous ! »

Elle ouvrit un peu l'œil qui n'était pas blessé, vit une partie d'uniforme. Elle se rendit compte pourtant qu'il s'agissait sûrement de celui du chef de police Bai. Cachant toujours son œil de sa main elle fit un signe de dénégation avec la tête. Non, elle ne pouvait pas rentrer les mains vides à la maison, elle devait toucher les céréales.

« Donnez-moi le sac, l'argent, la carte, je les prendrai à votre place, rentrez vite chez vous ! » Presque comme un voleur il lui prit le sac et le reste. « Vous pourrez marcher ? »

Malgré la douleur qu'elle ressentait déjà au visage, Yun Mei serra les dents et hocha la tête. Cachant toujours son œil de sa main, elle marcha vers la maison, toute hébétée. Une fois arrivée à la porte, ses jambes refusèrent alors de la porter et elle tomba assise sur les marches. Elle ôta sa main et vit du sang. La sueur cuisait sa blessure comme si on l'avait saupoudrée de sel. Elle serra les dents, se mit debout et entra dans la cour.

Petit Shunr et Niuzi jouaient près du mur sud. Quand ils virent leur mère, ils volèrent vers elle. « Maman ! » Mais déjà leurs voix s'altéraient : » Ma... », et ils crièrent : « Arrière-grand-père, grand-mère, venez vite ! »

Tout la maisonnée l'entoura. Cachant son œil de sa main, surmontant sa douleur, elle dit : « Ce n'est rien, rien du tout ! »

Mme Tianyou dit à Yun Mei d'aller vite nettoyer la plaie et lui donna le remède approprié.

Les deux enfants ne voulaient pas quitter leur mère, ils la suivaient partout. La petite Niuzi n'arrêtait pas d'aspirer de l'air et arrondissait sa petite bouche en disant « Maman saigne, maman a très mal ! »

Une fois la plaie lavée, Yun Mei se rendit compte que la blessure était petite et extérieure à l'œil, lequel n'avait pas été touché. Elle fut rassurée. Après avoir mis un peu de médicament, elle dit simplement à toute la famille : « Il y a eu une bousculade et des cris, les policiers ont élevé leurs fouets, et j'ai été blessée accidentellement ! » Elle fit en quelques mots la relation des faits pour diminuer l'inquiétude des anciens. Elle savait qu'elle devrait encore aller toucher des céréales et aurait trouvé gênant que tout le monde s'inquiétât pour elle à chaque fois.

Sa blessure se mit à la faire souffrir. Pourtant il lui fallait préparer le déjeuner pour tous. Mme Tianyou l'en empêcha et se rendit elle-même dans la cuisine. Le vieux Qi l'obligea à aller s'allonger, puis il poussa un long soupir.

Elle sombra dans un petit somme et, une fois réveillée, se leva bien vite. Elle se regarda dans la glace. Elle vit que son visage était déjà un peu enflé, elle resta hébétée un moment ; pourtant elle se sentait fraîche et dispose. « Par la suite je me montrerai vigilante et je saurai comment réagir en fonction des circonstances ! La prochaine fois je connaîtrai la musique ! » se dit-elle.

Le chef de police Bai apporta les céréales — un tout petit sac ; à première vue il n'y avait que deux à trois kilos.

Le vieux Qi prit le sac, il aurait bien voulu bavarder avec le chef de police Bai. Ce dernier, bien que très occupé, ne pouvait pas partir comme ça. Il était inquiet pour la blessure de

Yun Mei, il lui fallait donner quelques explications. Quand Yun Mei sortit de sa chambre, il s'empressa de prendre la parole :

« Madame Qi, je..., ce n'est pas moi qui leur ai dit de frapper avec les fouets, mais je n'ai pas pu les en empêcher. Ils ne sont pas sous mes ordres, c'est le Bureau de l'arrondissement qui les a envoyés. Ils ont pris leurs fouets et ont eu envie de les brandir un peu pour voir. Ce n'est pas grave, hein, Madame Qi. Pas besoin de vous dire à quel point je suis désolé ! Ça rime à quoi ? Nous habitons le quartier depuis si longtemps et il nous faut encore être fouettés pour toucher quelques céréales, vraiment ! Mais je n'y pouvais rien, ils ne sont pas sous mon autorité, ne répondent pas à mes ordres. Pensez-vous, je n'ose imaginer, combien de personnes ont été fouettées aujourd'hui à Peiping ! Je suis un chien courant, je ne peux empêcher les autres chiens courants de fouetter les gens comme bon leur semble. Que voulez-vous ! Mme Qi, reposez-vous ! À la longue nous en pâtirons nous autres aussi. Bah ! On verra bien ! » Le chef de police débita tout cela d'une seule traite et sortit, sans laisser aux autres le temps de placer un mot.

Le vieux Qi le raccompagna jusqu'à la porte, le chef de police Bai était déjà loin. Il aurait bien voulu lui demander quelques explications, mais l'autre ne lui avait pas laissé l'occasion d'ouvrir la bouche. Il le trouvait sympathique et odieux, honnête et malin tout à la fois.

Petit Shunr accourut, on aurait dit un petit ânon effrayé : « Arrière-grand-père, viens voir, vite ! » Puis il prit le vieil homme par la main et le tira vers la maison.

« Doucement, voyons, ne va pas me faire tomber ! » dit le vieil homme tout en avançant.

Poussées par la curiosité, Mme Tianyou et Yun Mei avaient déjà versé les céréales dans un plat en terre vert. Elles ne savaient pas ce que c'était, c'est pourquoi elles laissaient au grand-père le soin de trancher.

Le vieil homme, debout, regarda un moment avant de hocher la tête pour dire qu'il ne savait pas lui non plus. Il se pencha, toucha de la main et hocha de nouveau la tête. De sa vie, il n'avait jamais vu de céréales de cette sorte.

Dans le plat il y avait une chose bariolée qui ressemblait à des feuilles de thé émiettées ou à de la poudre de médicament mouillée, c'était trop grossier pour être du son de riz, trop fin pour du son tout court. Une chose était sûre : ce n'était pas de la farine, car ces céréales ne s'agglutinaient pas, formait une espèce de sable rebelle à toute idée d'agrégat. Le vieil homme en prit une poignée dans le creux de sa main et l'observa avec attention. Certaines de ces particules ressemblaient à des petits morceaux de maïs, lesquels bien que moulus, n'étaient absolument pas broyés ; d'autres, se présentant aussi sous la forme de brisures, étaient d'un vert sombre. Le vieil homme réfléchit longuement avant de découvrir qu'il s'agissait certainement de résidus de tourteaux de soja utilisés pour fumer les champs. Certaines brisures étaient noires et brillantes, le vieil homme en conclu qu'il s'agissait de balle de sorgho. D'autres... il ne voulut pas regarder davantage. C'était assez, qu'il y eût des résidus de tourteaux de soja ! On prenait les êtres humains pour des cochons. Il renifla. Ces choses noirâtres n'avaient pas le parfum de la balle de céréales. Il s'en dégageait une odeur mauvaise d'aigre, de moisi, d'âcre. On aurait dit que tout cela sortait d'un trou de souris ! La main du vieil homme trembla, il reposa la « farine » dans le plat, se redressa et regagna sa chambre sans mot dire.

Petit Shunr s'approcha et demanda : « Arrière-grand-père, c'est quoi en fin de compte ? »

Le vieil homme hocha lentement la tête, ne répondit pas. C'était une façon d'exprimer son ignorance, mais aussi de nier qu'il eût encore quelque sagesse, quelque valeur — l'être humain était ravalé au rang de la bête !

Yun Mei décida d'essayer cette farine étrange et de voir ce qu'on pourrait en tirer. Des raviolis, des nouilles, ou des pains cuits à la vapeur ?

Elle mouilla la farine et resta sidérée. Cette chose singulière, au contact de l'eau, devenait compacte et collait en partie aux mains et au plat, comme s'il y avait dedans de la glu. D'autres composantes, que ce fût à l'eau froide ou à l'eau chaude, refusaient de s'agglomérer. Si on ajoutait très peu d'eau, cela n'avait aucun effet ; si l'on en versait trop, elles se mettaient à flotter et se déplaçaient comme des petits insectes aplatis. Après plusieurs essais qui prirent pas mal de temps et d'énergie, elle parvint à en faire un gros bloc, qu'elle posa sur la planche à découper.

Malgré tous ses efforts, elle ne parvint pas à l'étendre en une pâte mince. Plus question de faire des raviolis ni des nouilles. Elle changea d'idée et se mit à les répartir en boulettes pour confectionner des pains à la vapeur. Mais elle avait beau les tapoter doucement ou les pétrir avec force, elle n'arrivait pas à malaxer ensemble ces choses étranges. Elles n'avaient pas la consistance de la farine, mais celle du crottin de cheval, se brisaient au moindre contact et il était alors impossible de reformer une boule.

Yun Mei, née à Peiping, savait cuisiner toutes

sortes de plats à base de farine, non seulement celle de froment mais aussi de sarrasin, d'avoine, de soja. Cette fois, elle était bel et bien à court d'expédients. En désespoir de cause elle alla trouver sa belle-mère.

Mme Tianyou, étant donné son âge et son expérience, pensait qu'elle ne se laisserait pas déconcerter par ces céréales. Mais elle eut beau les regarder, les palper, les mettre en boule, les pétrir, les étendre, les aplatir, tous ses efforts furent vains ! « De toute ma vie je n'ai rien vu d'aussi peu malléable ! dit-elle tout bas, découragée.

— C'est vraiment comme les Japonais eux-mêmes : ou comment s'y prendre pour se rendre impopulaire ! » Tel fut le commentaire que donna Yun Mei qui ne savait plus s'il fallait en rire ou en pleurer.

Les deux femmes, pareilles à des scientifiques, firent encore de nombreux essais, avant d'opter pour une recette des plus primitives : mettre tant bien que mal la farine en morceaux, l'étaler sur une plaque perforée et la cuisiner nature ! Ce n'était ni une galette, ni un gâteau, mais on arriverait ainsi à faire cuire cette diable de chose.

« C'est bon, allez vous reposer, je m'en occupe ! » dit Yun Mei à sa belle-mère. Puis seule, comme on fait des adobes, elle disposa la pâte par morceaux pour la faire cuire. Elle prépara des échalotes mélangées à du concombre comme accompagnement.

Le vieux Qi, Mme Tianyou et les deux enfants, attablés à une petite table, attendaient de goûter cette nourriture étrange. Petit Shunr tout excité criait : « Man ! Apporte-les, vite, vite ! »

Yun Mei servit quelques « adobes » et les légumes. Petit Shunr, d'un geste vif, détacha un morceau qu'il fourra dans sa bouche. Avant même d'en avoir apprécié le goût, la moitié était déjà descendue dans l'œsophage sous forme de boue émiettée. Il eut plusieurs hoquets, cela ne remonta pas, ne descendit pas non plus. Il en avait le visage violet, congestionné, les yeux pleins de larmes.

« Va vite boire ! » lui dit sa grand-mère.

Il vola jusqu'à la cuisine, but une gorgée. La boue descendit en lui irritant l'œsophage, il n'en continuait pas moins de hoqueter.

Le vieux Qi coupa un petit morceau qu'il mit dans sa bouche. Il le mâcha longuement, c'était infect ! Il supportait la grossièreté de la texture mais non ce goût épouvantable. Il décida de l'avaler. Il était l'ancêtre de la maisonnée, il devait montrer le bon exemple. Il lui fallut faire de grands efforts pour avaler cette bouchée puis, le cou redressé, il cria en direction de la cuisine : « Mère de Petit Shunr, fais un peu de potage ! » Il savait que sans une soupe il serait incapable de prendre une autre bouchée de ces drôles d'« adobes ».

« Il est prêt ! » répondit à haute voix Yun Mei de la cuisine et elle ajouta : « Alors ? »

Le vieil homme ne répondit pas à sa question.

Niuzi en prit un morceau minuscule et le mit dans sa petite bouche toute ronde. Elle l'aplatit plusieurs fois avant de le recracher sans façons, puis elle brava du regard son arrière-grand-père et déclara : « Niuniu n'a pas faim ! »

Petit Shunr à la suite de sa mère apportait le potage — bien entendu, de l'eau avec des peaux de crevettes séchées. Il s'assit, prit un autre morceau et dit en riant : « On va voir si cette fois tu vas me faire étrangler ou non ! »

Voyant que Niuniu ne mangeait pas, Yun Mei

demanda : « Niuzi ! Pourquoi tu..., viens, maman va te donner un morceau de concombre !

— Niuniu n'a pas faim ! dit la petite fille en baissant la tête.

— Tu ne peux pas rester sans manger ! À partir de maintenant c'est ce que nous aurons au menu tous les jours ! » dit Yun Mei en riant, mais son sourire était forcé.

« Niuniu n'a pas faim ! » La petite baissa encore plus la tête tandis que ses deux menottes agrippaient ses genoux.

« Mère de Petit Shunr ! » Le vieux Qi regardait tour à tour Niuzi, puis Yun Mei. Il dit avec bonté : « Fais-lui une petite galette de froment. N'avons-nous pas encore quelques livres de farine ?

— Vous ne devriez pas lui donner de telles habitudes ! Ce reste de farine est précieux, je le gardais pour vous ! » Yun Mei n'avait pas l'intention de défier le vieil homme, elle avait réellement pitié de sa petite fille, pourtant, ces paroles, elle se devait de les dire.

« Va, fais-lui une petite galette ! » Le vieil homme savait bien qu'il ne faut pas gâter les enfants, mais ces drôles d'« adobes » passaient vraiment difficilement. « Une fois n'est pas coutume !

— Niuniu goûte un peu ! Vois comme ton frère mange de bon appétit ! dit Yun Mei à la petite fille sur un ton engageant.

— Niuniu n'a pas faim ! » Niuzi était en larmes.

Le vieux Qi regarda la petite Niuzi et, soudain, se mit en colère. Il frappa si fort la table de sa main que baguettes, assiettes et bols en sautèrent. « J'ai dit qu'on fasse à cette enfant une petite galette ! » Il criait presque.

Niuzi se précipita dans le giron de sa grand-mère et se mit à pleurer. Mme Tianyou qui gardait un petit morceau dans la bouche et n'arrivait pas à l'avaler profita de l'occasion pour le recracher, puis elle consola Niuzi à voix basse : « L'arrière-grand-père n'est pas en colère contre toi, Niuniu, ne pleure pas ! Allons, ne pleure pas ! » Elle caressa la tête de Niuzi, ses yeux se mouillèrent à leur tour. « Mère de Petit Shunr, fais-lui une galette ! »

Yun Mei s'éloigna doucement. Elle savait que le grand-père n'était pas du genre à s'emporter pour un oui ou pour un non, elle savait aussi que sa colère présente n'était pas pour la mettre dans l'embarras mais que, poussé à bout, il ne pouvait plus se contrôler. Malgré tout, elle trouvait cela injuste. Elle toucha la blessure près de son œil, se mit à pleurer. Comme dans un brouillard, elle puisa dans la jarre un peu de farine de froment, la versa dans un plat, l'arrosant de ses larmes.

Le vieux Qi n'avait pas eu l'intention de se mettre en colère. Cela avait été plus fort que lui. Après avoir frappé la table, il éprouva quelques remords. Toutefois, il lui aurait semblé inconvenant de s'excuser immédiatement auprès de sa petite belle-fille. Le regard hébété, il fixait cette étrange galette noire à laquelle on n'avait pas pu donner de forme, ses deux mains ne cessaient de trembler.

Sous le soleil mauvais les feuilles des arbres pendaient. Aucun bruit ne venait de la cour, la maison aussi était calme. Il y régnait un silence de mort.

CHAPITRE LXXVI

Les vendeurs de galettes ne travaillaient plus ; les boutiques vendant pâtisseries et en-cas n'étaient pas fermées mais avaient éteint leurs fourneaux ; les vendeurs de brouet, de raviolis à la vapeur ou de raviolis à l'eau... avaient cessé le travail. Il n'y avait plus de farine.

Dans les potagers aux abords de la ville on s'affairait encore à arroser les cultures. Les treuils continuaient de résonner, l'eau fraîche des puits coulait par filets dans les carrés de légumes. Le vert foncé correspondait aux ciboules ; le vert clair aux petits choux ; les concombres grimpaient à leurs supports, couverts d'épines vertes, couronnés par une fleur jaune. Il y avait aussi des aubergines d'un violet foncé, la coriandre et l'anis étoilé si parfumés, les citrouilles avec leurs veinures de toutes les couleurs, les courges vert émeraude et les tomates d'un rouge doré...

Mais si la production continuait, à qui les vendait-on ? Cette farine étrange (à laquelle les Japonais avaient donné le nom de « farine républicaine »), cette chose qui était un agglomérat de trente à quarante déchets dont ni les chiens ni les chats n'auraient voulu, avait vraiment besoin de cette appellation mirifique ! On ne pouvait en faire des raviolis, même revenus à la poêle, ni des pains à la vapeur ni des beignets, grillés au four ou frits, aussi, qui aurait acheté des légumes verts si chers pour accompagner cette « farine républicaine » ? C'eût été faire affront à de si beaux produits ! Cette farine ne pouvait être servie qu'avec des échalotes et du concombre, ou des ciboules marinées. C'est pourquoi alors que tout était cher, les légumes verts, eux, voyaient leurs prix baisser. Les maraîchers étaient dans un beau pétrin !

Sans céréales, Peiping perdait son industrie artisanale renommée dans le monde entier. Les gens affamés n'achetaient plus de bagues ni de boucles d'oreilles en jadéite, de bijoux travaillés en or massif, en plaqué or ou tout simplement dorés, de tapis élégants, de jouets ingénieux, de mobilier sculpté en palissandre, de cloisonnés aux couleurs aussi fraîches que celles des fleurs, de pots vernissés à criquets... Les Pékinois n'avaient plus le cœur ni l'argent pour s'acheter ces objets, ni le moyen de les transporter à l'extérieur. Ces ouvriers habiles, à l'esprit vif (s'ils avaient vécu à l'étranger, on les aurait peut-être respectés comme des artistes !), connurent la faim, comme tout le monde. Peiping perdait ses meilleurs ouvriers et ses plus belles productions, et elle n'avait gagné au change que la famine !

Les traîtres, vu les circonstances, étaient encore plus satisfaits. Ils se félicitaient pour leur clairvoyance qui les avait amenés à se rendre très tôt aux Japonais. Ils pouvaient obtenir des céréales plus facilement et de meilleure qualité. Mais cela ne suffisait pas, il leur fallait accroître leurs activités, essayer d'être promus plus haut : ceux qui pouvaient toucher des céréales de troisième catégorie aspiraient à en recevoir de meilleure qualité, et ceux qui avaient une part espéraient en toucher deux. Les céréales devinrent un critère pour se faire pistonner et trouver du travail. Non seulement ils voulaient manger bien et en quantité, mais ils espéraient aussi avoir de la nourriture en surplus pour la revendre au marché noir.

Les démarches effectuées par la grassouillette Chrysanthème pour devenir chef du Centre de contrôle des prostituées n'avaient pas abouti. Il y avait eu trop de concurrence et les Japonais avaient tout simplement supprimé cet organisme. Les filles passèrent sous le contrôle direct de l'armée. La grassouillette Chrysanthème eut des disputes saignantes avec Lan Dongyang. Elle alla même jusqu'à casser de la vaisselle de peu de valeur. Elle attribuait purement et simplement cet échec au fait que Dongyang ne s'était pas montré assez entreprenant dans ses démarches.

Après que furent instaurées des cartes de céréales par habitant, Lan Dongyang éprouva quelques regrets de n'avoir pas réussi à l'aider. Si sa femme avait pu être chef de centre, ne leur aurait-on pas alloué de meilleures rations ? Et même sans cela, n'auraient-ils pas pu avoir un peu plus de rentrées d'argent ? Avec de l'argent, ils n'en auraient pas été contraints à acheter des céréales de mauvaise qualité.

Il regrettait, grinçait des dents. Il décida d'obtenir un poste lucratif pour montrer à la grassouillette Chrysanthème qu'il était quelqu'un de capable, et se mettre un peu de baume sur le cœur. Il fit une enquête pour savoir dans quels organismes les postes étaient les plus juteux, espérant en trouver un et ne plus lâcher prise. Plus il avançait dans ses investigations, plus il fulminait. Oh ! Ainsi certains d'entre eux, surtout ceux qui s'occupaient des questions militaires, donnaient des céréales de meilleure qualité et en plus grande quantité, mais aussi des cigarettes, du thé et autres choses d'usage courant. Des regrets, il passa au ressentiment, s'en voulant de ne pas s'être mis à l'œuvre plus tôt.

En poursuivant ses recherches dans d'autres secteurs, il découvrit que les élèves de l'École des chemins de fer recevaient des vivres par un canal officiel. Ses yeux soudain brillèrent, son visage verdâtre se couvrit de sueur. Il frappa un grand coup sur la table : « Ah ! Devenir le directeur de cette école ! Le directeur ! » Un de ses yeux se tourna vers le plafond ; il se rongea consciencieusement les ongles, avala avec délice la crasse noire. Alors il se calma un peu et se mit à faire des calculs : « Admettons qu'il y ait trois cents élèves ; en leur retenant à chacun une livre de céréales, cela fait trois cents livres par mois ! Trois cents livres, ciel ! Oh, oh ! Si chaque mois on renvoie quelques élèves cela fera quelques portions de céréales en plus ! Oh, la la ! oh, la la ! Pourquoi n'y ai-je pas songé plus tôt ? »

Il cessa de se ronger les ongles et décida d'aller faire les démarches pour obtenir ce poste.

Mais voilà, il ne pouvait pas abandonner son emploi de chef de département pour celui de directeur d'école. Il allait cumuler, oui, il cumulerait les deux fonctions. Il grimaça un sourire, persuadé qu'il lui suffisait de penser à quelque chose pour l'obtenir, car enfin cette époque n'était-elle pas la sienne !

Au fait, avait-il les qualifications requises pour être directeur d'école ? Il n'avait pas fait d'études à l'étranger, n'avait jamais enseigné à l'université. Il réfléchit un moment, rejeta tous ces scrupules : cela ne posait aucun problème, il était chef de département et, en tant que tel, il pouvait postuler n'importe quel emploi.

Cependant, le poste de directeur de l'École des chemins de fer n'était absolument pas vacant. Dongyang se remit à se ronger les ongles à s'en faire saigner, trouva la solution : en fabriquant des charges contre le directeur en poste, en l'accusant de laisser sa maison servir de repaire à des espions venus de partout, ne le ferait-il pas dégringoler d'un coup ? Quelle bonne idée il avait là ! Dongyang vit aussitôt de nombreux sacs de farine de froment entassés dans sa chambre. Pour obtenir ces sacs, il lui fallait arrêter quelques étudiants, les amener à reconnaître sous la torture qu'ils étaient « d'intelligence avec l'ennemi » et puis ensuite faire mettre le directeur en prison. Face à ces sacs de farine, que comptaient quelques meurtres injustes !

Il décida de rendre visite d'abord au chef du Bureau de l'éducation, M. Niu, et d'obtenir de lui quelques informations.

Avant l'occupation de Peiping par les Japonais, Dongyang n'avait jamais été fonctionnaire, il ne connaissait pas les pratiques qui avaient cours dans ce milieu. C'est grâce aux Japonais qu'il avait pu obtenir son poste, aussi, sauf envers ces derniers, ne donnait-il pas dans les relations sociales, n'ayant personne à remercier pour des bons services qu'on lui aurait rendus. Il n'avait jamais su doser courtoisie et politesse. Quand il rencontrait des Japonais, il se montrait obséquieux, ne craignant pas d'en être ridicule, alors qu'en présence de Chinois il se tenait n'importe comment, faisait ce que bon lui semblait Il pensait que, ainsi seulement, il obtiendrait les faveurs des Japonais tandis que les Chinois auraient peur de lui. Certains, qui l'aurait cru, avaient qualifié cette façon de malmener plus faible que soi, de ramper devant les forts et de se faire le complice des malfrats, de « style Dongyang ». Il avait fait école parmi les traîtres !

Il n'avait jamais été en relation avec le chef de bureau Niu. Il décida pourtant d'aller lui rendre visite le jour même. Il pensait que si ce dernier avait pu obtenir son poste, c'était grâce à son titre de professeur, tout comme lui avait obtenu le sien parce qu'il était professeur de lycée. Il pensa donc que ses capacités devaient être supérieures à celles du chef de bureau Niu. D'autre part, les relations qu'il entretenait avec les Japonais étaient plus profondes. Il jugea donc qu'il n'avait pas à téléphoner, ni à écrire, pour fixer l'heure du rendez-vous.

Or, le chef de bureau Niu était un traître d'un tout autre acabit. C'était un savant, il n'avait absolument pas couru après les Japonais pour obtenir son poste, il n'entendait rien aux relations sociales ni aux mondanités. Il n'aspirait qu'à une chose : rester à la disposition des Japonais, dans la mesure où il pouvait, par là même, préserver sa vie et celle des siens, ses livres et ses instruments. C'est pourquoi il n'aimait guère fréquenter les bureaucrates et s'en enorgueillissait, se jugeant tout ce qu'il y a de plus « intègre » Quand sa conscience le travaillait, il disait à sa femme : « Je ne suis pas un traître ! Ça non, je ne suis pas un traître ! » Mais il ne pouvait aller plus loin, faute de preuves suffisantes pour s'en persuader lui-même. Il était un fonctionnaire sous l'occupation japonaise, comment n'aurait-il pas été un traître ?

Depuis qu'il était chef de bureau, sa porte était gardée en permanence par un policier. Cela le tranquillisait. Il ne se posait même pas la question de savoir si ce policier n'était pas là aussi pour le surveiller, et si sa maison n'était pas une prison déguisée. Il est vrai que depuis sa prise de fonction comme chef de bureau, il n'avait jamais eu de pouvoir quelconque et donnait des ordres en dépit du bon sens, quand il ne s'attribuait pas les mérites d'autrui. Une chose était certaine : ses revenus étaient de beaucoup supérieurs à ce qu'ils étaient avant. Il n'avait pas cherché à savoir en détail d'où venait cet argent, se contentant de trouver que c'était drôlement agréable de travailler sous les ordres des Japonais (à part cela, il n'était pas un traître !).

Lan Dongyang arriva devant la porte flanquée de quatre gros arbres verts ; sans s'occuper de la sentinelle qui montait la garde, il se rua vers l'intérieur.

« Cherchez qui ? » l'arrêta l'homme.

Il projeta brusquement ses yeux vers le haut, trouvant qu'on lui faisait subir là une « humiliation nationale » : un policier chinois qui osait arrêter un fonctionnaire travaillant pour les Japonais ! Sans pratiquement remuer les lèvres il cracha : « Le chef de département Lan vient voir le chef de bureau Niu !

— Votre carte, s'il vous plaît ! » dit le policier très poliment.

Dongyang en avait, mais il n'entendait pas la tendre au policier chinois, elle était imprimée en japonais. « Le chef de département Lan ! » cria-t-il encore.

Le policier voyant que son visage verdâtre était bizarrement tiraillé dans tous les sens jugea peu opportun d'insister davantage. « Attendez un moment, je vous prie, je vais faire un rapport à mon supérieur ! »

Le policier n'était parti que depuis trois à

quatre minutes, que déjà Lan Dongyang s'impatientait et ne cessait de montrer le blanc de ses yeux. Quand il attendait des Japonais, il lui arrivait souvent de rester debout plein de déférence pendant une demi-heure, quand ce n'était pas trois quarts d'heure, sans manifester la moindre impatience car, quand il s'agissait des Japonais, plus le temps passait, plus il savourait l'attente. Cela relevait du même principe qui fait qu'on devient dévot à force de prier. À présent qu'il allait rencontrer un petit fonctionnaire chinois, voilà qu'au bout de trois à quatre minutes il était à bout, considérait cette attente comme une blessure à son amour-propre, à condition qu'il en eût.

Le policier revint et lui dit, aimable et souriant : « Je suis désolé, le chef de bureau est occupé ! »

Dongyang envoya un souffle nauséabond au visage du policier : « Comment cela ? Je suis le chef de département Lan ! »

Le policier comprit que s'il ne se montrait pas un peu plus méchant, il aurait bien du mal à éviter une seconde fois cette haleine fétide. « Le chef de bureau n'aime pas recevoir des visites ! Parfois même il éconduit jusqu'aux Japonais, certes avec politesse !

— Vraiment ! » Dongyang en resta bouche bée un bon moment. « Jusqu'aux Japonais !... » Les rides d'un sourire apparurent sur son visage verdâtre. « C'est bon, je reviendrai un autre jour !

— Mieux vaudrait passer d'abord un coup de fil pour fixer l'heure ! lui expliqua le policier.

— Je n'y manquerai pas ! » Lan Dongyang s'éloigna lentement, plongé dans ses considérations. « Sapristi ! Il y a vraiment des gens qui savent s'imposer ! Refuser de voir des Japonais ! Ce petit drôle est trop fort ! Qui sait si sa nomination n'a pas été un édit du Mikado lui-même ! » Tout en marchant, il se retournait pour regarder les quatre saules, non qu'il fût sensible à la beauté de ces arbres verdoyants, il trouvait qu'il lui fallait revenir attendre un peu devant la porte pour bien montrer qu'il s'en allait à contrecœur.

Comme il retournait juste la tête, il vit en face de lui Guan Xiaohe et Qi Ruifeng, ses frères jurés, collègues et rivaux.

Les deux compères avaient été libérés, les Japonais ne parvenant pas à déterminer leurs crimes et se montrant peu désireux de les nourrir à l'œil plus longtemps.

Le petit visage sec de Qi Ruifeng était exsangue. Sa première réaction avait été de frapper Dongyang, mais il n'en fit rien. Il était le petit-fils du vieux Qi, le fils de Tianyou, le frère de Ruixuan, l'ami de Guan Xiaohe. Il n'osait pas se battre, même si l'homme qu'il avait en face de lui était celui qui lui avait pris sa femme.

Lan Dongyang savait parfaitement que Ruifeng n'oserait pas le frapper, mais, malgré tout, il n'était pas très rassuré, la teinte verdâtre de son visage s'accentua.

Xiaohe prit la parole le premier : « Oh, mais c'est ce vieux frère Dongyang ! C'est fou ce que je pensais à vous ! »

Dongyang les observa. À la vue de leur air minable, il pensa s'éloigner sans un mot.

Une phrase de Xiaohe le retint : « Vieux frère, vous le savez, Zhaodi est dans l'espionnage. »

Dongyang se félicita intérieurement de ne pas l'avoir offensée puis, tout de suite, il lança : « Frère aîné Guan ! » Bien que lui-même eût des espions sous ses ordres, il se dit que Zhaodi dépendait peut-être du Quartier général de l'armée, or un espion relevant de cet organisme pouvait comme bon lui semblait malmener un fonctionnaire civil.

Quand Ruifeng vit que Xiaohe avait réussi à effrayer Dongyang, de son côté, il y alla de la ruse : « Dongyang, devinez un peu, moi aussi je suis dans l'espionnage ! » Puis il avança la main contre le revers de son vêtement comme pour tâter un pistolet.

Dongyang avait bien envie de les inviter à manger chez lui, mais une telle démarche allait contre sa nature profonde, aussi se contenta-t-il de dire : « Si vous avez le temps, venez bavarder un peu à la maison !

— Demain, sûr ! dit Xiaohe avec enthousiasme. Ruifeng toi aussi tu... » Il ne pouvait décemment pas accepter à la place de ce dernier, se disant qu'il serait peut-être gênant pour lui de rencontrer la grassouillette Chrysanthème.

Et c'était effectivement le cas mais, réflexion faite, Ruifeng se dit que, s'il allait chez les Lan, il aurait droit à un repas ou autre chose du même genre, et qu'il ne serait pas très opportun de se montrer trop intraitable. « Vous avez vraiment quelque chose à nous demander ? se contenta-t-il de dire.

— Oui, oui ! » Dongyang avait calculé que si Zhaodi et Ruifeng étaient des espions relevant du Quartier général de l'armée, il pourrait fort bien se servir d'eux pour fabriquer des charges contre le directeur de l'École des chemins de fer. Comme ils étaient particulièrement influents, même si un malheur survenait, il ne serait pas inquiété.

« Il faudra bien nous régaler de quelque chose, hein ! dit Xiaohe en riant, ne serait-ce qu'un peu d'alcool ! Ça fait si longtemps qu'on ne s'est vus entre frères, et on ne fêterait pas cela chaleureusement ? »

Dongyang, bien décidé à ne pas tomber dans le panneau, ne dit ni oui ni non, se contentant de lancer ses yeux vers le haut.

Xiaohe, espérant ainsi pouvoir manger un bon repas, se mit à vanter les mouvements des globes oculaires de Dongyang : « Dites donc, vieux frère, plus vous grimpez les échelons, plus vos yeux remontent haut ! »

Dongyang ne les invita pas pour autant et alla même jusqu'à leur dire : « Demain, quand vous viendrez chez moi, habillez-vous correctement ! Je reçois souvent la visite de gens importants ! » À voir leurs guenilles, ils doutaient du fait que Zhaodi et Ruifeng fussent réellement entrés dans l'espionnage.

Ruifeng eut une inspiration soudaine : « Je suis déguisé ! Où que j'aille, je suis toujours habillé ainsi ! »

Dongyang s'empressa de dire en souriant : « Alors c'est entendu, à demain ! »

Quand ce dernier se fut éloigné, Xiaohe de son coude poussa doucement les côtes de Ruifeng : « Déguisé ! Déguisé ! Alors ça, chapeau ! C'est excellent ! »

Ruifeng, très satisfait de sa repartie, arborait un fin sourire.

Les deux compères retournèrent d'abord au n° 6. Dans la cour, ils rencontrèrent John Ding. Ce dernier leur barra le chemin. Xiaohe, surpris, demanda : « C'est ma maison, de quel droit m'empêchez-vous d'entrer ?

— Votre maison, je l'ai louée depuis longtemps. Pensez donc, depuis le temps que vous n'avez pas payé de loyer !

— Mais, et Gaodi ? » Xiaohe ne savait pas qu'elle avait été emprisonnée elle aussi.

« Gaodi a été arrêtée par les Japonais, il y a longtemps déjà !

— Mais j'avais encore des affaires à moi ! » Xiaohe n'avait pas prêté attention à l'arrestation de Gaodi, il ne l'aimait guère.

« Vous n'avez pas payé de loyer pendant plusieurs mois, et ces quelques effets ne valaient pas grand-chose ! »

Xiaohe en resta interloqué. Il n'avait plus de logis, l'affaire était grave. Il réfléchit et décida de faire de l'intimidation : « Savez-vous ce que fait Zhaodi ? Mieux vaudrait ne pas m'offenser ! »

John ne se laissa pas embobiner. « Peu importe ce qu'elle fait, vous devez sortir, allez ! »

Quel beau soir d'été ! Les autres années, c'était des instants qui comblaient d'aise le vieux Qi. Après cinq heures, le soleil qui décline déploie l'ombre du mur ouest dans la cour ; sur le jujubier, les fruits verts à moitié formés prennent une teinte dorée, on dirait des pierres précieuses. Le vieux Qi remplissait plusieurs arrosoirs et aspergeait les endroits à l'ombre, pour avoir un lieu humide et frais où dîner. Après le repas, le vieil homme arrosait les fleurs. Alors les espèces comme les tubéreuses dégageaient leur parfum, et attiraient les abeilles dont les ailes bougeaient près des fleurs, comme de la gaze frémissante. Par ces beaux soirs d'été les libellules, de toutes les couleurs, virevoltent près de l'auvent, enfonçant les escadrons de moustiques. Les chauves-souris peu à peu se montrent, noires, pareilles à des châtaignes d'eau. Les enfants, excités, leur lançaient une de leurs chaussures dans l'espoir d'en toucher une grosse. C'est le moment où les corbeaux, portant sur leurs ailes les lueurs rouges du couchant, lentement reviennent des faubourgs, et se posent sur les gros arbres derrière le mur au sud. Les petites hirondelles, par rangées, s'abattent sur les fils électriques et là, tranquilles, laissent se reposer leurs ailes fatiguées par une journée de vol. Après s'être empourpré un moment, le ciel peu à peu s'assombrit, une douce brise se lève, exaspérant le parfum des fleurs. Alors les enfants, après avoir raconté toute la journée des sottises, n'avaient plus guère envie de parler et demandaient au vieil homme de leur conter des histoires. Avant la fin du récit, ils avaient déjà fermé les yeux, pour rejoindre en rêve les petits poissons et les melons de toutes les couleurs.

Aujourd'hui le vieil homme a le ventre vide, mais il n'en dit rien. Il s'est arrêté de mouiller le sol, il n'a pas envie de bouger, veut économiser l'eau du puits, plus rare par les jours de forte chaleur. Les deux familles de Japonais résidant dans la ruelle n'ont pas tant de scrupules et font une consommation d'eau effrayante. Le porteur d'eau, Erge, originaire du Shandong, leur en pourvoit dans la mesure du possible sans se préoccuper de savoir si les autres familles en ont même pour boire. Quant à l'arrosage, n'en parlons pas. Le vieil homme, depuis longtemps, n'a plus le cœur à planter des fleurs, et même les grenadiers en pots, cultivés depuis longtemps, ont crevé pour la moitié. Les pieds qui ne sont pas morts n'ont plus que quelques feuilles déjà bien jaunies, sans fleurs à cause du manque d'eau. Le vieil homme évite de les regarder. Les corbeaux de Peiping, ne trouvant pas leur pitance, sont moins nombreux ; seuls deux ou trois d'entre eux, à moitié déplumés, viennent encore sur les gros arbres derrière le mur au sud ; des corbeaux noirs, silencieux, maigrelets qui, à l'instar de Peiping, semblent injustement condamnés à la famine.

La petite Niuzi refuse toujours de manger les préparations à base de « farine républicaine », aussi les repas sont-ils ponctués de disputes. À chaque fois, les larmes aux yeux, secouée de sanglots, elle se jette dans le giron de sa grand-mère et reste là, les yeux fermés, somnolente. C'est une enfant qui d'ordinaire n'a pas pour habitude de pleurer ni de faire des scènes, mais à présent, pour un oui ou pour un non, la voilà qui se met à sangloter, pour exhaler ce sentiment d'injustice qui emplit son petit cœur. Par ces soirées splendides, si les nuages crépusculaires, les libellules et les chauves-souris sont toujours là, on n'entend plus les rires des enfants. Malgré le ciel si beau, la cour semble silencieuse, d'un calme à faire peur ! Aussi le souhait de chacun est-il de se retrouver au plus vite au lit pour éviter ces regards lancés à la dérobée, quand on ne trouve rien à se dire.

C'est par un de ces crépuscules somptueux, douloureux, que Qi Ruifeng revint à la maison — flanqué de Guan Xiaohe.

Le premier à les apercevoir fut Petit Shunr, il vola vers eux et cria très fort : « Deuxième oncle, tu es revenu ? »

La petite Niuzi qui faisait semblant de dormir sur les genoux de sa grand-mère, en entendant son frère, s'empressa d'ouvrir les yeux et lança à son tour : « Deuxième oncle ! »

Le vieux Qi était assis sur les marches devant sa chambre. En voyant le cadet, il ne put s'empêcher d'éprouver de la joie. Mais la leçon qu'il tirait des souffrances de ces dernières années était qu'il ne devait pas, sous le prétexte que seul comptait pour lui le fait que quatre générations puissent habiter sous le même toit, faire preuve d'indulgence vis-à-vis du cadet. Il baissa la tête et quand Ruifeng lui donna du : « Grand-père ! » il ne répondit pas.

L'amour maternel de Mme Tianyou la portait à demander au cadet s'il avait été malmené ou non en prison, toutefois, devant la froideur manifesté par le vieil homme à son petit-fils, elle décida de ne rien dire.

Ruifeng s'attendait à un accueil chaleureux de la part des siens, tel qu'on en réserve à un héros de retour d'une expédition lointaine. Il salua d'une voix tremblante son grand-père et sa mère, il aurait bien voulu, avec force larmes et reniflements, raconter à toute la maisonnée, comme on ferait d'une histoire, la façon dont il avait été incarcéré. Il resta interloqué devant la froideur des anciens.

Yun Mei savait ce que ses deux vieux parents ressentaient au fond du cœur, toutefois, elle ne pouvait pas faire autrement que de se montrer un peu affable envers le cadet. Elle était la maîtresse de maison, elle se devait d'accueillir chacun. Elle sourit légèrement à son adresse et lui dit : « Oh, notre cadet est de retour ? Tu n'as pas été maltraité au moins ? »

Le cadet se précipita vers elle, dans l'intention de lui raconter tout son content ce qui s'était passé en prison. Mais il se retourna et vit le grand-père qui le regardait avec colère, il ne put que refermer la bouche. Après être resté muet un moment encore, il demanda tout bas à sa belle-sœur : « M. Guan n'a plus d'endroit où aller, peux-tu l'aider à trouver une solution ? »

Guan Xiaohe tira sur le devant de son vêtement, salua le vieux Qi et Mme Tianyou et, le visage radieux, dit à Yun Mei : « Ne serait-ce que pour un soir ! Demain je me débrouillerai, je ne vous dérangerai pas plus longtemps ! Car, à vrai dire, Zhaodi étant dans l'espionnage, serait-il concevable que son père restât ainsi sans logis ? »

Yun Mei garda son sourire mais dit d'un ton assez ferme : « Monsieur Guan, ce n'est pas à moi de prendre la décision ! »

Le vieux Qi n'avait pas l'intention de dire quoi que ce fût. D'abord, il avait le ventre vide, il n'avait vraiment plus d'énergie pour parler, et puis il savait que Yun Mei avait du tact, qu'elle n'irait pas jusqu'à retenir à la légère Guan Xiaohe. Enfin, n'offenser personne était sa ligne de conduite de toujours. Il espérait que Xiaohe partirait au plus vite, il trouva peu opportun d'ouvrir la bouche plus que de nécessaire. Pourtant il prit soudain la parole. Toutes ces années de souffrances semblaient le pousser à abandonner, à contrecœur, cette façon d'être qui le rendait gentil, fût-ce avec un chien, et l'obligeait à la politesse même envers les méchants. Son monde avait changé, il lui fallait opérer une nette distinction entre le blanc et le noir, ne plus agir avec ménagements. Il se mit debout et dit, le doigt pointé vers le visage de Xiaohe : « Allez-vous-en ! Dehors ! Ne me forcez pas à dire des choses désagréables ! » Puis il se tourna vers Ruifeng : « Quant à toi, qui n'as aucune notion du bien et du mal, si tu ne le fais pas partir, je te réglerai ton compte au mépris de ma vie ! »

Voyant que son grand-père était réellement en colère, Ruifeng n'osa pas ouvrir la bouche davantage et entraîna Xiaohe vers l'extérieur. Il savait que, s'il défiait le vieil homme, celui-ci ne lui donnerait peut-être plus à manger. Il conduisit Xiaohe au-delà du portail et se contenta de dire :

« Je suis vraiment désolé ! » avant de fermer la porte. Il rentra en courant dans la cour, pensant qu'il pourrait aller dîner bien tranquillement. Il se trompait, car le grand-père l'attendait. Dès qu'il se montra, le vieil homme l'arrêta et déballa en vrac ce qu'il savait de la conduite de Ruifeng depuis l'occupation de Peiping par les Japonais. Tout en parlant, il lui lançait des injures. Il ne semblait plus être ce grand-père toujours prêt à excuser son petit-fils, mais un étranger qui était là en spectateur et le réprimandait en toute objectivité, sans pitié, comme fait quelqu'un épris de justice envers un salaud qui ne discerne pas le bien et le mal, envers un bon à rien.

Au bout d'une demi-heure le vieil homme, qui avait au départ le ventre vide, se mit à trembler. Ni Mme Tianyou ni Yun Mei n'étaient intervenues en faveur de Ruifeng. Elles se contentèrent de s'avancer pour apaiser le vieil homme, craignant qu'il ne tombât malade de colère. Elles parvinrent à le calmer à force de paroles et d'exhortations. Il s'assit sur les marches et se mit à pleurer.

Ruifeng n'avait pas bien saisi tout ce qu'il y avait derrière les réprimandes de son grand-père, il éprouvait du ressentiment et trouvait qu'on était injuste envers lui. Il considérait que, dans la mesure où il sortait tout juste de prison, les siens auraient dû lui faire bon accueil, le réconforter. L'attitude du vieil homme à son égard était quand même d'une dureté exagérée. Voyant que ce dernier s'était assis, il courut dans sa chambre et, tout bas, se plaignit d'être mal traité.

Au bout d'un long moment, la colère du vieil homme disparut. Il profita du fait que Yun Mei l'aidait à se relever pour lui dire discrètement « Allez, prépare-lui quelque chose à manger ! »

Yun Mei acquiesça d'un signe de tête avec un sourire triste.

Ce jour-là Ruixuan revint encore une fois un peu plus tard que d'habitude. D'ordinaire, il rentrait tout de suite à la sortie du bureau pour bien souligner qu'en tant que chef de famille il montrait l'exemple, revenant à l'heure, sans rien dépenser pour lui à l'extérieur. C'était vrai, il ne s'était pas enfui pour participer à la guerre de résistance, mais au moins il se montrait digne des siens, jeunes ou vieux. Non qu'il voulût se dédouaner en agissant ainsi, mais il n'entendait pas se mépriser pour autant.

Récemment, depuis que tous mangeaient de la « farine républicaine », il n'avait pas envie de rentrer. Parfois, après le travail, il ne prenait pas le tramway mais marchait par les rues l'âme en peine, pris de terreur à l'idée de se retrouver en face de son vieux père, de sa mère malade, à manger cette nourriture dont ni un porc ni un chien n'auraient voulu, et encore plus d'entendre les pleurnichements de la petite Niuzi, ainsi que les paroles de Yun Mei, prise entre deux feux. À voir cette scène, à entendre ces pleurs, il ne se sentait plus chez lui mais en enfer ! Dans le regard des anciens qui avait perdu cette bienveillance propre aux gens âgés, dans celui des enfants qui n'avait plus cette lueur candide qui est celle de leur âge, on lisait de la peur et du désespoir. Cela lui faisait comprendre que, non seulement il s'était montré indigne de son pays, mais n'avait pas pu pour autant sauver les siens. Son calcul était globalement une monumentale erreur !

À les voir tous, petits et vieux, victimes de la même injustice, il sentait qu'il lui aurait fallu dire quelque plaisanterie pour les dérider un peu.

Mais c'eût été les duper ! Que pouvait-il faire d'autre que baisser la tête et avaler cette chose qui ne passait pas, tout en sachant que si cette nourriture ne tenait pas au ventre, n'avait aucune valeur nutritive, elle pouvait très vite tuer enfants et vieillards : c'était du poison ! À la pensée que les enfants aussi pourraient mourir de faim, il en avait des sueurs froides. Il avait recherché une tranquillité trompeuse, cela revenait en fait à tuer ses propres enfants, ne pas s'assurer de descendance !

Parfois M. Goodrich mettait de côté un peu de pain et quelques friandises qu'il enveloppait soigneusement dans du papier huilé. Il glissait le tout en cachette dans le vieux cartable de Ruixuan avec un petit mot rédigé en anglais : « Je vous prie de m'excuser, Ruixuan, si cela peut faire un petit plaisir aux enfants, cela me permettra de me racheter un peu ! »

Les enfants dévoraient ces choses avec un appétit de jeunes loups. Puis ils se disaient : « Et on n'a rien donné à l'arrière-grand-père et à la grand-mère ! »

La petite Niuzi attendait exprès son père espérant qu'il rapporterait un peu de pain ou autre chose du même genre. Quand ce n'était pas le cas, elle disait : « Papa ! Niuniu est sage ! Niuniu ne demande pas de pain ! » Cela perçait le cœur de Ruixuan.

Il avait cessé de faire étudier Petit Shunr ; les connaissances ne pouvaient sauver un enfant condamné à mourir de faim à brève échéance. Le chagrin, la faim lui donnaient, par accès, des maux d'estomac, des aigreurs. Il n'avait pas le cœur à lui parler encore de civilisation et d'histoire. Toutes choses que la famine allait réduire à néant !

Quand il errait ainsi par les rues comme une âme en peine, il découvrait tant de faits nouveaux qui l'affligeaient ! Des restaurants mixtes dont l'aménagement intérieur était une combinaison d'éléments chinois et japonais. Les hautes tables et chaises étaient destinées aux Chinois, d'autres plus basses étaient prévues pour les Japonais. Les murs étaient couverts d'estampes japonaises colorées ; sur les tables étaient disposés ces petits bonsaïs aux formes étranges qu'affectionnent tant les Japonais. Dans les autres restaurants, étant donné le contrôle exercé sur le riz et les diverses céréales, sur le porc et le mouton, on ne pouvait pas faire marcher les fourneaux tous les jours et on travaillait donc par à-coups. Les restaurants mixtes parvenaient, eux, à se procurer riz et farine et, de plus, faisaient de la concurrence aux autres en pratiquant des prix bas, aussi étaient-ils bondés tous les jours. Pour une somme modique on vous servait un grand plat de riz blanc et quelques accompagnements simples à la japonaise. De nombreuses fois l'estomac de Ruixuan, sujet aux aigreurs, ainsi que sa bouche, qui n'avait pas goûté de riz depuis longtemps, le poussaient à entrer manger un grand plat de cette nourriture « mixte ». Mais il serrait les dents, et s'éloignait au plus vite. Quoi qu'il arrivât il s'était juré de ne jamais se laisser aller à une telle bassesse : goûter à la nourriture des étrangers de l'Est, aider à la prospérité des restaurants japonais, manger dans la promiscuité avec l'occupant. Même s'il savait bien que ce boycott passif ne servait à rien, il s'enorgueillissait de ce petit sursaut d'énergie.

Il remarquait aussi les nombreuses boutiques japonaises qui avaient ouvert dans le quartier de la grande rue Wangfujin. Cela en revanche ne l'avait pas surpris outre mesure puisque des Japonais étaient bien venus s'installer au Petit-Bercail. Mais quand il vit que les boutiques chinoises mettaient leurs enseignes au goût japonais, il ne put s'empêcher de baisser la tête. Il ne considérait pas ce fait comme une assimilation culturelle, mais bien comme une capitulation infâme.

Dans le même temps, il vit des bonsaïs au Bazar Dong'an : un pin nain, trapu, appuyé de travers contre une pierre aux formes bizarres figurant une montagne, ou un petit plat gros comme un bol à thé dans lequel était planté un cactus, un arbre nain tordu arbitrairement, portant une ou deux fleurs. Il savait que c'était pour les vendre aux Japonais. La « Nature », pour ces derniers, devait subir une mise en forme cruelle. Vaillamment on taillait, tordait la végétation pour obtenir un effet de beauté complètement artificiel. Et les Chinois s'y étaient mis, eux aussi ! Les Chinois étaient intelligents, ils réussissaient tout ce qu'ils entreprenaient, pourtant, ils n'arrivaient pas à se montrer intransigeants, à résister !

Rentrer ? C'était redoutable ! Traîner dans la rue ? Il serait choqué par ce qu'il verrait. Il en était arrivé tout simplement à ne plus savoir que faire. Il n'osait pas s'enfuir de Peiping, pourtant Peiping semblait l'avoir quitté. Il ne savait plus où aller. Tel était son état d'esprit alors qu'il rentrait lentement ce soir-là.

Guan Xiaohe était assis sur les marches en pierre devant la porte des Qi. Il se leva précipitamment à la vue de Ruixuan. « Ah ! Ruixuan ! Le cadet et moi-même sommes sortis sains et saufs ! Pourriez-vous... » Il n'avait pas fini de parler que déjà Ruixuan poussait la porte, entrait, puis mettait le verrou.

Yun Mei le prévint doucement « Le cadet est de retour ! »

Sans rien dire il pénétra dans sa chambre.

CHAPITRE LXXVII

Xiaohe, après avoir essuyé cette rebuffade de la part de Ruixuan, resta debout sur place, hébété, à regarder ce qui avait été sa demeure. Il se rappelait celui qu'il avait été, la « grosse courge rouge », Tongfang, ses filles. Il ne comprenait pas comment il avait pu tomber aussi bas. Il avait beau chercher, il ne trouvait pas par où il avait péché. S'il y avait vraiment une juste rétribution, comment son sort pouvait-il être aussi cruel ? L'irréprochable Guan Xiaohe n'aurait plus d'endroit où loger ? Il poussa un long soupir et sortit du Petit-Bercail.

La nuit allait tomber, où pourrait-il bien aller ? Auparavant il croyait qu'il pourrait toujours disposer de tout ce qui existait à Peiping. Les tireurs de pousse marchaient à sa place et il lui suffisait de faire un signe de tête pour qu'immédiatement deux jambes fussent à sa disposition. Les réverbères étaient allumés spécialement à son intention, pour que ses chaussures en satin ne marchent pas dans des immondices. Les boutiques étaient ouvertes pour lui, il lui suffisait de tâter sa bourse pour que les commerçants, telle une meute de chiens, viennent le servir. À présent, les pousses, les boutiques, les réverbères étaient toujours là, mais il éprouvait de la morosité, se sentait seul, avait le cœur gros. Personne ne le saluait, il ne savait où aller, tout ce qui existait à Peiping n'était plus déjà à portée de sa main ! Pourquoi ? Mais pourquoi donc ? Il n'en comprenait pas la raison !

Pourtant, il n'osait pas se mettre en colère ; il avait peur, dans un accès de rage, de faire quelque chose contraire à ses façons habituelles : démarche posée, profondes courbettes, ou de se laisser aller à commettre quelque affaire fâcheuse. Il ne regrettait pas sa conduite passée, car il trouvait que tout ce qu'il avait fait méritait d'être gardé en mémoire, qu'il pouvait s'en enorgueillir. Autrefois, et surtout après la nomination de la « grosse courge rouge » comme chef de centre, il avait connu son âge d'or, et un âge d'or, ce n'est jamais une erreur !

Son ventre gargouilla. La faim était la question d'urgence. Il oublia tout le reste, occupé uniquement à trouver une solution pour se mettre immédiatement quelque chose sous la dent. Il décida d'aller trouver Lan Dongyang. Il savait que celui-ci était un pingre mais il avait confiance en sa propre langue qu'il avait déliée : même si Dongyang avait été un diable, il aurait été tout à fait capable de le convaincre !

Dongyang, pour avoir passé son temps à flatter les Japonais, savait que quiconque a une demande pressante à formuler se présente avant l'heure fixée. C'est ainsi qu'il fonctionnait lui-même. Il savait aussi que plus le demandeur se présentait tôt, plus la personne ainsi sollicitée devait le prendre de haut, refuser de le voir. Il avait eu à subir maintes fois ce genre de traitement par la froideur. Alors un doute se leva immédiatement dans son esprit : Xiaohe avait sans doute besoin d'une aide urgente et, si tel était le cas, cela pouvait fort bien indiquer que Zhaodi n'était peut-être pas dans l'espionnage. Aussi ne tourna-t-il pas autour du pot :

« Dites-moi, en ce qui concerne Zhaodi c'est vrai ou non ? »

Pour Xiaohe ce fut soudain comme s'il était piqué par un aiguillon . « Oh, la la ! Est-il possible que vous ne me croyiez pas ? Voyons réfléchissez, est-ce que j'oserais plaisanter à la légère au sujet des "étrangers de l'Est" ? »

Dongyang en resta interloqué, il avait le sentiment que Xiaohe ne lui avait pas raconté d'histoires. « Dites-moi : où pourrais-je la contacter ?

— Eh bien... » Xiaohe n'osait pas l'informer de l'adresse de peur de retourner en prison. « Eh bien, comme vous le savez, on ne peut communiquer l'adresse d'un espion !

— Si je ne peux la contacter qu'est-ce qu'on a encore à se dire ? Et vous ? Vous n'avez pas le moyen de la rencontrer ?

— Je... » Xiaohe ne savait trop comment répondre.

« Ça suffit, vous m'avez fait perdre assez de temps ! Si vous n'avez pas la possibilité de la contacter, je vais me servir de Qi Ruifeng !

— Ruifeng ? Il vous a raconté des histoires ! Lui, un espion ? Alors, moi, je suis l'Empereur du Japon !

— Xiaohe, vous osez devant moi plaisanter sur l'Empereur du Japon ! » Dongyang se leva, ses globes oculaires se tournèrent vers le haut, il fit un salut en direction de l'est.

« Oh, j'ai eu tort ! Je m'excuse !

— Ruifeng et vous êtes des imposteurs, dehors !

— Mais je n'ai pas mangé, Dongyang !

— Je..., ici c'est pas un restaurant, dégagez ! Oser se moquer d'un chef de département, ah !

— Et votre femme ? Je voudrais la voir ! » Xiaohe donnait des signes de nervosité, il voulait demander le secours de la grassouillette Chrysanthème.

Celle-ci justement rentrait. Au premier coup d'œil elle vit Xiaohe. Elle avait tant de raisons de se fâcher. Comme elle n'avait pu obtenir le poste de chef du Centre de contrôle des prostituées, récemment elle s'en prenait à tout le monde. Xiaohe était le mari de la « grosse courge rouge », cela excitait particulièrement sa colère.

« Madame l'épouse du chef de département ! » lança Xiaohe sur un ton suave et flatteur pour émouvoir son cœur de femme.

La grassouillette Chrysanthème ne dit rien, cracha de mépris et entra.

Le visage de Xiaohe avait pris la même teinte que celui de Dongyang. La sueur perlait sur sa tête, il sortit lentement.

Comme il arrivait au portail, il eut une inspiration soudaine, revint sur ses pas et dit à Dongyang : « Dongyang, je ne discuterai pas avec vous. Vous avez raison de vous conduire ainsi, entièrement raison. Par exemple, si vous étiez à ma place et moi chef de département, ne vous traiterais-je pas de cette façon ? Vous avez raison, oui, tout à fait raison, c'est ainsi qu'il faut se comporter. Mais rappelez-vous bien ceci : Zhaodi est réellement entrée dans l'espionnage, si un jour, je la rencontre, il faudra que vous vous teniez sur vos gardes ! » Sur ces mots il tourna des talons et se dirigea vers la rue.

Dongyang sortit et le rattrapa. Non qu'il voulût lui laisser une porte de sortie, ni préserver les bonnes relations, simplement, il savait à quel point les espions relevant du Quartier général de l'armée étaient redoutables. Il tira Xiaohe par son vêtement : « Revenez ! Je vais vous servir un repas ! » Lui qui n'avait jamais donné pour rien la moindre chose à quelqu'un pensait qu'un repas pourrait acheter Xiaohe.

Xiaohe avait retrouvé le sourire.

À ce moment précis, Ruifeng n'osait pas sortir de sa chambre pour dire bonjour à son aîné. Il avait peur d'avoir à subir de la part de ce dernier les mêmes reproches que ceux infligés par le grand-père. Le lendemain matin, il attendit que Ruixuan fût parti au bureau pour se lever. Une fois debout, il avala au petit bonheur quelque chose et se réfugia de nouveau dans sa chambre pour réfléchir : devait-il ou non aller voir Dongyang ? En repensant à Chrysanthème, cela le gênait d'y aller. D'un autre côté, cela le tentait, car il se disait que Dongyang aurait peut-être un petit travail pour lui. Il savait qu'hier il lui avait raconté des histoires. Mais si Dongyang avait justement besoin d'espions, que ferait-il ? Il réfléchit un bon moment avant de pouffer de rire : « Allons-y ! On avisera le moment venu ! » Il décida de s'en remettre au hasard, c'était la meilleure façon d'agir. Il se rasa avec soin, changea de linge de corps et de vêtements, demanda un peu de monnaie à sa belle-sœur puis sortit, ayant ainsi fait peau neuve.

L'air était très limpide, malgré la température élevée la brise fraîche qui se mettait souvent à souffler était délicieuse. Ruifeng, son petit visage sec levé haut, fit quelques pas puis étendit les bras pour laisser le vent frais souffler sous ses aisselles. Il se sentait des ailes. Oubliés les reproches du grand-père, les souffrances de la prison, il était prêt à « collaborer » de tout son cœur avec Dongyang pour se trouver d'autres moyens d'existence.

Arrivé chez les Lan, il n'osa pas frapper à la porte, s'il rencontrait vraiment la grassouillette Chrysanthème, que ferait-il ? S'il y avait dans sa vie une chose qui lui avait fait éprouver de la honte, c'était d'avoir perdu sa femme sans oser en faire une affaire d'honneur avec Dongyang.

Il restait là planté depuis un bon moment, ne sachant toujours pas s'il devait ou non aller frapper à la porte quand soudain celle-ci s'ouvrit. Un jeune homme assez poli le fit entrer. Ruifeng n'hésita pas davantage, il le suivit. Il se dit que, puisque Dongyang l'attendait tout exprès, il y avait de l'espoir.

Dongyang et un autre jeune homme étaient debout dans la cour. Ruifeng avait peur de rencontrer la grassouillette Chrysanthème mais, d'un autre côté, il semblait désireux de la voir, aussi regardait-il de tous côtés. Il entendit un bruit de toux dans la pièce, cela ressemblait fort au timbre de voix de sa femme. Son cœur fit un bond dans sa poitrine.

Dongyang avait la tête inclinée pour que ses yeux, arrondis par la colère, restent en bonne place. Curieusement, Ruifeng se mit à rire. Les globes oculaires de Dongyang partirent avec violence vers le haut. Il demanda : « Dis voir un peu, tu es dans l'espionnage, c'est bien vrai ? »

Ruifeng, habitué à mentir, répondit en se raidissant : « Comme s'il pouvait en être autrement ! »

Dongyang demanda aux deux jeunes gens : « Vous avez bien entendu ? » Ils hochèrent la tête, puis s'avancèrent ensemble vers Ruifeng et l'encadrèrent. Ruifeng ne comprenait pas ce qui lui arrivait, il commençait à s'affoler un peu. Il répéta plusieurs fois de suite : « Qu'est-ce que cela veut dire ? Mais enfin, qu'est-ce que tout cela veut bien dire ? » Tout en parlant il se disait que la meilleure façon de s'en sortir serait de prendre la fuite ; mais, comme il levait un pied, il sentit deux choses dures sur ses côtes. Il n'osa pas bouger davantage. Le visage décomposé, il resta longtemps bouche bée avant de demander : « Dongyang, qu'est-ce que j'ai fait ?

— Ce que tu as fait ? Tu t'es fait passer pour un espion ! » Dongyang fit un geste de la main aux deux jeunes gens. « Qu'on l'emmène ! »

Ruifeng était affolé, il cria comme un fou : « Chrysanthème ? Viens à mon secours ! »

Chrysanthème ne se montra pas. Les deux jeunes gens, de concert, accentuèrent la pression des choses dures sur son corps. Il n'osa plus ouvrir la bouche, et les suivit à l'extérieur.

C'est ainsi que Ruifeng retourna en prison.

Dongyang était très content de lui. Il savait que Ruifeng était un couard, qu'il ne valait pas la peine qu'on le malmenât, mais profiter de l'occasion pour le faire incarcérer, cela lui réjouissait l'âme. D'abord, il aurait une arrestation de plus à son actif et pourrait ainsi accroître ses mérites, et puis liquider Ruifeng en prison lui permettrait de faire une démonstration de force devant Chrysanthème et de dissiper les quelques scrupules qu'il éprouvait encore vis-à-vis de Ruifeng. Il aurait enfin l'impression d'être vraiment le seul mari de la grassouillette Chrysanthème. C'est cela, il lui fallait faire mourir Ruifeng en prison. C'était une idée qui lui était venue comme ça, au dernier moment, et de telles idées, pour peu qu'elles soient malveillantes, semblent plus inspirées que des calculs prémédités. Il avait bien envie d'écrire un poème. Non, il ne pouvait pas encore se consacrer à la création, il lui fallait organiser la mort de Ruifeng !

Voyant que Ruifeng n'était toujours pas rentré à l'heure du dîner, personne ne s'inquiéta outre mesure. La nuit tombée, comme il n'était toujours pas là, le vieux Qi commença à jacasser « Il a déjà été bouclé par les Japonais si long temps et se comporte toujours aussi mal, il a dû encore faire des siennes pour ne pas être rentré alors qu'il fait nuit noire ! »

Les autres membres de la famille ne prêtèrent pas spécialement attention aux propos du vieil homme, l'inquiétude ne les avait pas encore gagnés. Ils pensaient que le cadet, qui venait tout juste de sortir de prison, devait, comme un oiseau échappé de sa cage, flâner tout son content, et qu'il rentrerait plus tard.

Un long moment s'écoula encore, le vieux Qi recommença à jacasser, il avait le cœur gros. Il se disait qu'il n'aurait pas dû, alors que Ruifeng venait tout juste d'être relaxé, lui lancer comme ça des injures à la face. Si ce dernier s'était mis en colère à cause de ses réprimandes et s'était enfui de Peiping à son tour comme avait fait le Troisième, le vieil homme se serait vraiment montré indigne de ses ancêtres ! Même si Ruifeng n'avait guère d'ambition, le vieil homme ne voulait pas qu'on lui reprochât de l'avoir poussé à partir. Emporté par le cours de ses pensées, il en oublia tous les méfaits commis par son petit-fils, s'attachant uniquement au fait qu'il était un Qi : il ne fallait absolument pas qu'il lui arrivât encore quelque malheur.

Quand vint le moment d'aller au lit, Mme Tianyou elle-même ne parvenait plus à garder la tête froide. Autrefois, il arrivait souvent à Ruifeng de rentrer très tard, pourtant elle ne s'était jamais inquiétée à ce point. Aujourd'hui un pressentiment la mettait sens dessus dessous.

La nuit il faisait encore chaud dans la maison. Tous feignaient de dormir. Soudain la petite Niuzi poussa deux cris en pleurant ; au bout d'un moment le vieux Qi soupira longuement ; puis ce fut au tour de Mme Tianyou de dire tout bas quelques mots à Petit Shunr. L'obscurité, la chaleur, l'inquiétude les amenaient tous à sentir comme la présence d'un événement redoutable tapi dans l'ombre. Personne n'aimait Ruifeng, c'est vrai, mais, connaissant aussi son aptitude à faire des bêtises, tous se sentaient de plus en plus inquiets.

L'aube approchait, la chaleur quitta la maison, un peu de vent frais se fit sentir, alors ils sombrèrent dans le sommeil.

Yun Mei se leva très tôt. Pourtant, quand elle sortit de la chambre elle vit que le vieux Qi était déjà assis dans la cour. Les cheveux blancs du vieil homme, et surtout ceux clairsemés du sommet du crâne, frémissaient doucement, tristement dans la brise matinale. Les rides de son visage semblaient s'être accusées, avoir foncé. Il n'avait boutonné qu'un seul bouton de sa tunique, on voyait une partie de son poitrail. La peau aussi à cet endroit était toute fripée, sombre, comme si elle n'était plus irriguée par les veines.

« Vous êtes bien matinal ? » lui demanda tout bas Yun Mei.

Le vieil homme resta un moment sans répondre. Il gardait la tête baissée, son menton semblait vouloir s'enfoncer dans sa poitrine maigre et sèche. Longtemps après il poussa un long soupir et, gardant la tête baissée, il dit : « Peuh ! quelle erreur, je me suis bien trompé !

J'avais dit que les malheurs pour Peiping ne dureraient pas trois mois. Trois mois ? Mais c'est plusieurs années qu'il fallait dire ! J'avais calculé que, de toute façon, nous n'aurions pas à souffrir de la faim. Tu parles ! Il n'y a qu'à voir la petite Niuzi, ta belle-mère ! J'avais escompté que nous aurions certes à en pâtir, mais sans qu'il y eût perte en vie humaine, mais, voilà, il y a eu ton beau-père, et maintenant le cadet !

— Il ne lui sera rien arrivé, rassurez-vous ! » Yun Mei se forçait à sourire.

Le vieil homme gardait toujours la tête baissée, mais il avait un peu haussé le ton : « Comment cela ? En ces temps bien malin qui oserait affirmer qu'il n'a pas eu d'ennuis ? Je suis en tort, je n'aurais pas dû l'insulter ainsi alors qu'il sortait tout juste de prison !

— Mais, ne le méritait-il pas, grand-père ? »

Le vieil homme regarda Yun Mei avec colère et ne dit plus rien.

Un vent léger réveillait ce matin d'été. Les oiseaux se mirent à chanter sur des registres différents ; les volubilis couverts de rosée ouvraient leurs trompes de toutes les couleurs. Des insectes mouchetés volaient de-ci de-là, les araignées dans les coins de la maison tissaient de nouvelles toiles. Face à un monde si radieux les êtres humains semblaient manquer de discernement. Ils faisaient verser le sang des autres pour préserver leur propre vie ; pour montrer leur puissance, ils vous pulvérisaient en un instant une ville à coups de canon.

À peine éveillé, Ruixuan fronça les sourcils. Ce matin splendide le narguait.

Il sortit de la chambre et vit son grand-père, il lança vite un : « Grand-père ! »

Le vieil homme ne dit rien. Il restait assis la tête baissée.

Ruixuan s'avança lentement vers la cour extérieure. Arrivé au mur-écran, il vit à terre un sac en papier pas très grand. Il en fut immédiatement tout remué. Il reconnut du papier japonais. Sur le sac, la ficelle blanche était japonaise elle aussi. Il resta figé sur place un moment, puis ramassa à la hâte le sac, dénoua la ficelle. Il y avait une robe appartenant à Ruifeng. Serrant le vêtement contre lui, il se mit soudain à pleurer. Il trouvait le cadet détestable, mais ils étaient quand même frères de sang.

Il ouvrit doucement la porte de la rue et s'en fut trouver le chef de police Bai.

Une fois devant lui, il lui dit très simplement : « Hier le cadet est sorti vêtu de cette robe, tôt ce matin quelqu'un l'a balancée par-dessus le mur, bien emballée. »

Le chef de police Bai regarda Ruixuan, puis la veste et hocha la tête : « Quand ils exécutent quelqu'un, ils rapportent toujours un de ces vêtements. Le cadet, probablement, n'est plus ! »

Les propos du policier correspondant à ses propres suppositions, Ruixuan ne trouva rien d'autre à dire.

Le policier poussa un soupir. « Peuh ! Même si le cadet n'était pas un homme très bien, il ne méritait cependant pas la mort ! » Il ouvrit le registre d'état civil. « Monsieur Qi, cette veste vaut comme lettre significative, pour dire que dorénavant on ne lui attribuera plus de ration de céréales. » Sa phrase terminée, de la pointe de son stylo il raya d'un trait noir le nom de Ruifeng.

— Chef de police Bai ! dit Ruixuan les lèvres tremblantes. Je vous laisse cette robe ! Il ne faut absolument pas que grand-père la voie. Mon père... et maintenant c'est au tour du cadet ! Ce serait trop pour grand-père ! Aidez-moi je vous en prie, ne parlez à personne de cette affaire !

— Compris ! Je vous aiderai, sûr ! » Le chef de police Bai remit la veste dans son emballage. « Monsieur Qi ! N'en ayez pas trop de peine, bientôt la mort nous guettera tous, bons ou méchants ! »

Ruixuan s'en fut à la hâte trouver M. Li. Il lui expliqua simplement la situation et lui fit la recommandation suivante : « Quand on distribuera les cartes de rationnement de céréales, il ne faut pas que grand-père sache que nous avons une part en moins. Et ceci encore : dans deux jours, si l'occasion se présente, vous direz à grand-père que vous avez aperçu Ruifeng !

— Vous me forcez à mentir ?

— Comment faire autrement ? Si vous lui dites que vous avez vu le cadet, il vous croira, c'est sûr, et sera tranquillisé, sinon, il risque d'en tomber malade ! S'il lui arrivait quelque chose en ce moment, comment pourrais-je y faire face ? Je suis déjà si pauvre, comment pourrais-je organiser des obsèques ?

— C'est bon, vous avez raison ! » M. Li approuva d'un signe de tête.

Après avoir pris congé de M. Li, Ruixuan rentra lentement à la maison.

Une fois la porte franchie, il lui sembla impossible d'aller plus loin. Il s'assit dans l'embrasure et se parla à lui-même. Certains mots sortaient de sa bouche, d'autres étaient prononcés intérieurement : « Tu savais que la conduite du cadet était mauvaise, pourquoi ne l'as-tu pas sermonné plus tôt ? Il eût été plus malin de lui administrer quelques bonnes gifles plutôt que de le laisser mourir entre les mains des Japonais. Pourquoi, dans tes rapports avec tout le monde ne t'attaches-tu qu'à une bonne entente superficielle ? Pourquoi as-tu laissé le cadet agir n'importe comment ? Fort bien, à présent qu'il est mort, tu vas supplier le chef de police Bai, M. Li de cacher le fait, comme si le cadet était quelqu'un de bien, comme s'il avait dû rester en vie ! Ça rime à quoi ? Tu le trouvais insupportable et ne lui as pas fait la leçon ; il est mort, et tu voudrais qu'il fût encore en vie ! Tu ne sais que composer, dissimuler et rien d'autre ! Ton père a été poussé au suicide par l'ennemi, l'as-tu vengé ? Non ! À présent ton cadet, peu importe qu'il fût bon ou mauvais, a été tué par les Japonais ; or, non seulement tu ne penses pas à le venger, mais tu demandes aux autres de ne pas ébruiter l'affaire, tu caches les crimes de l'occupant... Est-ce se comporter en être humain responsable ? »

Après s'être ainsi gourmandé, il se mit debout sans entrain.

Le vieux Qi était toujours assis là-bas.

Le grand-père et le petit-fils échangèrent un regard, ni l'un ni l'autre n'ouvrit la bouche.

CHAPITRE LXXVIII

En toute circonstance les Pékinois gardent leur sens de l'humour. Sur la porte du salon de coiffure Mingyuan on avait apposé la réclame suivante : « Pour dix centimes, coupe, rasage et shampooing ! » Le salon d'en face, Erxiang, avait immédiatement affiché : « Pour dix centimes, en plus de la coupe, du rasage et du shampooing, on vous offre un curage des oreilles et un massage du dos ! » Alors la maison Taoyuan à gauche avait collé à son tour cette affiche : « Pour huit centimes, on vous fait une tête à la Tyrone Power ! » La maison Xinglong à droite s'empressa de proclamer dans la foulée : « Pour sept centimes, nous assurons tout et, de plus, on ne compte pas le pourboire pour Tyrone Power ! »

On n'avait pas de quoi manger, aussi personne ne songeait plus à se faire couper les cheveux, ni à se faire raser, sauf les femmes telle la grassouillette Chrysanthème. Elle continuait à se faire friser les cheveux, à aller chez la manucure, mais elle se rendait dans les instituts de beauté où l'on ne travaillait pas au rabais. La plupart des gens, quant à eux, devaient avant tout résoudre le problème de se remplir le ventre, l'arrangement des cheveux et de la barbe venant en second lieu.

C'est pourquoi les petits salons de coiffure avaient beau baisser leurs prix, rivaliser d'humour, le commerce ne marchait pas.

Autrefois, il fallait sept ou huit heures à M. Sun pour venir à bout de son travail. À présent, il n'était plus occupé qu'une heure ou deux par jour. On licenciait en masse dans les boutiques, il n'avait donc pas à se presser. Par ailleurs, comme les petits salons, atteints de frénésie, baissaient leurs prix, certains patrons le renvoyèrent purement et simplement pour se tourner vers les endroits bon marché où l'on proposait différents services. Il lui fallait trouver une solution.

Il tenait à sauver la face. Bien qu'il ne fût pas très habile, il s'était habitué à travailler pour les boutiques. Il pensait qu'il méritait d'être considéré à la mesure de ses capacités : celles d'un technicien de haut niveau. C'est la raison pour laquelle il ne voulait pas se mêler aux petits gars de treize ou quatorze ans, tout juste sortis d'apprentissage, qui œuvraient dans la rue au service des tireurs de pousse et des petits marchands. Il ne voulait pas non plus porter la palanche des barbiers ambulants et parcourir les rues en faisant résonner des instruments pour attirer le chaland. En temps ordinaire, il s'habillait avec assez de recherche : une tunique courte bleue en coton, bien lavée et empesée, arrivant juste au-dessous du genou. Il respirait l'honnêteté et la propreté. La chemise était blanche avec de longues manches qu'on pouvait rouler, ce qui ajoutait à l'impression de recherche et de fraîcheur. Il n'avait pas pris d'instrument cliquetant, mais portait sous le bras un sac en toile tout blanc où il mettait ses outils. Ainsi, chaque matin, portant son sac blanc, agitant ses longues manches blanches, il allait travailler dans les boutiques. Il avait l'impression d'être un artiste se rendant à son exposition. Il était honorable, honnête, fier de lui. Il n'aurait jamais accepté d'aller racoler le client par les rues, c'eût été une atteinte à sa dignité.

Et voilà que maintenant il avait dû se résoudre à arpenter les rues ! Lui qui à l'origine était myope, il avait à présent la vue encore plus brouillée, car il avait les yeux un peu larmoyants. Il avait toujours aimé bavarder. Il ne comprenait pas grand-chose et converser lui permettait de passer de l'ignorance à l'omniscience. Or, à présent, il fermait la bouche. Il lui fallait aller par les rues comme faisait Cheng Changshun, se retrouver couvert de poussière de la tête aux pieds, tel un pauvre diable. Il en était attristé, il n'avait plus le cœur à bavasser.

Chaque matin, il se rendait encore dans des boutiques où il avait travaillé tant d'années. Une fois ce travail achevé, il n'était pas encore midi. Qu'allait-il faire de son après-midi ? Au début, il restait assis à la maison, mais comme l'argent ne tombait pas du ciel, il n'eut d'autre solution que d'aller acheter un instrument sonore. Son sac sous le bras, frappant l'instrument, il allait par les rues faire un peu de travail à droite et à gauche. En entendant ces tintements, il avait des pincements au cœur. Dire qu'il avait vécu tant bien que mal pendant vingt à trente ans pour se retrouver au bout du compte dans cette situation ! Il avait perdu d'un coup dignité, position. Quelques jours auparavant il avait encore refusé de raser Guan Xiaohe, à présent, toute personne qui le hélait d'un signe était pour lui le dieu de la fortune !

Il n'osait pas faire résonner son instrument aux

abords de la maison, il lui fallait aller plus loin, là où personne ne le connaissait. S'il devait perdre la face, autant que ce fût dans un endroit inconnu ! Après avoir tourné toute une journée, alors qu'il était encore loin du Petit-Bercail, qu'il y eût ou non des clients, il cachait son instrument, époussetait la poussière sur ses vêtements et ses chaussures avant de rentrer chez lui.

Les Pékinois gardaient encore dans leur mémoire le souvenir de ces barbiers experts (les vieux entre eux les appelaient des « raseurs de tête ») qui avaient eu une histoire pas très glorieuse. M. Sun s'en souvenait encore, c'est pourquoi, jusqu'à présent, il avait tenu particulièrement à se montrer digne et sérieux, comme s'il voulait faire honneur à la profession. Il redoutait surtout de rencontrer ces barbiers qui avaient tout au plus une dizaine d'années. Eux mettaient de côté leurs palanches particulièrement petites et restaient là à s'injurier, à plaisanter, à se gratter et à se tripoter les uns les autres. À présent qu'il lui fallait aller par les rues, il ne pouvait pas les éviter. Même si c'était de mauvais barbiers, trop jeunes, il s'agissait de confrères qui avaient tous le même patron protecteur. En raison de son handicap visuel, il ne pouvait pas les apercevoir de loin et prendre à temps la tangente pour les éviter. Arrivé à proximité d'eux, leur conduite révoltante, les mots grossiers qu'ils proféraient le mettaient en colère malgré lui. Mais il ne pouvait intervenir pour autant : ils n'étaient pas ses apprentis, il n'avait pas le droit de les tenir sous sa coupe. En d'autres temps, il aurait pu, étant donné la différence de générations, les gronder en quelques mots ; à présent, tout comme eux, il descendait dans la rue mendier sa pitance, ne valait guère mieux. S'il avait cherché à leur faire des réprimandes, c'eût été aller au-devant de désagréments. Parfois, parmi les jeunes, certains qui le connaissaient lui demandaient très haut : « Maître Sun, vous voilà dans la rue, vous aussi ? » Cela le faisait fuir, il en rougissait jusqu'à la racine des cheveux.

Afin d'éviter cette situation embarrassante, il se mit à choisir des petites ruelles. Mais là les gens étaient plus pauvres. Il avait beau frapper son instrument pour attirer le client, mais aussi pour couvrir les imprécations qu'il portait contre lui-même, contre ses confrères, contre les Japonais, le commerce ne se faisait pas.

Par les grandes chaleurs, les ruelles, avec leurs habitations très rapprochées, la rareté de la végétation, étaient comme des fours, et il devait les arpenter. Les murs rendus brûlants par le soleil dégageaient de la chaleur, lui cuisaient le visage, le corps. Après avoir parcouru quelques-unes de ces venelles, il sentait la mauvaise odeur de transpiration qui montait de son corps. Ses chaussettes, tels deux blocs de glaise mouillée, lui collaient au pied. Tout était brûlant, il ne trouvait pas un endroit où s'asseoir. Son ventre n'avait reçu que de la « farine républicaine » et de l'eau fraîche. Il allait, le corps couvert de sueur et de poussière, en proie à l'inquiétude, au ressentiment, à la honte. À force de marcher ainsi, il en oubliait de frapper l'instrument dans sa main, il ne savait plus où il se dirigeait, se contentant de mouvoir mécaniquement ses pieds, avec lenteur, droit devant lui. Soudain, un aboiement ou un autre bruit le réveillait, il s'empressait alors de faire résonner l'instrument dont le tintement ajoutait à sa nervosité.

La faim, la chaleur, la fatigue, toutes ces causes conjointes lui démolirent l'intestin. Il avait souvent la diarrhée. Il marchait, marchait, quand un subit mal de ventre le faisait s'asseoir ; alors, de sa main, il se malaxait le ventre, tandis que son visage devenait immédiatement verdâtre et qu'il transpirait de tout son corps, comme cela vous arrive la nuit. Ses entrailles se tordaient, des étoiles volaient devant ses yeux. Il ouvrait la bouche pour respirer ; un accès de douleur, et son corps allait se partager en deux. Il avait de légers bourdonnements d'oreille, comme si deux moustiques voletaient autour de lui. Son cœur se mettait à tourner avec ces bourdonnements, de plus en plus vite ; peu à peu, il perdait toute sensation. Les bourdonnements s'éloignaient, alors tout devenait noir devant ses yeux, son cœur se calmait, il avait l'impression de flotter dans les airs ; après s'être senti flotter longtemps, les bourdonnements revenaient et il sentait à nouveau la douleur au ventre. En fait, il avait perdu connaissance pendant un moment. Quand il ouvrait les yeux, il était peut-être encore assis par terre, ou bien couché. Il restait là, prostré, l'esprit et le corps alanguis. Il avait encore mal au ventre, il lui fallait se relever. En gémissant, il se remettait péniblement debout. Ses mains, malgré la température extérieure élevée, devenaient toutes blanches. Il prenait appui contre le mur brûlant, cherchait les cabinets.

Après plusieurs syncopes, il sut ce qu'était la mort. Bon gré mal gré, il en vint à se dire : « La mort n'est pas si pénible ! Ces bruits doivent être ceux émis par les âmes supérieures qui s'échappent du corps ! Non, ce n'est pas trop pénible ! Pourquoi ne pas mourir comme cela ? »

Il n'avait pas d'argent pour aller consulter un médecin, n'osait pas acheter des remèdes tout préparés. Quand il avait trop mal, il buvait un peu d'alcool. Le liquide brûlant lui entrait dans l'intestin et l'anesthésiait, lui procurant un moment de soulagement. Mais, après cette excitation, il était encore plus fragilisé, plus sensible à la maladie.

À la longue, il était devenu méconnaissable. Ses yeux myopes s'étaient enfoncés profondément dans leurs orbites. Il ne lui restait plus que la peau, noire, sur les os. Quand il travaillait, sa main tremblait souvent, il semblait avoir du mal déjà à tenir le rasoir. Il avait beau prendre sur lui, se forcer à parler et à rire, pour que les clients ne s'interrogent pas sur le danger, à cause de ses mains qui tremblaient, de se voir taillader une oreille, il ne parvenait pas à donner le change. Il devait faire preuve d'une vigilance de tout instant, aussi, quand son ventre lui faisait un peu mal, ramenait-il vite son rasoir pour éviter qu'il ne tombe sur le visage ou le corps du client. Il ne s'arrêtait que quand la douleur était terrible. Il serrait les dents, une sueur froide lui montait à la tête tandis qu'il priait intérieurement de pouvoir tenir jusqu'à ce que son travail fût terminé. Une fois le client parti, il était déjà à bout de force, s'éloignait à la hâte pour trouver un endroit retiré où s'asseoir ou s'allonger. Il ne se souciait plus de parler ni de rire, bien que ce fût là une obligation pour garder la clientèle.

Il aurait dû se reposer. Mais, alors, il n'aurait plus eu de rentrées d'argent. Il lui fallait parcourir les ruelles. Il avançait avec une extrême lenteur, et encore, ce n'était pas là marcher tant il avait l'air d'un vieux chien à l'agonie cherchant un endroit commode où mourir tranquillement. Ainsi, quand bien même quelqu'un aurait eu l'intention de le héler, sa seule vue l'en aurait dissuadé. Il n'était plus ce barbier digne et propre, c'était un fantôme ambulant !

Il savait bien, au profond de lui-même, qu'il n'en avait plus pour longtemps à vivre en ce monde. Mais, dès que son ventre allait mieux, il se leurrait, emporté par l'optimisme : « Ce n'est pas grave du tout, si seulement je pouvais me reposer, manger un peu mieux, je m'en remettrais ! » Mais où trouver bonne chère ?

On approchait des commémorations du 7 Juillet. Il eut un autre malaise en pleine rue.

Quand il se réveilla, sans avoir compris comment, il se retrouva allongé dans un grand camion. Il trouva cela bizarre, mais il n'avait pas l'énergie de s'informer pour savoir de quoi il retournait. Il referma les yeux, ne dit mot, se recroquevilla sur lui-même, perdu dans une vague torpeur. Son corps suivait les mouvements du véhicule, comme aurait fait un morceau de bois.

Roulèrent-ils longtemps ? Il n'aurait su le dire. Il sentit seulement que la voiture avait arrêté de bringuebaler, puis qu'on le traînait hors du camion. Il gardait les yeux mi-clos, son ventre allait un peu mieux, mais il ressentait une grande faiblesse. Comme dans un brouillard, il pénétra dans une pièce assez vaste où il n'y avait rien que des gens couchés à terre dans tous les sens. Il s'assit dans un coin. S'il n'avait pas l'énergie de regarder, il sentait une odeur très forte d'acide carbolite qui lui donnait la nausée. Il eut effectivement quelques hauts le cœur, mais ne vomit rien ; seules quelques larmes coulèrent qui vinrent brouiller son regard de myope.

Au bout d'un long moment, il entendit quelqu'un l'appeler, le timbre de cette voix lui était très familier. Il s'efforça de discerner à qui elle appartenait. L'homme reprit la parole : « C'est moi, Guan Xiaohe ! »

En entendant ces trois syllabes, M. Sun prit peur sur-le-champ. Il ne savait pas pourquoi on l'avait traîné jusque-là, ni quel était ce lieu où il se trouvait. Il n'avait pas pensé à un danger quelconque. Les mots « Guan Xiaohe » s'associèrent immédiatement dans son esprit à l'idée de péril, de calamité car, selon lui, Guan Xiaohe était l'instigateur de toutes les sales histoires. Où Guan Xiaohe était, il ne pouvait rien y avoir de bon. Une pensée le traversa rapidement : c'était un coup monté par ce dernier, il lui voulait du mal comme il en avait fait, sans raison aucune, à M. Qian Moyin, aux époux Wen. Il s'efforça de regarder. En fait, Guan Xiaohe était assis non loin de lui.

Il était vêtu d'une chemise blanche. Bien qu'elle ne fût pas d'un blanc immaculé, tous les boutons étaient mis correctement. En bas il portait un vieux pantalon en toile bleue troué aux genoux. Il n'arrêtait pas de cacher les trous avec ses mains. Il avait le visage très foncé, très émacié, cela faisait paraître plus grands encore ses yeux qu'il avait beaux. Il riait toujours aussi volontiers, mais comme ses os ressortaient, son sourire manquait de charme. Il avait encore les dents bien blanches toutefois, cette blancheur était gâtée par de longs poils fins au-dessus des lèvres et sur les joues. Il avait beaucoup de rides sur le front avec, au milieu, des petits bouts de peau blanche, comme lorsqu'on a été brûlé par le soleil ; il les grattait souvent, puis s'essuyait la tête avec sa manche.

Depuis qu'il avait été invité chez les Lan, il avait réussi à manger et à boire chez les uns et chez les autres, dupant son monde, devenant un imposteur et un mendiant. Il avait tout supporté : froideur, humiliation, faim et soif, sans perdre courage pour autant. Il pensait sans cesse à Zhaodi. Pour lui, elle était un peu comme la Sainte Vierge, même si elle ne pouvait lui venir immédiatement en aide pour le boire et le manger, elle le bénissait dans l'ombre.

M. Sun regarda mieux encore, il distingua parfaitement Xiaohe. Mais ses idées, elles, étaient encore plus embrouillées : que faisait ici ce dernier ? Étant donné son apparence, il y avait probablement été traîné lui aussi. Pour quelles raisons ? Il se disait que, si cette supposition était la bonne, apparemment il n'avait pas monté un mauvais coup contre lui. Mais voilà, Xiaohe était Xiaohe, et là où il se trouvait, il ne pouvait rien y avoir de bon. Il demanda peu amène : « Que faites-vous ici ? Vous sévissez encore ! »

Xiaohe rit, mais soudain serra les dents. Son visage se ratatina de façon sensible, ses sourcils se rapprochèrent, il croisa les jambes, ses deux mains comprimèrent son ventre. Partie, sa belle prestance : on aurait dit ces diablotins au visage aplati sous les pieds des divinités célestes du Temple Dongyu. M. Sun ne l'avait jamais vu aussi peu distingué. Au bout d'un moment, Xiaohe allongea ses jambes, les rides de son visage se relâchèrent peu à peu, il poussa un long soupir : « J'ai mal au ventre ! »

M. Sun en eut des sueurs froides. Avoir mal au ventre, ce n'était pas un crime, il le savait. Mais puisque Xiaohe lui aussi avait mal, et qu'il avait été traîné jusqu'ici, il fallait s'attendre au pire ! Furieux, il se mit à jurer : « Merde alors ! Moi, Sun le septième, c'est bien ma chance, il va falloir que je meure aux côtés de ce type-là ! »

Xiaohe se malaxait le ventre, insensible aux

injures de M. Sun, il se plaignait : « Ça ne date pas d'aujourd'hui, cela m'arrive souvent, mes tripes se nouent que j'en ai envie de crier. Le problème c'est que j'aime trop le gras. Tous les jours il me faut mes deux cents grammes de mouton à la sauce de soja, ma moitié de canard fumé, avec un peu d'alcool. Les bonnes choses ne vont vraiment pas avec la "farine républicaine", alors... » Il serra de nouveau les dents, son ventre semblait le punir pour ses mensonges.

La douleur passée, il reprit : « Depuis que j'ai quitté le Petit-Bercail, de nombreux amis m'ont trouvé du travail, mais cela ne me disait rien. Zhaodi, vous connaissez son statut ? Puisqu'elle avait une bonne situation, pourquoi aurait-il fallu, à mon âge, que je me fatigue au travail ? Alors, tous les jours, avec des amis, parfois des Japonais, on allait dans les maisons de thé en plein air, on allait à la pêche, on menait une vie oisive sans contraintes. Mes amis japonais m'ont dit plusieurs fois : "Monsieur Guan" — ils me donnent toujours du "Monsieur" — "vous devriez venir nous donner un coup de main !" Je leur souriais doucement et leur répondais : "Je suis âgé, demandez à ma fille ! Moi, il faut que je me repose !" »

M. Sun savait que Xiaohe mentait, et que le mieux eût été de l'ignorer, mais il n'arrivait pas à calmer sa colère : « Merde alors, vous êtes affamé à en perdre les couilles et vous trouvez encore le moyen de parler des Japonais, merde alors ! Quel sale type vous faites !

— Sun, vous devriez surveiller votre langage !

— Si j'avais un peu de force je vous pourfendrais le crâne de mes mains !

— Oh ! Vous avez mal au ventre vous aussi ? Vous en faites pas, ici c'est l'hôpital. Dans un moment le médecin japonais viendra nous donner des médicaments — les remèdes japonais sont excellents, excellents ! — et on pourra sortir ! »

M. Sun qui n'était jamais allé à l'hôpital ne savait pas s'il s'agissait bien d'un tel lieu. « Je ne prendrai pas les remèdes japonais. Merde ! Ils m'ont détraqué le ventre avec leur "farine républicaine" et maintenant ils me donneraient des médicaments ! Ils te donnent une gifle puis frottent l'endroit où ça fait mal. Merde alors, ils sont sans vergogne !

— Si vous continuez sur ce ton, je ne fais plus attention à vous ! » dit Xiaohe un peu en colère.

Trois heures de l'après-midi, le moment le plus chaud de la journée. Dans la cour le soleil ardent roussissait le sol. Les feuilles des arbres s'étaient ratatinées. Tout était brûlant, il n'y avait pas un souffle d'air. Les moineaux, occupés à couver dans leur nid, n'osaient plus bouger ; ils restaient blottis sous les feuilles, leur petit bec ouvert. Il faisait assez frais dans la pièce, mais les gens souffraient tout autant de la chaleur et de la soif. M. Sun, qui ne voulait plus entendre les vantardises et les mensonges de Xiaohe, appuya sa tête contre le mur et sombra dans un sommeil lourd.

Devant la porte se montra un Japonais qui avait l'air d'un infirmier militaire. Xiaohe se mit vite debout, comme s'il voyait un proche, et s'efforça de rendre le plus souriant possible son visage maigre. Certain que le Japonais avait compris le sens de son sourire, il fit un profond salut, tout en aspirant bruyamment de l'air. Son salut terminé, il s'empressa de réveiller M. Sun : « Assez dormi ! Le médecin est là ! »

Le Japonais demanda à Xiaohe : « Toi, quoi ? »

Xiaohe mit ses deux pieds parallèles, se

redressa. Les rides formées par son sourire dessinaient un cercle sur son visage, il répondit avec déférence : « J'ai mal au ventre ! » et, de peur que l'autre n'eût pas compris, il ajouta : « C'est mon ventre, j'ai la diarrhée, mal aux intestins et à l'estomac, je digère mal ! »

Le Japonais interrogea tous les occupants de la pièce les uns après les autres, tous parlèrent de leur ventre.

« À désinfecter ! » Le Japonais s'éloigna à la hâte sur cette simple phrase.

Personne n'avait compris ce qu'il fallait entendre par là. Xiaohe se crut obligé de donner des explications : « Sans doute va-t-on nous demander de prendre un bain et de nous changer. C'est une formalité obligatoire, il faut savoir que les Japonais sont très soucieux de l'hygiène, de la propreté ! »

Quelques minutes après le Japonais revenait, il ouvrit la porte, et dit : « En route ! »

Xiaohe se débrouilla pour être le premier à l'extérieur puis, tel un interprète officiel, il dit à la ronde : « Ils nous demandent de partir ! »

Xiaohe, M. Sun et les autres, au total sept malades, sortirent lentement. Une fois dehors, la chaleur, telles deux plaques de fer chauffées au rouge leur colla au visage. M. Sun s'appuya contre le chambranle de la porte, la tête lui tournait.

« Plus vite, Sun ! » le pressait Xiaohe, puis il sourit à l'intention du Japonais.

Un gros camion les attendait à l'extérieur. Le chauffeur était déjà à sa place, à ses côtés était assis un soldat japonais tenant un fusil.

« En voiture, montez ! » cria le Japonais.

« Sans doute nous envoie-t-on dans un vrai

hôpital », supposa Xiaohe tout en grimpant dans le camion.

Le véhicule n'avait ni sièges, ni bâche. Sur le plancher étaient restés des filets de sang coagulés, boursouflés par le soleil et qui exhalaient une odeur nauséabonde. Xiaohe reconnut le camion : c'était celui qui transportait les cadavres à l'extérieur de la ville. C'était sans doute là-dedans que sa femme, le chef de centre Guan, avait été transportée et jetée dans la campagne. Mais il jugea malvenu de montrer une méfiance exagérée. Il n'était fier ni de son pays ni de son peuple, n'avait nulle confiance en eux. S'il se mettait à douter aussi des Japonais, il n'aurait plus d'endroit ferme où poser les pieds.

Aucune parcelle du plancher qui ne fût brûlante. Personne n'avait le courage de s'asseoir, aussi restèrent-ils à croupetons. Quand le camion démarra, il y eut un peu d'air, mais chaud. Le soleil ne semblait plus se trouver au-dessus de leurs têtes, il était à côté d'eux. Le camion allait à vive allure, comme s'il voulait briser l'encerclement de cette mer de feu. La luminosité était omniprésente, même l'ombre des murs n'était pas d'un noir franc. Leur faîte, les tuiles, et surtout les fils électriques émettaient une lumière tremblotante. Le camion roulait à vive allure, les couleurs violentes formaient un arc-en-ciel volant, les occupants du camion fermèrent les yeux.

Puis ce fut le noir, le camion grondait comme le tonnerre, tous s'empressèrent de regarder : on était à l'intérieur des portes.

Xiaohe avait peur du danger qui les guettait au-dehors de la ville, mais il trouva peu approprié de le faire savoir, il avait peur de décevoir les Japonais. Il se mit à penser à la « grosse courge rouge » sans pour autant éprouver de la haine envers ceux qui l'avaient tuée. Car enfin, se disait-il, puisque les Japonais lui avaient donné un poste de fonctionnaire, ils pouvaient tout aussi bien la tuer !

Les occupants du camion furent pris de panique et demandèrent en chœur : « Mais enfin qu'est-ce qu'il se passe ? »

Une fois sorti de la ville, la lumière accablante leur chauffa de nouveau la tête. Ils ne dirent plus rien et fermèrent de nouveau les yeux.

Le camion traversa les faubourgs à vive allure, les roues soulevaient un nuage de poussière. Elle retombait en particules chaudes sur leurs visages.

« Monsieur Sun ! Monsieur Sun ! » À la vue d'un grand champ de patates douces, Xiaohe s'effraya : « C'est, c'est...

— T'inquiète, les Japonais te feront pas de mal ! dit M. Sun peu amène.

— C'est sûr et certain ! » Xiaohe hocha la tête. « Je ne les ai jamais offensés ! »

Le camion s'arrêta après avoir traversé une forêt d'ormes. Les feuilles semblaient avoir été toutes mangées par des insectes. Les arbres, ainsi déplumés, étaient très laids à voir. Sur les branches étaient enroulés des filets protecteurs où restaient accrochées des chiures noires d'insectes. Au-delà de la forêt, de tous côtés, s'étendaient des champs de patates douces ; les feuilles verdâtres enroulées laissaient apparaître des tiges rampantes rougeâtres. On aurait dit de gros insectes incapables de se mouvoir. Il n'y avait pas âme qui vive alentour, aucun bruit. Un vent chaud tourbillonna, ne soulevant sur son passage que de la terre jaune séchée ; il fit tomber quelques feuilles d'ormes rongées par les insectes. Deux corbeaux noirs étaient posés sur des tombes non loin. Ils s'envolèrent avant de se poser de nouveau.

Le soldat assis devant sauta du camion, et mit sa baïonnette en place. La longue lame étroite étincela tel un morceau de glace et chacun en eut le cœur transi. Le chauffeur descendit à son tour, tenant deux pelles en fer comme celles dont on se sert à l'armée. Le soldat leur ordonna de descendre tous du camion.

Xiaohe se laissa rouler et, sans se soucier de rajuster ses vêtements, se précipita vers le soldat japonais, s'agenouilla devant lui : « Monsieur ! Monsieur ! Je suis un des vôtres, ma femme et ma fille ont travaillé pour vous ! Je ne suis pas coupable ! Monsieur ! Monsieur ! »

M. Sun, qui était d'un naturel timoré, n'avait plus aussi peur de mourir depuis qu'il s'était évanoui plusieurs fois dans la rue. À présent, il se demandait quel crime il avait commis qui fût passible de mort. Il ne se soucia pas de statuer sur ce point. Sans réfléchir un instant, il se rua sur Xiaohe et le bourra de coups de poings et de coups de pieds. « Espèce... Espèce de... ! Je savais bien que le fait de te rencontrer ne pouvait rien apporter de bon. Tu es un chien courant ! T'as rien dans le ventre, t'es qu'une lavette ! »

Alors que le soldat japonais allait donner un coup de baïonnette à M. Sun, l'un des occupants du camion, le dernier à descendre, à l'apparence assez décente, vêtu d'une longue robe, sauta à terre, fit demi-tour et prit la fuite. Le soldat japonais le rattrapa et lui enfonça sa baïonnette dans le dos.

Tenant son fusil à deux mains, le soldat revint en courant. M. Sun continuait de frapper Guan Xiaohe. La baïonnette était tout près de lui. Il plissa ses yeux de myope puis les ouvrit tout grands et rugit de colère : « Qu'est-ce que tu fous ? » Le soldat japonais, pris au dépourvu, en entendant ce rugissement, curieusement, s'arrêta net, comme s'il avait oublié ce qu'il voulait faire.

Après un moment de stupeur, le soldat japonais ne transperça pas M. Sun de sa baïonnette, mais fit mettre tout le monde en rang. Guan Xiaohe était toujours agenouillé. Le soldat en profita pour le faire se relever et le mit en tête de file tandis que M. Sun, tout ahuri, se retrouva juste derrière lui.

Le ciel était encore plus lumineux. Le soleil inondait de sa lumière le petit groupe, les ormes au tronc nu, les tertres funéraires, les champs de patates douces, il éclairait aussi la mort. Les deux corbeaux posés sur les tombes s'envolèrent de nouveau en poussant deux cris plaintifs avant de se reposer au sol. Tenant son fusil à deux mains, le soldat japonais les conduisit derrière les arbres.

Là se trouvait une longue rangée de fosses creusées exprès ; sur les mottes de terre on voyait des vers de terre violacés desséchés par le soleil.

« Désinfection ! » D'un coup de crosse le soldat japonais fit tomber Guan Xiaohe dans la première fosse. Ce dernier poussa un cri dément : « Grâce ! »

Le chauffeur tendit une pelle à M. Sun et à celui qui venait derrière et, parlant par gestes, leur demanda de combler le trou. M. Sun oublia tout, une seule chose était certaine : l'homme dans la fosse était Guan Xiaohe, le traître au pays, celui qui vendait ses amis. Il rassembla le peu de force qu'il lui restait, jeta la terre sur la fosse. Xiaohe criait encore : « Grâce ! »

Plus la terre s'accumulait, plus la voix de Xiaohe se faisait faible. La terre lui arrivait à la poitrine, il leva les yeux vers le soldat japonais, prêt à crier grâce une fois de plus quand une pelletée de terre vint lui obstruer la bouche. Les corbeaux s'approchèrent, tournoyèrent un moment au-dessus de la forêt avant de s'éloigner en volant.

C'était ça leur désinfection.

Toute la ville était en voie de désinfection. Alors que la « farine républicaine » avait détraqué les intestins des Pékinois, les Japonais supputaient quelque maladie contagieuse, redoutaient de voir leurs ressortissants contaminés. De gros camions arpentaient les rues jour et nuit et, quand ils rencontraient des gens évanouis ou qui avaient mal au ventre, ils les emportaient pour être désinfectés. Chaque disparition permettait de faire l'économie d'une ration de céréales.

C'est ainsi que furent désinfectés Guan Xiaohe, citoyen docile entre tous, ainsi que notre brave voisin et ami, le barbier.

CHAPITRE LXXIX

Si les habitants du Petit-Bercail s'étaient aperçus de la disparition de M. Sun, ils étaient loin de penser qu'il avait pu être enterré vivant. Tous étaient désemparés devant la faim, personne ne partit à sa recherche.

Sa femme avait la quarantaine. C'était quelqu'un qui ne se mettait jamais en colère, même quand on l'agressait. Elle était si discrète qu'on ne la remarquait pas. Voyant que son mari n'était toujours pas rentré, elle pleura un peu puis retourna chez ses parents. C'est ainsi que le Petit-Bercail compta une famille en moins, disparue sans tambours ni trompettes.

Peu à peu le mot « désinfection » et les méthodes qui l'accompagnaient parvinrent aux oreilles des gens. Ils en vinrent à se demander si M. Sun n'avait pas été victime de cette mesure. Ils n'évoquaient pas volontiers le sujet, redoutant cette explication. Tous avaient plus ou moins les intestins dérangés. Si pour cette raison M. Sun avait été... Qu'allaient-ils devenir, eux ? C'était trop tragique, trop terrible ! Mieux valait ne pas en parler !

Le 7 Juillet arrivait. Les Japonais rangèrent les drapeaux aux cinq couleurs et vendirent à tous des drapeaux avec un ciel bleu et un soleil blanc. Sur le drapeau on avait ajouté récemment une bande jaune sur laquelle était imprimée : « Édifier le pays dans la paix, contre le communisme ». Ils ne reconnaissaient pas cette bande jaune, n'accordaient aucun crédit aux idéogrammes qui étaient imprimés dessus. La tête baissée, ils n'osaient pas regarder davantage ce drapeau trompeur.

Ils pouvaient voir aussi la bannière mandchoue jaune avec des bandes rouge, bleu, blanc et noir dans le coin à gauche ainsi que celle de la confédération mongole avec au milieu une large bande rouge et de haut en bas ses étroites bandes jaune, blanc et bleu. Ils n'avaient jamais vu ces bannières, et n'avaient pas envie de les connaître. Ils savaient que sous ces drapeaux ceux qui souffraient de maux de ventre pouvaient être enterrés vivants !

Non contents de pavoiser, les Japonais célébrèrent avec éclat les « âmes loyales » de leurs samouraïs. À Nanfan, à Xifan, au parc Sun Yat-sen, se tinrent des cérémonies de commémoration solennelles, comme si l'Histoire devait être réécrite, comme si les Chinois devaient être rendus responsables de la guerre.

Les habitants du Petit-Bercail ne pouvaient s'empêcher de compter sur leurs doigts (c'était le meilleur moment pour faire les comptes) combien de familles, rien que dans cette petite ruelle, qu'il s'agît de gens bien ou non, qui avaient mérité ou non la mort, avaient été ruinées ou dispersées. Ils repensèrent à Qi Tianyou, si sérieux, si loyal, à M. Qian qui savait écrire des poèmes et à sa femme, à Petit Cui si costaud qu'on aurait dit un petit léopard, aux époux Wen aussi beaux que des fleurs de lotus jumelles, à la maison des Guan qui avait soudain flambé comme une torche. Il y avait encore le troisième fils des Qi, le tapissier Maître Liu qui s'étaient enfui de la ville : étaient-ils vivants, étaient-ils morts ? Et la femme du second fils des Qi qui vivait en concubinage avec un traître ! Hélas ! Tout arrivait ! Ils soupiraient longuement, que d'événements tristes !

Cheng Changshun n'osait plus sortir faire son commerce. Il redoutait ces drapeaux trompeurs dans les rues, ces hommes et ces femmes japonais en costume de cérémonie. Mais il devait se forcer. Sa femme savait qu'on était le 7 Juillet, elle allait repenser à Petit Cui, il devait prendre un peu ses distances, il n'avait pas envie de voir son visage empli de tristesse !

Ruixuan, de son côté, avait demandé un congé pour la journée. Ce n'était pas encore l'anniversaire de la mort de son père ni celui du départ du Troisième, mais il pensait à eux. Il aurait voulu ne pas évoquer le cadet, mais ne pouvait s'en empêcher. Des trois frères, il ne restait plus que lui, Ruixuan !

Ce jour-là ne lui rappelait pas la fête des morts où il se contentait d'aller sur la tombe de ses seuls ancêtres pour faire des offrandes, mais plutôt la fête du Ullambana de son enfance. Il repensait à ces hommes et à ces femmes de Peiping, de la Chine entière, victimes des assassinats, des bombardements, des viols, ou qui avaient été noyés, enterrés vivants. En fermant les yeux il pouvait imaginer des milliers, des dizaines de milliers de défunts, certains décapités, d'autres amputés des mains ou des pieds, broyés par les bombes, qui erraient en galopant, tout ensanglantés, pleins de ressentiment et de colère, venus demander aux vivants de laver l'affront qui leur avait été fait. Jeunes ou vieux, hommes ou femmes, embryons, ils étaient partout, dans l'air comme dans la campagne, dans l'eau et dans le feu, et tous, la tête levée vers le ciel, criaient leur désir de vengeance. En ce jour-là, l'esprit des êtres humains, dans sa petitesse, quittait les soucis quotidiens pour un monde imaginaire où il y avait l'enfer et le paradis. En ce jour-là, si réalité et imagination ne faisaient plus qu'un, la compassion et la haine, elles, étaient bien distinctes.

Il avait une envie folle de rencontrer M. Qian Moyin pour épancher son cœur. Mais parler, encore et toujours, cela servait à quoi ? Il n'osait plus penser à rien. En un tel jour historique, il ne pouvait rien faire sinon voir, dans son imagination, des multitudes de défunts. Il n'avait pas la détermination de les venger, de passer à l'acte. Il regrettait d'avoir pris un jour de congé.

Petit Shunr et Niuzi le saisirent par la main et le tirèrent vers l'extérieur. Ils voulaient s'amuser un peu dans la rue. Ruixuan n'était pas chaud pour sortir. Il trouvait que c'était un jour à rester assis sur ses talons, chez soi, à se souvenir, dans la solitude, à prier en silence et à se repentir. Mais il n'avait pas refusé la petite requête des enfants. L'air égaré, il les suivit au-dehors.

Il faisait toujours aussi chaud, mais il y avait souvent un peu d'air. Les feuilles des vieux sophoras, de l'autre côté du portail, bougeaient doucement, quelques fleurs fanées tombaient sans hâte. Les enfants, une fois la porte de la rue franchie, virent deux insectes de sophora, se balançant chacun à un long fil de soie. Comme Petit Shunr allait courir pour les attraper, de la cour du n° 3 sortit un groupe de Japonais, hommes et femmes, tous âges confondus. Ils avaient mis leurs plus beaux habits ; manifestement ils se rendaient à la cérémonie de commémoration. Les enfants tenaient à la main de petits drapeaux avec le soleil, ils couraient et gambadaient devant. Les femmes portaient le vêtement de cérémonie, elles avançaient derrière, leur postérieur bougeant au rythme de leur démarche saccadée.

Ruixuan resta debout sur le seuil de la porte, pris soudain de nausées.

« Pa ! » Petit Shunr était pressé d'attraper les bestioles. « On y va Pa ? Tu as peur des Japonais, hein ? »

Ruixuan ne dit rien, mais il rougit.

« Pa ! » la petite Niuzi avait aussi quelque chose à dire : « Ils vont à Beihai, hein ? Voir les fleurs de nénuphars, manger des glaces, faire du bateau, comme ça doit être bien ! Niuniu va y aller aussi, hein ? Papa va emmener Niuniu, hein ?

— Beihai, les nénuphars... tout ça n'est plus à nous ! » pensa Ruixuan. Toutefois, comme la phrase lui montait aux lèvres, il la ravala.

À ce moment-là, le vieux Wang — le vendeur de galettes grillées et de beignets — s'avança, un panier plat au bras. C'était un homme de haute taille mais, vu son âge — il avait soixante-dix ans bien sonnés —, il était tout voûté. Il ne lui restait que quelques cheveux sur le crâne, blancs et fins. Sa voix, pour avoir crié pendant des dizaines d'années par tous les temps, était devenue rauque, aussi frappait-il un bois creux luisant de graisse. Ruixuan lui achetait des choses depuis son enfance, car ses beignets étaient frits dans de l'authentique huile de sésame pressée à froid. Le vieux Wang ne s'était jamais montré importun ; il ne restait pas planté là à profiter des pleurs des enfants pour faire un peu de commerce. Pourtant aujourd'hui c'est ce qu'il fit. Il rencontrait rarement Ruixuan. Il eut envie d'échanger quelques propos avec lui. Il ne le connaissait que par son nom de lait mais, quand il vit les enfants, il n'osa pas l'appeler ainsi. De sa voix rauque il lui dit : « Tiens, t'es pas allé au travail aujourd'hui ? » Le vieil homme commença par soupirer : « Ah ! C'est la première fois qu'on reprend ! Ça fait plus de dix jours qu'on n'a pas touché de farine. Comme on est le 7 Juillet, l'occupant a fait preuve de bonté et j'ai pu avoir un peu de marchandise. Rien à faire ! Le commerce ne se fait pas, je peux même pas rentrer à la maison, elle a été brûlée par les diables japonais. » Il souleva le tissu qui recouvrait sa corbeille : « Regarde ! C'est des galettes. Il n'y a pas de quoi en faire deux bouchées. Je n'ai jamais rien fait de mal, et voilà qu'à présent... On n'a même plus de farine, qu'est-ce qu'on peut dire encore ? »

Petit Shunr et Niuzi avaient oublié les insectes et Beihai, ils avaient posé leurs menottes sur les bords de la corbeille ; leurs yeux, pareils à des billes de verre, roulaient entre les galettes et les beignets.

Ruixuan dit au hasard une ou deux phrases banales, non qu'il méprisât le vieux Wang, mais parce que son attention avait été attirée elle aussi par la corbeille. Il tâta ses poches, il avait encore un peu d'argent. Il rafla d'un coup six galettes, six beignets. Petit Shunr et Niuzi en prirent l'un et l'autre une longue inspiration. Le vieux Wang enfila les beignets sur une tige d'aster et les donna à Niuniu. Ruixuan dit à Petit Shunr de mettre les galettes dans le pan de sa veste. « Emporte-les ! C'est pour tout le monde. Ne cours pas avec ! »

Petit Shunr ne pouvait pas contrôler ses jambes, il fit deux pas normalement avant de partir comme une flèche. Niuniu n'osait pas courir mais, déchaînée, elle criait d'une voix perçante à la mesure de sa joie : « Man ! Des beignets ! »

Les deux enfants entrèrent en courant, Ruixuan et le vieux Wang soupirèrent ensemble. Le vieil homme, frappant son morceau de bois, s'éloigna le dos voûté. Ruixuan restait seul debout, ne sachant s'il devait en rire ou en pleurer : « Ainsi, nous allons commémorer le 7 Juillet avec des galettes ! Peuh ! »

La vieille Japonaise du n° 1 s'avança. Elle lui dit bonjour en anglais.

Ruixuan fit deux pas en avant : « Bonjour ! J'aurais dû venir vous remercier plus tôt, mais...

— Je sais, je comprends ! » l'empêcha-t-elle de continuer, elle montra du doigt son portail : « Elles sont allées à la station de la Porte Qianmen pour y recevoir les cendres. Des cendres ! » Elle avala sa salive, elle semblait avoir encore beaucoup de choses à dire, mais n'y arrivait pas.

« Eh bien... » Ruixuan tout naturellement pensa la réconforter mais, très vite, il se contrôla. Il ne pouvait s'attrister pour des ennemis morts sur le champ d'honneur, même si la vieille femme l'avait aidé.

Après être resté figée sur place un bon moment, cette dernière repensa à quelque chose : « Quand de notre statut de mi-homme mi-bête passerons-nous à celui d'être humain à part entière, et cesserons-nous de faire la guerre ?

— Vous et moi avons peut-être perdu cette nature animale, dit Ruixuan avec un sourire triste, mais vous n'avez pas empêché les hommes de votre foyer d'aller tuer les Chinois, et moi, par amour de la paix, je ne vous ai pas empêchés de venir nous tuer. Je pense du fond du cœur qu'aucune de toutes ces guerres qui ont eu lieu depuis l'Antiquité ne méritait qu'on versât une goutte de sang, mais, vu les circonstances actuelles, je trouve qu'il vaut mieux verser tout notre sang que d'être conquis ! »

La vieille femme poussa un soupir et s'en retourna lentement chez elle.

Ruixuan resta debout devant la porte. Il entendit les chants de Petit Shunr et de Niuzi. Il était au bord des larmes. Les enfants sont si candides, si faciles à contenter ! Si les êtres humains faisaient travailler leur intelligence, pensaient aux enfants, y aurait-il des guerres sur cette terre ?

Il rentra dans la cour. Comme il ne retrouvait toujours pas son calme, il ressortit lentement, regarda la porte du n° 1. Alors il comprit qu'il avait envie de voir les deux femmes rapporter les cendres. Il s'en voulait, car c'était visiblement se donner une petite satisfaction à bon compte, lui le bon à rien — je ne participe pas aux combats mais les ennemis n'en meurent pas moins !

Parfois il se disait qu'il fallait se montrer un peu plus ouvert, qu'il ne fallait pas se comporter comme les mouches pour qui toutes les morts se valent, qu'un être humain restait un être humain qu'il fût japonais ou non, qu'il fallait s'affliger de la mort des hommes du n° 1. À d'autres moments il pensait que si les victimes d'une agression ne résistaient pas, ne tuaient pas leurs agresseurs, n'était-ce pas là la preuve que la loi du plus fort était toujours la meilleure et qu'il n'y avait pas de justice en ce monde !

Il ne trouvait pas un moyen terme auquel se raccrocher pour atténuer les contradictions qui le hantaient et le faire sortir de cette valse d'hésitations. Il était comme ces fourmis qui s'agitent en tous sens sur une marmite brûlante.

Midi. Il les vit. Ses yeux brillèrent, son cœur battit plus vite, mais déjà il changeait d'avis ; il aurait voulu tourner des talons, s'éloigner, mais ses jambes ne bougèrent pas.

Les deux petits Japonais, élevant le drapeau avec un soleil, étaient debout très corrects devant la porte, attendant que la vieille femme vînt leur ouvrir. Ils n'avaient pas l'air aussi turbulents qu'à l'ordinaire, ils semblaient investis d'une grande responsabilité, d'une mission. Ce n'était déjà plus des enfants naïfs, mais des petits vieillards accomplissant un destin historique. Ils semblaient comprendre parfaitement la « gloire » qui était sur leur maison : après incinération, avoir ses cendres dans une petite urne !

Très vite il en vint à penser : si lui-même mourait, que feraient Petit Shunr et Niuzi. Eux ? Peuh ! Ils se cramponneraient aux basques de leur mère et la suivraient partout en pleurant, c'est sûr ! Les Chinois aiment pleurer, et ils le font sans se cacher ! Les Japonais, et même leurs enfants, savent enfouir les larmes au fond de leur cœur ! Mais pleurer parce qu'on a de la peine, n'est-ce pas plus naturel, plus humain ? N'est-il pas plus barbare d'avoir le courage de tuer d'autres humains, de se suicider ?

Avant d'avoir pu se donner à lui-même une réponse adéquate, il entendit du bruit au n° 1 ; les deux battants de la porte s'ouvrirent. Son cœur se mit à battre plus fort. Il trouvait que, de toute façon, il devait au moins avoir de la compassion pour cette vieille femme — elle n'était pas une Japonaise pur sang, elle avait parcouru le monde entier, aussi, dans son esprit, le Japon n'était-il qu'une petite portion de ce monde. Elle se plaçait au-dessus des préjugés comme ceux de race, de nationalité, de religion, etc. Il pensa s'éloigner de peur qu'elle ne le vît mais, comme à l'instant, il n'en fit rien.

La vieille femme sortit. Elle s'était mise elle aussi en tenue de cérémonie, un « kimono » à fond noir sur lequel étaient imprimées des fleurs, aux épaules et au dos. Déjà elle s'empressait de poser ses mains sur ses genoux, de s'incliner profondément, attendant avec respect le retour des cendres.

Les deux femmes arrivèrent, tenant chacune à deux mains une petite boîte carrée enveloppée dans un tissu d'une blancheur immaculée. Elles portaient aussi le « kimono ». La vieille femme s'inclina plus bas encore. Les deux femmes, comme si elles portaient un édit impérial, le visage impassible, entrèrent d'une démarche mécanique, solennelle, sans manifester la moindre émotion. La porte se referma. Devant les yeux de Ruixuan restait l'image du vêtement noir à fleurs, du tissu blanc et des trois femmes pareilles à des marionnettes. Il prêta l'oreille, dans l'espoir de percevoir des pleurs. Rien ! Aucun bruit. Les Japonaises sont incapables de pleurer bruyamment. Un coup de vent fit tomber quelques feuilles de sophora, une branche sèche émit un léger bruit.

Il repensa à la mort de son père, à celle de Mengshi, des époux Wen, de Petit Cui. À chacune de ces morts n'avaient-ils pas tous pleuré à en ébranler ciel et terre ? Pourquoi les Chinois avaient-ils si peur de la mort ? Pourquoi aimaient-ils tant pleurer ? La civilisation chinoise était-elle trop mûre et celle des autres pas assez pour qu'ils puissent attacher tant de prix à la vie et ne pas être avares de larmes ?

Il ne parvenait pas à répondre. Il se rendit compte que ses yeux, déjà, étaient humides ; cela le gêna. Il savait qu'il ne devait pas éprouver de la peine pour des ennemis qui avaient tué des milliers, des dizaines de milliers de Chinois, dont son père, son frère. Mais il savait aussi que s'affliger de la mort n'était pas une faute en soi : l'ennemi aussi était un être humain.

Son cœur était un écheveau où tout s'emmêlait : la vie et la mort, l'amour et la haine, le rire et les larmes, le patriotisme et la guerre, il n'arrivait pas à distinguer, dans toutes ces notions jumelles, laquelle était la vérité. Il restait assis, hébété, sur le seuil de la porte à regarder les feuilles de sophora bouger au gré du vent.

Le lendemain, quand il vit M. Goodrich, Ruixuan eut bien envie de discuter avec lui de tout cela. L'expression du vieil homme lui fit fermer la bouche. Il était clair qu'il n'avait aucune envie de parler. L'attaque réussie des Japonais sur la ligne Canton-Wuhan, le fait qu'ils eussent chassé Anglais et Américains de Tianjin, ainsi que leurs activités clandestines en Inde, en Thaïlande, en Birmanie et au Vietnam lui faisaient comprendre que, tôt ou tard, l'assaut serait donné contre Hongkong et Singapour. Bien qu'il se considérât comme un oriental, qu'il n'aimât ni les agressions ni la guerre, toutefois, en tant que citoyen britannique il ne digérait pas le fait que le grand Empire britannique allait être battu, qu'il allait se disloquer, qu'il ne pourrait plus peut-être garder Hongkong et la Malaisie. Ces pensées lui faisaient allonger démesurément le cou, il étouffait.

Parfois, il pensait à toutes ces invasions venues de l'étranger que les Chinois avaient dû supporter depuis une centaine d'années. Or, c'était la

Grande-Bretagne qui avait commencé. Avec ses canonnières elle avait été le fauteur de troubles ; c'est elle qui avait ouvert les portes de la Chine. Sous le coup de telles réflexions, il se disait que le Japon aurait dû se trouver dans le même camp que la Chine pour combattre les Blancs et les chasser. La guerre qui faisait s'entre-tuer Japonais et Chinois donnait aux Blancs l'occasion d'écraser les Orientaux.

Mais après avoir tenu de tels propos, il les regrettait immédiatement. Non ! La Chine et le Japon ne pouvaient pas aller la main dans la main, certainement pas ! La Grande-Bretagne et le Japon avaient été alliés, à présent ces deux pays devaient rétablir des liens d'amitié et, l'un à l'ouest, l'autre à l'est, renforcer leur prestige mutuel pour contrôler le monde entier. Il aimait les Chinois, il aurait vivement souhaité de tels liens entre son pays et la Chine, mais, quand il se plaçait du point de vue du grand Empire britannique, il trouvait que ces Japonais, aussi détestables qu'ils fussent, étaient des amis plus acceptables.

Dans son esprit à lui aussi tournaient des pensées désordonnées et contradictoires, voilà pourquoi il n'était pas d'humeur à bavarder avec Ruixuan. Il ne savait plus où était son camp, ni ce qu'il devait être.

Au-delà de ces grandes questions, si les Japonais entraient réellement en guerre contre les Anglais. Que ferait-il, lui ? Il était courageux, n'avait pas peur de la mort, mais être fait prisonnier par les Japonais, être enfermé dans un camp de concentration, ce serait vraiment... Il n'osait pas penser plus loin. Il ne voulait pas qu'on vît sa main trembler. Pour dissiper ses inquiétudes, il voulait au plus vite terminer de rédiger son *Pei-*

ping afin de transmettre un souvenir à la postérité. Il regardait, manipulait les gravures et les photos collectionnées depuis plusieurs dizaines d'années, mais il n'arrivait pas à écrire un seul mot.

Ruixuan n'osait pratiquement plus regarder en face son vieil ami. Le visage allongé au nez pointu et les yeux gris bleu restaient inchangés, mais il avait perdu un peu son sourire têtu et bienveillant. La guerre vous transforme son homme !

C'est ainsi qu'un brave Chinois et un Anglais plein de fierté restaient l'un en face de l'autre sans se parler, laissant l'ombre diabolique de la guerre jouer à loisir avec leurs sentiments et leurs pensées. Elle les condamnait au silence et ils en souffraient. La guerre ne faisait pas de différence entre les bons et les méchants, entre le vrai et le faux. Elle détruisait tout sur son passage.

CHAPITRE LXXX

En un éclair on arriva de nouveau à la fête de la mi-automne. Les gâteaux de lune étaient rares et chers. Les fruits arrivaient en abondance, ils étaient assez bon marché. Les figurines représentant le dieu-lapin[1] avaient pratiquement disparu ; mais qu'ils fussent nombreux ou non, chers ou non, pour des gens qui mangeaient de la « farine républicaine », ce n'était pas le premier des soucis. Ils guettaient le vent d'ouest fraîchissant, ils savaient que, en plus de la faim qui tenaillait leur ventre vide, ils auraient à supporter le froid, et que ces pressions conjuguées les mèneraient à la mort.

Seuls les traîtres, pleins d'enthousiasme, achetaient des cadeaux : les petits fonctionnaires en offraient à ceux qui étaient mieux placés qu'eux, tandis que ces derniers en faisaient aux Japonais. C'était le moment où jamais de flatter son supérieur. Tout en choisissant un énorme crabe, du raisin de Malaisie ou du vin Meiguilu, ils ressentaient une petite fierté — les autres étaient presque morts de faim, mais eux pouvaient encore passer normalement cette fête.

1. Voir tome I, note 2, page 242.

À les voir ainsi occupés à leurs festivités et à leurs cadeaux, Ruixuan se contentait d'avoir un sourire triste. Son patriotisme ne pouvait empêcher les traîtres d'offrir leurs tributs en signe de vassalité. Il se repliait sur une attitude passive, s'empêchant de réfléchir à la façon dont il pourrait féliciter son grand-père pour son anniversaire, donner un peu de joie aux siens, petits ou grands, pendant ces fêtes. Ce comportement, s'il n'était pas, selon lui, très adéquat, prouvait au moins qu'il n'avait pas encore oublié la honte nationale.

Yun Mei était d'un tout autre avis. Sincèrement elle-même ne pensait pas à toutes ces fêtes, mais, chez les Qi, la mi-automne était l'occasion de fêter l'anniversaire du grand-père, elle ne pouvait négliger cet événement. C'était vrai, la famille allait s'amenuisant, mais c'était justement cette raison qui la poussait à faire plaisir au vieil homme Elle se devait de « déployer toutes les ressources » de son enthousiasme et de son entrain pour alléger son chagrin.

« Comment allons-nous fêter la mi-automne ? » demanda-t-elle à Ruixuan.

Ce dernier ne sut trop quoi répondre.

La malnutrition, le fait qu'elle devait presque tous les jours faire la queue pour avoir de la farine, les difficultés et les chagrins l'avaient beaucoup amaigrie ; son teint avait foncé, ses grands yeux semblaient plus grands encore. Parfois, ils étaient si grands que cela faisait peur. Ruixuan, l'esprit ailleurs, la regardait soudain, alors il semblait presque ne plus la reconnaître. Il fallait qu'elle parlât ou qu'elle sourît pour qu'il fût convaincu qu'il s'agissait bien d'elle. Elle riait encore souvent, non pour des choses drôles, mais parce qu'elle s'était habituée, à moins que cela ne lui fût naturel, à sourire pour se rendre agréable. C'est par là que Ruixuan se rendait compte de la bonté de sa nature. Elle n'était pas une maîtresse de maison ordinaire ; on aurait dit qu'elle avait vécu deux à trois mille ans, acceptant, aidée par son expérience et son endurance, tous les dangers et les difficultés. Avec le sourire, elle trouvait un stratagème pour y répondre. Aussi Ruixuan ne faisait-il plus attention à son apparence, mais la considérait-il avec sérieux comme une épouse, une maîtresse de maison, une brue, une mère irremplaçable. Certes elle n'avait pas l'héroïsme de ces cavalières du Nord-Est qui menaient des combats sanglants contre l'ennemi, lancées à vive allure sur leur monture, le fusil occidental à l'épaule, par les plaines et les forêts ; ni n'était comme ces paysannes qui, à la place de leurs maris partis à la guerre, construisaient des routes, cultivaient les champs, sauvaient les soldats blessés, toutefois, elle ne se comportait pas pour autant comme la grassouillette Chrysanthème, qui par cupidité avait poussé son mari à se faire traître, ou comme Guan Zhaodi qui vendait son corps pour la bonne chère et les beaux vêtements. Elle travaillait toujours avec un sourire aux lèvres, sans se plaindre de la mauvaise nourriture et de ses vêtements usagés. Elle était aussi un combattant, à sa façon !

Ce que, autrefois, il considérait comme des défauts, ainsi ses gestes qu'il jugeait peu distingués, ses vêtements peu modernes, ses pensées qui ne sortaient pas du cadre du train-train quotidien devenaient maintenant ses points forts. C'est parce qu'elle n'était pas trop distinguée qu'elle n'avait pas peur d'aller faire la queue pour toucher des céréales, sans reculer même devant les coups de fouet. C'est parce qu'elle n'était pas moderne qu'elle ne faisait pas une moue de mécontentement parce qu'elle ne pouvait pas aller au cinéma ou n'avait pas d'argent pour se faire friser les cheveux. C'est parce qu'elle avait l'esprit occupé par le train-train quotidien qu'elle travaillait avec opiniâtreté pour tous, petits et grands, et qu'elle faisait des tâches ménagères un devoir auquel elle ne pouvait se soustraire. Et c'est ainsi que, dans les difficultés que traversait le pays, elle l'aidait à veiller à l'intégrité morale de la famille. Cela, selon lui, était aussi une forme de résistance à l'ennemi, même si c'était une forme passive. En elle s'incarnaient les plus belles qualités de la femme chinoise éternelle, laquelle, quand le pays et la famille sont menacés, accepte de partager le sort de son mari, et même de mourir avec lui, dans l'intégrité, pour une juste cause.

C'était vrai, elle n'aurait pas su se porter volontaire comme ces héroïnes courageuses qui se précipitaient au front pour combattre l'ennemi, ces femmes qui avaient reçu une éducation, et dont les yeux s'étaient ouverts. Mais Ruixuan était obligé de reconnaître à quel point elle lui était précieuse dans la situation actuelle. De plus, si certains hommes s'étaient faits espions, c'était indiscutablement sous la pression de leur femme.

« Et toi, qu'en penses-tu ? » Ruixuan n'arrivait pas à se décider pour une solution.

« Quoi qu'il arrive, il faut faire un geste pour l'anniversaire du grand-père. Mais nous n'avons plus de céréales, on ne peut sans doute pas demander aux parents et amis qui viendraient lui souhaiter son anniversaire d'apporter de la nourriture ?

— Sûrement pas ! Pour le coup ils ne viendraient pas ! Personne n'a de céréales, on le sait bien !

— Tu ne sais pas comment nous, les Pékinois, aimons nous associer à la gaieté des autres !

— Alors c'est simple, si quelqu'un vient, on lui offrira du thé, tout bonnement. Sans parler d'un sac, où trouver fût-ce une livre de farine de froment ? Et même si les gens acceptaient de manger de la "farine républicaine", on n'en a pas tant que ça !

— Vraiment, servir du thé, tout simplement ? » Yun Mei eut deux petits rires sonores pour s'empêcher de pleurer.

Elle alla discuter de la chose avec sa belle-mère : « Nous n'avons pas d'idées, vous... »

Mme Tianyou ôta de ses cheveux une épingle dorée et dit : « Vends-la, et achète deux livres de farine !

— Ce n'est pas la peine, mère ! Même avec de l'argent il est impossible d'acheter de la farine ! »

Serrant l'épingle entre ses doigts, Mme Tianyou resta interloquée.

Les petits yeux du vieux Qi et les grands yeux de Yun Mei semblaient jouer à cache-cache, chacun cherchait quelque chose dans le regard de l'autre, tout en n'osant pas regarder en face l'adversaire. Finalement, le vieil homme n'y tint plus : « Mère de Petit Shunr, à quoi bon te mettre dans l'embarras pour mon anniversaire ! J'ai bientôt quatre-vingts ans. Quelle nourriture, quelle boisson n'ai-je pas goûtées ? Pourquoi marquer spécialement ce jour-là ! Trouve un moyen pour donner quelque chose de bon aux enfants ! Vois, la petite Niuzi n'a plus que la peau sur les os ! »

Yun Mei, qui avait pourtant de la repartie, ne trouva rien à répondre. Elle savait combien de centaines de fois le vieil homme avait, ces jours-ci, calculé comment passer cet anniversaire. Que c'était à dessein qu'il demandait qu'on ne le lui souhaitât pas. Ce n'était pas uniquement pour lever un peu son embarras à elle, mais cela montrait aussi à quel point il avait perdu espoir en tout — il n'avait même plus envie de fêter son anniversaire ! Elle savait aussi que ces jours-ci il avait dû penser maintes et maintes fois à Tianyou, à Ruifeng, à Ruiquan sans oser en parler. Si elle ne trouvait pas un moyen de mettre un peu d'animation ce jour-là, peut-être pleurerait-il amèrement toutes les larmes de son corps. Mais, même avec beaucoup de ressource, elle ne parviendrait pas à avoir de la farine. Les céréales étaient dans la main des Japonais !

Le 11 au soir John Ding, tel un diplomate, entra. Il tenait dans sa main gauche un sac de farine de froment et dans la droite une grande carte de visite rouge. Il posa le sac et présenta à deux mains la grande carte au vieux Qi. Sur la carte il n'y avait que le mot « Goodrich », calligraphié en gros caractères noirs. La carte avait été imprimée il y a trente ans, le papier rouge était un peu passé.

« Monsieur Qi, dit John Ding avec beaucoup de déférence, M. Goodrich m'a chargé de vous apporter un peu de farine, pour passer les fêtes. M. Goodrich avait d'abord pensé venir lui-même vous présenter ses respects, mais comme il sait que dans notre ruelle habitent des Japonais, il avait peur de vous attirer des ennuis, aussi vous prie-t-il de bien vouloir lui pardonner. »

John Ding n'osa pas s'asseoir dans la pièce, ni accepter du thé, bien que le vieux Qi l'en priât cordialement. M. Goodrich l'avait envoyé porter de la farine, il devait s'en tenir à cette mission et ne pas bavarder davantage, ni accepter une tasse de thé. M. Goodrich, dans son esprit, s'il n'était pas Dieu le père, était pour le moins un archange. Quand il eut expliqué quelle était sa « mission », il prit congé dans les formes et sortit d'un pas preste et ferme.

À la vue du sac de farine, le vieux Qi fut si ému qu'il n'en trouvait plus ses mots. Il se contenta de le regarder en hochant la tête.

Petit Shunr et Niuzi se mirent à pousser des cris de joie : « On va manger des nouilles à la sauce de soja frite ! Des petits pains blancs à la vapeur ! »

Quand Yun Mei eut jugé que le vieil homme avait contemplé le sac tout son saoul, elle le porta à deux mains dans la cuisine ; on aurait dit qu'elle portait un nouveau-né tant elle était contente et prenait de précautions.

Après avoir poussé des exclamations pendant un bon moment, le vieux Qi proposa : « Mère de Petit Shunr, on va faire des pains à la vapeur en grande quantité. Si des parents ou des amis viennent pour fêter mon anniversaire, ne préparons rien d'autre que des pains à la vapeur ! Car, à présent, les petits pains à la farine de froment ne sont-ils pas aussi recherchés que de la méduse ou des ailerons de requin ?

— Oh ! Ce n'est pas rien que d'obtenir tout un sac de précieuse farine ! Comment pourrait-on tout servir aux invités ? » Yun Mei pensait faire cuire à la vapeur quelques gâteaux en forme de pêche pour le vieil homme et garder la farine comme remède, pour le cas où quelqu'un tomberait malade à la maison. Elle pourrait, le cas échéant, préparer un bol de soupe aux nouilles ou autre chose du même genre.

« Écoute-moi ! Nous tous, ainsi que nos

parents et amis, allons tôt ou tard mourir de faim ! Ce n'est pas un sac de farine qui nous gardera en vie ! Pourquoi ne pas convier tout le monde à manger des pains à la vapeur et se réjouir pendant un moment ? »

Les grands yeux de Yun Mei clignèrent, elle ne dit plus rien. Mais elle avait un peu peur : le caractère du vieil homme aurait-il changé ? Selon des « théories de bonne femme », ce serait le présage que la mort approcherait. Selon elle, les Qi ayant déjà perdu trois hommes, il ne fallait pas que le vieux Qi mourût à son tour ! Tant que le plus âgé vivrait, quel que fût le nombre des victimes parmi les autres membres, les forces vitales de la famille ne seraient pas atteintes, car il était comme l'étendard soutenant son honorabilité. Certes, son beau-père, Tianyou, était mort, mais le vieux Qi vivait et était encore bien robuste, et elle pouvait dire aux autres : « Nous avons encore un ancêtre ! » et trouver là une consolation — nous autres, alors que le pays tout entier est plongé dans le chaos, sommes encore capables d'entretenir nos parents et de montrer notre pitié filiale !

Elle alla demander à sa belle-mère et à son mari s'il fallait agir conformément aux injonctions du vieil homme et faire cuire à la vapeur une grande quantité de pains. La réponse fut : fais comme il l'entend ! Cette réponse la mit encore plus mal à l'aise. Auraient-ils tous changé d'humeur au point d'en oublier de faire des économies, de ne pas penser au lendemain ?

Le jour de l'anniversaire, ne vinrent que quelques proches parents. Une fois les congratulations accomplies, ils ne parlèrent que de céréales. Au cours de la conversation, ils excusaient un parent ou un ami qui ne pouvait venir, n'ayant pas de robe correcte à se mettre sur le dos ou n'ayant déjà plus rien à manger.

Toutes ces mauvaises nouvelles n'avaient pas affligé, ni démoralisé le vieil homme. On aurait dit qu'il avait décidé de se forcer à garder son entrain jusqu'à la fin de la journée, et de considérer ces faits désolants comme des choses inévitables. Il entendait montrer par là qu'il avait quatre-vingts ans, était encore en vie. Il parlait et riait ! Oui, il était encore en vie, malgré l'occupation de Peiping par les Japonais qui durait depuis plusieurs années maintenant, malgré le fait qu'ils s'ingéniaient par tous les moyens à tuer, malgré cette « farine républicaine » qu'il mangeait tous les jours ; ni la famine ni les privations ne l'avaient terrassé — et ne le terrasseraient peut-être jamais !

Mme Tianyou, Ruixuan, Yun Mei et même les parents, en le voyant si content, trouvaient cela pour le moins étrange, mais ils ne pouvaient pas décemment prendre une mine d'enterrement. Aussi remisèrent-ils les choses tristes pour évoquer le tableau d'une vieillesse paisible afin de gagner les bonnes grâces du vieil homme.

Quand on servit les pains à la vapeur, les réactions furent effectivement celles qu'avait prévues le vieux Qi : on aurait dit qu'ils contemplaient quelque trésor inestimable. Tout occupés à fourrer dans leur bouche ces pains si blancs, tendres et parfumés, ils en oubliaient qu'il n'y avait pas de légumes sautés ni de plats à base de viande pour les accompagner. Yun Mei s'excusa à plusieurs reprises auprès de tous : « C'est qu'il n'y a rien d'autre que des pains à la vapeur ! » Tous trouvèrent ses excuses superflues, louèrent avec force la saveur des pains.

Le vieux Qi semblait pris de folie, appuyé

contre Petit Shunr, un pain dans la main, il invitait les invités : « Encore un ! Allez, encore un ! »

Quand les convives furent tous partis, le sourire disparut complètement du visage du vieil homme. Il dit à Petit Shunr d'apporter un petit tabouret et s'assit au beau milieu de la cour, le menton contre la poitrine, sans bouger.

« Grand-père, vous devez être fatigué ? Vous allez vous allonger un peu dans la chambre, non ? » Yun Mei s'avança.

Le vieil homme ne dit rien, ne bougea pas non plus.

Le cœur de Yun Mei se mit à battre d'inquiétude : « Grand-père, vous ne vous sentez pas bien ? »

Le vieil homme resta silencieux un bon moment encore avant de relever la tête et de regarder Yun Mei. Elle lui demanda encore : « Vous ne vous sentez pas bien ? »

Le vieil homme soupira, puis dit lentement, très lentement, comme à bout de force : « Peut-être as-tu pensé que j'étais tombé sur la tête et que je jetais les pains par la fenêtre. Pas du tout, j'ai toute ma raison. Réfléchis, si Tianyou, Ruifeng, Ruiquan, le deuxième grand-père Chang, et même la grosse belle-fille avaient été là, combien de pains auraient-ils pris ? J'ai fait comme si les parents venus aujourd'hui mangeaient pour eux... ! Quand ils mangeaient, c'était comme si... ! » Le vieil homme baissa de nouveau la tête.

« Grand-père, qu'est-ce qui vous prend ? N'étiez-vous pas très content ? Pourquoi cherchez-vous ainsi à vous rendre triste ? le consolait Yun Mei avec un sourire feint.

— Moi, content ? le vieil homme baissa la tête, seul un salaud serait content ! Calcule un peu, combien reste-t-il de membres de la famille sur quatre générations ? Qui parle d'anniversaire ? C'était une commémoration, celle de la mort de Tianyou et des autres ! Le but de la vie est d'avoir des enfants pour que jamais ne s'éteignent les fumées de l'encens du culte des ancêtres. Regarde-moi ! Mon fils m'a devancé dans la mort. Et je me réjouirais ? Comme si je ne savais pas la différence entre le bien et le mal ! »

Après avoir encore jacassé ainsi pendant un long moment, il montra de la main la cour du n° 3 et dit en serrant les dents : « Tout cela à cause d'eux ! Les Japonais sont l'étoile de malheur sur cette terre ! »

Cette phrase sembla calmer un peu la colère du vieil homme, il resta là, hébété.

Au bout d'un moment il appela tout bas : « Petit Shunr ! » Quand il vit son arrière-petit-fils arriver en courant il dit : « Va prendre quelques petits pains et emballe-les dans un mouchoir ! »

Personne ne savait ce que voulait faire le vieil homme. Petit Shunr prit les pains, le vieil homme ordonna : « En route ! Viens avec moi ! »

Ruixuan s'avança et dit en riant pour la forme : « À qui portez-vous des petits pains, grand-père ? »

Le vieil homme se redressa lentement, eut un sourire triste. « Bah ! Je vais montrer que je suis capable de faire la différence entre reconnaissance et ressentiment. Ceux qui éprouvent de la haine, je ne les oublie jamais ! Ceux qui sont bons, je m'en souviens ! La vieille Japonaise du n° 1 nous a voulu du bien, alors je vais lui porter quelques pains à la vapeur !

— Laissez cela grand-père ! » Ruixuan savait pertinemment que le grand-père avait raison, mais, par principe, il trouvait qu'offrir quelque chose aux Japonais, c'était un peu gênant. « Ils en ont, eux, de la farine de froment !

— Ça, c'est leur affaire ! Et si je leur en porte, cela me regarde ; et puis, ce sont des pêches de longévité, ce ne sont pas des petits pains ordinaires !

— En ce cas, je vous accompagne ! » Ruixuan savait que la vieille femme du n° 1 ne parlait pas très bien le chinois.

Petit Shunr, voyant que son père accompagnait le vieil homme, s'éclipsa sans bruit. Il détestait les petits Japonais du n° 1 et il était mécontent à la pensée qu'ils allaient manger les pêches de longévité du grand-père.

Ruixuan dut frapper deux fois avant que la vieille femme, accompagnée des deux enfants turbulents, n'entrebâillât la porte. Quand elle eut compris qu'il s'agissait de Ruixuan, elle s'empressa de l'ouvrir en grand. Les deux enfants ne semblaient pas aussi dissipés qu'à l'ordinaire ; ils restaient bien sagement debout à côté d'elle. Avant que Ruixuan ait pu exposer l'objet de leur visite, la vieille femme s'exprima en anglais :

« Vous tombez très bien, j'allais justement vous informer que leurs mères avaient été emmenées pour servir de prostituées dans l'armée. Je suis Japonaise, mais je suis aussi un être humain. En tant que Japonaise, je devrais, sans souffler mot, obéir aux ordres ; en tant qu'être humain je maudis ceux qui ont réduit leurs pères en cendres et contraint leurs mères à se prostituer ! » Quand la vieille femme se tut, ses mains et ses lèvres se mirent à trembler.

Les yeux des deux enfants n'avaient pas quitté la bouche de la vieille dame ; sans doute avaient-ils deviné ce qu'elle disait car, lorsqu'elle s'arrêta de parler, ils s'approchèrent d'elle et restèrent là, figés sur place.

Ruixuan ne trouvait pas les mots à dire. Il aurait dû la consoler, mais il trouvait normal que ceux qui étaient venus mettre la Chine à feu et à sang fussent réduits en cendres tandis que leurs femmes se voyaient contraintes à se prostituer.

Le vieux Qi n'avait pas compris ce qu'elle avait dit ; lentement il sortit les petits pains enveloppés dans le mouchoir et les tendit aux deux enfants. En même temps il disait à Ruixuan : « Dis-lui que ce sont des pêches de longévité ! »

Ruixuan fit comme il le demandait. Elle hocha la tête et se tut de nouveau.

Ils restaient là, ne trouvant rien à dire. Leurs yeux hébétés restaient fixés sur les pains, bien gros, bien blancs.

Ruixuan prit son grand-père par le bras et lui dit doucement : « On y va ? »

Le vieil homme ne répondit rien, il suivit l'aîné de ses petits-fils vers la maison : « Qu'a-t-elle dit ? »

Ruixuan n'osa pas se retourner. Il pensait que la vieille dame et les deux enfants devaient encore se tenir sur le seuil à les regarder s'en aller. Quand ils furent entrés dans la maison, il rapporta au grand-père les propos tenus par la vieille dame. Le vieil homme réfléchit longuement et dit tout bas : « Qui tue sera tué, qui porte préjudice aux femmes des autres connaîtra le même sort ! Ces deux enfants et cette vieille femme sont bien à plaindre ! »

CHAPITRE LXXXI

Un coup de vent froid venu du nord-ouest fit frissonner des milliers de Pékinois.

Les années passées, à cette saison, se tenaient en divers endroits de Peiping des expositions de chrysanthèmes, tandis que de nombreux lycéens et étudiants, garçons et filles, se rendaient en excursion aux Collines de l'ouest, à la passe Juyongguan, aux tombeaux des Ming. Il n'était pas jusqu'aux petits écoliers qui allaient à Wanxingyuan voir les singes et les éléphants à la longue trompe. Les poètes, quant à eux, montaient sur les hauteurs avec du vin, ou se rendaient dans la banlieue pour admirer les feuilles rouges. L'automne, par temps de paix, dispensait ses charmes : rosée et givre, parfum de cannelier et clair de lune. Certes les gens savaient que viendraient ensuite les bourrasques de neige, mais cela n'entamait pas pour autant leur joie de vivre. Bien au contraire, tous se préparaient à jouir de ces longues causeries d'hiver au coin du feu, où l'on grignote de délicieux navets croquants ou des azeroles au sucre candi.

À présent, le vent du nord-ouest, précurseur de l'automne, soufflait déjà. Pourtant personne n'osait se rendre en excursion à l'extérieur de la ville. Le canon grondait encore souvent aux Collines de l'ouest et du nord. Même quand il ne se faisait pas entendre, les gens n'avaient pas le cœur à aller admirer les feuilles rouges sous le givre, à escalader les hauteurs et à composer des poèmes. Ils avaient faim, ils avaient froid. Ils savaient qu'en une nuit un vent violent pouvait faire basculer soudain la saison dans l'hiver qui allait être leur exécuteur, qui les pétrifierait dans la glace.

Ils ne pensaient à rien d'autre qu'à l'ombre noire de la mort. Ils avaient entendu dire que les troupes allemandes avaient attaqué l'Union soviétique, mais n'avaient guère prêté attention à cette nouvelle. Ils étaient déjà coupés du reste du monde, amarrés à la mort. Ils n'osaient rien espérer d'autre que passer tant bien que mal l'hiver et, s'ils parvenaient à ne pas tomber raides dans les tempêtes de neige, ce serait pour eux une victoire.

Sur la route où le givre du matin n'avait pas encore fondu, il y avait toujours un camion qui circulait lentement, celui-là même qui avait convoyé Guan Xiaohe et M. Sun jusqu'à la grande fosse de « désinfection ». C'était un camion fantôme. Quand il trouvait un corps raidi, mort de faim ou de froid, ou agonisant, il s'arrêtait et l'emportait. À la vue du camion fantôme, les gens se disaient malgré eux qu'ils pourraient bien un jour être emportés de la sorte — vous tombez sur la route et on vous emmène pour servir de pâture aux chiens sauvages ; pas de médecin ni d'infirmière pour vous soigner ; vous n'avez pas la présence de vos enfants pour recueillir vos dernières volontés ; pas de musique, pas de lamentations pour accompagner votre cercueil ; vous disparaissez comme un chien ou un chat crevé, sans laisser de traces.

Yun Mei, presque tous les jours, apercevait le camion fantôme.

Forte de sa première expérience, elle n'arrivait plus en retard pour toucher les céréales. Chaque fois, elle se levait avant le point du jour. Parfois elle se réveillait en sursaut, se levait alors que le ciel était encore plein d'étoiles. Une fois debout, elle se lavait, se coiffait comme elle pouvait, et allait préparer pour tous une marmite de brouet, noir comme une décoction de plantes ; puis elle disposait les bols, les baguettes, les légumes salés. Ceci fait, de la cour, elle disait doucement à sa belle-mère par la fenêtre : « Mère, j'y vais ! »

Elle ne se rendait pas toujours au même endroit. Parfois il lui fallait parcourir deux à trois kilomètres, d'autres fois, il lui fallait aller à la ville est. Si c'était le cas, elle devait attraper le premier tramway. Les pousses étaient trop chers, elle ne pouvait pas s'en payer. Elle n'avait pas l'habitude du tramway mais elle était bien décidée à essayer. Elle était une personne responsable, elle n'aurait pas consenti, face à la rouerie des Japonais, à leur barbarie, à se montrer un tant soit peu paresseuse.

Elle n'était pas très courageuse. Elle avait peur des chiens. Quand, marchant de bon matin dans les rues calmes où les passants étaient rares, elle entendait par hasard un aboiement, elle avait un coup de frayeur. Elle serrait la main sur le sac à céréales, s'armait de courage, ses paumes étaient moites, elle se ruait droit devant elle. Parfois, elle apercevait un groupe de soldats japonais. Elle avait peur, mais ne manifestait pas d'affolement. Elle baissait la tête, son cœur battait à folle allure, elle avançait d'un pas preste. Elle avait peur, mais ne reculait pas. Elle semblait mobiliser toute son énergie pour obtenir ces quelques céréales noires à l'odeur infecte.

Ce qui la faisait trembler le plus était ce camion fantôme. Par tous les temps, sa vue la faisait frémir. Parfois, il y avait trois ou quatre cadavres dedans, et même une dizaine ; alors elle ne pouvait s'empêcher de fermer les yeux. Ces corps, dans son esprit, n'étaient pas seulement des cadavres gelés, mais des êtres humains comme elle, qui avaient eu sans aucun doute une famille, des parents et des amis pour lesquels ils avaient dû s'inquiéter ; qui avaient affronté des problèmes de nourriture et d'habillement. Une fois, elle avait vu un cadavre qui tenait encore au poignet droit un sac à farine pareil à celui qu'elle avait elle-même à la main. Ce cadavre, ç'aurait pu être elle ! Du coup, elle n'avait rien mangé de la journée, n'avait cessé de boire de l'eau.

Comme le lieu où l'on devait se rendre n'était pas toujours à la porte à côté et que, même avec une carte, on n'était pas sûr de toucher quoi que ce fût, les habitants du Petit-Bercail maudissaient constamment M. Li — c'était lui qui distribuait les cartes, c'est la raison pour laquelle on lui attribuait tous les torts. Yun Mei, qui, comme les autres avait subi toutes sortes de tourments et souffert mille morts, ne s'était jamais pour autant laissé aller à blâmer le vieil homme. Son sens du devoir la rendait forte, courageuse, elle ne se laissait pas rebuter par le travail, n'avait pas peur des reproches.

Un jour, elle rapportait la moitié d'un sac de farine et il lui restait encore à parcourir un ou deux kilomètres avant d'atteindre la maison. Elle n'avait pas voulu prendre de pousse, trop cher, et le tramway avait été pris d'assaut. Elle avançait lentement, car cette diable de farine puante, tel un enfant mort, pesait de plus en plus à chaque pas.

Elle releva brusquement la tête et vit Zhaodi. Cette dernière était sortie de prison et avait été chargée de surveiller les « contacts » des Occidentaux de Peiping. Bien qu'elle portât des chaussures à haut talon, elle semblait toujours aussi petite. À ses côtés marchait un Occidental très grand, très fort. Sa main droite serrait le bras de ce « grand homme » ; elle marchait, le visage relevé, parlait avec lui, tout sourire. La moitié de ses cheveux, échevelée et tremblotante, était relevée vers le haut, tandis que l'autre moitié était lâchée sur ses épaules. Sa petite frimousse était bien plus pleine qu'avant, ses yeux et ses sourcils, même vus de loin, étaient très nets, soulignés par le maquillage, comme sont ceux des actrices en tournage. Elle parlait et riait haut et fort, faisant bouger les muscles de son visage ; ses sourcils tombaient soudain jusqu'aux coins de sa bouche tandis que ses lèvres rouges se retroussaient plus haut que son nez. Comme elle s'étouffait de rire, elle s'arrêta, de ses deux mains enserra le bras du « grand homme », mit ses cheveux ébouriffés contre la poitrine de son compagnon ; ses épaules et son dos étaient secoués nerveusement. Après avoir ri tout son content, elle tira sur la cravate de l'homme, doucement s'essuya le coin des yeux, puis elle sortit un petit miroir, une houppette et se remit de la poudre sur le visage. On aurait dit que la ville de Peiping tout entière était son salon de maquillage.

Yun Mei, portant son sac de farine, restait figée sur place. Zhaodi n'avait pas fait attention à elle, ni à personne d'autre. Aussi Yun Mei s'enhardit-elle à l'observer jusqu'à ce que, ayant fini de se poudrer, elle s'éloignât lentement avec le « grand homme ».

Yun Mei ne put s'empêcher de cracher de mépris. Elle ne connaissait rien à la politique mais elle avait compris que ces choses étonnantes et ces manières ridicules avaient cours à Peiping depuis l'arrivée des Japonais. Parvenue à ce point de ses réflexions elle ne put s'empêcher de regarder le sac de farine et sa grande robe en coton bleu défraîchie. Puis elle releva la tête car, malgré cela, elle était restée droite, intègre. Peu importait ce qu'elle mangeait, ce qu'elle se mettait sur le dos, elle n'était pas devenue comme Zhaodi, qui s'affichait de façon grotesque avec les étrangers. Elle considérait qu'elle pouvait être fière d'elle-même.

De retour à la maison, elle n'osa pas mentionner cet incident. Sans parler de leur raconter la chose dans les détails, quand elle repensait à l'allure étrange de Zhaodi, elle avait les joues en feu.

Si les manières ridicules de Zhaodi faisaient honte à Yun Mei, la femme de Maître Liu le tapissier, quant à elle, prouvait que les femmes n'étaient pas toutes des bonnes à rien ou des joujoux qu'on entretient.

Mme Liu était toujours venue chez les Qi pour aider Yun Mei aux travaux d'aiguille. Récemment, étant donné la pénurie en céréales et l'inflation, Mme Liu avait décidé de ne plus réclamer les six yuans que lui allouait Ruixuan chaque mois. Maladroitement, elle avait informé en premier Yun Mei de sa décision, mais celle-ci ne pouvait trancher. D'autre part, elle se demandait si Mme Liu, gênée de demander une augmentation, en refusant de recevoir davantage de subsides, n'appliquait pas la tactique qui consiste à « reculer pour mieux avancer ». « J'ai les moyens de survivre. Je vous assure ! » avait dit Mme Liu avec insistance, sans pour autant consentir à dévoiler ses batteries.

Deux jours plus tard, elle avait disparu. Yun Mei et tous les Qi s'inquiétèrent. Ruixuan surtout était soucieux pour sa sécurité. Financièrement dans la gêne, il ne pouvait pas aider davantage Mme Liu, comme il avait été chargé par Maître Liu de le faire.

Plusieurs jours passèrent encore, Mme Liu réapparut soudain avec un sac d'une livre environ de millet qu'elle offrit au vieux Qi. Elle ne dit rien que cette phrase accompagnée d'un sourire : « Ce sera pour vous mijoter un brouet ! »

Avant la guerre le millet était une denrée qui ne valait pas très cher, or, à présent, c'était un vrai trésor ! Chaque fois que le vieux Qi ne se sentait pas bien, la première chose qu'il se disait était : « Ah, si seulement j'avais un bol de brouet de millet bien consistant ! » Aujourd'hui, il égrenait entre ses doigts ces grains d'un jaune tendre comme il eût fait avec de petites perles. Il était si touché par ce cadeau qu'il ne parvenait pas à parler.

Il conduisit Mme Liu dans sa chambre. Yun Mei demanda à cette dernière où et comment elle s'était procuré ce millet. Mme Liu lui parla en gros de ses activités. En fait, depuis que les Japonais contrôlaient les céréales, de nombreuses personnes, des femmes pour la plupart, bravant le danger, se rendaient à Zhangjiakou et à Shijiazhuang pour y faire du commerce. Elles y vendaient tissus ou vieux vêtements et en rapportaient un peu de céréales. Les gens là-bas n'avaient plus rien à se mettre sur le dos, à Peiping on n'avait plus de quoi manger, aussi ces aventurières pouvaient-elles faire d'une pierre deux coups. C'était une entreprise périlleuse. Il fallait trouver un moyen pour échapper au contrôle des Japonais, acheter les travailleurs et les policiers des voies ferrées. Parfois on se cachait dans les wagons de marchandises, ou on restait tapi sur le toit. Quand on avait obtenu un peu de céréales, on les dissimulait dans ses manches ou dans son pantalon pour les rapporter en ville. Mme Liu était entrée dans le circuit. Elle ne voulait plus recevoir sans rien faire le subside que lui donnaient les Qi, lequel, de toute façon, était insuffisant.

Elle finit son récit sans entrer dans les détails, sans faire valoir son courage, ni s'être appesantie sur le côté singulier de l'affaire, se contentant de rire bêtement. Et quand Yun Mei lui demanda si elle avait peur ou non, elle se limita à une réponse très simple : « Je suis une paysanne ! » Comme s'il fallait s'attendre, de la part des gens de la campagne, à ce qu'ils continuent à marcher même avec la tête coupée.

Deux jours après elle avait de nouveau disparu.

Dès lors, chaque fois qu'elle avait peur ou trouvait la vie trop dure, Yun Mei repensait immédiatement à Mme Liu et serrait les dents. Elle en arrivait même à se dire : « Si vraiment un jour je ne parviens pas à acheter de céréales il me faudra aller avec elle à Zhangjiakou ! Même si c'est difficile, même si c'est dangereux, de toute façon il n'est pas question de laisser les miens mourir de faim ! »

Si le courage de Mme Liu suscitait chez Yun Mei détermination et confiance en soi, la bonté immense de Mme Li lui permettait de mieux comprendre les gens et les relations humaines, ainsi que la compassion qu'on doit éprouver les uns envers les autres. Autrefois Yun Mei sortait peu, sauf pour faire ses courses. Bien qu'elle connût le grand cœur de Mme Li, elle lui reprochait d'être un peu excessive, de ne pas trop s'embarrasser des convenances. À présent qu'elle devait souvent se rendre dans la rue, elle avait besoin de sollicitude et d'assistance. Or, chaque fois qu'elle rencontrait Mme Li, elle obtenait ce dont elle avait besoin. Cela la toucha. Elle finit par comprendre cette vieille femme. Autrefois, son comportement envers les autres était, la plupart du temps, fondé sur les traditions en cours chez les Qi : être mesuré en toute chose et savoir garder ses distances avec les gens. À présent, après avoir bénéficié à maintes reprises de l'aide de Mme Li, elle commençait à se rendre compte que mesure et distance n'étaient pas les meilleures façons d'agir, que la cordialité de Mme Li n'était pas excessive, que ce n'était pas non plus chez elle obséquiosité calculée. Aussi se mit-elle doucement à aider les autres. Après coup, elle ressentait une grande chaleur, non pas une chaleur parce qu'on reçoit, mais parce qu'on donne, et le fait de rayonner ainsi renforçait sa détermination.

Certes Mme Li se laissait souvent aller à proférer des injures grossières, surtout quand M. Li était en butte à toutes sortes d'attaques de la part des voisins. Elle n'en continuait pas moins à rendre service à tous : elle n'allait pas se départir de sa générosité à cause de quelques petites rancœurs. Non seulement elle avait bon cœur, mais elle avait de la grandeur d'âme !

Dans toute la ruelle, ceux qui bénéficiaient le plus de l'aide des Li étaient les habitants de la cour mêlée du n° 7. Et c'est pourtant ces mêmes personnes qui lançaient les attaques les plus virulentes contre M. Li. Ils étaient pauvres, aussi avaient-ils facilement l'injure à la bouche. Et, malgré tout cela, Mme Li se rendait souvent au n° 7. S'ils se mettaient à cancaner, elle ripostait sur-le-champ avec les mots les plus orduriers ; mais, au chevet d'un malade ou d'une accouchée, elle veillait, telle une lampe, leur dispensant un peu de lumière.

Fang le sixième, dit « Poil noir », depuis qu'il était capable de réciter les Classiques par cœur, était devenu une vedette dans le monde du dialogue humoristique car, deux ou trois fois par semaine au moins, il passait sur les ondes.

Un jour, au beau milieu d'un programme, il raconta une histoire où il se moquait des Japonais. Il devait se retrouver en prison avant la fin de l'émission.

Les auditeurs compatirent à son sort, mais personne ne chercha à le tirer de là. Mme Li n'avait pas écouté la radio, elle ne savait pas pourquoi il avait été emprisonné. Pourtant, elle fut la première à aller réconforter la famille, puis elle fit pression de toutes ses forces sur sa « vieille baderne » pour qu'on s'emploie à sauver Fang le sixième.

M. Li n'était qu'un petit chef de quartier, quel poids avait-il pour faire des démarches en faveur d'un voisin ? Il s'en fut trouver le chef de police Bai, afin de savoir ce qu'on pouvait faire.

« Monsieur Li, votre bon cœur force mon estime, mais ce n'est pas une mince affaire ! le mit en garde ce dernier.

— Si je n'essaie pas de faire quelque chose, ma femme et les habitants du n° 7 vont me tomber dessus à bras raccourcis !

— Hum ! » le chef de police Bai ferma les yeux un moment, à la recherche d'un bon plan. « J'ai bien une idée, mais je crains que vous ne m'approuviez pas !

— Dites toujours ! Tout le monde sait bien que vous êtes un fin stratège !

— Ces derniers temps, n'avez-vous pas tout le monde sur le dos ? Fort bien, on va leur jouer un tour à notre façon ! »

Le vieux Li eut un sourire triste. « Je suis âgé, je n'ai pas envie de leur battre froid ! Que je sois bon ou mauvais seul le ciel le sait !

— C'est vrai ! Aussi, ce n'est pas ce que je vous conseillerai de faire ! Je propose d'aller les voir et de leur dire : « Nous allons faire une pétition valant acte de caution solidaire pour nous porter garant de Fang le sixième et le faire libérer. » On verra qui, en fin de compte, osera signer. S'ils n'acceptent pas, fort bien, qu'ils arrêtent alors de dire du mal de vous. Qu'en pensez-vous ?

— Et s'ils signent tous ?

— Eux ? » Le policier Bai eut un sourire rusé. « Ça m'étonnerait ! Je les connais trop bien, nos voisins ! »

M. Li n'avait guère envie de se compliquer la vie avec des affaires de ce genre. Mais, vu les attaques récentes portées contre lui, il ne pouvait vraiment pas se résigner à baisser la tête et à se laisser insulter. Comme il était là, pris entre deux feux, le chef de police Bai se fit plus persuasif : « Quatrième grand-père, je ne veux pas semer la zizanie mais redresser les torts qui vous sont faits. Mettons-les à l'épreuve, et on va voir s'ils ont quelque chose dans le ventre ! »

M. Li, contraint et forcé, finit par acquiescer d'un signe de tête.

Les supputations du chef de police Bai s'avérèrent fondées : personne au n° 7 n'osa signer. Ils n'avaient pas oublié ce qui était arrivé à Petit Cui, aux époux Wen, aussi n'étaient-ils pas prêts à se dévouer pour la bonne cause au risque d'en perdre la vie.

M. Li qui avait éprouvé un peu de satisfaction, déchanta vite. Il trouvait ces gens détestables et pitoyables tout à la fois. Il aurait bien voulu déchirer la caution, mettre un terme à cette affaire sans intérêt mais, piqué par la curiosité, il continua ses visites aux voisins.

John Ding signa sans mot dire. Non pas tant pour venir en aide à Fang le sixième, que pour montrer, sans doute, que ceux qui relevaient de l'ambassade de Grande-Bretagne n'avaient pas peur des diables japonais.

Chang Chengshun lut la caution, émit deux sons nasillards et signa lui aussi.

Le vieux Li se présenta chez les Qi. Ce fut Yun Mei qui vint lui ouvrir. Quand elle eut compris le sens de sa visite, sans en référer à personne, elle signa au nom de Ruixuan. Elle connaissait peu d'idéogrammes, mais savait comment écrire le nom de son mari.

M. Li en fut un peu effrayé. Il savait que les Qi étaient de braves gens, mais il ne s'attendait pas à ce que Yun Mei fît preuve de tant de courage.

Et c'était vrai, elle s'était enhardie. Ses sorties dans la rue lui donnaient l'occasion de voir et d'entendre toutes sortes de choses, de se trouver en présence de gens différents et, insensiblement, elle avait changé. Autrefois, la cuisine était son territoire, la cour était son univers. À présent, elle semblait avoir élargi son horizon, noué des relations étroites avec tout ce qui existait à Peiping. Elle se disait que si secourir Fang le sixième était une erreur, M. Li ne se mettrait pas en avant et que, dans la mesure où il le faisait, elle se devait de s'associer à son action. Pourquoi les actes méritoires seraient-ils le fait des seuls époux Li ?

Ce qui la mit au comble de la joie fut que Ruixuan, à son retour, après avoir entendu la relation qu'elle lui faisait des faits, ne lui fit pas le reproche d'avoir agi à la légère. Il rit et se contenta de dire : « Venir en aide à quelqu'un c'est toujours une bonne chose ! »

M. Li ne remit pas la caution, d'abord parce qu'il n'avait pas recueilli assez de signatures et aussi parce qu'il savait que cela ne servirait à rien, sinon peut-être à causer des ennuis aux signataires. Cet événement lui permit de mieux comprendre qui, parmi les voisins, était un tartuffe et qui ne l'était pas. Et, surtout, il considérait Yun Mei un peu comme sa nouvelle moisson.

Quand elle sortait dans la rue, cette dernière rencontrait souvent la vieille dame japonaise du n° 1 et les deux enfants turbulents. Elle ne les avait jamais salués. Elle détestait ces deux enfants, car ils avaient brutalisé Petit Shunr.

Quand elle avait su que les pères étaient tombés au champ d'honneur et que les mères étaient devenues des prostituées de l'armée, elle les avait pris en pitié et s'était mise à parler à la vieille dame. Cette dernière ne parvenait à prononcer que quelques phrases simples de chinois, mais Yun Mei pouvait, dans son regard, deviner tant de choses non dites ! Parfois, lorsqu'elles se trouvaient ensemble, elles restaient là, hébétées, sans parler, mais n'en ressentaient pas moins une certaine compréhension mutuelle. La vieille dame semblait vouloir dire : « Je ne suis pas une Japonaise ordinaire, ne me jugez pas sur ma mine, sur mes vêtements ! » Yun Mei, quant à elle, ne trouvait pas de phrases claires et simples pour expliquer son comportement, mais cette civilisation plusieurs fois millénaire la poussait à se montrer bonne envers tous, à prendre pitié du sort de cette vieille femme. Confusément, elle sentait qu'elle pouvait se glorifier de son attitude magnanime : elle était capable d'avoir pitié d'une ennemie !

Par une nuit où soufflait un vent de nord-ouest, il gela pour la première fois. De bon matin, Yun Mei dut aller chercher les céréales. À la vue du sol gelé elle pensa retourner prendre ses gants. Mais elle n'en fit rien. Elle n'avait pas le droit de redouter le froid ; elle savait que tout au long de l'hiver, d'autres souffrances l'attendraient. Il ne fallait pas se laisser impressionner déjà par un peu de glace. Elle sortit. Un petit vent glacé lui gela le bout du nez. Elle précipita le pas, pour avoir un peu plus chaud.

Les gens venus toucher leur ration portaient qui de vieux capuchons en feutre rouge, passés de mode depuis longtemps, qui des chapeaux à oreilles, devenus des antiquités ; d'autres avaient revêtu de longues robes chinoises molletonnées couvertes de graisse, d'autres des gilets en fourrure qui n'avaient plus de poils. À la vue de ces « accoutrements exotiques » qui avaient un petit air de fin de règne, Yun Mei se demanda si elle se trouvait bien dans une rue de Peiping. Elle savait que les Pékinois ont un sens poussé de la décence et que, même quand ils portent de vieux vêtements, ils sont toujours d'une propreté irréprochable. Elle ne se souvenait pas avoir jamais vu autant de vêtements sales et malodorants.

Elle leva la tête, regarda le ciel, ce ciel aussi bleu qu'une pierre précieuse. Elle fut confortée dans l'idée qu'elle se trouvait bien à Peiping. Le prouvaient encore les rues, les boutiques qu'elle connaissait, ainsi que les arbres sur le bord de la voie, qui avaient perdu leurs feuilles. Toutefois, tous ces gens lui semblaient étrangers. Si, cette année, les Pékinois n'avaient déjà plus apparence humaine que serait-ce l'année prochaine ? Elle n'osa pas pousser plus loin ses réflexions.

À ce moment précis, elle aurait pu le jurer, elle vit effectivement le Troisième, Ruiquan ! Il était vêtu d'une vieille veste ouatée bleue, en coton, courte, telle qu'en portent les paysans. Il avait noué à ses reins une longue et large bande de tissu de couleur foncée. La sueur perlait sur son crâne rasé. Il marchait vite sur le bord de la chaussée. Elle ouvrit la bouche, l'appela : « Le Troisième ! » mais aucun son ne sortit. Déjà le Troisième était loin.

« Le Troisième ! Le Troisième ! » Elle lança plusieurs fois ce cri muet. Elle n'avait plus froid, bien au contraire, ses mains étaient moites de sueur. Le Troisième était de retour ! Il y a quelques instants encore, il n'était qu'à quelques mètres d'elle ! Le Troisième, pour l'état civil, était « décédé » ; et voilà qu'il était revenu à Peiping ! Le Troisième au-dehors de la ville s'était battu contre l'ennemi, non seulement il n'avait pas été tué mais, bien au contraire, il était ouvertement de retour et marchait sur le bord de la chaussée à grandes enjambées ! Les yeux de Yun Mei brillèrent, un peu de rose monta à ses joues. Elle n'avait plus besoin d'avoir peur de quiconque, de rien, le Troisième n'était pas loin, il saurait la protéger !

Quand elle eut touché les céréales, de retour à la maison, elle faillit plusieurs fois annoncer la bonne nouvelle aux anciens. Mais elle savait qu'on ne pouvait parler d'une telle chose à la légère ; il lui fallait en discuter d'abord avec son mari. Les mots, tel un essaim d'abeilles, se bousculaient dans son esprit. Elle devait serrer fort les lèvres, les serrer à en avoir mal, pour calmer un moment cet essaim. Chaque fois qu'un bruit de pas résonnait dans la cour, elle pensait que c'était ceux du Troisième. Même s'il n'y avait pas de bruit, elle le voyait sans cesse dans la cuisine, dans la cour, en tous lieux. Elle le voyait, vêtu de sa veste molletonnée bleue, la tête couverte de sueur. Ce fut difficile d'attendre ainsi le moment de se coucher pour avoir enfin l'occasion de parler :

« Père de Petit Shunr, devine un peu : j'ai vu le Troisième ! »

Ruixuan qui était déjà allongé se mit brusquement sur son séant : « Hein ?

— J'ai vu le Troisième ? Je le jure, c'était lui, sûr !

— Où ça ? Comment était-il ? »

Yun Mei lui raconta la chose en détail.

Les genoux dans ses bras il gardait le regard fixé sur le mur et, suivant les explications de Yun Mei, il se brossait une image du Troisième, comme une photo, accrochée là ; il regardait, hébété, cette photo imaginaire, oubliant tout le reste. Il ne semblait plus entendre que les battements de son propre cœur.

Yun Mei fit du bruit en ôtant ses chaussures, Ruixuan sursauta, l'image sur le mur avait disparu. Il s'allongea lentement. « N'en parle à personne !

— Tu me prends pour une idiote ?

— C'est bien, n'en parle pas, surtout pas !

— Sois en sûr ! » Yun Mei s'allongea à son tour.

Ils auraient bien voulu parler tous les deux, mais ne savaient trop quoi dire. Faire semblant de dormir ? Ni l'un ni l'autre n'en avait envie.

Après être restée un long moment silencieuse, Yun Mei demanda soudain : « Qu'a fait le Troisième au-dehors ?

— Je n'en sais rien ! » Ruixuan fit semblant de prendre une voix ensommeillée afin qu'elle ne dît plus rien. Il voulait repenser tranquillement, par le menu, à tout ce qui concernait le Troisième, depuis son enfance jusqu'à son exil ; un peu comme il réviserait une leçon d'histoire.

Mais elle dit, comme se parlant à elle-même : « Revient-il vraiment des combats ? »

Les yeux de Ruixuan s'ouvrirent tout grands, cependant, faisant semblant de dormir, il ne répondit pas à sa question. Il souhaitait vraiment parler avec Yun Mei du Troisième, et en parler même toute la nuit. Mais il lui fallait bien se remémorer tout le passé de ce dernier, afin de l'évoquer avec méthode. Le Troisième était un Qi, un héros familial et national. Il ne pouvait parler de lui de façon décousue.

Si Yun Mei se taisait elle aussi, son imagination était à son comble : elle se disait que le Troisième avait sûrement escaladé des montagnes, franchi des cols, était allé dans des endroits très lointains, voire jusqu'au bord de la mer. Elle n'était jamais sortie de Peiping, comme montagnes elle n'avait vu que les Collines de l'ouest et les Collines du nord et encore, de loin, toujours aussi bleues, d'un bleu un peu plus foncé que le ciel. Elle ne savait pas si tout ce qu'il y avait sur ces montagnes était bleu aussi. Quant à la mer, elle n'avait vu que les « mers » du parc Beihai, et ne savait de combien la vraie mer était plus grande qu'elles. Elle ne put s'empêcher de demander : « La mer est plus grande que les Trois Mers ?

— Tellement plus grande qu'on ne pourrait dire de combien ! Pourquoi demandes-tu ça ? »

Elle rit. « Je me demandais si le Troisième avait vu la mer ou non !

— Il a tout vu, c'est sûr !

— Comme ce doit être bien ! » Yun Mei ferma les yeux, dans son esprit apparurent une mer maintes fois plus grande que les Trois Mers et une montagne bleue avec des rochers et de la végétation bleus. Au bord de la mer et sur la montagne, il y avait le Troisième, solide et plein de courage.

C'est ainsi qu'une femme qui n'était jamais sortie de Peiping, au cours des ces années de tourments et de privations, se forgeait un caractère déterminé, courageux, responsable et que, vaguement, elle entrevoyait montagnes et océans. Son esprit s'était considérablement ouvert, son univers limité aux quatre murs de la cour se déployait vers ces paysages grandioses qui étaient peut-être son pays.

CHAPITRE LXXXII

Le corps couvert du lœss des monts Qinling, le Troisième, Ruiquan, la veille du Nouvel An selon le calendrier lunaire arrivait dans la ville ancienne de Xi'an, vêtu d'un uniforme d'étudiant en coton molletonné, pas très épais.

Auparavant, ses yeux pareils à des pois noirs avaient vu les vagues sauvages du fleuve Jaune, les bateaux à voiles sur le fleuve Bleu, les lames effrayantes des Trois Gorges, et Sanjiacun aux montagnes échevelées où on ne voyait même pas d'arbres à thé.

Pour lui aucun endroit ne valait Peiping, mais chaque endroit lui faisait mieux comprendre ce qu'était la Chine, avec ses climats différents, ses topographies, ses coutumes, ses dialectes, ses productions. La Chine était si grande que cela le rendait fou de joie ; il en avait peur, il en tremblait. Il n'était pas jusqu'aux nuages et aux moustiques qui ne fussent différents selon les régions. S'il ne pouvait oublier Peiping, il était ravi de voir tant de contrées si diverses. Ainsi ces flots jaunes tumultueux et ces villages de montagne si petits qu'ils faisaient pitié, qui semblaient primitifs encore, non exploités par l'homme. Mais c'est aussi ce qui faisait leur force, une force que Peiping n'avait pas, qui les reliait étroitement à l'univers. Si Peiping, créée de façon artificielle par l'homme avec tant d'ingéniosité, pouvait être brûlée entièrement par un feu gigantesque, ces fleuves et ces villages semblaient avoir, eux, une existence éternelle — depuis que l'Histoire existait, ils paraissaient n'avoir pas changé, c'est pourquoi ils ne redoutaient pas d'être détruits, ils ne pourraient jamais l'être. Ces lieux étaient peut-être tels quels avant les Trois Dynasties, et ils le resteraient pour toujours. Si leur arriération l'inquiétait, il se réjouissait de leur solidité et de leur aspect fruste. Il se disait que la Chine nouvelle, sans doute, se formerait à partir de cette force simple et que ces villes corrompues comme l'était Peiping, en revanche, ne seraient pas capables d'assumer une telle responsabilité.

Il aimait aussi ces paysans qui allaient les pieds dans le lœss ; leurs modes de culture étaient archaïques, ils n'avaient pratiquement pas reçu d'éducation, leur vie était des plus rudes, mais ils étaient honnêtes, bons, diligents et économes. Il suffisait de les entendre pour le comprendre. Ils n'hésitaient pas à donner au pays céréales (même s'ils devaient eux-mêmes connaître la faim), argent, enfants. Ils n'étaient pas aussi distingués que les Pékinois, aussi intelligents, aussi diserts, mais ils supportaient tout le poids de la guerre. La Chine était à eux. Ce sont eux qui avaient déplacé les blocs de pierre gigantesques des monts Qinling et des monts Ba pour construire des routes ; ce sont eux qui comblaient, une corbeille de sable après l'autre, les rizières, qui construisaient des aéroports ; eux qui, à l'approche de l'ennemi, brûlaient leurs maisons, eux qui, tirant leur bétail, suivaient le drapeau national dans sa retraite ; ce sont eux qui envoyaient leurs enfants au front, qui ramenaient sur leur dos les soldats blessés sur le champ de bataille, leur sauvant ainsi la vie.

Seul un peuple comme celui-ci était capable de donner des soldats combatifs, malgré la faim et le froid. Grâce à eux la Chine « primitive » participait à une guerre moderne.

Ils ne savaient rien du train où allait le monde, ne connaissaient même pas parfois leur propre patronyme, mais dans leur cœur était ancrée une morale qui s'était transmise pendant des millénaires et, quand ils étaient confrontés à un événement, il leur fallait toujours faire la part du vrai et du faux. S'ils étaient ignorants de tout, ils savaient cela : que les Japonais étaient dans leur tort. Cela leur suffisait. Ils donnaient leur chair et leur sang pour voir qui serait le plus fort, d'eux ou de ces gens qui n'étaient pas dans leur bon droit. Ils semblaient disséminés géographiquement, isolés les uns des autres par les obstacles naturels, mais l'histoire culturelle et la morale traditionnelle les reliaient : ils étaient chinois, et fiers de l'être.

Tout cela avait amené Ruiquan à revendiquer avec fierté sa qualité de Chinois, et à ne pas s'en tenir uniquement à celle de Pékinois. Il était même presque un peu honteux d'être pékinois. Il avait quelques connaissances, aimait la propreté, mais il voyait bien qu'il lui manquait la simplicité des paysans, leur force et cette sagesse qui leur venait de la terre. Il y avait tant de choses que les paysans connaissaient, qu'ils étaient capables de faire et dont il était, lui, ignorant, qu'il ne parvenait pas à accomplir. Ses connaissances, sa distinction, sa propreté étaient comme des ornements dont on pouvait se passer. Les paysans, et eux seuls, saisissaient la vie à bras le corps, occupés du matin au soir, tout au long de l'année, à accomplir des besognes en relation étroite avec la vie. Et, quand il le fallait, ils osaient s'exposer à la mort — leur peau était noire, mais leur sang était peut-être plus chaud, plus rouge que le sien.

Il commençait à ne plus prêter attention à sa propre apparence. Quand il regardait les vieux vêtements qu'il portait, la terre sur ses chaussures et la crasse incrustée sous ses ongles, non seulement il ne s'en affligeait pas, mais trouvait qu'il pouvait en être fier. Il allait même jusqu'à se dire que si les paysans étaient couverts de poux, il serait bon qu'il en eût lui aussi. Autrefois, quand il était à Peiping, comme les jeunes gens de son âge, il aimait employer le mot « peuple ». Or, à l'époque, ce qu'ils entendaient par là était le peuple imbécile, ignorant et sale. Il se considérait, quant à lui, comme quelqu'un d'instruit, de bon, qui devait être le professeur, le maître spirituel de ce peuple imbécile. À présent, il avait compris que les paysans, sur de nombreuses questions, loin d'être des imbéciles, étaient dignes de lui servir de maître.

Il commença à se défaire de sa morgue d'étudiant et décida de travailler avec eux, de résister avec eux contre l'ennemi et, de plus, de leur apprendre ce qu'il savait. De son côté, il apprendrait d'eux ce qu'il ignorait.

Il ne chantait pas très bien, pourtant, il se forçait à leur chanter des chants de résistance. Il ne savait pas jouer sur scène, mais il s'obligeait à ne pas faire grise mine. Il rédigeait mal, mais, fronçant les sourcils, il écrivait des histoires de résistance. De même, il ne savait pas monter à cheval ni se servir d'un fusil ; il prit la décision d'apprendre auprès du peuple. Il allait même jusqu'à se forcer à admettre que les jeunes paysannes, avec leurs pantalons rouges et leurs vestes vertes, étaient plus belles que Zhaodi et que, s'il se mariait un jour, il faudrait que ce fût avec une fille de la campagne !

Et puis, les paysans étaient si bon public. Ils écoutaient, regardaient, croyaient en ces chants, ces pièces de théâtre, ces histoires que même les buffles n'auraient pas consenti à subir de bon gré. Il en avait été tout content, non par autosatisfaction, mais parce qu'il ne faisait qu'un avec le peuple. Il était convaincu que, s'il pouvait rester à jamais avec eux, il deviendrait aussi simple, aussi robuste qu'eux, tandis que les paysans, de leur côté, apprendraient sa vivacité et son intelligence ; et alors, battre les Japonais serait une chose aussi aisée que tuer un poulet !

Cette candeur, cet enthousiasme, cette confiance en soi, lui faisaient oublier Peiping. Lorsqu'il était à Peiping il s'était senti acculé à une impasse. À présent, il connaissait le véritable objet du patriotisme : ce peuple, cette terre. Le patriotisme était devenu pour lui quelque chose de concret. La guerre, qui l'eût cru, faisait connaître la vraie Chine aux jeunes citadins.

Il avait encore maigri, mais il avait grandi de quelques centimètres ; il avait le teint hâlé, mais ses pommettes marquées lui donnaient un air de robustesse. Ne pouvant jouer au basket avec les jeunes paysans, il apprit à lutter corps à corps et à soulever des poids. En tâtant ses muscles, il avait l'impression de pouvoir pulvériser d'un coup de crosse de fusil le crâne de deux ennemis à la fois.

Son sang ardent circulait vite, ses pensées aussi. Il allait même jusqu'à faire des plans pour l'après-guerre. Il se disait que, après la victoire, il devrait s'établir pour toujours à la campagne, prendre pour femme une jeune paysanne et mettre au monde quelques bébés aussi robustes que des petits veaux. Pour pourvoir à leur éducation, dans la lancée, il fonderait une école, afin de donner à tous dans le village, petits ou grands, hommes ou femmes, l'occasion d'apprendre les idéogrammes. Il mettrait sur pied une coopérative, une petite usine, un hôpital, un... Non seulement il voyait la victoire, mais il imaginait aussi la Chine nouvelle de l'après-guerre où les campagnes seraient aussi belles qu'un jardin d'agrément.

Mais très vite, comme les gens au pouvoir n'avaient pas confiance dans le peuple et suspectaient la liberté de pensée des jeunes intellectuels, Ruiquan fut contraint de quitter travail et amis pour prendre, en ville, un emploi qui ne lui plaisait pas. Ce contretemps le remplit de colère et de dépit. Mais il ne voulut pas « se laisser abattre ». Il repensa aux conseils que lui avaient donnés, lors de son départ, l'oncle Qian et son aîné Ruixuan. Il ravala sa colère, ferma la bouche et, au lieu de parler et de chanter à tort et à travers, il se plongea dans de calmes réflexions.

Il se remit en question du point de vue du contexte historique. Il comprit que cette confiance en soi, cette candeur qui étaient siennes faisaient penser à des fleurs dont la chaleur hâte l'éclosion mais qui ne peuvent plus nouer de fruits. Son devoir ne consistait pas uniquement à profiter de ce « coup de chaud » pour aller résister à l'ennemi, pour espérer une victoire bon marché, pour rêver à une utopie de l'après-guerre. Il devait aussi garder son calme, résister à l'Histoire, la remodeler. L'Histoire qui rendait le peuple chinois si bon, si sympathique, cette même Histoire donnait à d'autres des arrière-pensées, leur faisait faire des calculs bien différents. Il devait veiller à peser de son juste poids dans la balance de l'Histoire. Il avait compris que l'agression de la Chine par les Japonais avait ouvert un enfer à dix-huit étages ; les diables devaient donner l'assaut vers l'extérieur, mais aussi lutter au corps à corps avec le roi des enfers et ses satellites monstrueux.

Après avoir travaillé un bon moment en ville une occasion de rentrer à Peiping se présenta à lui. S'il avait pu rester travailler au sein du peuple, ou être accepté dans l'armée, il ne serait jamais retourné à Peiping. Bien qu'il aimât sincèrement cette ville, il sentait à présent que c'était un endroit empoisonné. La luminosité de son ciel si clair, ses palais aux tuiles vernissées, l'excellence de la nourriture, et toutes sortes d'autres petits avantages et jouissances étaient autant de poisons. On se laissait vivre, sans courage ; on s'endormait dans une sérénité trompeuse, dans l'indolence. Ruiquan aurait préféré aller dans un bourbier, subir les supplices les plus terribles de l'enfer, plutôt que revenir dans son pays natal dont la civilisation était aussi avancée qu'un fruit trop mûr. Mais il n'avait pas d'autre alternative, il allait donc retourner à Peiping pour la désinfecter.

C'est ainsi que la veille du premier de l'An il entrait dans Xi'an. Comme il était trop légèrement vêtu, il avait froid. Il parcourut quelques rues, sans trouver de robe ouatée. Les boutiques avaient déjà fermé pour passer le Nouvel An. Il savait qu'une même atmosphère régnait à Xi'an et à Peiping, villes anciennes toutes deux ; qu'il y eût ou non la guerre et ses malheurs, les gens devaient passer les fêtes. Il n'avait pas à se mettre en colère, alors il pourrait penser calmement à une décision. C'était un enseignement précieux qu'il retirait de ces trois ou quatre ans d'exil.

Il s'en fut frapper à la porte d'un magasin de vêtements funéraires. On ne pouvait empêcher les gens de mourir la veille du jour du Nouvel An ; ces boutiques ne fermaient donc pas à cette occasion. Il acheta une robe molletonnée destinée aux morts. Il en rit. Fort bien, cela prouvait qu'il n'avait pas peur de la mort.

De Xi'an il marcha vers l'est. Il montait dans le premier véhicule qu'il trouvait, sinon, avançait à pied. Quand il prenait le train ou le bus, il ne manquait pas de s'asseoir à côté de Japonais, de bavarder avec eux, de leur donner un petit quelque chose à manger, si bien qu'on aurait pu croire qu'il aimait vraiment l'occupant. S'il détenait des documents classés secrets ou du matériel de propagande appelant à la résistance, il devait les mettre parmi les bagages des Japonais, pour éviter qu'ils ne soient trouvés lors d'une fouille. Parfois, il demandait à ses compagnons de voyage de les faire sortir de la gare. Ces petites ruses lui faisaient sentir à quel point il valait peu, car les Japonais aimaient bien, justement, s'amuser à donner ce genre de preuves d'une intelligence au rabais. Mais quand elles aboutissaient au résultat escompté, il ne pouvait s'empêcher d'être content et se disait : « Vous savez jouer, et bien moi aussi ! »

Quand il allait à pied, pour éviter les Japonais, ou pour rentrer exprès dans les zones occupées, il faisait parfois de grands détours ayant ainsi l'occasion d'observer en détail la situation un peu partout. Après avoir marché pendant quelques jours, en fermant les yeux, il pouvait se dessiner à lui-même une carte géographique avec des fleuves et des montagnes, des villages et des bourgs, mais aussi les mouvements des troupes et des habitants. C'était une carte tracée avec du sang. Un tout petit village avait pu être incendié, avoir vu ses habitants massacrés ; le même petit ruisseau bien tranquille avait vu son passage forcé de nombreuses fois par les soldats japonais et les nôtres. En regardant cette carte imaginée, il se rendait compte que les Chinois n'étaient pas si naïfs, ne capitulaient pas aussi facilement. Sur cette carte, il voyait des silhouettes, ce peuple pauvre, sale, ignorant et pourtant qui savait tout, honnête et habile. C'était vrai, c'était eux qui mettaient cette note de rouge vif dans la carte qui occupait son esprit.

Plus il avançait, plus il se rapprochait de Peiping et plus il pensait malgré lui aux siens. À sa mère surtout, et à son frère aîné. Mais cela ne le rendait pas malheureux pour autant, car ces trois à quatre ans d'exil, il l'avait compris, avait rendu impossible son retour au sein de cette famille où quatre générations habitaient sous le même toit. Il ne reprendrait pas son mode de vie d'avant la guerre. C'était pratiquement chose impossible. Il avait pu parcourir le vaste territoire, rencontrer tant de gens du peuple, prendre conscience d'une foule de problèmes humains. Les liens qu'il tisserait dans sa vie future plutôt que familiaux seraient sociaux. La guerre lui avait ouvert les yeux et l'esprit, il ne voulait plus rester dans le contexte familial.

On était déjà en automne quand il prit le train à Langfang.

Il décida de se faire passer pour un habitant de cette ville. Ce n'était pas difficile, il suffisait pour cela de changer un peu son accent. Avec ses vêtements — une longue robe doublée en coton bleu et des chaussures en satin à épaisses semelles déjà portées, un petit bonnet en satin de couleur foncée — il avait l'air d'un jeune patron de graineterie. Il avait pour tout bagage une « sacoche de selle », usagée elle aussi, sur laquelle on distinguait vaguement les mots : « Salle des trois sophoras ». Il s'appelait Wang. À part cela, il avait aussi sur lui une paire de grosses lunettes de moto et une serviette de toilette dont il se servait comme mouchoir pour avoir l'air campagnard. Quant aux lunettes, justement, elles faisaient un peu plus petit patron de boutique. Dans la sacoche il y avait la robe molletonnée « du défunt » et quatre à cinq pièces de linge de corps. Aucune autre inscription sur lui, sinon celle portée sur la sacoche.

Fort de sa haute taille, de son visage hâlé, tout en prenant un air stupide et ahuri, il monta dans le train. On l'aurait pris pour un marchand ambulant. Dans le wagon, il réfléchit sérieusement au registre généalogique du patron Wang et à la topologie du village des Wang. Une fois, deux fois, dix fois, il en apprit par cœur tous les éléments. Si un Japonais venait à le questionner, il parviendrait ainsi à satisfaire, par ses descriptions et ses récits minutieux, son goût du détail et des choses futiles. En cela les Japonais n'étaient pas l'ennemi idéal, le travers de leur esprit leur faisant apercevoir uniquement l'arbre, oubliant la forêt. C'est ce qui expliquait pourquoi ils dépensaient toutes leurs forces en actions perfides et destructrices, et oubliaient les choses les plus nobles et les plus riches de sens qui ont cours dans le monde des humains.

Il se rapprochait de plus en plus de Peiping. À chaque mouvement du train, devant ses yeux, passait comme l'éclair la vision de sa maison. Il y avait, rassemblés dans un même tableau, la porte, les gros sophoras à l'extérieur, la cour tout entière. Il s'empressait de fermer les yeux, restait là à écouter le bruit des roues, dans l'espoir que cela le bercerait, l'aiderait à s'endormir. Il ne voulait pas qu'à la vue de Peiping son cœur s'emballât. Les Japonais avaient déjà posé plusieurs fois une main sur sa poitrine pour contrôler cela. Peiping était sa demeure, mais c'était aussi la gueule du tigre, et il devait y entrer sans éprouver la moindre émotion, sans se laisser prendre.

Le train s'arrêta, il mit lentement son bagage sur l'épaule. Brandissant son billet, l'autre main tenant sa serviette crasseuse, il descendit du train sans se presser. Les vieilles murailles près de la gare, les voix sonores véhiculant cet accent du terroir firent que, malgré lui, il ne put s'empêcher d'aspirer longuement une bouffée d'air. Et alors il sentit cette odeur bien particulière à Peiping. Il avait bien envie de faire en courant quelques pas, comme font les enfants à la vue de la porte de la maison. Peiping était empoisonnée, mais la ville restait pour lui l'endroit où il était né. Les couleurs, les odeurs, les voix lui faisaient ressentir un grand bien-être. Il était en accord avec tout cela, c'était comme s'il n'avait eu qu'à étendre la main pour toucher le poignet de sa mère. Mais il lui fallait garder son sang-froid, marcher lentement. Il savait qu'il suffisait que quelqu'un lui tape sur l'épaule et, alors, il ne lui resterait plus qu'à espérer le meilleur et accepter avec courage le pire. Ce n'était plus Peiping, c'était la gueule du tigre.

Avec calme, comme de si rien n'était, il tendit son billet à la barrière en bois de la gare. Il n'osait toujours pas manifester son allégresse, dans n'importe quel lieu, à n'importe quel moment Peiping pouvait devenir sa tombe.

Effectivement, à peine eut-il franchi la barrière qu'une main se posa doucement sur son épaule. Il garda son calme, il s'y attendait.

Il fit tomber avec la main tenant la serviette celle de l'autre posée sur son épaule et, prenant les façons d'un petit patron de boutique, il dit : « Tu me cherches ? » Sans daigner savoir à qui appartenait la main, il poursuivit son chemin, tout en jacassant : « J'ai mon hôtel, perds pas ton temps avec moi ! Je viens souvent à Peiping, j'suis pas un péquenot ! »

Mais cet effort d'intimidation, fait un peu au hasard, ne servit à rien. Une chose dure lui entra dans les côtes. Une voix monta derrière lui : « Avance ! Arrête la chanson ! »

Le petit patron de la Salle des Trois Sophoras s'énerva, il fit volte-face : « Qu'est-ce que ça signifie ? On se fait enlever à la gare ? Lâche ou j'appelle la police ! »

Tout en débitant ces paroles, il ressentait l'envie de mordre le type. Il s'agissait d'un jeune Chinois. Il haïssait ce genre d'individu plus encore même que les Japonais. Mais il lui fallait se contenir et parler correctement à ce personnage qui ne valait même pas un porc ou un chien. Il cria : « Monsieur, Monsieur ! J'ai pratiquement pas d'argent sur moi, ôtez votre main je vous prie !

— En route ! » Le chien desserra les dents, des dents blanches et bien alignées.

Le petit patron Wang avait eu beau se montrer souple puis ferme tour à tour, cela n'avait servi à rien. Il dut se contenter de soupirer et de suivre le chien.

Une petite pièce derrière le guichet était la gueule du tigre qui lui avait été réservée. Il y avait un Japonais et deux Chinois. Ils représentaient les trois énormes dents de la gueule du tigre.

Ruiquan s'empressa de saluer les trois dents, de déposer son bagage, de s'éponger le visage avec sa serviette. Puis, debout devant le Japonais, il prit un air imbécile tout en se curant l'oreille avec son petit doigt, enfin il se massa doucement l'entrée du pavillon externe.

Le Japonais le regardait comme il aurait expertisé un objet ancien. Pendant cet examen qui dura un bon moment Ruiquan resta planté là à sourire bêtement.

Le Japonais se mit à feuilleter les pages d'un gros registre avec des photos. Ruiquan prit l'air le plus stupide et le plus ahuri qu'il pût et regarda avec lui. Il vit les photos de nombreuses personnes qu'il connaissait. Le Japonais s'arrêta au bout de quelques pages, leva la tête pour détailler Ruiquan un instant, puis se remit à feuilleter. Un long moment après Ruiquan aperçut sa propre photo. Il avait oublié où elle avait été prise, mais il se rappelait vaguement que cela remontait à trois ans. À l'époque il était plus gros, portait la raie au milieu (à présent il avait le crâne rasé), une mèche retombait sur son front. Peut-être était-ce cette différence, toujours est-il que le Japonais ne fit pas le rapprochement entre lui et la photo, continua de tourner les pages. Ruiquan fit « ouf ! » intérieurement.

Le Japonais repoussa le registre et se mit à l'interroger. Ruiquan raconta, en bégayant un peu, mais sans se montrer inquiet outre mesure, la généalogie de sa famille et les archives locales qu'il avait apprises par cœur. Les deux Chinois notaient tout ce qu'il disait.

Après cet interrogatoire, le Japonais se remit à feuilleter le registre de photos. Un Chinois recommença l'interrogatoire depuis le début, le nez sur ses notes. Quand il eut fini, le second Chinois toussota avant de reprendre les questions à partir de la fin. Ruiquan répondit correctement.

Le Japonais ouvrit de nouveau le registre, se mit soudain à rire : « Je connais Langfang ! » Sur ces mots, tout de suite, il posa la main sur la poitrine de Ruiquan.

Ruiquan se tortilla, faisant celui qui était gêné, mais il n'empêcha pas le Japonais de poser sa main sur sa poitrine. Son cœur battait normalement.

Le Japonais ôta sa main et se mit à « étudier » avec Ruiquan tout ce qui concernait Langfang, comme si quelque chose de fort le liait à cet endroit.

Ruiquan eut tôt fait de se rendre compte que ce que disait l'autre était totalement improvisé et que, s'il ne devait pas le suivre entièrement, il ne devait pas pour autant le contrer systématiquement. Il devait moduler, donner, quand il le fallait, la couleur de l'authenticité à ses propres mensonges.

« Est-ce que la grande fosse existe encore au nord du village des Wang ?

— Quelle fosse ? Là où les enfants allaient se baigner en été ? Elle a été comblée depuis longtemps par l'armée japonaise !

— Il y a deux routes au sud de la fosse, tu as pris laquelle pour rentrer ?

— Ni l'une, ni l'autre. Je suis toujours les petits sentiers, on peut gagner quelques centaines de mètres ! »

Le Japonais posa encore de nombreuses questions, auxquelles Ruiquan répondit de façon assez pertinente. Le Japonais fit une mimique avec sa bouche et les deux Chinois allèrent inspecter immédiatement ses bagages, puis le fouillèrent corporellement. Ils ne trouvèrent rien.

Le Japonais sortit. Les deux Chinois restèrent un moment sans parler avant de sortir à leur tour.

Ruiquan reboutonna son vêtement, replia correctement ses affaires et les remit dans la sacoche. Ce faisant, il les maudissait tous en secret. Il détestait ces gens qui procédaient à ces petits jeux sournois. C'étaient des gamineries, ce n'était pas cela faire la guerre ! Il devait s'y plier avec patience, se contenter de trouver dans ce jeu même le but de sa résistance à l'ennemi. Eh oui ! il semblait bien que la guerre en elle-même fût le jeu le plus idiot, le plus ridicule.

Il soupira sans bruit, aplatit la sacoche, s'assit dessus, s'appuya contre le mur, fit semblant de faire un petit somme.

Après avoir « dormi » un moment, il entendit quelqu'un s'approcher, il accentua son manège, ronfla légèrement pour bien montrer qu'il ne s'en faisait pas.

« Eh ! dit l'homme, merde alors, t'as pas encore foutu le camp ! »

Ruiquan ouvrit les yeux, se frotta le visage, se mit debout sans se presser, prit son bagage sur l'épaule, puis s'inclina profondément devant l'homme, un Chinois. Il se disait en lui-même : « Gredin ! Ce n'est qu'un au revoir. Si je ne te règle pas ton compte, espèce de traître, je ne m'appelle plus Qi ! »

Une fois sorti de la pièce, il regarda sans se presser tout autour de lui, comme s'il avait oublié la direction qu'il devait prendre. Il restait là à lambiner. Il savait que, s'il s'était mis à courir une fois la porte franchie, il aurait été repris ! Qui sait combien de regards le fixaient dans l'ombre !

CHAPITRE LXXXIII

Portant ses bagages, Ruiquan franchit lentement la porte Qianmen.

À la vue des imposantes tours de la place Tian'anmen, de ces murs rouges de chaque côté et, au premier plan, des barrières en jade et des colonnes décorées, le cœur de Ruiquan se mit soudain à battre la chamade. Ces monuments grandioses étaient autant de stèles. S'y retrouvaient, en une synthèse frappante, histoire, géographie, société et art. Silencieuses, privées de traces de l'écrit, elles étaient dotées d'un pouvoir émotionnel, vous touchaient aux larmes. Tout cela appartenait certes à Tian'anmen mais à lui aussi. C'était comme une matrice, une mère, vieille de centaines d'années et qui peut-être ne mourrait jamais.

C'était vrai, la campagne désolée qu'il avait vue, les fleuves sur les rives desquels le sable volait l'avaient ému aussi, mais dans cet émoi entrait une bonne part d'étonnement. S'il les voyait souvent, peut-être perdraient-ils ce pouvoir émotionnel. Ici, il avait vu maintes fois Tian'anmen et la place continuait de l'émouvoir. Ce n'était pas l'attrait de la nouveauté, cela semblait relever plutôt d'un ordre « spirituel ». Le scintillement des tuiles vernissées, la blancheur du jade étaient comme une musique silencieuse dans son cœur, si bien qu'il ne faisait plus qu'un avec ces constructions.

Tout à l'heure, quand le Japonais avait tâté sa poitrine, il ne s'était pas affolé. À présent, ces monuments silencieux lui faisaient battre le cœur à vive allure. Lui, tout comme les Japonais, mourrait un jour, et de plus à un moment qu'il ne connaissait pas, tandis que ces tours grandioses se dresseraient éternelles. Au-dessus, il y avait le ciel bleu, au sol, le jade blanc. Dans la lumière qui brillait tout là-haut, il crut apercevoir les artisans qui avaient travaillé il y a des centaines d'années, plaçant les uns après les autres les piliers, les poutres, les briques et les tuiles. Leur habileté et leur sens de l'esthétique semblaient immortels, car ils avaient bâti des monuments immortels. Pourquoi les gens ne construisaient-ils pas davantage de tours au lieu de s'entêter à faire la guerre ? À ce point de ses réflexions, il en était presque arrivé à faire peu de cas de son courage et de son travail. Pensez donc, que valait tout cela quand vous vous trouviez debout sur la place Tian'anmen ?

Encore heureux que les Japonais n'eussent pas détruit Tian'anmen ! se dit-il au bout d'un moment. N'ont-ils pas osé, n'ont-ils pas daigné le faire ? Il regarda à la hâte tout autour comme s'il allait trouver la réponse sur la place devant la porte de la ville.

Il constata à quel point cet espace était livré au silence et à la solitude. Il ne supporta pas plus longtemps la vue de ce spectacle. Non, ce n'était plus Tian'anmen qu'il avait été habitué à voir depuis son enfance, c'était une grande stèle ou une pagode ; dessous, il n'y avait que des cadavres. Peiping était morte déjà, les Japonais n'avaient pas daigné la détruire. Ce n'était rien d'autre qu'un trophée glorieux d'or et de jade.

Et c'était vrai, devant la porte, le silence et le calme régnaient. Les passants et les voitures à cheval circulaient, traînant derrière eux des ombres courtes ; on aurait dit qu'ils n'osaient pas faire de bruit. L'espace au sol et la hauteur des tours réduisaient hommes et chevaux en mouvement à la taille d'insectes minuscules. Un petit vent frais désolé souffla, sur son passage l'ombre des arbres sembla s'éclaircir. Les fils électriques frémirent sous la brise avec des résonances. Cela évoqua pour Ruiquan ces grandes conques marines, vides, bigarrées. Elles étaient belles, pouvaient émettre un léger son, mais restaient désespérément vides, mortes, tout juste bonnes à servir de bibelot décoratif. Ah ! Tian'anmen ressemblait vraiment à une conque vide !

Il n'osa pas penser davantage sinon, il le savait, il se mettrait à pleurer. Il avait vraiment envie d'aller voir le parc Sun Yat-sen et le Temple des ancêtres de l'empereur, non pour se distraire, mais pour constater si les monuments, les arbres et les fleurs existaient encore. Non, il ne pouvait y aller ! Avec sa sacoche, il éveillerait les doutes. Qui sait si quelqu'un ne l'avait pas pris en filature ?

L'évocation du parc le fit penser à Zhaodi. Comment était-elle maintenant ? Il se remémorait ce tableau : eux deux dans le parc avant la guerre. Il se rappelait particulièrement l'ombre clairsemée des vieux cyprès sur son visage et sur son vêtement blanc, ce jeu d'ombre et de lumière, ce flou du clair-obscur. Parée de ces reflets et de ces couleurs douces, elle lui avait semblé devenir peu à peu une immortelle insaisissable.

Non, il ne devait pas penser à elle ! Il devait se

féliciter de n'être pas tombé complètement dans les rets de l'amour, il n'aurait pu braver les dangers, il aurait perdu sa liberté pour une femme ! Mieux valait pour lui aller à l'aventure, son bagage sur l'épaule. C'est ce qu'il devait faire, impérativement. Il ne devait plus se considérer comme un être de chair ; il devait se faire grenade, exploser, se pulvériser en mille morceaux. Telle était son ultime gloire. Il ne devait plus avoir de désirs, il lui fallait devenir une chose abstraite pour accomplir les responsabilités dont le chargeait l'époque.

Il oublia Tian'anmen, le parc, le Temple des ancêtres de l'empereur et Zhaodi. Il oublia tout, sauf qu'il était maintenant le patron Wang et, en cette qualité, il ne pouvait décemment rester planté comme un idiot devant Tian'anmen, son bagage sur l'épaule. Il lui fallait partir, et vite !

Pour aller où ? Il ne pouvait pas se rendre tout de suite à l'organisation clandestine dont il dépendait. Si jamais quelqu'un l'avait suivi, ne serait-ce pas vendre la mèche ? Bon, il lui faudrait aller de-ci de-là, tel un lièvre pour brouiller la piste aux fins limiers.

Il prit la direction de l'ouest. Il ne s'était pas encore très éloigné de la porte quand, sans s'être retourné, il sentit que quelqu'un le suivait ! Alors qu'il aurait dû avoir peur, il en fut tout content. L'excitation, le danger, la mort, tout cela seulement pouvait briser le silence qui régnait dans Peiping. Il était venu pour entrer dans un tombeau, pas pour voir Tian'anmen !

Il poursuivait sa route sans se presser, repensant à la photo de lui qu'il venait de voir à la gare. Eh ! C'était tout à son honneur ! Ruiquan, le Troisième, réfléchis un peu, tu es différent du grand-père, de ton père, de ton frère aîné ! Tu parles ! Si grand-père savait, il serait étonnant que la frayeur ne lui fît pas tomber la barbe !

Lestement, il ôta une chaussure puis se pencha pour la soulever ; en regardant de côté il vit qui était la personne qui le suivait : c'était Gaodi !

Il eut envie de vomir ! Il avait pensé au silence de Peiping, à la conduite éhontée de Guan Xiaohe mais il n'aurait jamais imaginé que Gaodi, la personne la mieux de la famille Guan pouvait, de son plein gré, se faire le laquais des Japonais ! Et puis, si Gaodi était déjà tombée si bas, il se pourrait bien que Zhaodi eût déjà accepté de se marier à un Japonais ! L'éducation et l'entraînement reçus pendant toutes ces années lui semblèrent soudain très loin. Tout s'embrouilla dans son esprit, de la même façon qu'avant de tomber malade, on a chaud, on a froid. Il regrettait d'être revenu à Peiping pour constater que son amie, qui faisait aussi partie de la jeunesse chinoise, était devenue un être éhonté, qui n'avait rien dans le ventre. Il ne put s'empêcher de tâter sa ceinture. Pensez donc ! Il n'était pas armé. Il avait dû entrer à Peiping les mains nues. Pourtant l'envie le brûlait de commencer par régler son compte d'un coup de revolver à cette chose sans vergogne !

Gaodi le dépassa et lui souffla tout bas : « Suis-moi ! »

Il fut forcé de s'exécuter, il n'avait pas d'autre solution. S'il n'avait pas peur, il ne pouvait s'empêcher de penser : si je dois réellement mourir de sa main, ce serait trop idiot !

En lançant un regard vers le ciel si beau et sur les artères désertes, il trouva que Peiping n'avait pas changé du tout ; peut-être resterait-elle à jamais aussi calme et belle, telle une immortelle, indifférente aux passions humaines. Mais en regardant la silhouette de dos de Gaodi, assez jolie, éclairée d'une lumière douce, il trouva que Peiping avait changé du tout au tout, était devenue laide, éhontée, telle une femme qui consent au viol. Il ne savait plus s'il devait aimer Peiping ou la prendre en horreur, s'il fallait la préserver ou la détruire par le feu. Peiping était intimement liée à la guerre, elle faisait penser à un chien en décomposition dans un jardin d'agrément.

Il la suivait, arrivé au pied des murs de la ville ouest, la première pensée qui lui vint à l'esprit fut : qu'elle passe à l'action et il ne s'embarrassera pas de politesses et, si besoin, il la frappera à mort. Il travaillait pour le pays, il ne pouvait pas, sous le prétexte qu'il avait affaire à une femme, à une amie, accepter la moindre concession. Non, il ne devait plus avoir ni parents, ni amis, seul le pays devait exister pour lui. En pensant à cela, sa main se préparait à agir ; il gardait le regard fixé sur le corps de Gaodi : qu'elle bouge, il sortirait ses poings, sans façon, ça oui !

Mais soudain, il changea d'idée. Non, il ne pouvait pas la frapper, car même s'il gagnait, cela lui attirerait encore plus d'ennuis. Ça n'avait pas été facile d'entrer à Peiping, ce serait encore plus difficile d'en sortir ! Il regarda les murailles solides et épaisses. Non, il ne fallait absolument pas qu'il agît de façon inconsidérée. Il devra la supplier, au nom de leur amitié ancienne, émouvoir son cœur de femme. Trouver un moyen de prendre la fuite. Qu'allait-il lui dire ? Il avait du caractère, pouvait-il s'abaisser à demander grâce à une moins que rien ? Il gratta son crâne noir et luisant.

À ce moment-là Gaodi se retrouva à sa hauteur. Elle prit soudain la parole : « Je suis allée en prison, puis suis entrée dans l'espionnage, sinon je n'aurais jamais pu être libérée. Tu n'as pas à te tenir sur tes gardes avec moi, je suis en contact avec M. Qian, tu comprends ?

— M. Qian ? Quel M. Qian ?

— Oncle Qian !

— Oncle Qian ! » Ruiquan poussa un soupir de soulagement. Soudain même la muraille grise lui sembla devenue cristal étincelant. Peiping n'était pas morte, M. Qian et Gaodi risquaient leur vie sous le nez des Japonais ! Il eut envie de se mettre à genoux immédiatement et de saluer Gaodi le front contre le sol.

« Il est informé de ton arrivée ! Si tu veux lui rendre visite en priorité, il est dans le petit temple à l'ouest. Tu devrais aller le voir d'abord. Il est au courant de tout ce qui se passe à Peiping ! Une fois là-bas tu diras : "Vénérer l'écrit !" » Sur ce, elle s'arrêta et se retrouva face à Ruiquan.

Ce dernier trouva que son visage n'était pas très expressif, mais dans son regard on lisait de la droiture, de la détermination. Cela ne la rendait pas plus belle, mais lui donnait un air un peu plus grave. À part le nez, tout en elle semblait changé. Ce n'était plus la Gaodi qu'il connaissait avant. Elle avait une sorte de beauté non charnelle, venue de l'intérieur, une beauté spirituelle qui rayonnait de noblesse et de force. Elle s'accordait à l'énergie qu'il ressentait en lui-même, il en oubliait sa présence physique. Il se sentit en communion avec elle. Il baissa la tête. Il s'était trompé sur elle.

« Et Zhaodi ? demanda-t-il tout bas.

— Eh bien... elle fait comme moi !

— Comme toi ? » Ruiquan releva la tête, un sourire creusa des rides sur son visage dur. Peiping, le monde entier s'illuminèrent.

« À cette petite différence près : moi, je collabore avec M. Qian, tandis que, elle, elle travaille pour l'ennemi ! »

Le sourire de Ruiquan se figea sur son visage.

« Tu dois être vigilant, ne tombe pas dans ses pièges ! Au revoir ! » Gaodi lui lança un regard appuyé et tourna des talons.

Ruiquan ne dit plus rien. Il serra les dents, prit la direction de l'ouest. Les images se bousculaient dans son esprit : celles de Gaodi, de Zhaodi, de M. Qian. Il ne savait pas à qui il devait penser en premier. Il en perdait son calme. Ces deux femmes, un vieil homme, semblaient vouloir tout embrouiller ; il ne trouvait plus l'ordre des choses. La femme qu'il aimait était devenue celle qu'il devait haïr en premier. Ce qu'il n'avait jamais osé espérer était une réalité : l'oncle Qian et Gaodi agissaient de concert, dans la résistance. Il n'osa plus penser à rien. La guerre, tel un tremblement de terre, avait tout chamboulé. Non, plus jamais il ne porterait de jugement anticipé. Peiping était tout bonnement la plus grande des énigmes. Elle était désolée, mais connaissait aussi la lumière, elle était prostrée mais elle abritait l'enthousiasme de l'oncle Qian et de Gaodi.

Il cracha brusquement un jet de salive : « Bah ! Ne pensons plus à rien ! »

Il aperçut le petit temple au nord de la rue. Il oublia Gaodi, Zhaodi et Peiping, il voulait voler jusque-là pour rencontrer son oncle Qian.

CHAPITRE LXXXIV

Bien qu'on fût en automne, déjà, le poète Qian ne portait qu'une robe de taoïste non doublée en coton bleu. Il avait encore plus de cheveux blancs qu'avant ; ses joues s'étaient creusées, couvertes çà et là de quelques poils en bataille poivre et sel. Il ne ressemblait déjà plus à un citadin mais à quelque ermite retiré au plus profond des montagnes. Il était assis en silence sur un coussin de feuilles de jonc près de l'autel et frappait doucement sur son poisson en bois.

En entendant un bruit de pas, il fit sonner davantage le poisson. Un regard suffit à lui faire comprendre qu'il s'agissait de Ruiquan. Il aurait bien voulu s'avancer tout de suite pour le prendre par la main, mais il n'osait pas bouger, il lui fallait se contrôler. D'autre part il voulait voir ce qu'allait faire Ruiquan, s'il avait bien la circonspection nécessaire. Il connaissait son courage, mais, pour réussir, il fallait allier ces deux qualités.

Ruiquan entra dans la Salle des pratiques, jeta un coup d'œil au vieil homme, mais ne reconnut pas en lui l'oncle Qian. Sans hâte il posa sa sacoche à terre, puis il se courba avant de frapper le sol de sa tête pour saluer avec respect la statue du Bouddha. Bien qu'il fût pressé de rencontrer l'oncle Qian, il savait comment donner le change. Pour le cas où il aurait été pris en filature, tout dans son attitude laisserait à penser qu'il venait de la campagne, qu'il était un de ces idiots superstitieux comme les aimaient les Japonais.

Le vieil homme, voyant les gestes posés de Ruiquan et son habileté à jouer la comédie, approuva de la tête. Il se leva doucement, toussa puis alla derrière la statue.

Ruiquan qui ne l'avait pas reconnu comprit en entendant cette toux. Les deux mots, « Oncle Qian ! » lui vinrent aux lèvres. Il aurait tant voulu les dire avec affection, force, naturel, mais il les ravala, souleva son bagage, se dirigea à son tour derrière la statue qu'il contourna avant de franchir la porte de derrière de la salle principale. Il se retrouva dans une petite cour.

Au milieu se dressait une minuscule pagode en briques flanquée d'un vieux cyprès tout tordu. À l'ouest il y avait trois petites pièces. Le poète Qian était devant celle qui était la plus au sud. Il dit quelques mots à un moine qui avait la cinquantaine bien sonnée. Ce dernier jeta un coup d'œil à Ruiquan et, après l'avoir salué les mains jointes, entra dans la salle principale pour frapper le poisson de bois.

Le poète Qian fit un signe de la main à Ruiquan avant d'entrer clopin-clopant dans la pièce la plus au nord. Le jeune homme le suivit.

Une fois dans la pièce, les appellations : « Le Troisième ! », « Oncle Qian ! » fusèrent comme deux boules de feu. D'un coup d'épaule Ruiquan jeta son bagage au sol. Leurs mains immédiatement se serrèrent. Ruiquan l'appela encore une fois : « Oncle Qian ! » ne trouvant pas d'autres mots à dire. Dans son souvenir, le poète Qian était un homme corpulent, avec des cheveux noirs, doux et bon. Il l'imaginait entouré de fleurs et de vieux livres. Il n'aurait jamais pensé le retrouver en si piteux état dans ce petit temple délabré. Il resta un moment interdit, le reconnut, tout comme on doit regarder avec attention une ville bombardée avant de distinguer vaguement les rues et les directions. Les yeux du vieil homme papillotaient comme autrefois. Sa voix était toujours aussi basse, douce et bienveillante.

« Que je te regarde, oui, que je te regarde ! » dit le vieil homme en riant. Ses joues creusées ne donnaient pas de charme à son sourire, mais les rides au coin des yeux étaient encore très belles. « Que je te regarde, le Troisième ! »

Ruiquan, un peu gêné, se laissait examiner, ne sachant trop que faire, se contentant de sourire bêtement.

Le vieil homme regardait le Troisième, il hocha légèrement la tête plusieurs fois de suite. Soudain, il baissa les yeux : il pensait à ses propres enfants et à son petit-fils.

« Qu'y a-t-il, oncle Qian ? »

Le vieil homme redressa lentement la tête et se força à rire. « Oh, rien ! Allons, assieds-toi ! »

Ruiquan se rendit compte alors qu'il n'y avait rien d'autre dans la pièce qu'un lit avec une planche en bois, une petite table qui ne pouvait tenir debout que si elle était appuyée contre un mur, ainsi qu'une chaise. Le vieil homme s'assit sur le bord du lit, Ruiquan apporta la chaise et la plaça tout près.

Le vieux poète, qui essayait de se maîtriser pour ne plus penser aux siens, ne disait plus rien.

Ruiquan pouvait entendre résonner le poisson en bois dans la salle de devant.

« Oncle, comment en êtes-vous arrivé là ? » dit Ruiquan pour rompre le silence.

Les lèvres du vieil homme remuèrent. Il pensa raconter à Ruiquan d'une seule traite, comme on récite un livre, son emprisonnement, les tortures qu'il avait subies et la mort de tous les siens. Mais le garçon revenait tout juste de l'extérieur, il avait vu la guerre ; alors, que valaient ses petites souffrances personnelles au regard de tous ces soldats qui, blessés, perdaient leur sang ou mouraient sur le champ de bataille, chaque jour, chaque heure ? Il était déterminé, courageux, mais aussi modeste.

« J'ai été torturé par les Japonais ! dit le vieil homme tout bas, espérant que cette phrase satisferait Ruiquan.

— Pardon ? » Ruiquan se leva brusquement, ses yeux noirs, pareils à des pois, fixaient le front du vieil homme.

Ruiquan n'aurait jamais imaginé que le poète Qian, l'oncle Qian, l'homme le plus honnête qui existât sous le ciel, serait torturé. Pendant ces trois à quatre ans passés à l'extérieur, pour ne pas penser aux siens, il avait pris ses distances vis-à-vis de Peiping. Il s'imaginait que la ville, pendant tout ce temps, sans qu'un cri fût proféré, sans qu'une goutte de sang fût versée, protégeait, de ses anciennes murailles, plus d'un million de citoyens d'un pays asservi. Qui aurait cru qu'un homme aussi honnête que M. Qian serait torturé et, à cause de cela, qu'il entrerait dans la résistance ?

Prendre ses distances à l'égard de Peiping, c'était, à ses yeux, se montrer attentif aux problèmes du pays tout entier. C'est pourquoi il s'était dit que, même après son retour à Peiping, il ne chercherait pas à savoir ce qui se passait à la maison. C'était très dur, mais il devait oublier ses proches pour consacrer toutes ses pensées à son pays. Qui l'en aurait blâmé ?

La phrase de l'oncle Qian l'avait fait se souvenir de l'existence des siens. Si le vieil homme avait été torturé, c'était une éventualité qui guettait tout le monde, et les membres de sa famille ne faisaient pas exception. Surtout son aîné ! Il avait plus encore que l'oncle Qian une tête à se faire emprisonner et torturer. Il ne put s'empêcher de demander :

« Et les miens ? »

Le vieux Qian lui dit tout bas, avec douceur : « Assieds-toi ! »

Ruiquan s'assit, hébété.

Le vieil homme n'osait plus lever les paupières. Il était malheureux ; la tête baissée, il réfléchissait : fallait-il dire la vérité à Ruiquan ?

« Oncle Qian ! » le pressa ce dernier.

Le vieux Qian ne voulait pas que Ruiquan sût dès son arrivée les malheurs qui avaient touché les siens. Mais, s'il ne disait rien, Ruiquan n'essaierait-il pas de s'informer ailleurs ? Il décida de dire la vérité sans rien lui cacher. Il savait que Ruiquan pourrait peut-être pleurer sans honte devant lui. Il était son ami et son voisin de longue date. Il se rappelait de lui petit, avec ses caleçons fendus. Bon, si Ruiquan devait pleurer, autant qu'il le fît en sa présence. La tête aussi basse qu'il le put, très lentement, il dit : « Ton père et le cadet sont morts ! Pour les autres ça peut aller ! »

La vue des bombardements ennemis, des champs de bataille dans tout le pays, des assassinats et de la mort avait formé une callosité au cœur de Ruiquan, comme celles qui apparaissent dans la main après un travail manuel prolongé.

Les paroles du vieil homme ne le touchèrent pas immédiatement. Il demanda : « Pardon ? » comme s'il n'avait pas bien compris. Mais l'oncle Qian n'avait pas encore eu le temps d'ajouter autre chose que le garçon baissait la tête et que ses larmes se mettaient à couler à flots. Il appela tout bas : « Papa ! Papa ! »

Très embarrassé, le vieil homme posa une main sur l'épaule de Ruiquan et lui dit doucement : « Le Troisième ! Allons, le Troisième ! » Il n'osait pas l'exhorter à ne pas pleurer. Qui n'éprouverait pas de chagrin à la mort de son père ? Mais pouvait-il le laisser ainsi sans le consoler ? Qui, voyant un ami dans la peine, ne le réconforterait pas ? Mais quels mots lui dire ? Tout en l'appelant : « Le Troisième ! Allons, le Troisième ! » le vieil homme transpirait d'inquiétude.

Après avoir pleuré longtemps, Ruiquan redressa brusquement le cou. « Dites-moi ce qui se passe au Petit-Bercail ? » Il semblait avoir oublié la Chine, et même Peiping, pour ne se souvenir que du Petit-Bercail, le lieu où il était né.

Le vieil homme était tout content de pouvoir raconter des choses qui diminueraient la peine de Ruiquan. Il lui dit simplement ce qui était arrivé aux Guan, aux époux Wen, à Petit Cui et à Maître Liu le tapissier.

Quand il eut fini, Ruiquan resta interloqué. Il n'aurait jamais pensé que dans un endroit aussi minuscule, aussi retiré que le Petit-Bercail, il se passerait autant de choses, qu'il y mourrait autant de gens. Et voilà ! Il avait parcouru la Chine en quête d'un champ de bataille, or celui-ci se trouvait au sein même de sa famille, dans sa ruelle ! Il était sorti pour rencontrer l'ennemi, mais l'ennemi avait poussé son père au suicide, avait assassiné ses voisins. Il ne devait pas regretter de s'être enfui de Peiping, mais le sang bouillant de la jeunesse lui faisait s'en vouloir de n'avoir pu rester pour protéger son père. Il avait perdu son calme, son esprit passait de sa maison aux paysages grandioses pour revenir au Petit-Bercail. Il n'arrivait plus à énoncer clairement où se trouvait la vraie Chine, où il devait se battre. Il trouvait que le plus juste serait d'aller sur-le-champ décapiter un ennemi pour offrir sa tête en sacrifice aux mânes de son père !

Il n'osait plus regarder en face l'oncle Qian. Lui, était un héros, un vrai, qui osait, sous le nez de l'ennemi, accomplir des actes pour venger son pays, malgré son corps blessé.

Devant le silence de Ruiquan, le poète Qian, de son côté, n'osait plus ouvrir la bouche, bien qu'il fût pressé d'entendre le garçon lui rapporter les nouvelles du dehors. Devant ce jeune, recouvert encore de la poussière qui s'élevait des champs de bataille, il trouvait que ce qu'il faisait, lui, était improvisé, insignifiant. Ruiquan était dans les secrets de la politique du pays.

Alors que tous les deux avaient pensé, lors de cette rencontre, laisser libre cours aux propos contenus tant d'années, voilà qu'ils restaient là, silencieux, à se regarder. Ils entendaient le bruit du poisson dans la salle de devant.

Ruiquan, le premier, rompit le silence : « Oncle Qian, parlez-moi un peu de vous !

— De moi ? » La bouche du vieil homme se tordit en un rire. Au départ, il n'avait pas eu envie de parler de cela, mais il se disait qu'il ne pouvait pas refuser la requête d'un jeune. D'autre part, Ruiquan venait juste de pleurer. Pensant que ses propos pourraient être plus utiles que des phrases de consolation, il lui dit : « Mes occupations sont variées, mais très simples. Je vais t'expliquer. Mon travail s'est fait en trois étapes, la première étant celle qui a suivi ma sortie de prison après avoir été torturé. À l'époque, je n'avais pas de plan, je ne songeais qu'à me venger. Mon cœur était habité par la colère, par la haine ; cela me poussa à abandonner ma vie paisible et, comme un enragé, à faire de la propagande. J'étais impatient, furieux, je n'acceptais pas l'avis des autres. Tous ceux qui était en désaccord avec moi, je les considérais comme des ennemis. À l'époque je faisais cavalier seul.

« Avec le temps, j'en vins à la seconde étape. Ce que j'acceptais de faire et mon audace m'attirèrent des sympathies. Fort bien, je compris que je devais avoir des amis qui œuvreraient de concert avec moi. Même si je continuais de séparer mon cas personnel des affaires du pays, je savais que se débattre seul était moins efficace, moins percutant que de travailler avec d'autres personnes. Bien, sans m'occuper de leur projet ni du groupe auquel ils appartenaient, du moment qu'ils venaient me saluer, j'acceptais de les aider. On me demandait d'écrire des articles, je m'exécutais. On me demandait de sortir du matériel de propagande de la ville, j'y allais. On me demandait de poser des bombes, du moment que les grenades étaient celles préparées par mes soins, je m'exécutais. C'est ainsi que je parvins à discerner la voie que je devais suivre, que j'eus du travail à revendre. Par ailleurs, je ne me mettais plus en colère inutilement. Je devins une machine de guerre contre l'ennemi. On avait besoin de moi, je me donnais à fond. Dans le même temps, je n'avais pas de scrupules, je ne faisais pas de calcul sur la rétribution et sur l'avenir. J'appartenais à tous les résistants, j'accomplissais tous les actes de résistance possibles, j'étais prêt à la mort. Si la première étape avait été celle de l'héroïsme ou de la vengeance individuels, la seconde était celle du patriotisme en coopération. Dans la première, il s'agissait de venger ma femme et mes fils, et de me venger moi-même, dans la seconde j'entrais dans le travail de résistance, j'oubliais mes revanches privées pour laver l'affront fait au pays.

« À présent, je suis arrivé à la troisième étape. Tu as vu ce moine à l'instant ? » Le vieil homme désigna la salle de devant. « C'est le moine Mingyue, mon meilleur ami. Nos sentiments l'un pour l'autre sont purs, sincères et très étranges. Au début, quand je l'ai connu, je n'avais que l'idée de vengeance en tête : je voulais tuer. Lui, malgré le fait que Peiping fût asservie, ne changeait pas ses croyances, ne prônait pas le meurtre. Je pense, quant à moi, que si Bouddha était né à Peiping et que si ses parents, ses frères avaient été assassinés par l'ennemi, il n'aurait pas manqué d'être en colère et d'entrer dans la résistance. Tel n'est pas l'avis du moine Mingyue. Pour lui, cette agression, cette guerre, n'est qu'une fatalité, liée à la nature bestiale de l'homme qui n'a pas reculé ; elle n'est la faute de personne en particulier. Ce qui est pour le moins étrange c'est que, avec des points de vue aussi différents, nous soyons devenus d'excellents amis. Il ne prône pas le meurtre dans la mesure où il pense que tuer par vengeance ne sert qu'à encourager le mal et ne saurait supprimer la guerre. Toutefois, il demande l'aumône pour me donner à manger, il nourrit des amis qui ont du sang sur les mains. C'est drôle !

« Cependant, bien que je n'accepte pas ses croyances, j'ai plus ou moins été influencé par lui. Il m'a appris à voir plus loin, à passer de l'idée de venger le pays à la vision de la guerre d'extermination dans son ensemble, à comprendre que notre résistance n'est pas seulement une vengeance, au nom de la loi du talion, mais une lutte contre le militarisme pour mieux construire la paix future.

« Alors je me suis retrouvé pareil à celui que j'étais avant la guerre. C'est-à-dire que, au tout début du conflit, après avoir été soudain torturé, avoir vu mon foyer dévasté, j'étais devenu enragé, seuls le meurtre et le sabotage me permettaient de donner libre cours à ma haine. J'en avais oublié mon idéal, ma poésie, sur lesquels avait été fondée jusqu'alors ma vie de tous les jours, pour en découdre avec les bêtes féroces. La mort me paraissait le refuge suprême, je n'aspirais qu'à périr au plus vite avec l'ennemi. À présent, je vais dire quelque chose qui t'amènera peut-être à te moquer de moi : il me semble avoir mûri. Je travaille et, de plus, j'ai à nouveau un idéal. Je ne me contente plus d'agir en dépit du bon sens, au risque d'y laisser ma vie, mais œuvre de façon sûre, posée, sans me mettre en colère, afin d'atteindre mon idéal. C'est pourquoi je peux dire que je me suis retrouvé. Autrefois, j'étais quelqu'un de pacifique, je le suis encore. S'il y a une différence, elle est due au fait que, avant la guerre, je prenais pour la paix ce qui n'était que s'endormir dans une tranquillité trompeuse, tandis que, à présent, j'obtiens la paix en cultivant les qualités suivantes : calme, détermination, courage.

« Je n'ai pas besoin de te raconter par le menu en quoi a consisté mon travail. Je suis déjà très content de pouvoir te faire part de ces petites transformations. Se transformer fait partie de l'étape de la croissance. Je n'ai pas trouvé la mort et ne cherche pas la mort sur un accès de colère. Je suis comme un enfant, ou comme un arbrisseau : je grandis chaque jour. Ainsi, je ne redoute plus ni le danger ni la misère car mes yeux regardent au loin, tout comme le moine Mingyue regarde le paradis de l'Ouest. Je ne suis plus tendu comme je l'étais toujours avant, mais peux, sans m'énerver et sans faire de compromis, aller de l'avant. Je sais que ce que je fais, tout homme qui a quelque chose dans le ventre, qui a un idéal, se doit de l'accomplir. Je suis sûr de moi. Certes, je ne me suis pas converti au bouddhisme et ne le ferai jamais ; toutefois, l'influence du moine Mingyue sur moi a été bénéfique et je lui en suis très reconnaissant ! Il entend obtenir la vie éternelle en se conformant aux paroles de Bouddha et à ses lois ; quant à moi, j'édifie la paix à partir des idées de résistance et de vengeance — et si le but final de l'humanité est de vivre en paix et dans la joie, je pense que moi aussi je connaîtrai la vie éternelle. »

Ruiquan buvait chacune des paroles de l'oncle Qian, sans en perdre une miette.

Il n'aurait jamais pensé celui-ci capable de faire un compte rendu aussi synthétique. Il s'attendait à la relation intarissable de faits datés et localisés. Après ce long discours, stupéfait, il regarda le vieil homme. Eh oui ! ce dernier avait changé physiquement du tout au tout, sa mentalité aussi. Il avait l'impression de ne plus le connaître et, en même temps, de mieux le comprendre. Le vieux Qian n'avait pas mentionné de faits précis mais son long discours avait ému Ruiquan et il s'était retrouvé dans ces propos. Car lui-même, pendant ces trois ou quatre ans, n'avait-il pas changé lui aussi ?

N'était-il pas passé d'un élan impétueux à une réflexion calme ? Il sentit tout de suite à quel point il était proche par l'esprit du vieil homme. L'expérience et la transformation de l'oncle Qian étaient presque identiques aux siennes.

Il avait bien envie de lui parler de ce qu'il avait vécu, mais il n'en avait pas le courage. Les faits, la réalité, sans une idéologie comme fil conducteur, n'étaient que des choses de bric et de broc, en parler ou non n'avait guère d'importance.

« Le Troisième, parle-moi de toi ! » dit le vieil homme en souriant.

Le jeune homme étira ses jambes. « Oncle Qian, est-ce bien nécessaire ? Moi aussi je me transforme !

— Ah, bien, fort bien ! » Les yeux du vieil homme trouvèrent ceux de Ruiquan. « Tu vois, je n'aurais dit à personne d'autre ce que je t'ai dit, de peur qu'on ne me taxe de vantard. À toi, je ne peux pas ne pas en parler, ce sont des faits si authentiques ! Je t'ai raconté tout cela pour que tu saches vraiment ce que j'ai dans le ventre, et si je m'étais contenté de relater des petits détails sans importance, peut-être cela t'aurait-il fatigué depuis longtemps. Dis, le Troisième, tu ne me trouves pas un peu fanfaron ?

— Voyons, oncle Qian ?

— Bien, bien ! Alors raconte-moi un peu ce que tu as fait, parle-moi de toi ! Je veux connaître davantage de choses, pour avoir l'esprit encore plus ouvert ! »

Ruiquan était acculé à parler. Il raconta en détail tout ce qu'il avait vu et entendu depuis qu'il s'était enfui de Peiping. Il en ressentait une joie, un enthousiasme comme il n'en avait jamais éprouvés auparavant. En se confiant à l'oncle Qian, il n'avait pas besoin de s'embarrasser de craintes. En dehors des faits, il émit sa propre opinion et ses critiques.

Le vieil homme le laissa parler jusqu'au bout avant de dire : « Bien ! Tu as vu la Chine ! Et la Chine est comme toi et moi, pleine de contradictions ! J'espère que cet idéal élevé et à toute épreuve qui est le nôtre nous fera résoudre ces difficultés et ces contradictions !

— On va travailler ensemble ?

— Bien sûr ! »

Deux cœurs, l'un jeune, l'autre âgé, s'étaient rencontrés.

CHAPITRE LXXXV

Après s'être entretenu à loisir avec l'oncle Qian, Ruiquan ressentit une joie comme il n'en avait jamais connu auparavant. C'était vrai, il ne s'était pas encore rendu compte où il en était de ses transformations, et combien d'étapes il fallait franchir pour les accomplir. Mais, au travers des propos du poète Qian, il avait trouvé une certaine inspiration. Il lui fallait continuer à agir ; il suffisait de poursuivre sur sa lancée et il parviendrait à mieux se connaître et le monde avec lui. S'il pouvait joindre son idéal à celui qui devait conduire le monde, sa vie serait vraiment digne d'être vécue.

Il ne laissait plus ses pensées divaguer. Il lui fallait se mettre tout de suite au travail, avec joie, détermination.

Il devait d'abord se rendre dans une boutique de chaussures de la ville est pour aller chercher de l'argent, s'acheter immédiatement une bicyclette et commencer à se démener pour la bonne cause.

Sur le chemin, il rencontra deux écoliers, un garçon et une fille, leur cartable au bras ; on aurait dit le frère et la sœur de retour de l'école.

Il ne put s'empêcher de les regarder un peu plus longuement. Il pensait à Petit Shunr et à Niuniu.

Le garçon pouvait avoir dix ans, la fillette sept environ. Ils avaient pratiquement le même âge que ses neveux. Les deux enfants étaient assez beaux, mais leurs frimousses étaient maigres et ils n'avaient pas bonne mine. Les vêtements de la fillette étaient très courts, poignets et chevilles en dépassaient ; cela faisait penser à ces fleurs sur le point d'éclore, quand le calice vert à l'extérieur ne peut plus déjà contenir les pétales. Le vêtement du garçon était rapiécé à maints endroits. Ils marchaient lentement.

Ruiquan ne put s'empêcher de ralentir l'allure lui aussi. Il se rappela le temps où il allait lui-même à l'école ; à peine sorti de la maison, il filait toujours comme le vent. Ces deux enfants ne semblaient pas capables de courir, ni même de marcher vite !

Ils marchaient, marchaient, quand le garçon donna un coup de pied dans un petit morceau de brique qui se trouvait sur son chemin.

La petite fille s'arrêta, se retrouva face à lui. Son visage était hâve, avec une expression complexe, faite de colère et de mépris, sans toutefois aller jusqu'aux reproches. Ses petites lèvres minces bougèrent, avant de dire : « Grand frère ! Si tu déchires tes chaussures en tapant dans le morceau de brique, c'est maman qui ne sera pas contente ! »

Le garçon rougit et dit avec un rire contrefait : « J'ai juste tapé un petit coup, t'inquiète pas ! »

Ruiquan avala sa salive. L'oncle Qian et lui-même avaient changé. Quant à ces deux enfants, vous parlez, ils étaient devenus des vieillards ! La guerre leur avait pris candeur et jeunesse !

Ils firent encore quelques pas. Le petit garçon,

comme pour racheter la faute qu'il venait de commettre, ramassa une branche morte d'un mètre de long. Avec l'aide de sa sœur, il cassa la branche en trois, mit les morceaux dans son cartable. Cela amena un sourire sur le visage du frère et de la sœur.

Ruiquan n'osa pas regarder plus longtemps. Il accéléra l'allure. Depuis son entrée dans Peiping, il avait pu constater à quel point cette ville ancienne était désolée, laide. À l'instant, sur le corps et dans les gestes de ces deux enfants, il avait aperçu l'ombre noire de la famine. Ils savaient déjà qu'une branche de bois mort était un trésor !

Il s'était éloigné de quelques pas quand il s'arrêta de nouveau. Il avait plus ou moins l'intention de leur donner un peu d'argent pour s'acheter deux galettes grillées. Mais les enfants s'étaient arrêtés eux aussi. Le grand frère prit la main de sa petite sœur, leurs deux visages se rapprochèrent, ils se parlèrent à l'oreille. Il ne restait plus à Ruiquan qu'à s'éloigner. Les enfants, dans cette ville asservie, savaient se tenir sur leurs gardes ; il leur fallait se prémunir non seulement contre les Japonais, mais aussi contre tous ceux qu'ils rencontraient. La guerre transformait le commerce entre les êtres humains en relations entre chiens et chats. La terreur donnait aux enfants un sixième sens qui les amenait à préférer mourir de faim plutôt que d'être tués. Il se dit que Petit Shunr et Niuniu devaient être ainsi ! Il continua sa route, sans oser se retourner.

Il trouva la boutique en question près du portail commémoratif de Dongsi.

La boutique avait deux devantures. La peinture des enseignes au-dessus des portes et des fenêtres était déjà écaillée, et même le nom inscrit dessus n'était plus tout à fait lisible. Les vitres de la fenêtre étaient fêlées sur une bonne longueur. On avait collé dessus du papier journal. Dans la vitrine étaient posées quelques paires de chaussures, recouvertes de poussière.

Ruiquan se demanda si c'était bien l'endroit qu'il cherchait. Il vérifia le nom et le numéro. Il ne s'était pas trompé. Il repensa à la robe de moine de l'oncle Qian et au petit temple. Il se dit : seuls de tels endroits sont propices aux activités clandestines. Il entra.

La pièce était assez sombre. Il y régnait une odeur d'humidité mêlée à celle de l'opium et à la puanteur de la colle de farine. Il toussa, personne ne lui répondit. Il prononça le mot de passe : « Avez-vous des chaussures avec une couture au milieu, patron ? »

Il entendit du bruit, attendit patiemment. Au bout d'un moment, la porte intérieure grinça ; en sortit un homme grand et maigre, qui mâchouillait quelque chose. Il avait tout l'air d'un opiomane invétéré.

Ruiquan savait que sous la domination japonaise, fumer de l'opium était une bonne couverture. Il sortit ses lunettes de moto. Dans le cuir des branches était caché son insigne. Il le montra au grand maigre, puis lui dit tout bas : « Je viens chercher l'argent ! »

Le grand maigre fit l'idiot : « Quel argent ? »

Ruiquan comprit que cela tournait mal : « Celui que votre détrousseur de frère a volé !

— Je... je n'ai pas de frère ! » Le grand maigre avala ce qu'il avait dans la bouche.

« Pas de... » Les prunelles noires de Ruiquan ne quittaient pas le visage jaune et maigre, il aurait voulu sur-le-champ étrangler ce long cou grêle, mais il lui fallait se contrôler. Il était à Peiping et il suffisait que le grand maigre criât pour qu'il se retrouvât lui-même en danger. « Ne plaisantez pas, frère aîné ! » Il ajouta avec un sourire forcé : « Vous savez bien à quel point cet argent est important ! »

Mais le grand maigre semblait à bout de patience : « Dégage ! Et vite ! J'ai pas de temps à perdre à me laisser importuner par toi ! »

Ruiquan comprit que le grand maigre nourrissait le mauvais dessein de lui casser la figure. Il se rua sur lui, d'une main le saisit par son poignet droit, tandis qu'il posait l'autre sur son cou. Il ne pouvait pas le laisser crier, il n'en voulait pas à sa vie mais il devait lui montrer de quel bois il se chauffait.

Malgré sa haute taille, l'autre n'avait pas de force du tout. Avec le côté du gosier qui n'était pas comprimé par Ruiquan il le supplia d'une voix pressante, pas très forte : « Lâche-moi ! Lâche-moi ! »

Ruiquan accentua un peu la pression de sa main : « Continue de crier et je t'étrangle !

— C'est bon, je ne crie plus ! Lâche-moi ! »

Ruiquan ôta sa main. « Si tu as quelque chose à dire, fais vite ! »

Le grand maigre passa sa langue sur ses lèvres, lança un coup d'œil à Ruiquan. « Bon ! Je vais te dire la vérité. J'ai effectivement touché une somme, mais... mais voilà, je m'en suis servie ! Les affaires ne marchent pas et je dois fumer ! Je n'ai pas d'argent ! Je sais que toi et mon jeune frère vous êtes des types épatants, mais moi, je... je n'ai pas d'autre solution ! Je ne suis pas un mauvais bougre mais, tu penses, vivre quatre ans, oui, quatre ans, comme ça sous l'occupant, même un immortel en deviendrait un salaud ! »

Ruiquan sortit la tête haute. Il ne voulait plus

l'entendre davantage, la colère lui déchirait la poitrine. Il ne pouvait pas rester plus longtemps dans cette pièce sombre et malodorante.

Comme il sortait, il fit volte-face, revint sur ses pas. Non, il ne pouvait laisser le grand maigre s'en tirer à si bon compte. Sa main, à présent, était faite pour le combat. Il ne pouvait perdre ainsi cet argent sans sourciller, car son travail en serait affecté. Il voulait punir le grand maigre, lui faire mal physiquement, et s'il pouvait lui extorquer un peu d'argent, n'était-ce pas mieux que de tout perdre ? Pourquoi serait-il désolé pour un type qui, de toute façon, était condamné à brève échéance.

Mais l'autre pleurait, affalé sur le comptoir !

Ruiquan hésita un instant. Puisque le grand maigre pleurait, il ne devait pas être complètement dépourvu de bons sentiments. Non, non et non, il ne se laisserait pas attendrir ! Il s'avança, releva la tête posée sur le comptoir.

Le grand maigre le regardait hébété, les yeux pleins de larmes.

Ruiquan en oublia tout ce qu'il avait pensé lui dire. Il relâcha sa main. Il n'y pouvait rien. L'homme n'avait plus de vie, pourtant il vivait encore ; c'était un propre-à-rien, mais il avait encore un peu de bonne conscience. Non, il ne pouvait rien faire !

« Je suis désolé, vraiment désolé, dit le grand maigre tout bas, je savais que tu en aurais un besoin urgent, mais je l'ai dépensé, j'ai tout dépensé ! »

Ruiquan se rappela soudain ce qu'il avait à dire : « Est-ce que tu ne chercherais pas à me vendre ? Tu connais mon numéro, mon visage, tu...

— Non, non, aucun risque ! Tu me fais penser

à mon jeune frère ! Je ne te vendrai pas, je suis déjà assez malheureux comme ça ! Je suis un Chinois moi aussi ! »

Cette fois Ruiquan sortit pour de bon. Il était furieux, il se sentait oppressé, il n'y pouvait rien. Il parcourut un bon bout de chemin en marchant à vive allure, cela le soulagea un peu. Il repensa à l'oncle Qian. Combien de revers n'avait-il pas subis ? Peut-être dix ou cent fois plus que toi. Mais l'oncle Qian ne s'était pas découragé pour autant, il ne s'en était pris à personne. Il avait continué de travailler avec autant de constance. Bah ! Un petit contretemps comme celui-là, qu'est-ce que cela pouvait bien faire ? Ses yeux brillèrent, est-ce qu'il ne pouvait pas continuer son travail sans cet argent ? Quelle plaisanterie !

Et si le grand maigre le vendait ? Certes ce dernier avait accepté de ne pas le faire, mais — peut-on se fier aux paroles d'un opiomane ? Pour sa drogue on peut en venir à vendre son âme !

Ne devrait-il pas retourner immédiatement dans la boutique pour le liquider ? Rien de plus facile, il suffisait de l'étrangler...

Non ! Ses mains devaient se poser sur un cou qui en valait plus la peine. Il faut savoir être capable d'exercer de la violence, mais il faut le faire à bon escient. Il ne pouvait imiter les Japonais qui allaient jusqu'à liquider des bébés !

Il se rendit à l'organisation des travailleurs clandestins, d'abord pour y faire son rapport, ensuite pour voir s'il ne pourrait pas emprunter une bicyclette.

Il marchait, marchait, quand il vit un vélo posé de biais contre un saule. Il eut vraiment envie de le voler. Avec une bicyclette il aurait des ailes et pourrait filer à toute allure, en ville comme à l'extérieur. Ainsi son travail pouvait peser dans la balance pour excuser un larcin ! Il rit.

Pourtant, il ne le vola pas. Car, enfin, les Japonais pouvaient bien voler tout ce qu'il y avait à Peiping, lui ne s'abaisserait pas à s'emparer d'une bicyclette ! Était-ce faire là preuve de supériorité morale ? Il rit de nouveau.

Comme il atteignait sa destination, il ralentit un peu l'allure, chassa toute pensée de son esprit. Il devait se montrer prudent, aussi prudent qu'un rat qui sort en plein jour. Il oublia tout, les sens en alerte.

La porte donnant sur la rue était ouverte. Frapper aurait semblé bizarre, il s'engouffra donc à l'intérieur, l'allure dégagée. Une petite cour parfaitement carrée, inondée de lumière, lui donna une sensation de chaleur. Il ne put s'empêcher de dire : « Quelle adorable petite cour ! »

Contre le mur au sud était posée une échelle en bois. Il marcha vers elle. Il n'osait pas entrer tout de suite dans la maison, il lui fallait s'attarder dans la cour pour essayer d'écouter et de voir ce qui se passait à l'intérieur.

La porte de la pièce au nord s'ouvrit doucement. Ruiquan jeta un regard du coin de l'œil. Sur le seuil se tenait un Chinois qui avait tout à fait l'allure d'un Japonais.

Ruiquan se dit : « Je suis cuit ! » Mais il en éprouva un certain contentement. Ça, c'était la guerre, et c'était autre chose que la scène oppressante, sans intérêt, qui s'était déroulée dans la boutique de chaussures !

Il se retourna, se retrouva face à cet amalgame sino-japonais, à ce faux « étranger de l'Est » fabriqué dans le four de la guerre.

« Qu'est-ce que tu fous ? lui demanda l'autre, le visage sévère.

— Eh, vieux, tu t'appelles comment ? dit Ruiquan tout sourire en s'approchant lentement. C'est toi qui t'occupes de la maison ? Moi, je suis du chantier de bois d'œuvre Sanshun, je viens pour la visiter. »

Le regard du faux Japonais ne quittait pas le visage de Ruiquan, l'homme ne disait rien.

Ruiquan s'approcha encore et dit en baissant la voix : « Le propriétaire en veut trente mille, trente mille ! » Il tira la langue. « Sapristi ! Trente mille, pour ces quelques pièces minuscules ! La petite cour est adorable, mais ça ne vaut pas trente mille ! » Sur ces mots, il trouva un moyen de s'en sortir. « Faut que je monte voir. Trente mille ! Faut absolument que je vois ça en détail ! » Il retourna au pied du mur sud, déplaça l'échelle. Il aperçut alors un visage à la fenêtre vitrée de la petite pièce à l'est.

Il grimpa, sonda avec minutie briques et tuiles, inspecta les chevrons. Quand il eut fini en haut, il descendit de l'échelle et regarda avec soin le mur, l'escalier en pierre et les piliers. Tout en regardant, il marmonnait : « Le bois est assez bon, certaines briques du mur sont cassées, cela ne vaut pas trente mille ! »

Quand il eut inspecté l'extérieur, il remit l'échelle à sa place et alla voir dans la maison. La fausse camelote japonaise ne l'avait pas quitté des yeux.

Ruiquan traîna ainsi une demi-heure. Le fait de monter à l'échelle lui avait fait venir du rouge aux joues, de la sueur perlait sur son nez. Il s'essuya le visage avec la serviette, sortit s'asseoir sur les marches. Il calculait tout bas, assez fort pour être entendu : « La profondeur de la maison est trop juste ! Ne parlons pas d'en construire une, il faudrait au moins cinquante mille, et encore ! « Après avoir ainsi calculé, il dit tout haut : « Eh, vieux, désolé pour le dérangement ! » Puis, comme à regret, il marcha vers l'extérieur de la cour, en regardant de tous côtés.

À la vue de la porte donnant sur la rue il aurait bien voulu partir comme une flèche. Il avait deviné que cette organisation venait tout juste d'être débusquée. Qui sait si les travailleurs n'avaient pas été tous appréhendés ? Une arrestation valait pour un arrêt de mort, il le savait. Et si les documents de l'organisation étaient tombés entre les mains de l'ennemi, son secret était déjà divulgué à moitié !

Mais il ne pouvait pas, il ne fallait absolument pas céder à la panique pour autant. Il frappa doucement le heurtoir et la porte de la rue, comme pour se rendre compte de la qualité des matériaux et du travail. Puis il s'assit sur le seuil et, avec sa serviette, s'éventa le visage. Il s'attarda ainsi un moment. Si le type dans la cour était derrière lui à le surveiller, il avait dû se rendre compte qu'il n'était pas pressé de partir ; il devait être persuadé qu'il avait bien affaire à un ouvrier du chantier de bois. Alors il put enfin se redresser, se mettre lentement debout et s'éloigner. Son cœur fit un bond dans sa poitrine et il se mit à transpirer de tous ses pores.

Quand il se fut éloigné, la sueur se mit à couler. Il se sentait tout guilleret. Le prologue marquant son arrivée à Peiping avait été riche en événements. Il avait été contrôlé à la gare, avait vu l'oncle Qian dans le petit temple, avait perdu l'argent, avait failli y rester. C'était excitant, si excitant !

Et lui qui disait que Peiping était calme ! Tu parles, c'était encore plus trépidant que sur le champ de bataille ! Il était venu les mains nues provoquer le tigre dans sa tanière ! Comme c'était excitant !

L'enthousiasme s'empara de lui. Ça c'était du travail, et du vrai : se risquer dans une poudrière ! Ici, et ici seulement, on pouvait sentir l'odeur du sang sur la baïonnette de l'ennemi, on pouvait entrevoir les chaînes et les fers, les tortures de la prison. « Allons, au travail ! »

À la vue des rues, il trouvait Peiping aussi adorable qu'avant la guerre. Le ciel était toujours aussi haut, la luminosité aussi forte, tout était encore aussi beau. Mais oui, c'était toujours Peiping, la ville ne serait jamais conquise tant qu'il y aurait des gens comme l'oncle Qian et lui, Ruiquan ! « Le Troisième, mon petit vieux, va falloir mettre la gomme ! »

CHAPITRE LXXXVI

Pearl Harbour ! À Tokyo, Shanghai, Peiping et dans bien d'autres villes, la bouche sanguinaire du malin avait déjà préparé ce qui serait dit sur les ondes. Les avions presque arrivés dans l'espace aérien au-dessus de Pearl Harbour n'avaient pas encore lâché leurs bombes que déjà elle s'était ouverte pour cracher cette phrase préparée à l'avance : « Les marines américains ont été complètement anéantis ! »

Les Japonais de Peiping étaient de nouveau pris de folie. Depuis qu'on économisait les céréales, ils ne trouvaient plus d'alcool. Aujourd'hui, pour fêter leur victoire sur les États-Unis, chaque Japonais en avait reçu.

Un tel vin d'honneur ne pouvait être bu en privé à la maison. Les nabots, par groupes, la bouteille à la main, braillaient des « Vive le Japon ! » et avançaient en titubant par les rues. Ils sautaient, dansaient comme pris de folie. Ils avaient battu les États-Unis, ils allaient être les rois du monde ! Les voitures, les tramways, les passants étaient autant de cibles sur lesquelles ils lançaient leurs bouteilles.

Aux folles acclamations des soûlards se mêlaient les cris des vendeurs de numéros spéciaux. « Numéro spécial ! Numéro spécial ! » Sur les journaux, les caractères étaient aussi gros que la tête des rois de l'humanité, aussi fous : les marines américains étaient anéantis ! Alors, à la conquête du continent américain, du monde entier !

Les écoliers, qui n'avaient pas défilé depuis longtemps, durent sortir pour fêter la victoire des rois du monde.

Cette nouvelle n'avait pas étonné Ruiquan outre mesure. Depuis qu'il était entré dans Peiping, il s'était rendu compte que les Japonais s'employaient activement à arrêter, à exterminer les travailleurs clandestins. Pour intensifier la guerre avec la Grande-Bretagne et les États-Unis, les Japonais devaient d'abord éliminer le mal « intérieur ». Cela, il l'avait bien deviné.

Par ailleurs, il avait vu de nombreuses fois Zhaodi s'afficher dans la rue, de façon révoltante, en compagnie d'Occidentaux. Il était jaloux, il la haïssait. Il aurait voulu l'étrangler avec une corde. Mais il n'osait pas l'approcher, il lui fallait maîtriser sa colère. Une fois calmé, il présumait que derrière le travail de Zhaodi il devait y avoir un enjeu bien plus important. Sa séduction, comme une toile d'araignée, était là pour engluer les papillons occidentaux, avant de les expédier en camp de concentration.

D'après ce que lui avait dit Gaodi, il savait que, à la gare, si on renforçait les fouilles sur les visiteurs venus de l'extérieur, on avait relâché la surveillance quant aux départs des femmes et des enfants. Les Japonais voulaient faire des économies sur les céréales, aussi les laissaient-ils partir. Ils stockaient en vue d'une guerre longue.

Dans le même temps, comme il pensait que l'occupant était en train de déclencher une guerre mondiale, il sentait que son travail serait peut-être encore plus palpitant. Il pourrait, par exemple, être chargé d'espionner la situation militaire dans le Nord-Est et de donner des informations là-dessus, travail assez difficile, assez dangereux ! Ah ! si tel était le cas, il participerait à la guerre mondiale ! Ses prunelles noires brillaient de contentement !

Il comprit soudain quel idéal était celui de l'oncle Qian. Même si leur expérience de la guerre n'était pas la même, s'ils n'avaient pas changé de la même façon, après une période où ils avaient œuvré individuellement, leurs cœurs à tous les deux battaient à l'unisson avec celui de leurs quatre cent millions de compatriotes. La guerre s'était mondialisée, ils étaient à présent en relation avec le monde entier. L'imagination de Ruiquan galopait vers le futur. Ah ! Aujourd'hui le monde était divisé en deux camps. Demain la vérité triompherait de la force et après-demain les hommes sur terre, pour avoir subi la guerre et ses souffrances, l'auraient à jamais en horreur et construiraient un monde qui connaîtrait la paix éternellement. Ah ! Quant à lui, malgré ses faibles compétences, que son sang eût été versé à Peiping ou à Tianjin, il aurait en fin de compte donné sa vie pour le plus noble idéal de l'Humanité ! Il pesait quatre-vingts kilos pour un mètre quatre-vingt-dix. Il se savait infiniment petit, mais cet idéal le gonflait à bloc comme peut l'être un ballon, bien au-delà de son volume propre. Transcendant sa réalité physique, il était une entité spirituelle capable d'élévation. Il allait, les pieds sur terre, la tête au-delà des nuages. L'idéal qui l'habitait lui faisait reconnaître les limites du corps humain et la force de l'esprit qui peut déplacer des montagnes. Il se disait que, si les peuples de la Grande-Bretagne, des États-Unis, de l'Union soviétique, de la France, de... pouvaient aller au bout de leurs capacités et lutter pour ce même idéal, chaque être humain serait une étoile de lumière et le monde brillerait à jamais de mille feux.

Au Petit-Bercail, la vieille dame du n° 1 avait verrouillé sa porte et n'autorisait plus les deux enfants à sortir.

La folie de la guerre avait déjà réduit en cendres les hommes de sa famille, en prostituées les femmes. À présent, elle pouvait constater le péril qui guettait le Japon tout entier. Mais elle n'osait pas énoncer ses prédictions, la seule chose qu'elle pouvait faire était de verrouiller sa porte, laissant la folie au-dehors.

Les Japonais du n° 3, hommes et femmes au grand complet, se rendirent tous dans les grandes artères laisser libre cours à leur ébriété tapageuse. Après avoir sauté, crié tout leur content, ils rentrèrent au Petit-Bercail en titubant. Ils faisaient des bonds en poussant des cris d'allégresse autour des vieux sophoras. Leurs yeux étaient injectés de sang, leurs visages passaient soudain du vert au rouge. Le sol semblait se dérober sous leurs pieds et ils tombaient, puis s'envolaient dans les airs. Parfois même ils se roulaient à terre comme des chiens ou des chats. Ah ! Ils étaient beaux les maîtres de l'humanité !

Parmi les Chinois, John Ding était plus mort que vif. L'ambassade de Grande-Bretagne avait été fermée, son archange protecteur, M. Goodrich, avait été arrêté, son Dieu l'avait quitté. Il pouvait admettre que le ciel lui tomberait sur la tête, que la terre s'affaisserait sous ses pieds, mais que l'ambassade de Grande-Bretagne pût être mise sous scellés, cela il ne pouvait se résoudre à le croire. C'était pour lui la fin du monde !

Il avait vu de ses propres yeux comment M. Goodrich avait été entraîné et mis dans le fourgon cellulaire. Quant à lui, sans avoir pu emporter sa literie, ses vêtements, ni des boîtes de conserve, les Japonais l'avaient fait sortir de l'ambassade avec un coup de pied au derrière. Il n'avait même pas pu verser une larme.

Il commença à regretter le mépris qu'il avait éprouvé jusque-là pour les Japonais. À présent il comprenait que ces derniers étaient capables de réduire à néant le prestige de l'ambassade de Grande-Bretagne, de renverser le Dieu des Occidentaux. Il se dit qu'il serait bon de changer les apparences de ce Dieu : ce dernier devrait avoir le teint jaune, les yeux noirs comme les Japonais, et non un grand nez et des yeux bleus. Mais oui, il était comme tous ceux qui s'étaient convertis au christianisme par intérêt, tout juste capable de comparer lesquels, parmi les Occidentaux, étaient les plus forts, sans même réfléchir à ce que devraient être les Chinois.

M. Goodrich avait été mis dans le fourgon cellulaire alors qu'il ne faisait pas encore jour. Au terme d'une enquête menée par les lettrés japonais attachés à l'armée, il s'était avéré que M. Goodrich avait collectionné un grand nombre d'antiquités chinoises. Aussi, tous les objets du « petit marché aux antiquités » furent-ils confisqués. Ils savaient également que l'ambition de toute la vie de M. Goodrich avait été d'écrire un ouvrage intitulé *Peiping*. Ils fouillèrent donc avec minutie sa maison pour mettre la main sur le manuscrit, le lirent page par page, avant d'apposer les scellés dessus. Ils avaient l'intention de s'en servir comme document pour la rédaction de leurs propres ouvrages. Ils étaient des voleurs de « civilisation ».

Quand il vit M. Goodrich monter dans le fourgon cellulaire, John Ding pleura. Les Japonais avaient occupé Peiping et la moitié de la Chine, ils avaient tué des milliers de personnes, brûlé d'innombrables villes et villages, sans que John Ding eût versé la moindre larme. Il ne se serait jamais commis à pleurer sur le sort des Chinois, car son gagne-pain et sa vie n'avaient rien à voir avec ceux de ses compatriotes. Il soupirait souvent devant son teint jaune et son nez court. Ah ! S'il avait eu le teint clair et l'arête du nez marquée — les attributs de son Dieu en ce temps-là —, celui-ci ne l'aurait-il pas aimé davantage ?

Comme poursuivi par le démon, il rentra en courant au Petit-Bercail. Avant même de penser à se rendre chez lui, il alla frapper chez les Qi. Hormis Ruixuan, il n'avait aucun ami dans le quartier, voire dans la ville entière. Ce qui ne voulait pas dire que l'aîné des Qi eût quelque sympathie pour lui, mais, tout au moins c'est ce que pensait John Ding, puisque Ruixuan gagnait aussi sa croûte à l'ambassade de Grande-Bretagne, ils pouvaient, bien naturellement, être rangés tous les deux dans la même catégorie.

Bien qu'on fût déjà en hiver, John Ding était en nage d'avoir couru. Il en avait oublié l'étiquette en cours à l'ambassade et tambourinait de ses poings contre la porte comme s'il était venu annoncer un deuil.

Ruixuan n'était pas encore levé. Yun Mei allumait le feu. En entendant le bruit, elle sortit en courant. Quand elle ouvrit la porte elle eut l'impression de se trouver en face d'un grand pain tout juste sorti de la marmite à vapeur : la tête de John Ding.

« Madame Qi, c'est moi ! » Sans attendre la permission d'entrer, John Ding avait franchi le seuil de la porte. « Et M. Qi ? Ce qui se passe est grave, très grave ! » Tout en parlant, il s'était déjà précipité dans la cour. Il en avait oublié toute pondération, toute bienséance, il pensait pleurer un bon coup dans les bras de Ruixuan.

Le vieux Qi était déjà réveillé mais, vu les rigueurs du temps, il était encore au lit, les jambes recroquevillées, supportant le froid. En entendant parler dans la cour il demanda : « Qui est-ce ? »

John Ding lui répondit à l'extérieur de la fenêtre : « Cher Monsieur, nous sommes perdus, tous, perdus !

— Que se passe-t-il ? » Le vieil homme s'assit, enfila sa robe doublée et tira le verrou de la porte.

John Ding fit irruption à l'intérieur : « L'ambassade de Grande-Bretagne ! » il s'étrangla, « elle a été mise sous scellés ! Et M. Goodrich a été emmené dans le fourgon cellulaire ! C'est une catastrophe !

— L'ambassade de Grande-Bretagne ? M. Goodrich ? » Bien qu'il ne fût pas converti au christianisme, ni ne dépendît d'eux pour son gagne-pain, le vieux Qi vénérait tout de même plus ou moins les étrangers. Depuis sa prime enfance, les Chinois avaient été brimés par eux, mais son empereur, ainsi que les présidents qui lui avaient succédé, lui avaient interdit toute résistance. À la longue, il avait fini par s'habituer et supporter humiliations et injustices. Après quatre ans d'agression japonaise, il savait, certes, qu'il devait haïr l'occupant, mais il n'avait pas changé le point de vue bien arrêté qu'il portait sur les Occidentaux. Et voilà que les Japonais se permettaient de s'en prendre à l'ambassade de Grande-Bretagne ! Le vieil homme n'osait pas accorder foi à ce que lui disait John Ding. Et puis, Ruixuan travaillait à l'ambassade et, de plus, M. Goodrich lui avait offert pour la fête de la mi-automne un sac de farine de froment !

« C'est tout ce qu'il y a de plus exact, c'en est fini de l'ambassade de Grande-Bretagne, de M. Goodrich ! » John Ding se frottait les yeux dans lesquels avait coulé un peu de sueur.

À ce moment-là Ruixuan entra, sa robe ouatée sur les épaules.

« Monsieur Qi ! » lança John Ding, des sanglots dans la voix, aussi ému que s'il avait rencontré quelqu'un de sa famille. « Monsieur Qi ! Nous sommes perdus !

— L'ambassade de Grande-Bretagne ! M. Goodrich ! dit le vieil homme en lui coupant la parole. Le Ciel a donc décidé de nous faire mourir de faim ! »

Yun Mei et sa belle-mère écoutaient de l'autre côté de la porte. En apprenant la nouvelle concernant l'ambassade de Grande-Bretagne, Mme Tianyou se mit à trembler légèrement. Yun Mei s'empressa de lui prendre la main.

La réaction de Ruixuan à cette mauvaise nouvelle fut moins violente que celle de son grand-père. Il avait deviné depuis longtemps que cela arriverait un jour ou l'autre. Il s'inquiétait surtout pour M. Goodrich. Celui-ci restait, malgré tout, le maître excellent, l'ami sincère qu'il avait été pour lui pendant tant d'années. Il avait été arrêté. Avait-il été envoyé en camp de concentration ? Ruixuan repensa immédiatement à l'emprisonnement de l'oncle Qian, à sa propre arrestation. Il aurait tant voulu pouvoir aller sur-le-champ trouver le vieil homme, le réconforter, le protéger. Mais il était un bon à rien, il n'était d'aucun secours.

Le grand-père demanda : « Qu'allons-nous devenir ? Que je meure de faim, ce n'est pas grave, j'ai vécu assez longtemps ! Mais ta mère, ta femme, tes enfants, vont-ils tous aussi devoir connaître un tel sort ? »

La chaleur monta au visage de Ruixuan. Il ne pouvait rien pour M. Goodrich, pas plus qu'il ne pouvait répondre aux questions du grand-père. Il était dans une impasse.

Yun Mei, restée à l'extérieur, prit la parole : « Monsieur Ding, rentrez chez vous vous reposer. Le Ciel ne nous abandonnera pas. Comme si... » Elle savait pertinemment que le Ciel n'était pas secourable, mais qu'aurait-elle pu dire d'autre ? Elle voulait exhorter John Ding à partir. Ruixuan avait besoin de calme pour trouver une solution, sinon il perdrait encore plus ses moyens.

John Ding, décidément oublieux du protocole, n'était pas décidé à prendre congé aussi vite. S'il fallait se lamenter, autant que ce fût là, car il considérait que les Qi et lui, en tant que compagnons d'infortune, pouvaient sympathiser. Il s'assit. Puisque Ruixuan n'avait pas le cœur à lui adresser la parole, il entendait bavarder à son aise avec le vieux Qi. Il s'était contrôlé tout au long de sa vie ; comme une noix, il avait toujours répugné à montrer ses cerneaux. Aujourd'hui qu'il avait tout perdu, il devait lui-même briser cette coque et dire ce qu'il avait sur le cœur.

Ruixuan sortit de la pièce.

Ce qu'il vit en premier fut sa mère, si petite, si maigre, qui tremblait de tout son corps. Il se sentit poussé à lui dire quelques phrases réconfortantes. Mais il ne trouvait pas les mots qu'il aurait fallu. Il lui aurait dit : l'attaque des Japonais contre les Américains était prévisible, elle les conduira à leur perte. Mais est-ce que cela pouvait consoler sa mère ?

Elle regarda son fils aîné, se forçant à sourire. Elle ressentait une immense inquiétude mais elle prenait tout exprès un air d'une extrême bonté Avant que son fils ait eu le temps de la réconforter, elle le devança : « Ruixuan, surtout ne te fais pas de souci, tu m'entends ? »

Ruixuan lui aussi se força à sourire : « Mais non, maman ! »

La vieille dame poussa un soupir : « Nous trouverons toujours une solution ! De savoir que tu ne t'inquiètes pas je me sens un peu mieux déjà !

— Maman, rentre, il fait froid dans la cour !

— Bien, je rentre, tout de suite ! » La vieille dame jeta encore un regard à son aîné, rapide, mais on aurait dit qu'elle voyait le fond de son cœur. Elle pénétra lentement dans la pièce.

Yun Mei retourna dans la cuisine.

Ruixuan resta seul debout dans la cour. Il se faisait encore du souci pour M. Goodrich mais, très vite, il pensa à son père, au cadet : n'étaient-ils pas morts pour rien ? Pendant la guerre, on se conduit comme des mouches : personne ne peut rien pour personne.

Que devait-il faire ? Aller enseigner ? Non, il ne voulait pas aller s'inscrire au Bureau de l'Éducation. En vérité, vu ses connaissances, et alors que le niveau était au plus bas, il aurait très bien pu enseigner à l'université. Mais, il n'était pas de ceux qui pêchent en eau trouble, il ne voulait pas obtenir comme ça un titre de professeur.

Écrire ? Écrire sur quoi ? Les journaux sous la domination japonaise ne voulaient que des écrits érotiques ou sans intérêt. Il ne pouvait pas, pour de l'argent, aider les Japonais à anesthésier l'âme des Chinois avec des écrits empoisonnés. Cette voie-là était impraticable.

Traduire ? Mais traduire quoi ? Les bons livres ne pouvaient être publiés, et les mauvais ne méritaient pas d'être traduits.

Il ne voyait pas d'issue. Il avait quelques capacités, quelques connaissances, mais tout cela ne servait à rien. La guerre était une machine à exterminer, or, les moyens dont il disposait ne pouvaient être employés qu'en temps de paix.

« Ruixuan ! » C'était Mme Tianyou qui l'appelait doucement de sa chambre.

Il entra dans la pièce.

« Ruixuan ! répéta-t-elle encore comme pour s'excuser auprès de lui.

— Oui, maman ?

— J'ai tant de choses à te dire ! » reprit la vieille dame avec un rire forcé. Elle garda pour elle la suite : « Je crains que tu n'aies pas envie de m'écouter.

— Dis, maman !

— Tu vois, je sais que tu ne consentiras jamais à travailler pour les Japonais. Par les temps qui courent existe-t-il d'autre issue ?

— Tu as raison, maman, je ne consentirai jamais à travailler pour eux !

— Bien, nous mourrons, mais resterons intègres ! Je n'ai trouvé qu'une solution, une seule, mais...

— Laquelle ?

— Oh, cela me met mal à l'aise d'en parler ! »

Ruixuan réfléchit un moment. « Vendre la maison, c'est ça ? »

La vieille dame hocha la tête toute honteuse. « J'y ai songé et resongé des milliers de fois, je ne vois pas d'autre solution !

— Grand-père le supportera-t-il ?

— C'est là où le bât blesse ! C'est aussi la raison pour laquelle j'avais du mal à aborder la question. Je ne porte pas votre nom et ce n'est pas à moi de faire une telle proposition ! Toutefois, j'ai pensé qu'il était de mon devoir de t'en parler, et, si vraiment on est acculé à une impasse, il faudra trancher ! Les biens sont choses mortes, les gens sont des vivants. Je ne veux pas te voir mourir d'inquiétude !

— Bon, maman, je suis comme je suis et ce n'est pas plus mal ! Mais ne te fais pas de souci à l'avance, laisse-moi réfléchir un peu, peut-être me viendra-t-il une bonne idée ! »

Mme Tianyou aurait encore eu beaucoup de choses à dire, mais Niuniu s'était réveillée. Les yeux à peine ouverts, elle disait déjà : « Grand-mère je ne mangerai pas de "farine républicaine" ! »

La vieille dame en oublia toutes les paroles qu'elle gardait sur le cœur. Elle voulait dire tout de suite à la petite fille : « Ton papa n'a plus de travail, et même si tu voulais de la "farine républicaine", il est à craindre qu'on ne pourrait pas t'en donner ! » Mais elle ne dit rien. En tant que grand-mère, elle ne pouvait pas se montrer aussi dure. Elle baissa la tête, n'osant regarder ni la fillette ni son fils. Elle savait qu'un regard jeté à Ruixuan le mettrait peut-être en colère, ou le ferait pleurer, car il avait pitié de sa fille.

Ruixuan, n'y pouvant rien, sortit.

Mme Tianyou, rassemblant tout son courage, se mit à cajoler Niuniu : « Quand Niuniu sera grande, elle ira dans une voiture de mariée toute décorée pour épouser un très beau garçon !

— Niuniu ne veut pas aller dans une voiture,

elle ne veut pas se marier. Niuniu veut manger des pains de froment à la vapeur ! »

Une fois de plus Mme Tianyou se tut.

CHAPITRE LXXXVII

Alors que les Japonais du Petit-Bercail sautaient autour des gros sophoras en poussant des cris d'allégresse, une vie minuscule vint assurer la descendance de Cheng Changshun. Cette vie nouvelle sembla comprendre qu'elle était celle d'un citoyen d'un pays asservi car, à peine né, le bébé se mit à pleurer.

Cheng Changshun était dans un état d'ivresse. Il lui semblait avoir vaguement entendu la nouvelle du bombardement de Pearl Harbour, avoir vu les ivrognes japonais dans les rues, mais tout cela restait très flou. Il se dépêchait d'aller quérir l'accoucheuse, d'acheter du papier hygiénique et autres petites choses de première nécessité qu'on pouvait encore trouver. À se démener ainsi, il se disait qu'il avait, comme les Japonais, un petit grain de folie.

Il aurait bien voulu comprendre ce qu'était Pearl Harbour, et son impact sur la situation militaire, mais ses inquiétudes étaient pour sa femme. En un tel moment, il trouvait qu'elle était plus importante que n'importe quel être au monde, et que la naissance de l'enfant avait plus de prix que toute autre chose, passait avant la guerre mondiale.

La vieille Mme Ma avait elle aussi perdu son calme habituel, non à cause de Pearl Harbour, mais elle pensait à la sécurité de sa petite belle-fille et de son arrière-petit-fils. Elle avait oublié toutes les souffrances endurées ces dernières années sous les Japonais, et commençait à s'apprécier à sa juste valeur, à mesurer sa véritable importance. Car, enfin, qui avait élevé Changshun, qui l'avait marié ? Elle, qui allait devenir arrière-grand-mère. Son statut allait être aussi élevé que celui du vieux Qi !

Elle était ravie, mais en même temps elle s'inquiétait. Pourtant, elle aurait bien voulu garder son calme. Elle qui n'aimait guère parler, voilà que les mots jaillissaient de sa bouche ! Ses cheveux blancs étaient lâchés, sur son visage au teint jaune apparaissaient une ou deux taches rouges. Elle se moquait éperdument de Pearl Harbour, une seule chose retenait son attention : elle allait avoir un arrière-petit-fils. Il suffisait d'un sourire de cet enfant pour que la Chine et le monde entier rayonnent d'une gaieté augurant des plus heureux auspices.

À l'annonce de cette bonne nouvelle, les habitants du Petit-Bercail laissèrent tous la guerre de côté pour concentrer leurs yeux et leurs oreilles sur ce qui se passait chez les Cheng. Au moins, ce bébé qui allait naître pesait autant que les combats acharnés qui faisaient rage dans le monde entier. La guerre était la guerre, et une naissance, eh bien, c'était une naissance, ce n'était jamais une mauvaise chose ! Ils attendaient tous les pleurs du bébé pour féliciter la vieille Mme Ma et Cheng Changshun. Oui, ils se devaient d'attendre, de présenter leurs vœux, car mettre un enfant au monde en ce moment-là c'était un acte de courage. Ils ne pouvaient qu'éprouver de l'admiration pour Cheng Changshun et sa femme.

L'affolement et l'enthousiasme de Mme Li dépassaient de beaucoup ceux de la vieille Mme Ma. Ce qui se passait dans la chambre de l'accouchée relevait de ses compétences. Il fallait absolument qu'elle y aille en avant-garde. Une naissance lui donnait des tas de choses « précieuses » à faire, aussi son enthousiasme et sa sollicitude n'étaient-ils pas moindres que ceux de la parturiente elle-même, s'ils n'étaient pas plus grands. Parmi ses mille occupations, il lui sembla avoir plus ou moins entendu parler de Pearl Harbour. Elle cligna ses yeux de myopes et lança à la cantonade : « Allez, tuez, nous, nous ferons des bébés ! »

La femme de Petit Cheng n'était au courant de rien, ni de Pearl Harbour, ni de ce qu'allait devenir le monde dans ce déluge de sang et de larmes. Elle en arrivait même à ne plus penser à Petit Cui ni aux Japonais qui l'avaient assassiné. Elle ne connaissait que sa propre souffrance physique et, quand les douleurs s'atténuaient un peu, elle ne formulait que cet espoir bien concret : accoucher. Elle avait oublié tout le reste pour cet acte qui était à l'origine de l'humanité : procréer !

Le bébé était né, c'était un garçon. Les bombardements du monde entier n'auraient pu couvrir ses pleurs. Ces cris lancés contre l'injustice, perçants, fragiles, pleins de grandeur, remplirent d'enthousiasme les habitants du Petit-Bercail, comme si, dans les ténèbres, ils entrevoyaient quelque lumière, quelque espoir.

Mais après avoir laissé libre cours à leur joie, échangé propos et congratulations, ils se dirent qu'ils n'avaient rien à offrir pour donner plus de poids à leurs félicitations, comme par exemple des œufs pour l'accouchée, du sucre roux, du millet ou autres choses du même genre. La maman était la femme de Petit Cheng, et toutes ces denrées étaient entre les mains des Japonais.

Ils en vinrent tout naturellement à se dire que mettre au monde un enfant par les temps qui couraient n'était pas un heureux événement, c'était même un peu ennuyeux pour les rations de « farine républicaine ». Cette petite chose ne deviendrait peut-être jamais un enfant robuste car, à sa naissance, il boirait du lait fabriqué à partir de cette farine, à condition qu'une telle transformation fût possible. Ainsi, de la naissance ils pensèrent tout de suite à une mort prématurée. La vie et la mort sont si proches ! Ils pouvaient voir les deux extrêmes de l'existence en ce nouveau-né. Comment auraient-ils pu continuer à se réjouir ?

Le lendemain de la naissance du bébé, la Grande-Bretagne et les États-Unis déclaraient la guerre au Japon. Cheng Changshun voulait donner un nom au bébé tout ridé, mais il n'arrivait pas à se débarrasser de ses craintes. Il jeta un coup d'œil à son fils : avoir un enfant, cela vous pose son homme. Mais la pensée d'une guerre mondiale le faisait douter de l'avenir — face à une si grande guerre, il n'avait rien fait qu'ajouter à son statut de propre-à-rien celui de père incapable. Regardez-moi ce petit visage fripé, tout rouge, sans sourcils. C'était son fils ! Emmailloté dans de vieux bouts de tissu — des nippes usées achetées un peu partout. Son fils ne pouvait même pas porter un vêtement neuf ! Il n'osa plus regarder cette petite chose toute laide.

L'enfant avait trois jours quand la Chine déclara la guerre à l'Allemagne et au Japon. Cheng Changshun avait beau se servir de ses connaissances et faire travailler ses méninges, il ne comprenait pas pourquoi la Chine avait attendu si longtemps pour faire cette déclaration de guerre. Peu importait ! De toute façon, cet événement était une bonne chose en soi. Désormais, tout serait plus clair, on ne serait plus dans l'incertitude. De plus, se disait-il, si son pays, aujourd'hui, déclarait la guerre au Japon, c'est qu'il devait tenir la victoire pour assurée. Ah ! Son fils aurait de la chance, car enfin, pensez donc : si au bout d'un an de guerre environ la Chine triomphait, son fils ne connaîtrait-il pas la paix depuis sa prime enfance ? Le bébé n'était pas aussi laid, aussi ratatiné que ça. En le regardant plus attentivement, il vit qu'il avait des sourcils ! Mais oui, le nom de cet enfant devrait être « Triomphe » ! Il ne put s'empêcher d'appeler : « Triomphe ! Triomphe ! » Et voilà que, soudain, le bébé ouvrait les yeux !

Pourtant, le troisième jour de la vie de Triomphe ne fut pas très animé. Tous les voisins pensaient venir pour les congratulations, mais aucun ne trouvait de cadeau, aussi n'osèrent-ils pas se présenter les mains vides. La vieille Mme Ma aurait souhaité avoir un peu d'alcool pour fêter l'événement avec les visiteurs et les remercier de s'être déplacés, mais, même si elle avait eu de l'argent, elle n'aurait pu en acheter. La guerre n'épargne personne, aussi le troisième jour de la vie du petit Triomphe se passa-t-il dans le plus grand silence.

Seule Mme Li, qui avait déniché Dieu sait où cinq œufs de poule, les apporta enveloppés dans une serviette d'une saleté effroyable. Elle les sortit, tout en agrémentant ses gestes des mots les plus orduriers accumulés depuis de nombreuses années, s'en prenant à elle-même, à sa « vieille baderne », aux Japonais, car c'était la première fois de sa vie qu'elle congratulait quelqu'un avec cinq œufs. « Cinq œufs, si c'est pas une honte ! » Elle se frappait les cuisses, pour ponctuer cette déclaration tonitruante.

Mais la vieille Mme Ma en fut si émue qu'elle en était sur le point de pleurer. Cinq œufs, par les temps qui couraient, c'était chose rare !

Le vieux Qi était au courant de la bonne nouvelle depuis longtemps. Il était si désireux de faire quelque chose qu'il n'arrêtait pas de soupirer. Il était la personne la plus âgée de la ruelle, il se devait d'aller chez les Cheng pour offrir ses félicitations, en tant que voisin d'abord, pour exprimer l'affection que tous leur portaient, mais aussi pour s'entendre dire : « Le bébé va profiter de votre chance et vivra lui aussi jusqu'à cent ans ! » Mais il ne pouvait y aller les mains vides !

Mme Tianyou, l'entendant soupirer, chercha de tous côtés quelque chose qui aurait pu faire un cadeau convenable. Du fond du porte-plumeaux elle sortit une grosse pièce de cuivre de l'ère Daoguang[1]. Elle l'astiqua, enfila quelques brins de fil rouge dans la pièce, la donna à Niuniu et demanda à la petite d'aller dire à son grand-père : « Si tu offrais ceci aux Cheng, non ? »

Le vieil homme hocha la tête. Accompagné de ses deux arrière-petits-enfants, il se rendit chez les Cheng pour confirmer qu'il était bien l'étoile de la longévité.

Après son départ, Ruixuan resta un moment dans la rue devant le portail. Alors qu'il allait faire demi-tour et rentrer, un moine s'approcha doucement et lança un : « Amida ! » Ruixuan s'arrêta, voyant qu'il n'y avait personne, le moine

1. 1821-1851.

sortit de sa large manche un petit bout de papier et le tendit à Ruixuan puis, après avoir lancé une nouvelle salutation, il tourna des talons.

Ruixuan s'empressa de rentrer dans la cour. Il n'osa regarder le message que lorsqu'il eut passé le mur-écran. Au premier coup d'œil il reconnut l'écriture du Troisième, Ruiquan. Son cœur battait si vite qu'il dut le relire trois fois avant d'en comprendre le sens : « Cet après-midi, à deux heures, on se voit à la porte du fond du parc Sun Yat-sen. À tout à l'heure sans faute ! »

Serrant le papier dans sa main, il courut jusque dans sa chambre et, d'un coup, s'étendit sur le lit. Il semblait ne plus être capable de rester debout. Une fois allongé, la première pensée qui lui vint à l'esprit fut : « C'est moi qui ai dit au Troisième de s'enfuir ! » Il en éprouvait satisfaction et fierté.

Il réfléchissait : Le Troisième avait dû accomplir des exploits formidables au-dehors, c'est pourquoi on l'avait envoyé à Peiping pour y faire un travail dangereux. Ah ! C'est lui qui avait dit au Troisième de s'enfuir, sa réussite, indirectement, était aussi un peu la sienne ! Quoi qu'on dît, un tel frère les rachetait, lui et le cadet.

Au bout d'un moment, son enthousiasme retomba. Si le Troisième venait à lui demander : « Et notre père ? Et le cadet ? » Que répondrait-il ? Le Troisième s'était enfui pour venger le pays, lui était resté à la maison pour accomplir jusqu'au bout ses devoirs filiaux ; mais à quoi avait servi sa piété filiale ? Il n'avait pas su préserver son père de la mort et il n'avait pu le venger ! Il transpirait, il avait honte de rencontrer le Troisième !

Non, son frère ne lui ferait peut-être pas de reproches trop sévères. Il saurait se montrer compréhensif, et puis ces années passées à l'extérieur l'avaient sans doute aguerri. Mais oui, le Troisième certainement pardonnerait à son aîné. Ruixuan eut un sourire triste.

Il pensa informer Yun Mei : « Tu avais raison, le Troisième est bien de retour ! » Il aurait voulu aussi prévenir sa mère, son grand-père, les voisins, leur dire : « Notre héros familial est de retour ! » Mais il ne bougea pas. Il devait garder le secret. Il en souffrait, mais, d'un autre côté, cela l'excitait — Ah ! Lui seul savait que le Troisième était de retour, il était le frère aîné d'un héros !

Il se demandait si sa vieille montre n'était pas arrêtée. Comment : il n'était que onze heures ! Il ouvrit la porte de la chambre, regarda les ombres portées. Sa montre n'était pas arrêtée, il n'était pas encore midi au soleil.

Il ne savait comment il avait pu avaler le maigre repas de midi. Il franchit le portail comme dans un rêve. Il marcha ainsi longtemps, avant de comprendre qu'il était encore trop tôt. Malgré cela, il continuait de marcher vite. Il semblait ne plus pouvoir contrôler ses pieds. C'est qu'il s'en allait voir son jeune frère, ce héros de la Chine !

Pensez donc ! Le Troisième devait avoir la majesté et la puissance de ces anges à l'armure dorée !

Il faisait assez froid, mais il n'y avait pas de vent. Le froid sec était apaisant, vous mettait de la joie au cœur. Sous le soleil, Peiping, tout au moins dans le cœur de Ruixuan, avait un air fier malgré sa pauvreté, son délabrement.

De loin il vit les murs rouges de la Cité interdite et les tourelles aux tuiles jaunes aux soixante-douze faîtes. Il ralentit l'allure, regarda sa montre, il n'était qu'une heure. Il décida d'entrer d'abord dans le parc, pour le cas où Ruiquan serait un peu en avance.

Il n'y avait guère de promeneurs. Sur les bords de la rivière Yuhe il n'y avait déjà plus de buvettes de thé ; le sol était jonché de fleurs de pin odorantes. Il marcha vers le sud. Il y avait des jeunes gens des deux sexes qui patinaient sur la petite patinoire. Il n'osa pas les regarder. Qu'ils fussent ou non enfants d'espions, de toute façon, ils étaient à l'opposé du Troisième. Incapables d'entrer dans la résistance contre l'ennemi, ils se laissaient aller à une tranquillité trompeuse, ils jouissaient de la vie. Il ne daigna pas les regarder.

Il trouva un banc près d'un pin, s'assit. Le soleil dardait ses rayons sur sa tête, cela le fatiguait un peu. Il se leva à la hâte, il ne fallait absolument pas qu'il s'endormît au point de manquer son rendez-vous avec le Troisième.

Ce fut long d'attendre jusqu'à deux heures ! Il se dirigea vers la porte du fond. Il ne l'avait pas encore atteinte, qu'un jeune homme arrivait en face de lui, vêtu d'une robe ouatée très longue. Il ne pensa pas une minute qu'il pouvait s'agir de son frère.

Ce dernier se rua sur lui. « Ah ! Quelle heureuse rencontre ! Grand frère Rui ! » Il parlait haut et fort, comme pour se faire entendre de tous les gens dans le parc.

Alors Ruixuan le reconnut. Les larmes lui montèrent aux yeux.

Mais Ruiquan ne lui laissa pas le temps de pleurer. D'une main il saisit le bras de son frère et dit tout haut : « Viens on va faire un tour ! On ne s'est pas vus depuis si longtemps ! Comment va ma belle-sœur ? »

Ruixuan savait que le Troisième jouait la comédie et que c'était pour lui une nécessité que d'agir ainsi, mais il en était presque à lui en vouloir de pouvoir contrôler ses sentiments de la sorte.

Il avait envie de regarder plus attentivement le visage de son frère afin de lire en lui ce qu'il ressentait. Mais le jeune homme le tirait avec force vers l'avant.

Ruixuan essaya cependant, mais le Troisième avait détourné un peu la tête. Ruixuan comprit alors qu'il le faisait exprès car, s'ils s'étaient retrouvés l'un en face de l'autre, il était à craindre que même Ruiquan aurait pleuré. Il ne lui en voulait plus. Le Troisième était courageux, mais il savait aussi être prudent. Vraiment, il ne ressemblait pas à ces anges à l'armure dorée. Et puis, tout ce temps, le Troisième ne l'avait pas perdu en vain, il avait acquis des aptitudes. Il n'était déjà plus un maillon de ces quatre générations vivant sous le toit des Qi, mais un Chinois nouveau, capable de s'assumer. Il n'y avait qu'à voir la longue robe ouatée du Troisième.

« On s'assoit un moment ? » Ruixuan mit du temps avant de trouver cette phrase.

Les deux frères s'assirent sous un vieux cyprès.

Ruixuan avait bien envie de livrer en vrac tout ce qu'il avait refoulé pendant ces quatre ans. Le Troisième était son frère et son confident. Les injustices subies, sa honte, il ne pouvait les raconter franchement qu'à lui. Seul le Troisième pouvait lui apporter pardon et réconfort.

Mais il ne parvenait pas à parler. Il sentait que celui qui était là, à côté de lui, n'était plus son cadet, mais une force, un symbole. Cette force semblait ne pas appartenir à l'époque de Ruixuan, au pays ; telle la lumière, elle rayonnait aujourd'hui, mais il faudrait peut-être attendre demain, l'année prochaine, ou le siècle prochain, pour qu'un endroit s'en trouvât éclairé. En sa présence, il ne pouvait pas raconter les injustices dont il avait été victime, tout comme la luciole n'ose pas voler dans la lumière. Alors il trouva que le Troisième était soudain devenu un inconnu pour lui. Lui qui aspirait tant à regarder attentivement son jeune frère, à présent, voilà qu'il baissait la tête. Quand on est trop près de la source de lumière on la trouve terrible.

Ruiquan prit la parole : « Grand frère, qu'est-ce que tu vas faire ?

— Hem ? » Ruixuan semblait ne pas avoir compris.

« Je disais : qu'est-ce que tu vas faire ? Tu as perdu ton emploi, n'est-ce pas ?

— Ah, oui, c'est vrai ! » Ruixuan hocha la tête plusieurs fois de suite. Il s'était dit que, si le Troisième ne parlait pas, lui s'en tiendrait là, et que, s'il se mettait à parler, ce serait pour demander des nouvelles du grand-père et de la famille. Il n'aurait pas pensé que le Troisième s'enquerrait de son travail. Oh ! Il ne devait pas lui en vouloir pour autant, le Troisième appartenait à un autre monde, aussi proféra-t-il encore un « Ah ! »

« Grand frère ! » Ruiquan baissa le ton. « Je ne peux pas rester assis trop longtemps ici. Dis-moi vite ! Tu veux enseigner ?

— Mais où ? » Ruixuan pensait que le Troisième lui demandait d'aller enseigner en dehors de Peiping. Il était partant. Quand il aurait quitté Peiping, pensait-il, il serait plus proche du monde du Troisième.

« Ici !

— Ici ? » Ruixuan se lança dans un grand discours : « Ces quatre années, j'ai supporté tant de souffrances pour ne pas manger dans la main de l'occupant. Je n'ai rien fait de façon active, j'ai gardé passivement mon intégrité ! Si, à présent, j'enseigne à Peiping, quelle que soit la force de mes arguments, la pureté de mon cœur, personne ne me pardonnera et je serai condamné toute ma vie à ne pas pouvoir me blanchir. Quand viendra le jour de la victoire, comment aurais-je le front de revoir les vieux amis qui reviendront de l'extérieur. Je... je serai devenu un salaud ! » Les paroles de Ruixuan s'échappaient à la file. Il n'aurait jamais pensé qu'à la vue du Troisième il se mettrait à parler comme ça, sans façon, sur le ton de la polémique, comme on fait au cours d'une dispute. Mais, en même temps, il trouvait qu'il devait se comporter ainsi, non seulement parce que le Troisième était son jeune frère, mais parce qu'il était un homme d'une autre trempe, il se devait de lui parler sans détours, sans rien cacher. Il se sentait heureux. « Enseigner, oui, seulement si...

— Seulement si quoi ?

— Seulement si tu me donnes un document attestant qu'il s'agit d'un travail et non de se rallier aux capitulards ! »

Le Troisième resta un moment interloqué avant de répondre : « Je n'ai aucun pouvoir pour donner à quiconque une telle attestation, grand frère ! » Sans attendre la réponse de son aîné, il s'empressa de poursuivre : « Il faut que tu le saches, grand frère, être enseignant, être l'enseignant dont j'ai besoin, c'est coopérer avec moi, c'est dangereux ! Dans n'importe quelle école, pratiquement tous les jours, des élèves ou des professeurs sont arrêtés. Aussi il me faut des enseignants conscients du danger qu'ils encourent et qui osent stimuler les élèves. Les Japonais entendent briser par la terreur les sentiments patriotiques de la jeunesse, et nous devons trouver le moyen de briser la terreur qu'ils font régner. Tu as tout à fait raison, grand frère, tu dois penser à ton intégrité, mais si tu viens à l'école et si, très rapidement, tu es arrêté pour tes propos et tes actes, personne non plus ne le saura, n'est-ce pas ? Dans la guerre, il y a des traîtres inconnus (tels les fonctionnaires cupides et corrompus et les commerçants profiteurs) et il y a aussi des héros inconnus. Tu dis que tu as peur, en acceptant d'aller enseigner, d'avoir à prendre un engagement qui n'est pas clair et que, ensuite, tu aurais honte de rencontrer des connaissances. Mais as-tu peur aussi d'être un héros inconnu de tous, hommes et esprits ? À mon avis, grand frère, il suffit qu'il n'y ait pas d'équivoque entre nous et que la chose soit claire pour toi, à quoi bon tant réfléchir ? »

Ruixuan n'osait rien dire.

« Et ceci encore, grand frère. La guerre commence dans le Pacifique, peut-être me faudra-t-il rester plus longtemps en province pour faire de l'espionnage militaire. Le mieux est que le travail de propagande dont j'ai la charge soit assumé par l'oncle Qian. Je ne peux pas te le confier, car c'est trop dangereux ; mais au moins tu pourras l'aider un peu, en écrivant des articles. Si tu enseignes, tu te trouveras en contact avec les jeunes et tu auras tout naturellement des matériaux pour écrire. Qu'en penses-tu, grand frère ? »

Dans le cerveau de Ruixuan c'était comme un lever de rideau : il y avait des projecteurs, un décor éclatant et des acteurs. Il en faisait partie. Il avait trouvé sa place dans la guerre.

Ah ! Le Troisième ne l'avait pas méprisé pour sa façon de voir les choses. Il lui demandait de braver le danger, de protéger les élèves, d'écrire des articles. Bien ! Puisqu'il le lui demandait, il ne ferait plus qu'un avec lui. Le Troisième étant un héros, lui serait pour le moins un demi-héros, ou un quart de héros !

Le Troisième n'avait pas posé de questions sur la situation familiale, il avait eu raison ! Si l'on se préoccupe de la famille, on ne peut pas penser au pays. Non, il ne devait plus se demander davantage : « Si je vais braver le danger, si je suis arrêté, que deviendront les miens ? » Non, il n'avait plus besoin de poser cette question qui embarrasserait peut-être son frère et le ferait passer lui-même pour un lâche. Le Troisième était d'une autre trempe, il avait une vue d'ensemble, délaissait les points de détail. Lui, Ruixuan, devait apprendre de lui. D'autant plus que, même s'il n'allait pas braver le danger, de toute façon, les siens ne risquaient-ils pas tous de mourir de faim ? Il eut un éclair de lucidité, un sourire se montra sur son visage. « Le Troisième, je ferai ce que tu voudras ! »

Sur ce, il regarda son frère. Il pensait que ce dernier serait enthousiaste, lui ferait des éloges, mais Ruiquan resta impassible et se contenta de se lever à la hâte : « Bien, tu attendras que je te donne de mes nouvelles. Je n'ose pas rester assis ici plus longtemps, je dois partir ! Je sors par la porte principale, ne me suis pas ! On se reverra, grand frère ? » Le Troisième se dirigea vers le devant du parc.

Ruixuan resta assis au même endroit, regardant la silhouette de dos de son frère. Il se sentait l'esprit vide. Oh ! Le Troisième n'avait pas manifesté la moindre émotion !

Au bout d'un moment, il eut un pâle sourire, se leva. « Le Troisième a changé, il a grandi. Ah ! Ruixuan, tu n'es pourtant plus un enfant pour avoir besoin de quelques phrases d'encouragement de ton frère ! Le Troisième est quelqu'un qui ne fait pas semblant, c'est un dur, il n'a pas de temps à consacrer à ces petites attentions mièvres ! »

Il jeta de nouveau un coup d'œil en direction de la porte principale, le Troisième avait déjà disparu. « Allons, c'est décidé ! » Il se dit à lui-même : « Qui sait si je ne vais pas servir à quelque chose, comme le Troisième[1] ! »

1. Ici s'arrête le texte publié en chinois avant la présente édition (voir la postface).

CHAPITRE LXXXVIII[1]

Lan Dongyang, de connivence avec les espions, arrêta en un jour douze élèves et un professeur de l'École des chemins de fer. Treize personnes, avec le même chef d'inculpation : « agent secret entretenant des intelligences avec l'ennemi ». Ils connurent tous le même sort : ils furent fusillés.

Le directeur de l'école fut renvoyé et Lan Dongyang devint directeur par intérim.

Il avait dans l'idée de se nourrir à l'œil en extorquant des céréales sur les rations allouées aux étudiants. Il avait attenté à la vie de treize personnes, mais il avait atteint son but. Il était excité, satisfait. Aujourd'hui, il était chef de département et directeur d'école, il avait vraiment fait son chemin dans la vie, il était à la hauteur des soldats japonais qui, à Nankin, violaient, pillaient, tuaient sans vergogne, mettant tout à feu et à sang.

Il passa deux heures à préparer le texte de son discours pour la cérémonie de sa prise de fonc-

1. Les treize chapitres qui suivent ont été rédigés en anglais par Lao She avec sa traductrice américaine, puis traduits en chinois d'après cette édition. La traductrice française a complété, d'après l'édition américaine, certains passages manquant à l'édition chinoise de 1985.

tion. Il le rédigea en langue classique. Il savait que les Japonais aimaient les Chinois capables d'écrire dans ce style.

Avant qu'il ait pu le lire, la grosse Chrysanthème avait chassé l'économe nommé par Dongyang et pris elle-même sa place. Ce poste lucratif, obtenu au prix de ces treize morts, la grassouillette Chrysanthème s'en était emparé ! Elle avait entre ses mains le pouvoir financier de tout l'établissement. Dongyang était si en colère qu'il s'en mordillait les ongles jusqu'au sang ! Il aurait tant voulu donner l'ordre à l'homme à tout faire de l'école de la ligoter et de la ramener à la maison. Mais à présent elle avait Zhaodi comme appui. Cette dernière était le contrôleur des études. Dongyang ne pouvait pas se permettre de la provoquer.

Avant l'incident de Pearl Harbour, la tâche de Zhaodi était de surveiller les Occidentaux. Elle le fit avec tant de métier que non seulement les Américains et les Anglais, mais aussi les Allemands, les Italiens, les Français, les Russes succombaient à ses charmes. Son corps était devenu international.

À force de se commettre avec les étrangers, elle avait fini par mépriser les Chinois. Elles les trouvaient inintéressants. Quand elle n'avait pas d'Occidentaux elle s'accommodait d'un Japonais. La douceur, la placidité de la femme chinoise lui étaient étrangères, elle se sentait toujours en avance sur les mœurs.

Lan Dongyang n'osa pas offenser Zhaodi ni punir la grassouillette Chrysanthème.

Pour venir à bout de ces trois personnes, Ruiquan avait tout prévu en détail.

Il avait décidé de rencontrer Zhaodi et de lui faire croire que c'était par hasard. Pour l'heure elle avait du temps libre. Ceux qui, parmi les Occidentaux de Peiping, devaient être enfermés dans les camps de concentration l'étaient tous. Les autres portaient un brassard au bras, où était inscrite leur nationalité. On n'avait plus besoin de ses services dans ce secteur.

Les affaires de l'école ne l'intéressaient pas. Pour elle, il s'agissait juste de donner un coup de main à la grassouillette Chrysanthème. Elle ne se rendait à l'école que dans l'après-midi, pour voir à qui elle devait faire sentir son autorité, qui elle devait menacer. Puis elle sortait de l'établissement avec de grands airs et allait passer le temps dans les endroits où l'on s'amusait. Quand sa mère était encore en vie, elle avait un foyer, mais elle n'avait même pas un coin à elle où recevoir des invités. Elle était oisive. Là où elle allait, personne n'aurait osé lui battre froid. Elle était la bienvenue partout : dans les salles de jeu, les grandes fumeries, les bordels, les théâtres, les cinémas. Avoir de bonnes relations avec elle permettait de venir à bout des petits embarras.

Aujourd'hui Zhaodi s'était faite belle, elle était particulièrement séduisante. Se coiffer, s'habiller, se parer étaient à présent sa seule consolation, son unique distraction. Elle savait qu'elle était une fleur qui allait bientôt se faner. Elle devait donc se vêtir, se maquiller avec davantage de soin. Tous les matins elle redoutait l'épreuve du miroir. Si elle ne se mettait pas de rouge à lèvres, de fard ni de poudre, elle ne se reconnaissait pour ainsi dire plus.

Ses joues, ses lèvres étaient rouges de fard, elle donnait à ses sourcils la courbure d'une feuille de bambou. Bien qu'il n'y eût pas de vent, elle avait noué sur sa tête une mousseline blanche. Sa robe chinoise rouge en lainage léger la moulait, dévoilant ses formes. Par-dessus, elle portait sur les épaules un court manteau en agneau, montrant des jambes pleines, robustes, harmonieuses.

Ses vêtements, elle les avait eus en vendant son corps. Elle ne savait plus lequel lui avait été offert par ce Russe blanc, lequel par cet homme d'affaires français. Elle se contentait d'être fière de pouvoir être parée avec autant de classe dans une ville comme Peiping où l'on ne trouvait plus rien.

Ruiquan suivait Zhaodi d'assez près. Son cœur battait vraiment la chamade. Cette femme perfide et cruelle avait été l'élue de son cœur dans sa jeunesse, son ange. Il regardait sa silhouette de dos, en proie à une grande agitation intérieure.

Il s'exhortait à ne pas oublier ce qu'elle était devenue, à ne pas oublier qu'on était en guerre contre le Japon. Il lui fallait garder son sang-froid, être déterminé. Il se redressa, continua d'avancer avec courage et résolution.

Arrivé devant l'entrée principale de Beihai, il la devança, acheta deux billets. « Zhaodi, tu m'as oublié ? » lui demanda-t-il en souriant. Il était si mal habillé qu'il avait peur qu'elle feignît de ne pas le reconnaître.

Elle l'identifia au premier coup d'œil, sourit avec un certain naturel : « Tiens, c'est toi, le Troisième ! »

Dans ce sourire on retrouvait vaguement la Zhaodi d'avant la guerre, tout comme Ruiquan devant le miroir avait parfois l'impression de retrouver confusément celui qu'il était dix ans auparavant.

Il la regarda de nouveau. Non, ce n'était pas la Zhaodi d'autrefois. Celle qu'il avait aimée — en rêve — était une autre Zhaodi. Il se força à sourire, la suivit dans le parc, puis la rattrapa en quelques pas et se mit à marcher à côté d'elle. Le plus naturellement du monde, elle lui donna le bras.

Au contact de ce bras, il se sentit léger, heureux, ce qui le mit immédiatement en alerte : Attention ! Attention ! Un tout petit manque de vigilance et il tombait dans le panneau.

Elle se pressait contre lui. « Où es-tu allé t'amuser toutes ces années ? » Le ton était plein d'insouciance.

Il regarda une fois de plus son visage. Il éprouvait un grand dégoût au plus profond de lui-même. Il n'allait quand même pas s'abaisser à l'aimer ! Il était, lui, un digne fils des Han, avait bourlingué par toute la Chine. « Moi ? Tu ne le sais pas ? » En tant que travailleur clandestin, en présence d'une espionne, il lui fallait jouer au plus malin.

« Non, sincèrement je l'ignore.

— Aucune importance. » Il avait une voix métallique, glacée.

Au bout de quelques pas, elle se mit soudain à rire. « Tu as une petite amie ? »

Ruiquan ne savait pas si elle le taquinait, ou si elle se moquait d'elle-même. « Non, je n'ai cessé de penser à toi.

— À d'autres ! » Elle rit encore mais, tout de suite, garda le silence.

Il y avait peu de monde dans le parc. Quand ils passèrent sous un gros saule l'épaule de Zhaodi frôla le bras de Ruiquan. Ils allèrent derrière l'arbre. Elle mit ses bras autour de son cou.

Ruiquan baissa la tête pour la regarder. Ses sourcils, ses yeux, ses lèvres rouges luisaient, on aurait vraiment dit un masque peinturluré. Il eut envie de la repousser, mais il sentit sa poitrine, ses jambes contre son corps — elle déployait pour lui tous ses pouvoirs de séduction.

Elle l'embrassa.

Ce fut plus fort que lui, il l'enlaça un peu plus. Elle n'était plus une femme corrompue, vile, dangereuse, c'était son amour d'autrefois. Son visage, son corps étaient parfum.

Puis elle étira son long cou et lui dit avec tendresse : « Le Troisième, je suis toujours aussi amoureuse de toi, c'est vrai. »

Ruiquan fit celui qui était ému, il baissa la tête. « Eh bien, c'est tout ce que tu trouves à dire ! » Elle avait changé de visage, elle arrangea le manteau sur ses épaules et s'éloigna.

Ruiquan s'empressa de faire quelques pas, la rattrapa. Il ne pouvait pas la laisser filer comme ça. Il n'était pas dupe de ses douces paroles, de ses baisers. Il savait que ses mains étaient souillées du sang de nombreux jeunes. Non, impossible de la laisser filer. Pour venir à bout d'elle, il lui fallait appliquer l'adage, « œil pour œil, dent pour dent ».

Il s'avança, lui saisit le bras. « Eh bien, tu as toujours aussi mauvais caractère, dès que quelque chose ne va pas comme tu le veux, tu te fâches !

— Bien sûr », le coin de ses lèvres remonta très haut, « ne fais pas l'idiot, tu croyais que j'allais me laisser embrasser pour rien ?

— Je n'ai rien à te donner, je t'aime, c'est tout. » Le Troisième sentait bien lui-même que le ton n'y était pas, il n'aurait pu convaincre personne.

— Oh, la la ! Tu es bien toujours le même !... » Elle se tut brusquement.

« Tu... et toi alors ? »

Zhaodi sans rien répondre se serra contre lui.

Ils firent encore quelques pas, elle releva la tête et le regarda. « Le Troisième, je te donnerai tout ce que tu veux. C'est vrai, je t'aime. »

Le Troisième ne savait plus que répondre.

« C'est vrai, je suis prête à te donner tout ce que tu me demanderas », répéta-t-elle.

Le Troisième savait que, pour Zhaodi, amour et désir étaient une seule et même chose. Le revoir avait ravivé l'ancienne passion et elle ne pouvait l'exprimer que par l'érotisme. Elle était toujours la Zhaodi si pure d'autrefois, mais elle était aussi une pute qui vendait son corps, c'était une espionne, le chien des Japonais.

Ils étaient arrivés au pied du Stuppa blanc. Le sommet de la pagode dans la lumière claire semblait fin et long.

« Allons passer un moment dans la grotte en dessous ! dit-elle sans la moindre honte.

— Il ne fait pas trop froid en bas ? » Ruiquan faisait l'idiot.

« L'hiver il y fait chaud, l'été plutôt frais. » Elle accéléra l'allure.

Quand on entrait dans la grotte, on ne voyait plus rien. Zhaodi serra fort la main de Ruiquan. Sa main à elle était si chaude qu'il se mit à respirer vite. Zhaodi n'était pas une prostituée, une espionne. Elle était son amour.

Ils descendirent lentement les marches, et entrèrent dans une petite grotte. Il y avait une table en pierre carrée et quatre petits tabourets, en pierre également. Par un trou au plafond de la grotte filtrait un mince rai de lumière. Zhaodi s'assit sur un tabouret. Ruiquan, à son tour, prit place tout près d'elle.

La lumière était faible, atténuant le rouge sur ses joues et ses lèvres. Il crut voir la Zhaodi d'autrefois.

« A quoi penses-tu, le Troisième ? demanda Zhaodi.

— Moi ? À rien.

— Dis-donc toi », elle rit, « arrête de dire des mensonges, je sais ce que tu fais. »

Ruiquan balaya du regard l'intérieur de la grotte, il redoutait la présence de gens tapis dans l'ombre.

« N'aie pas peur, je suis seule, je suis assez grande pour te tenir tête.

— Qu'est-ce que tu entends par là ?

— Tu ne comprends pas ? Autrefois, n'étions-nous pas très proches ? »

Ruiquan hocha la tête.

« Bien, à présent nous faisons la même chose. Ne dit-on pas : "Entre gens du même métier naissent les inimitiés." Toutefois, il n'est pas sûr que nous...

— En quoi sommes-nous du même métier ?

— Ne fais pas l'idiot avec moi. Je ne vais pas y aller par quatre chemins : ta vie est entre mes mains. Si je décide que tu mourras, c'en est fait de toi, immédiatement.

— Alors pourquoi ne passes-tu pas à exécution ? » Ruiquan rit.

« J'ai mon plan ! » Zhaodi rit à son tour.

« Tu voudrais que je t'aide, c'est ça ?

— À peu près. Tu me donnes des renseignements et moi je t'aime.

— Et tu me donneras quoi ?

— Mais de l'amour ! Je t'aime. »

Ruiquan lui prit la main. « Entendu, allons, viens !

— Tu es bien pressé ! On n'a pas encore parlé des conditions !

— Viens, on verra après. » Il l'entraîna au fond de la grotte.

Plus ils avançaient, plus la grotte était étroite, sombre. Zhaodi commença à avoir des doutes. « Ici c'est bien, pourquoi aller plus loin ? »

Ruiquan ne répondit rien. Il lui serra brusquement le cou de ses deux mains. Elle mourut sans une exclamation.

Ruiquan traîna le corps jusqu'au fond de la grotte, essuya la sueur sur son front, arracha l'insigne de Zhaodi, lui ôta une de ses bagues, fourra le tout dans sa poche.

Il se redressa, appela tout bas : « Zhaodi ! » Il lui sembla entendre de nouveau son rire, ce rire cristallin qui était le sien autrefois.

Vite, il sortit en courant. Au-dehors, le soleil n'était pas très ardent, mais la luminosité lui fit fermer les yeux. Il lui fallut un bon moment avant de pouvoir les ouvrir de nouveau, alors il s'éloigna à pas pressés.

Il sortit du parc. À la vue des passants, des charrettes, des chevaux il eut un peu peur. À l'instant, dans cette grotte sombre... et à présent, c'était de nouveau le soleil brillant, les avenues encombrées de gens et de voitures. Ses mains si robustes, si fortes à l'instant, s'étaient mises maintenant à trembler légèrement. La tête baissée, il regardait la rivière Tongzi, il aurait voulu, pour les laver, plonger ses mains dans les trous d'eau ouverts dans la glace. Mais il lui fallait vite aller trouver la grassouillette Chrysanthème. Peuh ! Elle aussi était une femme dégoûtante ! Son estomac se souleva, il avait envie de vomir, mais il devait y aller, cela faisait partie de son travail, il lui fallait l'accomplir jusqu'au bout.

Il l'attendit non loin de sa maison. Chaque fois qu'il levait la tête, il pouvait apercevoir le Stuppa, qui se détachait, si blanc, si haut, si beau sur le ciel bleu.

« Deuxième belle-sœur ! » La grassouillette Chrysanthème allait franchir le seuil de la maison quand Ruiquan fit un pas en avant. Elle s'arrêta à cet appel.

Avant qu'il ne fût devant elle, elle avait reconnu sa voix. Son visage devint blême de peur tandis que ses jambes ne lui obéissaient plus. « Entrons, on parlera à l'intérieur ! » ordonna Ruiquan tout bas.

La grassouillette Chrysanthème franchit le portail, la tête baissée, le Troisième sur ses talons. Une fois à l'intérieur, comme brisée de fatigue, elle se laissa choir d'un coup sur le divan. Elle n'éprouvait pas de regrets, mais elle avait très peur ; peur que Ruiquan ne vengeât Ruifeng. Hormis ces quelques torts qu'elle avait envers ce dernier, elle ne trouvait rien d'inconvenant dans sa conduite Elle la jugeait en accord avec les mœurs de son époque.

Ruiquan lui montra dans sa paume ouverte l'insigne et la bague de Zhaodi. « Les reconnais-tu ? »

Chrysanthème hocha la tête

« Elle n'est plus. Elle y est passée la première et maintenant c'est ton tour. »

Toute la chair sur le corps de Chrysanthème se contracta en une boule. Elle eut un geste incontrôlé pour prendre la fuite, mais elle ne put faire un pas. « Le Troisième, écoute-moi, ne me mets pas dans le même sac que Zhaodi ; je n'ai pas trempé dans ses affaires, vraiment, je ne suis pas au courant.

— Ce que tu fais, toi, tu le sais.

— Je... je n'ai rien fait de mal ! »

Ruiquan posa l'insigne et l'anneau, leva ses mains qui venaient juste d'étrangler Zhaodi. Il lui fallait faire une petite démonstration d'intimidation à l'intention de la grassouillette Chrysanthème. Il visa son visage joufflu, lui donna une paire de gifles bien appliquées.

Elle se mit à pousser des cris perçants comme ceux d'un cochon qu'on égorge. Ruiquan la saisit immédiatement par les cheveux, ces cheveux frisés grâce à l'argent obtenu en attentant à la vie d'autrui. « Au moindre grognement, je t'égorge ! » La grassouillette Chrysanthème s'empressa de fermer la bouche, du sang coulait de ses lèvres. Jamais on ne l'avait frappée, elle goûtait pour la première fois la saveur de la douleur.

« Ne me frappe plus, arrête ! » Elle cacha son visage dans ses mains. « Je ferai tout ce que tu voudras. »

Cette phrase le mit encore plus en colère. C'était les mêmes mots que ceux employés par Zhaodi, aussi vils, impudiques. « Tu as peur de mourir ? lui demanda Ruiquan. Quel que soit le moment et où que tu sois, si j'ai envie de te tuer comme un chien, tu ne m'échapperas pas.

— Grâce, le Troisième !

— Écoute-moi bien : si tu continues à extorquer ne fût-ce qu'une livre de céréales sur le dos des étudiants, je t'expédie retrouver Zhaodi, c'est clair ?

— C'est clair !

— Si Lan Dongyang ose encore tuer des étudiants, c'est à toi que je demanderai des comptes.

— Pour ce qui est de ses affaires, je...

— J'ai les moyens de lui tenir tête. Je te préviens : si, étant au courant, tu ne l'empêches pas d'agir, je t'égorge. C'est bien compris ?

— C'est compris.

— À l'école il manque actuellement un professeur de langue. Dis à Lan Dongyang de recruter l'aîné. Si tous les deux vous osez vous mettre ensemble pour comploter contre moi, vous vous trompez dans vos calculs. Vos vies dépendent de la mienne. Si je suis emprisonné, vous mourrez. Les nôtres sont dans toute la ville et il y aura toujours quelqu'un pour me venger. Tu m'as bien entendu ?

— Oui.

— Prends ! » Ruiquan sortit une enveloppe contenant une balle. « Donne cela à Lan Dongyang et préviens-le que cela vient de ma part. Et ceci encore ! » Il lui lança la bague de Zhaodi. « Donne-lui ça aussi. Si tu fais des imprudences et n'agis pas selon mes paroles, tu accompagneras Zhaodi dans sa visite au Roi des enfers ! » Sur ces mots, le Troisième reprit l'insigne de Zhaodi et sortit à grands pas.

CHAPITRE LXXXIX

Le moine Mingyue transmit la lettre suivante à Ruixuan : « Y aller est très dangereux, rester ne vous met pas à l'abri d'un malheur. Les solutions qui avaient cours jusqu'à présent ne sont plus praticables. J'espère que tu pourras trouver une voie nouvelle. On est dans une guerre de résistance et chacun doit réfléchir au camp dans lequel il se tient. Il n'existe pas de voie moyenne. »

Le texte semblait n'avoir ni queue ni tête, de plus il n'était pas signé. Après l'avoir lu, Ruixuan partit d'un bon rire. Il rongeait son frein en attendant la lettre d'engagement de l'école pour prendre son service ; même si cela revenait à se rendre sur un terrain d'exécution, il devait y aller.

On se battait depuis quatre ans déjà et, pour la première fois, il savait ce qu'il voulait ; son cœur en était tout illuminé. Aujourd'hui, il luttait épaule contre épaule avec le Troisième. Toute la famille dût-elle être impliquée et trouver la mort, il ne pouvait pas battre en retraite.

La lettre était arrivée, avec la signature et le sceau de Lan Dongyang. Autrefois, Ruixuan aurait considéré cela comme une grande ignominie : plutôt mourir de faim que d'appeler Lan

Dongyang « Monsieur le Directeur » ! Mais, cette fois, il s'en réjouissait.

À l'annonce de cette bonne nouvelle, toute la maisonnée l'entoura au plus vite pour en savoir plus. Ruixuan se contenta de dire qu'il occupait un nouvel emploi, et qu'il y avait espoir de recevoir un peu de céréales. Comment il avait obtenu le poste, qui était le directeur, il n'en souffla mot.

Le vieux Qi, ses sourcils blancs rassemblés, ne cessait de hocher la tête et de faire claquer ses lèvres en signe de surprise. « Oh, le Ciel n'est tout de même pas si aveugle que cela, et c'est justice ! »

Ruixuan regarda attentivement son grand-père, constata que ce dernier était tout revigoré et qu'il n'avait plus l'air de quelqu'un qui a déjà un pied dans la tombe. Il ne savait plus s'il devait rire ou pleurer.

La grassouillette Chrysanthème comptait s'armer de patience pour amadouer Ruixuan afin qu'il sût qu'elle le considérait toujours comme son beau-frère, tout en espérant qu'il oublierait tout ce qui s'était passé avec Ruifeng. Elle comptait bien que les Lan et les Qi pourraient entretenir des relations amicales, Dongyang conservant son poste de directeur d'école, tandis qu'elle garderait les pleins pouvoirs sur les finances de l'établissement.

Elle trouvait ce calcul très convenable. Au début, à cause des gifles que lui avait données Ruiquan, elle avait uniquement pensé à se venger et avait demandé à Dongyang de faire immédiatement un rapport auprès des Japonais. En fermant toutes les portes de la ville, on aurait pu, à coup sûr, récupérer Ruiquan, confisquer les biens des Qi et décapiter tous les membres de la famille. La souffrance et la honte que Ruiquan avait infligées à sa face joufflue ne pouvaient être lavées que par le sang.

À la vue de la balle et de l'anneau de Zhaodi, Dongyang avait eu si peur qu'il s'en était oublié dans son pantalon. Son succès tenait à deux choses : son manque de vergogne et l'esprit de résignation propre aux Pékinois. Cette balle lui signifiait qu'un Pékinois pouvait ne pas avoir peur de la mort. Une couche de givre monta à son visage verdâtre, ses deux globes oculaires se révulsèrent ensemble vers le haut. Le danger et la mort étaient là sous ses yeux. Il avait peur.

Il s'empressa de fermer le portail, de condamner portes et fenêtres, de mettre les verrous. Puis il fourra ses doigts qui tremblaient dans sa bouche, se mordilla les ongles avec force. Il pensa d'abord demander la protection des Japonais. Par exemple : une escouade, ou, mieux, une compagnie, pourrait monter la garde dans le voisinage à grands renforts de sifflets. Alors il parviendrait peut-être à dormir sur ses deux oreilles. Mais était-ce réalisable ? Admettons qu'il implore leur protection, et que les Japonais ne lui envoient qu'un ou deux policiers en civil, cela servirait à quoi ?

À force de réfléchir, il finit par avoir une idée . le mieux serait d'abord de prendre quelques jours de congé de maladie, et de se boucler chez lui, le temps que la tempête passe. Puis de trouver un moyen de se réconcilier avec Ruiquan ; enfin, si ce dernier refusait, il chercherait à se rendre au Japon. Il ne pouvait pas rester ainsi à Peiping, à attendre un coup de revolver !

Voyant à quel point Dongyang avait peur, la grassouillette Chrysanthème dut se contenter de se masser le visage et de réfléchir à un stratagème. Il lui fallait d'abord aller chez les Qi, acheter des cadeaux pour tous, jeunes et vieux afin de gagner leurs bonnes grâces. Qui sait si, au cours de la conversation, elle ne pourrait pas les amener à dire où se trouvait le Troisième. S'ils se montraient prudents, restaient muets comme des tombes, refusant de parler de ce dernier, peut-être pourrait-elle deviner quelque chose à leur expression et trouver une faille. Et si rien ne sortait de tout cela, de « bons rapports » ne font jamais de tort. Quand les « relations diplomatiques » seraient rétablies, elle finirait bien, avec le temps, à les amener à se raviser et à coopérer avec elle.

Elle choisit deux ou trois cadeaux et alla les porter personnellement chez les Qi. Elle était contente d'elle, se trouvait intelligente et pleine de courage.

Une fois entrée au Petit-Bercail, elle regarda tout autour d'elle. Rien n'avait changé, si ce n'est que les portes donnant sur la rue ainsi que les murs étaient un peu plus délabrés. Ces taudis étaient comme ceux que l'on voit dans les films. Elle trouvait qu'elle avait eu du nez de quitter ces bas-quartiers, sinon elle aurait été une fleur sur un tas de fumier.

Mme Tianyou était assise sur le seuil de sa chambre, profitant du soleil assez chaud. Les deux enfants s'amusaient devant les marches. La petite Niuzi n'avait plus que la peau sur les os, comment aurait-elle eu la force de jouer ? Debout, sans entrain, elle regardait son frère à côté d'elle. Petit Shunr était très maigre lui aussi, mais il avait encore de l'énergie pour gambader.

Les enfants l'aperçurent les premiers. Ils ne se souvenaient déjà plus très bien d'elle. Parfois, au cours de la conversation, il leur arrivait de mentionner la « grosse tante », mais son image était peu à peu devenue floue dans leurs petits cerveaux. Petit Shunr fit : « Oh ! » et se tut, faute de trouver autre chose à dire.

Mme Tianyou ouvrit lentement les yeux et reconnut Chrysanthème, au premier coup d'œil. Elle se leva en chancelant, cria : « Petit Shunr, Niuzi, rentrez vite ! » Elle prit les deux enfants par la main et entra dans sa chambre. Parmi les membres des quatre générations, la vieille dame était la personne la plus apte à vivre en bonne harmonie avec tout le monde. Mais, faire bonne figure à cette grosse garce, c'était trop lui demander. Chrysanthème était en colère : ils faisaient vraiment peu de cas de la faveur qu'elle leur accordait.

Non, elle ne pouvait pas s'emporter. C'eût été contrevenir aux règles de la diplomatie. Elle ne devait pas oublier que l'objet de sa visite était de recouvrer les bonnes relations avec les Qi. Elle appela d'une voix suave : « Grande belle-sœur ! » Elle savait que Yun Mei était plus facile à manœuvrer.

Cette dernière était dans la cuisine. Sans regarder à l'extérieur, rien qu'à la voix, elle sut que la visiteuse était la grassouillette Chrysanthème. Elle changea immédiatement de couleur. Elle n'avait jamais voulu offenser personne, mais elle était capable aussi de distinguer le vrai du faux. Devait-elle ou non sortir pour aller au-devant de sa belle-sœur ?

Elle savait que le hibou ne se déplace jamais pour rien. Cette fois-ci qu'est-ce qui motivait sa venue ? Elle ne trouvait pas. Elle décida de faire la morte. Elle ne pouvait pas saluer comme ça une garce aussi éhontée. Si elle venait pour faire des histoires, ne se couvrirait-elle pas de honte elle-même ?

Le vieux Qi ayant entendu appeler « Grande belle-sœur ! » pensa qu'ils avaient de la visite, aussi ouvrit-il lentement la porte. En voyant qu'il s'agissait de Chrysanthème, il s'empressa de lever la tête et de regarder en l'air. On aurait dit qu'il implorait l'aide du ciel pour savoir comment se comporter vis-à-vis de cette femme.

« Grand-père ! Je vous apporte des cadeaux ! » La grassouillette Chrysanthème, contenant la colère qui la gagnait, eut recours à sa diplomatie de bas étage.

La barbiche du vieil homme remua plusieurs fois, mais il ne dit rien. Chrysanthème voulut entrer chez lui, elle éleva jusqu'à ses yeux les cadeaux qu'elle avait apportés, pour attirer son attention.

Le vieux Qi l'arrêta. Il dit d'une voix qui n'était pas très forte, mais bien distincte : « Fous le camp ! » Puis comme de l'eau qui rompt l'écluse, les paroles jaillirent à la file : « Fous le camp, dehors ! Tu as le culot de franchir ce seuil et de m'apporter des cadeaux ! Si je les acceptais, nos ancêtres se remueraient dans leur tombe. Fous le camp ! Fous-moi le camp ! »

Yun Mei sortit de la cuisine, elle avait peur de ce qu'allait dire cette grosse garce et qui indisposerait le vieil homme. Debout à la porte, elle dit d'une voix forte : « Comment, tu n'es pas encore partie ? File, et vite ! »

La grassouillette Chrysanthème, à court de moyens, dut faire demi-tour. Au début, elle pensa jouer un peu les fâchées et jeter violemment les cadeaux au sol. Mais elle se ravisa et les serra contre elle.

Yun Mei s'avança d'un pas rapide et appela le grand-père : « Grand-père, allez vous reposer un peu ! » Celui-ci aurait bien voulu dire tout ce qu'il avait sur le cœur, mais la colère lui donnait des vertiges, il ne savait par où commencer.

Quand Ruixuan rentra, après avoir entendu les propos des siens, il se dit à lui-même : « C'est ce qu'il fallait faire ! Les Qi en fin de compte ont du caractère ! »

CHAPITRE XC

Lan Dongyang prolongea son congé de maladie. La terreur, il avait aidé les Japonais à la faire régner, mais il ne l'avait jamais appréhendée lui-même. Il était resté indifférent devant l'affolement des jeunes gens des deux sexes qu'il avait fait arrêtés, devant la douleur extrême de leurs parents. Il avait l'argent, la puissance, cela le comblait.

Cette fois-ci, Ruiquan lui avait mis cette balle sous le nez. Il n'avait pas osé la toucher de peur qu'elle ne parte avec bruit au simple contact. Cette chose brillante, glacée, le regardait fixement, comme une pupille vivante.

En vérité, il n'avait jamais réfléchi qu'il n'y avait pas de fumée sans feu. Quel péché, quel crime avait-il bien pu commettre pour que la mort vînt ainsi le chercher ? Comme il ne se sentait pas coupable il n'était pas, bien sûr, question de se racheter. Les croyants pensent qu'en expiant ses crimes un homme mauvais peut devenir bon. Lan Dongyang, lui, était incurable.

Il vivait dans la peur, une peur terrible. Il n'en finissait pas de se mordiller les ongles, se mettait à pousser des cris perçants et se jetait sur son lit la tête sous la couverture. Il restait ainsi à étouffer de longs moments, sans même oser respirer, transpirant à grosses gouttes. Il n'osait pas soulever la couverture, avait la sensation que, debout à son chevet, la Mort l'attendait.

Il consentait à montrer son nez et à s'asseoir uniquement quand la grassouillette Chrysanthème était de retour. Alors il l'appelait, l'enlaçait comme un fou, la mordait au hasard sur ses bras grassouillets. Elle était sa grosse femme, avant de mourir il lui fallait la mordiller tout son content, la piétiner. Seule cette conduite lui permettait de ne pas trop se sentir victime d'un préjudice à cause de l'argent qu'elle dépensait.

Après ce rite, il inspectait la maison, regardait tous les objets qui s'y trouvaient, puis refaisait ses comptes pour connaître le montant de l'argent qui lui restait. Il criait : « Pas la mort, non, pas ça ! »

Sans se soucier d'enfiler des chaussures, il se levait, pieds nus, attrapait un crayon, une feuille de papier, et enregistrait un par un meubles, vêtements, théières, vaisselle et autres objets, sans oublier les balais et les plumeaux. Plus la liste était longue, plus il était satisfait et plus il avait peur. Il allait bientôt perdre la vie, à qui laisserait-il ces objets ? Certainement pas à la grassouillette Chrysanthème. Elle l'avait épousé pour sa position et sa fortune. Il ne pouvait les lui laisser.

Il l'enlaçait de nouveau, allongeait sa bouche vers ses grosses joues : « Il faudra que tu meures avec moi, on va mourir ensemble ! » Eh oui, même couché dans un cercueil, il lui fallait une compagne, car, une fois mort, il aurait si peur !

La grassouillette Chrysanthème échappait à son étreinte. Il était furieux, en grinçait même des dents. Ah ! Elle appartenait en fin de compte à la famille Qi ! Qui sait si elle n'avait pas l'intention de retourner chez eux, pour épouser Ruiquan !

Il la suppliait de ne pas l'abandonner, discutait avec elle de l'éventualité de s'enfuir ensemble de Peiping.

C'est cela, il fallait s'enfuir ! Une fois à l'extérieur de la ville, il serait hors d'atteinte. Ruiquan était son seul ennemi sous le ciel. Il lui suffisait d'aller ailleurs et il pourrait de nouveau s'habiller de soie et de satin.

Mais comment s'enfuir avec tous ces objets ? Tables et chaises n'avaient bien sûr pas autant de valeur que l'or et l'argent, mais quoi qu'on en dise c'était ses biens. En bois ou en porcelaine, il les avait obtenus en déployant toutes les ressources de son ingéniosité, mais il se ravisait : s'il s'embarrassait de trop de choses, les Japonais le retiendrait.

Le soir, quand il entendait des pétarades — c'était peut-être des pneus qui éclataient à la station de pousses — il se pelotonnait dans son lit et se cachait le visage dans les mains.

Il était en transe à longueur de journée, en avait l'appétit coupé, ne pouvait plus rien avaler. Il essayait pourtant de se remonter le moral, se forçant à ingurgiter de grandes quantités de nourriture afin d'avoir les forces nécessaires pour penser à un moyen de s'enfuir. À se contraindre ainsi, il digérait mal, et son haleine était encore plus fétide. Il gardait closes portes et fenêtres, si bien qu'au bout d'un ou deux jours l'odeur dans la maison était devenue aussi pestilentielle que celle d'un terrier de renard.

Il était malade depuis si longtemps que les Japonais commencèrent à avoir des doutes. Ils lui expédièrent un médecin japonais. Ce dernier frappa à la porte, fut assailli par l'odeur qui faillit l'asphyxier. Il s'empressa de courir ouvrir en grand toutes les fenêtres.

En temps ordinaire, Dongyang lui aurait fait mille courbettes. Mais cette fois il n'en fut pas très content, il s'inquiétait : n'est-il pas fréquent que ceux qui travaillent pour les Japonais soient empoisonnés par eux ?

Le médecin lui donna quelques remèdes pour aider à la digestion. Il n'osa pas les prendre. Le médecin eut beau l'exhorter, ce fut peine perdue. Il dut dépenser une force de cheval pour lui fourrer le médicament dans la bouche.

Dongyang était allongé sur son lit, convaincu que la mort était proche. Il se mit à pleurer bruyamment.

Le remède descendait lentement ; peu après, il entendit son ventre glouglouter longuement. Il se dit qu'on lui avait donné de l'arsenic. Il sortit du lit avec beaucoup d'efforts, referma avec soin portes et fenêtres, sentit une amélioration. Son ventre s'était un peu relâché, il n'avait plus aussi mal. Il rit. Non, on ne l'avait pas empoisonné, il avait toujours la confiance des Japonais. Fort bien, il fallait trouver une stratégie pour s'enfuir de Peiping.

Eh ? Pourquoi n'irait-il pas au Japon ? Mais oui, le Japon aussi était son pays !

La grassouillette Chrysanthème faisait d'autres projets. Elle n'était plus disposée à continuer à servir Dongyang. Elle ne considérait pas cela comme déloyal. Depuis trois ans, avec patience, elle lui donnait son gros corps pour qu'il en jouisse. À présent, elle n'avait plus besoin de s'humilier à chercher ses bonnes grâces.

Si elle était vraiment décidée à partir, il fallait le faire vite, sans attendre qu'il fût remis de sa maladie, profiter de ce qu'il était cloué dans son lit pour rafler tout l'argent. C'était l'occasion où jamais.

Ce qu'elle lui avait déjà soutiré avait été changé en or et en argent, lesquels étaient en sûreté chez sa mère. Mais qui sait si Dongyang mort, les Japonais n'iraient pas fouiller la maison de ses parents ? Pour préserver tout cela, elle ne devait pas passer son temps à hésiter, il lui fallait se décider vite, partir loin en emportant également les objets de valeur que Dongyang possédait à portée de la main, ainsi que son sceau à lui afin de retirer tout l'argent liquide qu'il avait à la banque.

Avec de l'or, elle pourrait peut-être gagner une grande ville comme Shanghai ou Nankin. Là-bas, forte de ce qu'elle avait appris au contact de la « grosse courge rouge » et de Dongyang pendant toutes ces années, ne pourrait-elle pas repartir à zéro et se jeter à corps perdu dans une nouvelle vie ?

Ainsi fit-elle, laissant les choses lourdes chez ses parents, et de filer comme une flèche à Tianjin avec les objets les plus précieux et les liquidités.

La fuite de Chrysanthème n'affecta pas Dongyang outre mesure. Par ces temps troublés, on pouvait se procurer une jeune fille pour un sac de farine de froment. Non, mais pour qui se prenait-elle, cette grassouillette Chrysanthème ! Il aimait les femmes bien en chair. Si ce genre de transaction pouvait se faire en fonction du poids, il était prêt à donner deux sacs pour une grosse.

Mais quand il s'aperçut que Chrysanthème s'était enfuie avec son argent, ses globes oculaires se révulsèrent en même temps, et il eut du mal à respirer pendant une bonne demi-heure. Bien qu'elle n'eût pas touché aux objets de la maison et qu'il eût encore à la banque des dépôts faits en cachette de Chrysanthème, cela ne suffisait pas pour le consoler.

Cette fois, il tomba gravement malade. L'anxiété, le froid, la peur l'assaillaient de tous côtés. Il passait sans cesse du chaud au froid, son visage verdâtre devenait terreux, puis violacé. Ses dents jaunes s'entrechoquaient violemment. Il aurait voulu faire quelques calculs, mais le souffle qui le glaçait jusqu'à la moelle l'empêchait de se concentrer. Il avait beau réfléchir, il ne parvenait pas à se débarrasser du mot « mort » Puis, brusquement, son corps tout entier le brûlait tandis qu'un grand tumulte s'installait dans son cerveau. On aurait dit l'attaque surprise d'une nuée de sauterelles. Quand il retrouvait un peu ses esprits, il criait : « Je ne veux pas mourir, donnez-moi de l'argent pour aller au Japon ! »

Le médecin japonais revint. Dongyang prit des remèdes et s'endormit, l'esprit troublé. Son cerveau ne s'arrêtait jamais de fonctionner, il n'avait pas le sommeil paisible. Il ne se débarrassait pas de ses idées fixes : son argent et Chrysanthème.

Comme sa maladie durait, ses supérieurs nommèrent un autre directeur à l'École des chemins de fer.

En temps ordinaire Ruixuan aurait songé à démissionner dans les règles. Mais, cette fois, il ne se posa même pas la question et continua d'aller faire ses cours. Du moment que le nouveau directeur ne le chassait pas, il continuerait d'enseigner comme l'avait souhaité Ruiquan. Sinon, il trouverait un moyen de faire face à cette difficulté.

Son nouveau supérieur était un homme entre deux âges, qui ne voyait pas plus loin que le bout de son nez, mais qui n'était pas un méchant homme. Bien qu'il se fût démené comme un beau diable pour avoir ce poste, il ne comptait pas faire son beurre sur le dos des étudiants, ni les envoyer à la mort. Il ne limogea personne. Ruixuan resta donc dans son poste.

Pour Ruixuan, le plus gros avantage de cet emploi n'était pas les rentrées d'argent, mais le fait qu'il avait ainsi l'occasion de se dévouer pour la patrie, pour les étudiants. Il donnait aux élèves des explications détaillées — traduisant le sens du mot, leur donnant son étymologie, leur apprenant à l'utiliser. En plus des manuels, il avait sélectionné de nombreuses lectures extra-scolaires. Il choisissait avec soin les matériaux littéraires dans le but de faire naître chez les jeunes l'enthousiasme patriotique, de les débarrasser de leur complexe d'infériorité nationale. Il feignait d'avoir choisi ces lectures au hasard, comme si son seul but était d'aider les élèves à mieux comprendre le texte. Ainsi, quand bien même un espion se serait trouvé parmi eux, il lui aurait été difficile de le prendre en défaut.

Le point le plus délicat était le choix des sujets de dissertation. Selon ses principes en matière de pédagogie, il ne voulait pas leur donner des sujets creux qui les amèneraient à commencer leurs devoirs par des phrases du genre : « L'homme, sur terre... », puis les voir en rester là, à mordiller leur pinceau, sans parvenir à trouver la phrase suivante. Mais il ne pouvait pas non plus prendre de grands thèmes d'actualité. S'il s'avisait à écrire sur le tableau quelque chose en relation trop étroite avec leur vie, il serait arrêté sur-le-champ. Pour éviter ces deux écueils le sujet devait toujours être relié au texte. Ainsi, les élèves avaient la matière pour le traiter, tandis que lui était à même de comprendre leurs réactions.

La correction des copies le remplissait d'enthousiasme. Nombre d'entre elles prouvaient que les jeunes gens se rendaient compte du mal qu'il se donnait, en même temps qu'ils lui faisaient, avec une grande prudence, quelques confidences sur leurs souffrances refoulées. Ce travail de correction, si insipide en règle générale, était devenu une joie pour lui. Il pouvait ainsi dialoguer avec les jeunes à mots couverts.

Il prêtait une attention redoublée aux élèves suspects, les observait pour savoir si c'était consciemment ou non qu'ils acceptaient cette éducation asservissante inculquée par les Japonais.

Le fait qu'un ou deux enfants de traîtres au pays aient une position totalement différente de leur père le remplit de joie. Cette découverte lui fit faire un retour sur lui-même et mesurer à quel point il s'était montré pessimiste autrefois. Il se plaisait alors à croire que, dès son occupation par les Japonais, Peiping était devenue un marécage d'eau stagnante. Il s'était trompé !

Il décida de mettre Petit Shunr à l'école ; il n'avait pas le temps de s'occuper de son éducation. À présent il avait compris que les maîtres n'étaient pas ce qu'il s'était imaginé : des gens faibles et incapables.

Pendant que Dongyang endurait toutes ces souffrances et restait allongé sur son lit à grelotter et à transpirer tour à tour, l'hiver avait quitté Peiping, sans bruit. Au cours de ces longs mois de nombreuses personnes qui n'avaient plus rien à se mettre sur le dos ni dans le ventre étaient mortes de froid. Le vent printanier qui s'était soudain mis à souffler était instable. Glacé, il balayait la neige sur la crête des murs ; puis, soudain, il devenait agréablement chaud, chargé d'humidité, apportant avec lui les nuages colorés du printemps. La couche de neige sur les murs de la ville ancienne commençait aussi à fondre ; l'eau de la fonte s'infiltrait dans les fentes. De tendres pousses d'herbe pleines de vie, vert pâle, pointaient au pied des murs. Le toit doré du Stuppa blanc, les tuiles jaunes vernissées du Musée du palais impérial étincelaient sous la lumière printanière. Les gens avaient ôté leurs vieilles vestes molletonnées, épaisses, lourdes, en loques. Mais soudain les froidures revenaient, vous forçant à repenser aux rigueurs de l'hiver.

Un vent glacé souffla, ils prirent froid, certains en moururent rapidement. On est fragile au changement de saison.

Le printemps finit pourtant par s'implanter. La glace et la neige avaient fondu ; les abeilles courageuses volaient en bourdonnant. Une nouvelle arriva, plus douce que le vent printanier, les Pékinois en oublièrent le froid et la faim qu'ils avaient endurés tout l'hiver : l'aviation militaire américaine avait bombardé le territoire japonais. Ruixuan l'apprit dans un tract venant du Troisième.

Après en avoir pris connaissance, Ruixuan, empli d'allégresse, arriva à l'école sans s'en être rendu compte.

En entrant dans la salle de cours, il vit les yeux des élèves illuminés de joie. Il comprit que la nouvelle du bombardement du Japon était connue de tous. L'effet conjugué de ces regards donnait à la pièce une chaleur inhabituelle. Il ne dit rien, mais il les regarda, les yeux brillants du même éclat. Tous les visages étaient souriants, des larmes brillaient au bord des cils.

Ruixuan commença son cours. Il aurait bien voulu glisser cette phrase : « Le Japon a été bombardé », mais il faisait tout pour se contrôler. Ces mots, comme une ritournelle, tournaient dans sa tête.

Il pensait aussi dire aux élèves : « Mes petits, cette nouvelle, c'est mon frère qui l'a fait passer ! » Mais il n'osa pas.

Il comprenait maintenant l'impact de la propagande. Autrefois il s'était montré trop pessimiste, pensant que la propagande n'était que paroles creuses, sans valeur. Mais, aujourd'hui, voyez comme cette nouvelle les rendait heureux, les enthousiasmait, lui, ses élèves et tous les Pékinois avec !

Pourquoi ne faisait-on pas davantage de propagande ? Il décida qu'il aiderait le Troisième en ce sens. S'il avait besoin de quelqu'un pour rédiger, il le ferait, c'était sa partie. Il savait que le Troisième saurait imprimer ce qu'il aurait écrit et que l'oncle Qian s'occuperait de la diffusion.

Il rencontra dans la rue le moine Mingyue et lui parla de son intention de rédiger des textes pour les organisations clandestines. Le moine lui communiqua quelques adresses auxquelles il pourrait faire parvenir ce qu'il aurait écrit. Le moine lui dit de penser à se déguiser, de faire attention aux espions.

Quand ils se séparèrent, Ruixuan eut la sensation que la lumière printanière de Peiping illuminait son cœur. Il se sentait tout heureux. Il avait une tâche concrète, il ne pouvait plus se laisser aller à son complexe d'infériorité ni rester en proie à ces hésitations qui l'empêchaient d'avancer.

Les navets de l'an passé étaient devenus creux, et pourtant des feuilles vertes toutes tendres leur poussaient. Les choux, dans les silos, étaient desséchés, mais ils pouvaient quand même offrir leurs feuilles d'un jaune délicat. Même l'ail, qui ne payait pas de mine, se parait de pousses émeraudes. Toute chose est vouée à la putréfaction, mais toute chose peut revivre

CHAPITRE XCI

Les Japonais avaient promulgué des décrets pour la défense antiaérienne, chaque famille devait cacher portes et fenêtres avec du tissu noir.

Au Petit-Bercail personne n'avait les moyens d'en acheter. Le chef de police Bai et M. Li étaient soucieux. Ils n'osaient enfreindre les ordres venus d'en haut, mais ils savaient parfaitement que ceux qui n'avaient rien à se mettre sur le dos ne pourraient naturellement pas faire une telle dépense.

Quand le chef de police Bai rencontra M. Li, il poussa un long soupir et dit : « Et moi qui me disais à l'instant qu'il ne fallait pas se réjouir trop vite ! N'en est-ce pas la preuve ? Chaque foyer doit cacher portes et fenêtres avec du tissu noir.

— Et voilà ! — Une fois de plus on va me faire des reproches !

— Oh ! Laissons cela pour le moment ! Qu'allons-nous faire ? C'est le plus important. Si personne ne peut mettre de tissu noir, comment rendrons-nous compte tous deux de notre mission ?

— À défaut de tissu, barbouillons du papier journal avec de l'encre noire. Si les Japonais viennent inspecter, eh bien, toutes les fenêtres seront noires, et le tour sera joué !

— Oh, mais ce que vous dites là se tient tout à fait ! Mais voilà : où trouver de la colle ? Avec la "farine républicaine" cela ne marche pas[1].

— Je vais trouver un moyen pour avoir un seau de colle et ça ne coûtera rien à personne. Ceci dit, ça ne les empêchera pas de m'insulter. »

Le chef de police Bai répliqua immédiatement : « Cette fois-ci, je ne permettrai pas que vous soyez le seul à vous faire injurier ! Je vais d'abord aller leur demander de trouver du tissu noir, puis vous irez leur parler de coller du papier journal. Ils recevront chacun leur part de colle, et s'ils continuent à se montrer ingrats, c'est qu'ils n'ont aucun sens moral et sont incapables de comprendre où est leur intérêt. »

M. Li hocha la tête pour signifier qu'il était d'accord.

« Mais ce n'est pas tout.

— Comment ça ? » cria M. Li.

Le chef de police Bai rit. « Il va falloir tout de même leur dire que, en cas d'attaque aérienne, ils devront éteindre les lumières et les fourneaux. Interdiction de sortir de chez soi.

— Et nous allons tous mourir sous les bombes ? »

Le chef de police Bai ne répondit pas à la question du vieil homme, il continua de l'informer des ordres qu'il avait reçus. « Chaque famille doit désigner quelqu'un qui se tiendra en faction dans la rue de l'autre côté du portail, lequel doit rester ouvert pendant l'alerte. Si personne ne peut monter la garde, il faudra louer les bons services de

1. La colle est habituellement faite avec de l'amidon de riz ou de la farine de froment.

quelqu'un au prix officiel de trois yuans par heure.

— Ça rime à quoi tout ça ?

— Au diable si je comprends quelque chose ! Peut-être que, si l'on ne ferme pas le portail, ce sera plus facile pour les Japonais de s'engouffrer à l'intérieur et d'arrêter qui bon leur semblera.

— Vous avez raison. Il ne s'agit absolument pas de mesures de défense contre une attaque aérienne, c'est pour procéder plus facilement à des arrestations. »

Le chef de police se rendit dans chaque famille pour informer tout le monde. Partout les protestations furent unanimes. Mais, à la réflexion, les gens se dirent : « Alors c'est bien ça, les Japonais ont été bombardés ! » À la suite de quoi, tous se laissèrent aller à la joie.

M. Li alla trouver Cheng Changshun pour lui demander de vieux papiers.

Ce dernier lui dit qu'il avait effectivement des vieux journaux et des vieux chiffons, et qu'il pouvait prendre tout le papier qu'il voulait. « Quatrième grand-père, emportez-en une liasse, ce sera mieux que de faire venir les voisins ici. Je suis un petit commerçant, s'ils savaient que je donne tout ça pour rien, je crains qu'ils n'acceptent pas. Qu'en pensez-vous ?

— C'est entendu ! » M. Li approuva de la tête.

— Quant aux vieux chiffons, si quelqu'un en veut, je lui en vendrai au prix coûtant, je ne peux pas les distribuer gratis. »

Le vieil homme prit une grosse liasse de journaux, prépara un grand seau de colle et s'en fut trouver chaque famille. Tous lui en furent très reconnaissants, même John Ding accepta ce qu'il lui donna.

Seule Yun Mei ne voulut rien. Elle avait déjà

recouvert les fenêtres avec du papier journal barbouillé d'encre noire liquide.

À dix heures du soir, pour la première fois, retentit la sirène pour les exercices de défense antiaérienne. La plupart des habitants du Petit-Bercail étaient déjà au lit.

Les adultes, égarés, cherchaient un vêtement, se trompaient de chaussures. Les enfants, réveillés en sursaut, pleuraient bruyamment. Ils étaient tous ahuris, se bousculaient, tirant derrière eux leur marmaille pour se rassembler dans la cour. Alors, seulement, ils repensèrent à ce que leur avait dit le chef de police Bai : « En cas d'attaque aérienne, éteindre les lumières, attendre assis dans la maison, ne pas sortir. »

Ils regardaient la cour, puis le ciel. Ils comprirent que, même s'ils avaient voulu partir, il n'y avait pas d'endroits où s'abriter. Les Japonais n'avaient absolument pas prévu d'abris pour eux, il ne leur restait plus qu'à rentrer s'asseoir dans leur maison.

Ruixuan et Yun Mei, un vêtement sur l'épaule, s'étaient levés, Ruixuan marcha sans bruit jusque dans la cour. Il avertit le voisin qui montait la garde à la maison au sud : « C'est une fausse alerte, que vous vous leviez ou non n'a aucune importance. » Puis il se dirigea vers la fenêtre du grand-père, écouta de l'extérieur. Si le vieil homme dormait encore, il n'allait pas le réveiller.

Yun Mei ouvrit le portail donnant sur la rue, elle s'assit sur les marches et décida d'y attendre la fin de l'alerte. Elle n'était pas disposée à laisser Ruixuan de garde à la porte. Le lendemain il avait cours, elle n'avait pas le cœur non plus à dépenser trois yuans par heure pour payer quelqu'un à monter la garde à sa place.

Ruixuan vint la voir. Elle lui dit : « Il vaudrait mieux que tu ailles dormir !

— Je vais monter la garde un moment. Tu prendras ensuite la relève. Qui sait combien de temps cela va durer !

— Va dormir, toi ! De toute façon je n'ai pas sommeil ! »

Comme ils parlaient, ils virent les Japonais du n° 3 sortir furtivement à vive allure puis, rasant les murs comme des voleurs, filer vers la rue.

« Qu'est-ce qu'ils vont faire ? demanda-t-elle en baissant la voix.

— Rejoindre les abris, qu'est-ce que tu crois ! » Ruixuan resta un moment debout, silencieux, puis rentra dans la cour.

Dans l'obscurité, Yun Mei finit par deviner, au vu de la silhouette et de la toux, que l'homme en faction au portail de M. Li était son gros fils, tandis que Cheng Changshun gardait celui de la veuve Ma et que, à l'extérieur du n° 6, c'était John Ding. Personne ne disait mot.

Au bout d'une bonne demi-heure, rien ne s'étant produit, le vieux Qi sortit à son tour. « Tout cela rime à quoi, en fin de compte ? Il ne se passe rien, il vaudrait mieux que tu rentres !

— Retournez vous reposer dans votre chambre, grand-père. Je dois veiller ici, qui sait si les Japonais ne vont pas venir faire une inspection ! » dit Yun Mei. À force d'arguments, elle finit par le persuader de rentrer.

Effectivement, elle ne s'était pas trompée. Tous les gendarmes et les policiers de la ville avaient été mobilisés pour inspecter chaque maison, l'une après l'autre. Il s'agissait tout au plus d'un exercice d'alerte antiaérienne, mais les Japonais avaient voulu qu'il se déroulât comme pour une véritable attaque. Ils avaient renoncé à dormir une nuit pour tourmenter tout leur content les Pékinois, leur faisant éteindre les lampes, les fourneaux, et les laissant assis dans leur maison avec interdiction de mettre le nez dehors. Ainsi ils pourraient, sans incident, gagner les zones de sécurité et leurs maisons ne seraient pas pillées.

Et ils vinrent. À la vue de quatre silhouettes qui arrivaient en courant de l'extrémité ouest de la ruelle, Yun Mei se leva précipitamment. Deux étaient de haute taille, elle estima que ce devait être M. Li et le chef de police Bai, quant aux deux autres, plus trapues, c'était des diables japonais.

Ils passèrent en courant devant le n° 1 et le n° 3, se dirigeant droit sur elle. Elle s'esquiva de côté, sans faire de bruit. M. Li et le chef de police Bai ne disaient rien, eux non plus, ils suivirent les Japonais dans la cour.

Il n'y avait ni lumière, ni feu. Les Japonais éclairèrent chaque fenêtre avec une lampe électrique, elles étaient noires. Ils ressortirent.

Tout était en règle au n° 6.

On arriva à la grande cour mêlée du n° 7. M. Li et le chef de police Bai sentirent leurs mains devenir moites.

La situation n'était pas trop catastrophique. Il n'y avait ni lumière, ni feu allumés — les habitants de cette cour n'avaient plus d'huile pour les lampes, plus de charbon.

Les gendarmes balayèrent de leurs torches les fenêtres, le chef de police Bai en transpira de peur. Trois familles au moins n'avaient pas collé quelque chose de noir dessus. M. Li ne put s'empêcher de lancer des injures : « Et merde ! — Je leur avais pourtant donné de la colle, alors comment se fait-il que... »

Le chef de police Bai savait que l'affaire était

grave. À cause de cela il allait perdre son emploi. Fou de rage il demanda à plusieurs reprises : « Pourquoi n'avez-vous pas recouvert les fenêtres ? Hein, pourquoi ? Ce n'est pas faute de vous l'avoir dit, M. Li et moi-même ? » Il s'adressait aux habitants du n° 7, mais, en fait, il disait surtout cela à l'intention des Japonais, pour se blanchir, et M. Li en même temps.

« On est vraiment désolés, expliqua pitoyablement une femme qui se tenait là debout, les enfants ont mangé la colle. Chef de police Bai, dites-leur quelques bonnes paroles en notre faveur, de toute l'année les enfants n'avaient pas eu de farine de froment ! »

Le policier Bai ne trouvait plus rien à dire.

Le niveau en chinois des gendarmes japonais était très bas, ils n'avaient pas compris ce qu'avait dit la femme. Ils s'avancèrent pourtant vers M. Li et le giflèrent.

Ce dernier en resta frappé de stupeur. Bien que son travail l'obligeât à parcourir les rues et à être en contact avec toutes sortes de gens, il n'en était jamais venu aux mains, et, quand il voyait des gens se battre, que ce fût à coups de bâtons ou avec des armes, il bravait le danger pour les séparer.

M. Li, suffoquant de colère, oublia qu'il avait toujours été contre le recours à la force, il oublia aussi sa philosophie des relations sociales basée sur la mesure et la circonspection. Il ne voyait plus que les deux bestiaux devant lui qui osaient frapper un vieillard à barbe blanche. Sans dire un mot, sans se presser, il leva la main et, de toutes ses forces, donna un coup, un seul, au Japonais en pleine figure. Il ressentit une joie soudaine, de la jubilation.

Les grandes bottes en cuir du Japonais lui lancèrent de violents coups dans les jambes, le vieil homme tomba à terre.

Le chef de police Bai n'osait pas intervenir. Il aurait bien voulu venir au secours de son vieux compagnon, mais il ne pouvait pas se permettre de provoquer ces deux brutes prises de frénésie.

Dans la cour personne n'avait bougé. Le vieil homme entoura de ses bras la jambe d'un des deux gendarmes, attira l'homme à lui ; tous deux s'empoignèrent et se roulèrent au sol.

L'autre gendarme, qui suivait leurs roulades, trouva une occasion pour donner un coup au vieil homme en pleine tempe, ce dernier ne bougea plus.

Les deux gendarmes cessèrent de frapper, puis ordonnèrent au chef de police Bai d'arrêter et de mettre en prison tous les occupants de la cour qui n'avaient pas recouvert leurs fenêtres.

Après le départ des deux gendarmes et du chef de police Bai, tous comme un essaim d'abeilles, entourèrent M. Li. Depuis qu'il avait pris ses fonctions en tant que chef de quartier, Dieu sait combien de fois il avait été insulté par eux. C'était la misère qui les poussait à injurier les gens sans rime ni raison. Aujourd'hui, à cause d'eux, il restait allongé sans pouvoir se relever. Tout le monde pleurait.

On le porta jusque chez lui. Il resta inconscient pendant plus de deux heures. Mme Li, sans se soucier de savoir si l'alerte avait été levée ou non, pleura très fort un bon moment, puis alluma le feu pour lui faire bouillir de l'eau. Les habitants du Petit-Bercail avaient eux aussi complètement oublié l'exercice en cours : c'était des allées et venues incessantes ; tous voulaient rendre visite à M. Li.

L'alerte ne devait être levée qu'au petit matin,

vers deux heures. Le vieux Qi ne dormit pas. À tout bout de champ, il était venu retrouver sa petite-belle-fille, puis était retourné s'allonger dans sa chambre.

Yun Mei, une vieille veste ouatée sur les épaules, était restée appuyée contre le chambranle du portail, ou assise à demi endormie sur les marches. Elle aurait bien voulu aller voir M. Li, mais elle n'avait pas osé s'éloigner. Peu importe qu'il y eût ou non une attaque aérienne, elle devait continuer à monter la garde : elle ne voulait pas que les siens aient des ennuis.

Quelques minutes avant la fin de l'alerte, les Japonais du n° 3 rentraient chez eux en riant et bavardant bruyamment. Yun Mei sut que c'était bientôt fini.

Quand le signal retentit, elle courut immédiatement chez les Li, suivie par le vieux Qi. M. Li ouvrit les yeux, les regarda, avant de refermer les paupières. Personne ne trouvait de mots pour le consoler. À la vue de son vieux compagnon de tant d'années étendu sur son lit à demi mort, le vieux Qi était prêt à éclater en sanglots.

« Grand-père, on rentre, non ? » lui demanda tout bas Yun Mei.

Le vieux Qi hocha la tête. Soutenu par elle, il rentra dans la maison.

Trois jours passèrent, M. Li était toujours inconscient. À la fin il souleva les paupières, regarda sa femme, les siens, referma lentement les yeux pour ne plus les rouvrir.

Bien que Mme Li n'eût rien à offrir aux gens venus présenter leurs condoléances, la veillée et le cortège funèbre se firent selon les règles. Ceux qui n'avaient pas été aidés par les Li savaient quel honnête homme il avait été, aussi vinrent-ils tous se prosterner et se frapper trois fois le front contre le sol. Ceux qui avaient bénéficié de son aide, peinés, versaient des larmes en guise de libations. Ceux qu'il avait aidés et qui l'avaient souvent injurié vinrent aussi le pleurer, profitant de l'occasion pour dire sans retenue leurs souffrances et leur infortune, tout en s'en prenant à eux-mêmes pour leur manque d'équité envers le vieil homme.

Le vieux Qi pleurait, il avait le cœur brisé. M. Li et lui étaient les deux patriarches du Petit-Bercail. Ils avaient sensiblement le même âge, le même parcours, le même caractère. Bien qu'il n'y eût pas entre eux de liens de parenté, au bout de tant d'années, ils étaient comme frères. Après la mort de M. Li, il n'y avait plus personne dans toute la rue, et on pourrait dire dans le monde entier, capable de comprendre les propos du vieux Qi. Ces deux-là s'étaient fréquentés leur vie entière, ils savaient tout l'un de l'autre.

Les funérailles de M. Li furent dignes de ce nom, il y eut foule. Les porteurs, les entrepreneurs des pompes funèbres, les joueurs d'instruments à vent, ainsi que les porte-drapeaux avaient tous entretenu des rapports amicaux avec lui. Revêtus du vêtement de deuil, le cœur empli d'une peine sincère, ils accompagnèrent leur vieil ami en dehors de la ville jusqu'à la tombe où il reposerait en paix. Ils n'avaient pas la possibilité de le venger, ils n'avaient que ces rites mortuaires, leur musique, ce cortège, leur amitié pour exprimer ce qu'ils ressentaient. Ils espéraient que les Japonais, qui avaient déjà ouvert un nombre incalculable de tombes pour construire des aéroports ou des routes, ne déterreraient pas son corps.

CHAPITRE XCII

L'été, le drapeau orné du soleil levant flotta sur la mer de Chine méridionale et sur l'océan Pacifique. Les descendants du dieu-soleil avaient conquis de nombreuses îles vertes emplies de plantations de canne à sucre et d'hévéas. À Peiping, en revanche, on voyait peu de soldats japonais aux jambes courtaudes. Ils n'osaient se montrer en plein jour, ne se déplaçaient que de nuit, car leurs uniformes étaient rapiécés, leurs chaussures éculées. Les troupes impériales étaient devenues des troupes de va-nu-pieds.

Si, pour cacher leur laideur, les soldats n'osaient sortir que de nuit, les Japonais ordinaires, quant à eux, ne se posaient pas autant de questions et n'avaient pas peur de donner partout le spectacle de leur conduite éhontée. Certaines de ces femmes japonaises, habituées à marcher la tête baissée, en kimono, accouraient sur les marchés, dans les ruelles et s'emparaient de tout ce qu'elles voyaient. Par groupes de quatre ou cinq, elles encerclaient les étals de légumes ou de fruits, attrapaient qui un chou, qui un concombre et le fourraient dans leur panier. Pas le temps de chômer : aubergines, courges disparaissaient dans les manches. Après ce pillage, toutes, comme de jolies poupées de porcelaine, rentraient chez elles, riant et jacassant avec bruit.

Même si on leur allouait des céréales en plus grande quantité et de meilleure qualité que celles laissées aux Chinois, cela ne suffisait pas. Les vainqueurs et les vaincus menaient la même vie misérable. Chaparder était le moyen le plus simple pour améliorer le quotidien. Les policiers chinois ne s'en mêlaient pas, les gendarmes japonais ne posaient pas de questions, quant aux petits vendeurs, ils n'osaient pas les en empêcher.

Les pionniers en ce domaine avaient été ces brutes de Coréens, ces esclaves de haut rang. Non seulement ils volaient, mais ils détruisaient la marchandise. Sans dépenser un sou, si l'envie leur en prenait, ils vous mangeaient un certain nombre de pastèques avant d'en piétiner quelques autres. Toutes proportions gardées, les femmes japonaises étaient moins grossières — elles ne faisaient que voler, sans rien abîmer.

Depuis qu'on était entré dans l'été, on ne trouvait plus de petits étals de légumes frais et de fruits. Les habitants du Petit-Bercail durent s'en accommoder et survivre. Les marchands avaient peur d'être volés par les femmes japonaises du n° 3.

Ainsi, cela occasionnait une grande gêne aux ménagères chinoises. Yun Mei ne pouvait plus acheter à la porte des légumes comme des ciboules ou des épinards ; même pour une tête d'ail, il fallait marcher. Et puis, les petits marchands qui avaient été ainsi volés se rattrapaient sur le dos des Chinois. Les prix grimpaient. Yun Mei se rendit compte qu'elle devait payer en plus une taxe de chapardage.

Depuis la mort de M. Li, le chef de police Bai se faisait chaque jour davantage de mauvais sang. Bien qu'il se fût trouvé des excuses, quoi qu'il pensât, il se sentait quand même coupable, indigne de M. Li. C'est lui qui l'avait poussé à être chef de quartier. Quand les gendarmes japonais l'avaient frappé, il ne s'était pas avancé pour les en empêcher. Il était obligé de faire des rondes au Petit-Bercail et il redoutait de rencontrer Mme Li et son fils. Chaque fois qu'il les voyait, il baissait la tête, n'osait pas les regarder en face, ne redressait pas les reins, se considérant comme un misérable vivant dans le déshonneur.

Il donna l'ordre à ses subalternes de ne pas contrôler les femmes japonaises qui volaient. « Si nous faisons un rapport ou si nous intervenons, qui dit que ces canailles ne trouveront pas le moyen de faire arrêter les petits marchands. Je vous le dis, mes amis, la meilleure chose à faire est de fermer les yeux. Peiping tout entière est occupée, alors peut-on encore parler de morale ! »

Le Petit-Bercail ne pouvait se passer de chef de quartier. Il avait pensé à Qi Ruixuan ou à Cheng Changshun, mais ils avaient tous deux le cœur trop tendre, ils ne pourraient tenir tête aux voisins.

À la mort de M. Li, John Ding avait visé cette charge. Il avait du temps, maintenant. Depuis qu'il avait quitté l'ambassade de Grande-Bretagne, il n'avait pas retrouvé d'autre emploi. Avec son expérience à l'ambassade, il aurait pu aller travailler comme majordome dans les restaurants servant de la cuisine occidentale, mais il ne voulait pas de ce type de travail. Et, même s'il avait consenti à se rabaisser ainsi, qui dit qu'il aurait pu trouver un tel emploi ? En effet, les Japonais étant antianglais et antiaméricains, plus de la moitié de ce type d'établissement avait fermé.

Le chef de police Bai n'aimait pas ce genre occidental que cultivait John Ding, mais, comme il ne trouvait personne qui fît l'affaire, il ne put qu'accepter.

Une fois réglé le problème du chef de quartier, le chef de police Bai continuait à se ronger d'inquiétude jour et nuit. Une autre chose le tracassait beaucoup, mais il lui était difficile d'en parler : son âge.

Chaque jour il se rasait soigneusement avec un ancien rasoir émoussé, son vieil uniforme était toujours impeccable, propre, ses chaussures en cuir, bien qu'usagées, luisaient des coups de chiffon qu'il leur avait donnés. Il avait beau marcher avec dynamisme, en bombant le torse, il savait qu'il ne pouvait cacher sa décrépitude. Il ne voulait pas être le chien courant des Japonais, mais, en même temps, il avait vraiment peur que ceux-ci ne lui ôtent son emploi. Quand il inspectait les rues, il craignait toujours de rencontrer soudain un Japonais qui lui dirait : « Dégage ! Qui voudrait d'un chef de patrouille aussi vieux ! »

Depuis que les femmes japonaises avaient commencé à chaparder, les Chinois s'y étaient mis aussi, cela le chagrinait. S'il disait à ses subalternes de ne pas s'occuper des femmes japonaises, pouvait-il leur demander d'exercer leur autorité sur les Chinois qui volaient ? D'autant plus que leurs larcins étaient moins importants. Selon lui, si l'on baissait les bras d'un côté, on devait en faire autant de l'autre.

La tête basse, il disait à ses hommes : « Laissez-les tranquilles, la faim nous creuse à tous le ventre, qui n'en souffre pas ? Et même si on les arrêtait, les Japonais n'en diront pas pour autant du bien de nous. Les prisons sont pleines, les condamnés n'ont rien à manger. Bah ! Autant fermer les yeux et, quand nous les fermerons pour de bon, peut-être le monde connaîtra-t-il la paix ? »

Le manque de nourriture amenait la race étrangère qui se trouvait en position de domination à montrer son vrai visage. La faim poussait les esclaves, de leur côté, à ne pas s'embarrasser de honte. Les gens affamés ne pensaient qu'à trouver quelque chose à se fourrer sous la dent. Voilà belle lurette qu'on se moquait de l'honorabilité : on chapardait ici ou là, et il n'y avait pas de quoi en faire un plat.

Dans les boutiques qui vendaient de la viande de porc cuite ou crue à Peiping, les billots pour trancher les lamelles de jambonneau ou les saucisses parfumées étaient à hauteur d'homme, les patrons redoutant de blesser les mains qui s'avançaient. Mais à présent ces hauts billots (qui étaient en fait de gros troncs d'arbres coupés en deux) n'empêchaient plus les mains chapardeuses. Les vendeurs de viande crue avaient toujours coupé la marchandise sur le billot, pensant que les plus avides n'iraient quand même pas jusqu'à se fourrer de la viande crue ou du saindoux dans la bouche. Pourtant, à présent, c'est ce qui arrivait.

Depuis que les Japonais avaient instauré des distributions de céréales, les commerces des bouchers étaient désertés. Il arrivait souvent que pendant quatre à cinq jours d'affilée, il n'y eût pas de viande à vendre. Quand, par hasard, il y en avait un peu, on passait la nuit à couper la viande crue ou cuite en tout petits morceaux qu'on emballait dans du papier ou dans des feuilles de lotus, puis on plaçait les paquets dans le comptoir. L'acheteur devait d'abord payer et, alors seulement, il pouvait toucher un peu de viande.

Recevoir la marchandise après avoir payé devint une pratique courante à Peiping. Si l'on ne s'y conformait pas, on ne pouvait rien acheter.

Les petits vendeurs de galettes, de petits pains à la vapeur et autres nourritures, recouvraient leur panier d'un fin grillage en fil de fer puis le fermaient à clef. L'acheteur payait, le vendeur ouvrait alors le cadenas, prenait l'objet. Tout en remettant la marchandise, le vendeur entretenait encore la conversation, mais, une fois la chose dans la main de l'acheteur, il ne se sentait plus concerné. En effet, il y avait souvent des gens qui attendaient à côté et volaient tout ce qu'ils voyaient.

Yun Mei en avait fait l'expérience deux fois, elle n'avait plus osé retourner faire les courses. Même si ce n'était que des choses peu chères, elle avait eu peur.

Mme Tianyou, toute hésitante, fit une suggestion : « Et si Petit Shunr t'accompagnait ? Quatre yeux ont plus d'effet que deux ! »

Qu'elle fût utile ou non, Yun Mei se disait que la présence de Petit Shunr lui donnerait du courage. Mais voilà, ce dernier devait aller à l'école.

« Oh ! » Le vieux Qi soupira. « Par les temps qui courent, aller ou non à l'école n'a guère d'importance ! »

Quand Petit Shunr entendit dire qu'on voulait l'investir d'une telle mission, tout fier, il pensa tout de suite emporter un bâton. « Si quelqu'un ose t'arracher ton sac, maman, je le frapperai avec mon bâton !

— Calme-toi ! dit Yun Mei, partagée entre le rire et les larmes, il te suffira d'ouvrir grands les yeux, et de bien regarder. Si quelqu'un nous suit, tu crieras très fort.

— J'appellerai la police ?

— Tu parles — ça m'étonnerait beaucoup qu'ils interviennent !

— Alors je crierai quoi ? » Petit Shunr voulait tout régler au quart de tour, sinon comment pourrait-il tenir auprès de sa mère son rôle de garde du corps ?

« Tu crieras ce que tu voudras — tu crieras, voilà tout ! » expliqua la grand-mère venue à la rescousse.

Le vieux Qi, pour bien montrer que, malgré son âge et sa faiblesse physique, il était encore plein de ressources, alla chercher quelques vieux bouts de chiffons et de la ficelle, et dit à Yun Mei : « Emporte-les pour couvrir le panier, quand tu auras la marchandise, tu resserreras la ficelle, comme font les vendeurs ambulants. N'est-ce pas un moyen plus fiable ? »

Yun Mei dit : « Votre idée est vraiment bonne, grand-père ! » Mais elle pensait : « Et si l'on me vole le panier avec ? »

Ruixuan, bien évidemment, voulait lui aussi rendre service. Chaque fois qu'il rentrait à la maison après les cours, il s'efforçait en chemin de faire quelques courses pour que Yun Mei eût à se rendre moins souvent dans la rue.

Un jour, alors que justement il rentrait, il se rappela que sa femme lui avait demandé de rapporter quelque chose mais il ne savait plus quoi.

Après avoir marché un moment, il vit un marchand de galettes et de beignets. Avant la guerre, il y avait pléthore de ce type de commerces, mais, à présent, les vendeurs se faisaient rares. Le grillage en fil de fer dont ils recouvraient leur panier était nouveau, bizarre.

Il décida d'acheter deux galettes et deux beignets pour réparer son oubli et faire plaisir à Niuniu. La petite continuait de pleurer dès qu'elle voyait de la « farine républicaine ».

Ses galettes et ses beignets à la main, il marchait tout en repensant à M. Goodrich. N'offrait-il pas souvent des gâteaux, du pain ou autre friandise à Niuzi ? Il s'inquiétait beaucoup pour son vieil ami, mais il avait bien compris que, même s'il avait su où se trouvait le vieil homme, il n'aurait pas osé aller lui rendre visite. Les Japonais avaient en aversion les Chinois qui fréquentaient des Occidentaux.

Il était là, plongé dans ses pensées, quand soudain une main s'avança vers lui, une main très sale, décharnée. Avant qu'il ait eu le temps de comprendre ce qui lui arrivait, galettes et beignets s'étaient volatilisés. Il s'arrêta, se retourna.

Le voleur était un homme très maigre, très faible, il courait avec toute l'énergie du désespoir, pourtant il n'avançait pas. Il crachait sur les galettes et les beignets si bien que, même si on l'avait rattrapé, on n'aurait plus voulu de la marchandise.

Ruixuan le rejoignit. L'homme se trouva pris tel un rat dans son trou ; il s'arrêta, le visage tourné vers le mur. Ruixuan constata qu'il était encore capable d'éprouver de la honte, il eut pitié de lui et regretta de l'avoir rattrapé.

« L'ami, garde-les, je n'en veux plus ! » dit Ruixuan doucement, dans l'espoir que le type se retournerait.

Mais l'autre colla son visage plus près du mur encore.

Ruixuan avait envie de dire : « C'est à cause des Japonais que nous sommes devenus des êtres éhontés, qui n'ont plus aucun amour-propre, tu n'es pas le seul responsable. » Mais il n'en fit rien, car c'était des paroles creuses. On ne remplit pas les ventres avec des grands principes et des paroles de réconfort. C'est pourquoi il dit · « Eh, l'ami, allons, mange ! »

L'autre sembla touché, il se retourna lentement.

Ruixuan comprit soudain de qui il s'agissait : c'était le beau-frère du poète Qian, Chen Yeqiu ! Elles étaient loin les phrases qu'il avait préparées ! Il prononça avec difficulté : « Yeqiu ! »

Ce dernier, la tête baissée, le corps appuyé contre le mur, restait debout, hébété. Ses cheveux n'avaient pas dû être démêlés depuis bien des mois, ils étaient longs, sales, en bataille. Son visage était si maigre qu'on aurait dit une lame de couteau ; il ne s'était pas lavé depuis des jours. Nulle larme dans ses yeux. Hébété, fasciné, il regardait les beignets dans sa main.

Ruixuan lui saisit le bras, Yeqiu pensa se dégager de cette étreinte, mais il n'en eut pas la force ; il le suivit quelques pas en chancelant et trouva juste l'énergie pour demander : « Où allons-nous ?

— Chercher un endroit où s'asseoir ! » dit Ruixuan

Les deux hommes entrèrent dans une petite gargote. À peine eurent-ils franchi la porte que le garçon s'avança pour les éconduire poliment. « Je suis désolé, aujourd'hui nous n'avons rien à vous offrir, nous n'avons même pas allumé les fourneaux. Les affaires ne marchent pas. »

Pas de feu dans les fourneaux, pas de bruit de vaisselle et cela s'appelait un restaurant ! Les tables, les chaises, les bancs étaient rangés en bon ordre ; une odeur de graillon et de nourriture avait imprégné le lieu au fil des années.

« Pourrions-nous nous asseoir un moment ? demanda Ruixuan très poliment, ce monsieur ne se sent pas très bien ! » et il montra Yeqiu.

« Aucun problème, asseyez-vous donc, les bancs sont libres ! dit le garçon avec un sourire. Regardez, Monsieur, vous voyez où nous en sommes ! Nous n'avons rien à vendre, et on ne nous permet pas de fermer boutique, c'est vraiment se moquer des gens ! »

Ruixuan et Yeqiu s'assirent. La maigreur semblait rendre plus long le visage de ce dernier. Ses yeux étaient comme ceux d'un poisson mort. Il se calma, resta assis là, hébété, sans bouger.

Il poussa un soupir. « Je n'ai rien à dire — je ne suis à présent qu'un cadavre ambulant ! » Pendant qu'il parlait son visage restait impassible. Ce qu'il disait était un fait tellement indéniable qu'il n'avait pas besoin de se montrer plus expressif.

« J'ai raté ma vie ! dit-il avec calme. Afin de subvenir aux besoins de mes enfants et de ma femme, affaiblie par la maladie, j'ai travaillé pour les Japonais ; je me suis mis à fumer de l'opium pour m'anesthésier. C'est vrai, j'ai vendu mon âme dans le but de ne pas voir mourir de faim ma femme et mes enfants. Mon âme pour les sauver tous, c'était un bon calcul en fin de compte ! » Il ferma la bouche et fixa la table, le regard hébété.

Ruixuan n'osait pas le presser de poursuivre, il se contenta d'émettre un toussotement.

Ce bruit sembla faire sortir Yeqiu de sa torpeur, il continua : « Cela pourra sembler bizarre, mais le fait est que ma femme, alors qu'elle se nourrissait correctement, continuait de s'affaiblir encore. Comme si ce que je lui donnais à manger l'empoisonnait. Elle est morte. » Son visage restait toujours aussi impassible, il semblait réciter une histoire qu'il aurait entendue plusieurs fois déjà. « Ceux qui meurent, eux, sont heureux. J'étais persuadé que, quand mes enfants seraient grands, ils subviendraient à mes besoins. Mais voilà, mon aîné commençait à gagner sa vie quand il a quitté Peiping, sans un mot. J'ai vendu mon âme pour l'élever et voilà comment il me remercie ! Non seulement il ne m'est absolument pas reconnaissant, mais il m'en veut d'avoir agi ainsi. Les trois autres garçons sont comme lui, ils n'ont pas de cœur ! » Il passa sa langue sur ses lèvres.

« Il y a tant de choses ridicules. Je disais à l'instant qu'à cause de l'opium les Japonais s'étaient toujours montrés assez bien disposés à mon égard. Mais, quand je fus trop dépendant, je n'eus plus envie de bouger, alors ils m'ont destitué de mon travail. Je n'ai pas de revenus, il ne me reste que quelques enfants qui ne peuvent pas travailler et que j'ai à charge. Quand ils gagneront leur vie, ils partiront sans doute de la maison. Je ne peux pas les élever, et, même si je le pouvais, ils ne m'en seraient pas reconnaissants eux non plus. D'un autre côté, si je ne les élève pas, ils mourront de faim. Je suis à court d'expédients. Je continue à fumer de l'opium, c'est un anesthésiant — tout son intérêt est là. En quoi est-ce déshonorant ? Mes propres enfants me renient comme père. Je t'ai volé aujourd'hui, mais je n'ai pas à m'excuser, je sais que tu peux pardonner à un homme qui va mourir bientôt.

— Tu ne peux pas mourir comme ça ! » Ruixuan était prêt à lui donner un coup de main.

« Personne ne devrait connaître une telle fin, mais je ne peux que mourir comme ça. Peut-être demain, me coucherai-je au beau milieu de l'avenue, alors le camion m'emportera, et l'on jettera mon corps à l'extérieur de la ville. Je ne souhaite pas être enterré dans la tombe familiale, j'aurais honte de voir mes ancêtres. » Il se leva, prit la main de Ruixuan, puis se dirigea vers l'extérieur.

Une fois sorti du restaurant, Yeqiu se laissa choir sur les marches et mangea les galettes.

CHAPITRE XCIII

M. Jin s'était enrichi. Il avait acquis trois maisons. Bien que son aspect, son maintien, sa façon de s'habiller n'eussent pas changé, son cœur n'était plus le même. Aujourd'hui il était bien différent de ceux qui volaient de la nourriture dans la rue. Il était devenu un petit richard, il avait un peu d'allure. S'il continuait de se rendre chaque jour dans les maisons de thé, les petites affaires ne l'intéressaient déjà plus. Quand il se trouvait avec des gens de sa profession, il s'asseyait seul dans un coin, droit comme un « i » et semblait vouloir dire : « Inutile de venir me déranger pour des broutilles. Moi, Jin le troisième, je ne me démène pas pour des affaires qui n'en valent pas la chandelle. »

Vis-à-vis des acheteurs potentiels, son attitude elle aussi avait changé. Quand il en rencontrait un, il disait : « J'ai moi-même quelques biens. » Il aurait voulu ajouter ces phrases : « Vous pensez que je suis comme ces intermédiaires ordinaires qui accourent quand on les appelle et s'en vont quand on les chasse ? Pensez donc ! On a sa petite dignité ! »

Il n'avait pas oublié que c'étaient les Japonais qui avaient détruit la famille de son parent, Qian

Moyin. Mais il oubliait encore moins que depuis que l'occupant était à Peiping, son commerce florissait de jour en jour et que, à présent, lui-même avait acquis des biens. S'il pensait à M. Qian, il aurait dû haïr les Japonais, mais, quand il calculait pour lui, il trouvait qu'il pouvait les remercier. Ces deux sentiments : haine et reconnaissance ne faisaient pas bon ménage, aussi les laissait-il chacun à leur place dans son cœur, sans privilégier l'un plus que l'autre.

Mais un tel arrangement ne pouvait tenir bien longtemps. À ne rien privilégier, on passe vite à un début de partialité. Pour garder à jamais ses biens, il ne pouvait s'empêcher de croire à la propagande japonaise selon laquelle cette agression contre la Chine n'avait pas pour but de battre les Chinois, mais bien de les aider à exterminer le parti communiste. Voilà ce à quoi pensait M. Jin dans sa tête carrée : « Si les Japonais exterminaient réellement le parti communiste, ils protégeaient par là même ses trois biens. »

Il s'inquiétait toujours pour Qian Moyin. Qu'il déambulât dans la rue, ou restât assis dans une maison de thé, il cherchait attentivement ce parent pour lequel il éprouvait un profond respect. Quand il apercevait quelqu'un qui lui ressemblait, il fallait absolument qu'il s'avançât pour voir cette personne de près, espérant qu'il ne s'était pas trompé, et, quand il s'apercevait que c'était le cas, il se frottait les yeux, tout en maudissant sa vue fatiguée.

Il adorait son petit-fils, il le pourrissait presque à force de le gâter. Pendant l'emprisonnement de M. Qian, il l'avait choyé tant et plus. Il aurait préféré manger lui-même de la « farine républicaine », boire de la poudre de thé, pour que son petit-fils fût bien nourri, et il mettait tout en œuvre pour ce faire. Si l'enfant avait un peu mal à la tête et de la fièvre, il s'empressait d'aller quérir le meilleur médecin de Peiping. Il prenait soin de lui avec dévotion.

Quand le petit avait commis une bêtise et que sa maman voulait le punir, il le prenait dans ses bras et réprimandait sa fille : « Tu ne connais pas ton bonheur, un enfant si gentil, et tu voudrais le corriger ! Si tu ne l'avais pas, qu'est-ce que tu ferais, hein ? »

Quand l'enfant commença tout juste à marcher, M. Jin voulut lui montrer le monde. Il le portait en travers sur ses épaules ou le juchait carrément dessus. Bombant le torse, il avançait à grands pas, l'emmenait flâner par les rues, au temple, au marché. Que la chose fût bonne à manger ou non, pût servir de jouet ou non, il suffisait que l'enfant dît : « Je veux ça ! » pour que M. Jin s'empressât de l'acheter.

Quand l'enfant sut parler, M. Jin se tourmenta. Le petit avait appris de la bouche de sa mère les phrases : « À bas les diables japonais ! » « Je vengerai mon père ! » Il bombait son jeune torse et disait : « Je m'appelle Qian ! » M. Jin ne pouvait pas emmener partout avec lui un petit-fils qui criait à tout bout de champ : « À bas les diables japonais ! » Il ne pouvait pas non plus se disputer avec sa propre fille. Qui sait si les voisins n'entendraient pas et ne feraient pas un rapport à l'occupant. Il n'avait pas peur d'être arrêté, il était costaud, ne redoutait pas les coups. Mais, si les Japonais confisquaient ses biens, ce serait terrible !

Dans sa tête carrée, M. Jin réfléchissait à la façon de leur faire des avances. Il ne voulait absolument pas collaborer avec eux, être leur chien courant, non, il n'était pas aussi mauvais que cela. Il entendait juste assurer sa propre sécurité, il voulait simplement nouer des relations ni trop lâches ni trop intimes avec eux.

Il adhéra au Sanqinghui. Cette société recrutait ses adhérents parmi les gens qui avaient du talent ou qui, comme M. Jin, étaient habiles, mais dont le cerveau était embrouillé. Les Japonais le rangèrent vite parmi les gens « utiles » et acceptèrent de nouer avec lui des liens d'amitié.

M. Jin croyait vraiment que les Japonais étaient bien intentionnés à son égard mais, quand ils commencèrent soudain à lui poser des questions sur Qian Moyin, il en fut abasourdi. Il prit peur. Il s'était mis lui-même dans l'embarras, c'était lui qui avait attiré les Japonais. Certes, ces derniers lui avaient garanti qu'ils ne feraient aucun mal à M. Qian, ils avaient juré leurs grands dieux que, si lui, Jin vénérait son parent, eux, de leur côté, admiraient le poète pour son savoir, ses qualités morales, son courage et sa perspicacité, que s'ils pouvaient le trouver, ils oublieraient leur inimitié passée et s'en feraient un ami. M. Jin devait les aider dans leurs recherches. Ils lui laissèrent entendre que — s'il refusait —, eh bien ! il devrait alors faire attention à ses trois maisons et à son petit-fils !

M. Jin avait toujours fait preuve de sagacité, mais, cette fois-ci, il était tombé dans le panneau qu'on lui avait tendu. Il était furieux, le bout de son nez rouge et tout luisant en devenait violacé. Même si les Japonais l'assuraient qu'ils ne feraient pas de mal à M. Qian, il n'était pas prêt à les aider à l'arrêter.

À force de réfléchir, il finit par avoir une idée. Il décida d'aller demander conseil à M. Qian lui-même.

Mais où le trouver ?

M. Jin repensa à Yeqiu. Cela faisait longtemps qu'il n'avait pas vu ce singe maigrichon, mais il savait que ce dernier avait toujours été très soucieux de tout ce qui pouvait arriver à M. Qian.

Cette voie s'avéra être une impasse. Les voisins de Yeqiu l'informèrent qu'il avait déménagé avec tous les siens sans laisser d'adresse et qu'on ignorait où il était allé.

M. Jin pensa alors à Ruixuan.

Les Qi l'écoutèrent avec beaucoup d'attention. Ils voulaient savoir comment se portaient sa fille et l'enfant.

M. Jin n'avait pas le temps de s'étendre sur ce point, il alla au vif du sujet : savoir où se trouvait M. Qian.

Au début, Ruixuan pensa que M. Jin s'inquiétait pour M. Qian. Au bout d'un moment, il trouva la chose un peu louche, aussi lui posa-t-il des questions.

M. Jin s'impatienta, il ne cessait de frapper le fourneau de sa pipe, bien décidé à ne pas cracher le morceau. Ruixuan, de son côté aussi, se montra très circonspect, ne dit rien. M. Jin se contint un moment avant de s'en retourner, découragé.

Ruixuan était préoccupé. Il ne comprenait pas pourquoi M. Jin était si pressé de retrouver M. Qian. Cela sentait un peu le brûlé. Il décida d'aller sur-le-champ rencontrer le vieux poète pour lui recommander la prudence. Mais, en poussant plus loin sa réflexion, il se dit qu'il s'inquiétait peut-être à tort. Il ne fallait pas se faire une montagne de rien et effrayer le poète. Après tout, M. Jin était son parent.

Il décida de ne pas agir avec précipitation et de discuter de l'affaire avec le moine Mingyue, lorsqu'il le rencontrerait pour lui remettre un manuscrit.

Le silence obstiné de Ruixuan avait semé le doute dans l'esprit de M. Jin. Il sentit qu'il savait où était M. Qian et que, en fait, il ne voulait pas l'en informer. Il décida de le suivre pour en avoir le cœur net.

Il s'aperçut que Ruixuan rencontrait le moine Mingyue dans une petite échoppe. Il prit le moine en filature et découvrit le petit temple.

Il n'osa pas entrer de façon irréfléchie à l'intérieur. Si M. Qian y était vraiment, et si, après avoir fait ainsi irruption pour le convaincre de collaborer avec les Japonais, M. Qian ne voulait pas l'écouter et cherchait un autre endroit où se cacher, alors...

De plus, si M. Qian n'obtempérait pas, pouvait-il agir contre sa conscience et le faire arrêter par les Japonais ?

Quand il était allé rendre visite à Ruixuan il avait vu les maisons du n° 1 et du n° 3 du Petit-Bercail. Il s'était souvenu de cet incident, quelques années auparavant, quand il avait porté M. Qian sur son dos pour aller trouver Guan Xiaohe. Était-il possible que lui-même marchât maintenant sur les traces de ce traître ? Les Guan étaient des chiens, mais moi, Jin le troisième, je suis un descendant du Souverain jaune, se disait-il.

D'un autre côté, si M. Qian était réellement dans le petit temple et s'il n'en informait pas les Japonais, ne l'accuserait-on pas d'avoir voulu protéger un parent ? Non seulement il serait impliqué personnellement, mais il pourrait dire adieu à ses biens eux-mêmes !

Sa conscience menait l'offensive contre ses mauvaises idées, sans qu'un côté ou l'autre cédât. C'était cette guerre d'agression criminelle qui l'acculait, pour sauver sa peau, à songer à vendre un parent.

Il errait souvent du côté du petit temple, n'osait pas y entrer. Il aurait bien voulu voir ce parent, cet ami qu'il admirait plus que quiconque au monde, mais il avait peur de se faire insulter par lui.

Pendant qu'il était là, à hésiter à l'extérieur du temple, il avait été pris en filature par plusieurs personnes. Si lui n'osa pas entrer, les autres le firent secrètement.

C'est ainsi que M. Qian fut arrêté de nouveau.

CHAPITRE XCIV

L'Italie capitulait. Les marines de l'Empereur du Japon perdaient peu à peu du terrain dans le Pacifique. Les Japonais de Peiping reçurent l'ordre de se trouver chacun une dizaine d'amis chinois.

Les Japonais du n° 3, au Petit-Bercail, sortirent eux aussi pour « se lier d'amitié ». Ils n'avaient jamais fréquenté leurs voisins chinois, mais à présent, ils devaient, selon les ordres venus d'en haut, transformer jusqu'à l'expression même de leur visage.

Mme Li, la première, refusa de devenir leur amie. Elle aimait tout le monde, sauf les Japonais : ils avaient battu à mort son mari. Même si les habitants du n° 3 n'étaient pour rien dans cette fâcheuse affaire, c'étaient quand même des Japonais... Elle ne chercha pas à nuancer sa position.

Les propos que tenait la vieille femme n'étaient pas de ceux que l'on a coutume d'entendre dans la bouche d'une veuve. C'est vrai qu'elle était ordurière en diable ! Les Japonais, qui n'avaient pas compris un mot de ce qu'elle disait, ne purent rien faire d'autre que rire bêtement.

Cheng Changshun faillit bien se quereller avec

sa grand-mère. Cette dernière n'avait jamais consenti à offenser qui que ce fût, et ne se serait pas risquée à agir ainsi envers les Japonais. Elle les détestait, mais les redoutait. Puisqu'ils venaient la voir, ne devait-elle pas leur offrir une tasse de thé ? On ne peut tout de même pas chasser les gens comme ça ! Mais Cheng Changshun décida de verrouiller la porte, il ne voulait pas accueillir de tels « amis ».

Les habitants du Petit-Bercail ne comprenaient pas comment on pouvait tuer les gens et vouloir en même temps être leur ami. Ils trouvaient cette attitude répugnante. Tous, sans se concerter, ne donnèrent pas suite.

Sauf John Ding.

En fait, quand il était en poste à l'ambassade de Grande-Bretagne, ceux qu'il méprisait le plus étaient les Japonais. À présent qu'il était sans emploi depuis longtemps, et que l'espoir de retourner à l'ambassade s'amenuisait de jour en jour, il lui fallait, dans les plus brefs délais, changer son fusil d'épaule et trouver un autre maître étranger. Que voulez-vous ! Il s'était habitué à son statut d'esclave des étrangers !

Quand il eut pris ses fonctions de chef de quartier, il chercha des expédients pour trouver un peu de charbon. Cela devait lui permettre d'avoir chaque jour quelques rentrées d'argent. Il alluma un petit réchaud dans la cour et le loua. Les familles qui n'avaient pas de quoi faire du feu chez elles pouvaient venir là pour mettre à bouillir de l'eau, ou préparer à manger. Il gardait les yeux fixés sur sa grosse montre. On payait à l'heure.

Les Japonais du n° 3 ne comprenaient pas pourquoi les Chinois avaient aussi peu de cœur, se montraient aussi déraisonnables, si peu amicaux. Ils firent le tour de tous leurs voisins. Seul John Ding leur rendit leur visite, ce qui les combla de joie. Ils avaient peur, s'ils ne s'étaient pas fait un seul ami, d'être châtiés. Ils avaient tout d'abord pensé se rendre chez la vieille dame du n° 1, afin de lui demander quel était son secret pour être ainsi en si bons termes avec le voisinage. Ils s'étaient dit que, si elle refusait de leur dire la vérité, ils la menaceraient, ou bien fabriqueraient de toute pièce des charges contre elle pour l'impliquer derrière son dos. Heureusement que le chef de quartier, John Ding, avait du savoir-faire et voulait bien être leur ami. Désormais ils ne le lâcheraient plus, mettraient la main sur chaque famille l'une après l'autre. Ainsi font les envahisseurs, semblables en cela aux vers à soie qui, une fois en place, mangent les feuilles de mûrier.

John Ding, comme tous les esclaves des étrangers, aurait bien voulu que tout le monde fût comme lui, il aurait été alors le chef des esclaves. Il se vanta auprès des Japonais du n° 3 : « Je suis le chef de quartier, je peux donner un ordre pour les obliger à devenir vos amis. » En sortant du n° 3 John Ding bomba le torse, mit son ventre en avant. Il avait presque autant d'allure que lorsqu'il était en poste à l'ambassade de Grande-Bretagne.

Il alla chercher le chef de police Bai et lui donna carrément l'ordre de l'aider à enjoindre les voisins à devenir bien gentiment amis avec les Japonais.

Le policier, qui était un homme pragmatique, plein de bon sens et qui s'était toujours montré compétent et intelligent, savait aussi voir d'où venait le vent. Cependant, il ne pouvait pas pour autant ne pas se montrer patriote, ne pas aimer ses concitoyens. Il exprima son désaccord.

« Vous parlez ! dit-il à ce dernier, les Japonais, devenir nos amis ? Ne sont-ils pas comme le renard qui fait des grâces aux poules ? »

John Ding était furieux. Il était le dernier-né d'une nation qui, depuis des centaines d'années, éprouvait un complexe d'infériorité. Il avait grandi en respirant l'air de l'humiliation nationale. Son plus grand idéal était de supplier les étrangers de faire une exception en sa faveur, de ne pas le frapper, de le laisser tranquillement être leur esclave. Selon lui, les Japonais étaient capables de battre les Anglais, tandis que la Chine, elle, ne pourrait pas, il en était certain, vaincre le Japon. Et si, par malheur, les Japonais étaient battus, la Grande-Bretagne et les États-Unis reviendraient en force et seraient de nouveau ses maîtres. Seuls les Chinois, incapables qu'ils étaient de redresser l'échine, ne pouvaient être mis sur un pied d'égalité avec Anglais et Américains. Il n'avait pas envie de perdre son temps en bavardage avec le chef de police Bai.

John Ding s'en fut trouver Ruixuan. Ce dernier avait mangé le pain étranger de l'ambassade. Il le comprendrait certainement.

Auparavant, Ruixuan aurait peut-être ri et congédié John Ding avec un trait d'esprit, mais, à présent, il ne pouvait laisser passer la moindre occasion de faire de la propagande. Sans s'occuper de savoir si John Ding comprenait ou non, ni s'il avait envie de l'écouter, il lui expliqua en détail la situation mondiale. À la fin il lui dit : « Le chef de police Bai et les voisins ont eu raison, c'est vous qui avez tort. »

John Ding réfléchit longuement aux paroles de Ruixuan. La lumière se fit dans son esprit : « Oh, cette fois, j'ai compris. La Grande-Bretagne et les États-Unis vont gagner, c'est sûr, vous et moi pourrons retourner travailler à l'ambassade. Voilà qui est bien, fort bien. »

Ruixuan aurait voulu lui cracher au visage, mais il se retint. « Vous avez tort de nouveau. Nous n'aurons besoin de personne, nous serons les maîtres chez nous. »

John Ding ne dit plus rien, prit congé poliment. Il n'avait pas compris ce qu'avait dit Ruixuan.

Il retourna au n° 3 et dit aux Japonais que le chef de police Bai n'était pas prêt à collaborer. Son intention n'était nullement de nuire exprès au policier derrière son dos, mais il lui fallait faire savoir aux Japonais que, lui, il avait vraiment eu envie de les aider à se trouver des amis. Si par malheur ces derniers s'en prenaient au policier, lui ne serait pas dans le coup.

Et c'est ce qui arriva. Ils en voulurent au chef de police Bai. Leur haine allait plus vite que leur amitié.

Ils n'alertèrent pas leurs propres chefs de ce petit incident, mais ils écrivirent aux supérieurs hiérarchiques du chef de police Bai, se plaignant de ce qu'il se montrait négligent dans son travail. Les destinataires de la lettre étaient bien entendu des Chinois.

Ces derniers eurent peur de perdre leur emploi, de mourir de faim. Pour garder leur bol de riz, ils n'osèrent pas protéger leur subalterne. Ils le destituèrent.

Pour le chef de police Bai, c'en était fini de la vie facile. Il était aimé de la population, avait de l'expérience, des idées, mais pas d'économies ni d'avenir. Il n'avait jamais mis un sou de côté. Peuh ! S'il avait été un peu plus malin, un peu plus roublard, dans la tourmente de la guerre, sans penser à faire une brillante carrière, il aurait au moins gardé son poste !

Fort bien, puisque les bonnes intentions n'étaient pas récompensées, autant carrément se mettre à tuer et à incendier ! C'est ainsi que se comportaient les Japonais, et ils n'en étaient pas moins devenus les maîtres de Peiping. Il décida de tuer John Ding. Que tuer fût bien ou mal, qui s'en souciait ? Le plus grand enseignement de la guerre c'était qu'elle apprenait à tuer alors qu'on n'avait jamais fait cela de sa vie.

En y repensant, il se dit que, tant qu'à tuer, autant tuer des Japonais.

Il n'annonça pas à la maison la perte de son emploi. Il fourra le couteau de cuisine dans sa veste molletonnée et sortit.

Il marcha en direction du Petit-Bercail. Des Japonais habitaient dans chaque ruelle. Mais, sans réfléchir davantage, par habitude, il se dirigea vers l'endroit qu'il connaissait le mieux. Ceux qui lui avaient fait cette crasse étaient certainement les Japonais du n° 3. Bien, il commencerait par eux, il leur trancherait la tête.

Son visage chevalin était blême. Il avait le front en sueur. Droit comme un « i », il regardait devant lui les yeux fixes, sans rien voir. Il n'était plus le chef de police Bai, mais un esprit errant en quête de réincarnation, dont la haute taille déplaçait un vent sinistre. Il n'avait plus de passé, plus d'avenir, n'était ni roublard ni honnête. Il ne pensait plus à rien d'autre qu'à larder la chair ennemie avec son couteau. Ceci fait, il se suiciderait en se tranchant la gorge.

Arrivé devant le mur-écran du n° 3, il s'arrêta, abattu, comme s'il reprenait brutalement conscience. Il avait toujours vécu honnêtement et il serait prêt, aujourd'hui, à tuer ? Était-ce seulement possible ? Il restait planté là, dérouté, interdit.

Ruixuan arriva en face de lui.

À sa vue, son désir de meurtre s'estompa grandement. Il haussa les épaules, ses pieds et ses mains se mirent à trembler.

« Quelque chose ne va pas ? chef de police Bai », lui demanda Ruixuan.

Ce dernier toucha de sa main le couteau sous sa veste, comme s'il avait peur que Ruixuan ne le fouille.

Ruixuan comprit que quelque chose était arrivé. Il le tira par le bras et dit : » Venez vous asseoir un peu à la maison ! »

Le chef de police Bai ne savait plus trop que faire, Ruixuan le tirait vers la cour. Une fois le portail franchi, il laissa de côté son idée de meurtre, retrouva son attitude courtoise : « Monsieur Qi, je... je n'entre pas ! » Il n'avait vraiment pas envie d'entrer discuter avec Ruixuan. Il trouvait que vouloir tuer, fût-ce un Japonais, même si celui-ci lui avait fait perdre son emploi, était une chose inavouable.

Ruixuan vit à quel point il était préoccupé. « Si vous ne voulez pas entrer, restons ici à bavarder ! » Sur ce, il ferma le portail.

Le chef de police Bai s'en voulait de s'être laissé prendre de façon si inattendue par cette idée de meurtre, mais il s'en voulait aussi de n'avoir pu passer à l'acte par manque de courage. Il ne lui restait plus qu'à dire tout ce qu'il avait sur le cœur, pour que Ruixuan lui donne un conseil. Aussi lui raconta-t-il l'affaire d'une voix pressée.

Ruixuan resta un bon moment sans rien dire. Ce qui arrivait au chef de police Bai arrivait aussi à de nombreux, très nombreux Pékinois. Ce qu'il venait de lui dire était cela même que ressentait tout le monde. Le peuple n'acceptait pas de bon gré l'esclavage imposé par les Japonais, il voulait résister. Mais cette pensée traditionnellement pacifique, respectueuse des lois, qui s'était formée au fil des millénaires, leur liait pieds et mains, si bien que, malgré toute leur bonne volonté, ils ne pouvaient rien faire.

Ruixuan comprenait l'état d'esprit qui était celui du chef de police Bai. Il l'exhorta, plutôt que de tuer des Japonais en agissant seul dans son coin, à conjuguer ses efforts à ceux de ses compatriotes qui travaillaient dans la clandestinité. Pouvait-il lui parler de M. Qian et du Troisième ? Il réfléchit longuement et finit par décider qu'il valait mieux rester prudent. Il commença par l'entretenir de ses propres activités et ne dit rien de celles des autres.

Ruixuan parlait lentement en tâtant le terrain. Le chef de police Bai l'écoutait avec beaucoup d'attention. Au bout d'un moment, il l'interrompit : « Monsieur Qi, si vous avez quelque chose à dire — allez-y. Je ne suis pas un chien courant, je ne vends pas mes amis. Je n'ai plus de moyens d'existence, je voulais juste égorger quelques Japonais et me trancher la gorge ensuite. On ne peut vendre des amis pour un peu d'argent. Si vous ne me croyez pas, je peux prêter serment ! »

Ruixuan, le cœur soulagé d'un grand poids, lui dit toute la vérité. « Chef de police Bai, ce que nous ferons à nous deux sera toujours plus que ce que peut faire M. Qian seul. Au travail ! Qu'en dites-vous ? Je sais que vous n'avez plus de revenus, que vous êtes devant un mur, mais cela peut s'arranger. De tout ce que j'obtiendrai vous aurez votre part, cela va de soi. Qui sait si le Troisième ne pourrait pas vous donner un conseil ? Aujourd'hui, travaillons ensemble et si, demain, nous sommes arrêtés, pas de crasses. Les anciens ne disaient-ils pas : “Même si l'homme est mortel, sa loyauté sera connue de la postérité[1].”

— Vous avez raison. Qu'est-ce que je pourrais bien faire pour commencer ? demanda le chef de police Bai sans hésiter.

— Cela fait plusieurs jours que je n'ai vu ni M. Qian ni le Troisième. Je ne peux pas me rendre au petit temple, je me méfie de M. Jin. L'autre jour il est soudain venu me trouver, pour quelle raison en fin de compte ? Si M. Qian se fait de nouveau arrêter, les Japonais, à coup sûr laisseront Mingyue dans le temple comme appât pour arrêter le Troisième et d'autres personnes. Je ne peux y aller, pourriez-vous y faire un saut ?

— Regardez, n'est-ce pas... » Le chef de police Bai eut un sourire triste et tira le couteau de sous sa veste. « Au départ j'étais prêt à risquer ma vie, alors qu'est-ce qui pourrait m'arrêter ?

— Inutile de prendre le couteau ! » Ruixuan rit à son tour. « Vous êtes celui qu'il faut pour cette mission. Vous avez l'œil et vous saurez, au premier regard, si vous pouvez entrer ou non. Le moine Mingyue ne vous connaît pas, c'est un atout supplémentaire. Vous ne vous connaissez ni l'un ni l'autre et, lors de la rencontre, vous ne vous laisserez pas prendre en faute par inadvertance. Faudra-t-il entrer ou non, ce sera à vous de voir sur place. Si vous entrez, ne parlez surtout pas au moine, soyez tout à vos suppliques et à vos fiches de divination, il vous faudra donner le change. Vous vous frapperez d'abord le front

1. Deux vers extraits d'un poème de Wen Tianxiang (1236-1283).

contre le sol devant la statue du Bouddha, et vous réciterez des prières. Vous direz que vous avez perdu votre emploi, vous demanderez si votre avenir est faste ou non. Quand vous remuerez les bâtonnets et que vous irez chercher les fiches dans la niche, vous prendrez celle qui est tout en bas, rappelez-vous bien. Dessus est écrit ce que nous voulons savoir. Avec cette fiche nous apprendrons où est le Troisième. Et ceci encore : quand vous serez en possession de la fiche, ne me l'apportez pas directement. Nous nous rencontrerons à la foire du Temple de la Pagode blanche. Il faut trouver un endroit où il y a affluence, par exemple, là où sont installés illusionnistes ou vendeurs de fripe.

— Je me sens capable de mener à bien cette affaire. » Le chef de police Bai retrouvait son entrain.

« J'en étais sûr ! Une chose encore : vous devriez faire un petit commerce, ne fût-ce que vendre des cacahuètes, ainsi John Ding ne se méfiera pas de vous. Vous irez souvent bavarder avec lui, le complimenter pour son esprit religieux. En un mot il vous faudra l'embobiner, qu'il ne se méfie plus de vous et ne fasse pas de rapport.

— Ah, Monsieur Qi, vous me rendez la vie, même si je dois mourir dans les deux jours, je resterai votre obligé ! » Le chef de police Bai cacha son couteau, avança la main vers la poignée du portail donnant sur la rue, prêt à sortir.

« Si vous êtes arrêté, même si on vous met à mal, il ne faudra impliquer personne. » Ruixuan avait ajouté cette mise en garde à voix basse.

Le chef de police Bai hocha la tête, ouvrit la porte de la rue. Il rapporta le couteau chez lui et se rendit sur-le-champ au petit temple.

La tête baissée, il s'approcha, regarda tout autour de lui du coin de l'œil. La porte était ouverte. Il n'y avait personne dans la cour ni dans la salle des pratiques. Il s'avança près de l'entrée pour acheter de l'encens afin de mieux donner le change.

Il vit soudain M. Jin, posté à croupetons non loin de là. Il le reconnut à son nez rouge et à sa tête carrée. Il toussa. M. Jin se leva d'un bond. Le policier Bai rit et dit plein d'allant : « Je ne me suis pas trompé, c'est bien M. Jin ? » Il avait une attitude cordiale et parlait de façon posée. Seuls ceux qui ont été policiers de nombreuses années peuvent avoir autant de naturel.

« Qu'est-ce que c'est ? Qui êtes-vous ? » M. Jin ne savait trop que penser.

« Vous ne vous rappelez plus de moi ? » Le chef de police Bai jouait les vieilles connaissances. « Je m'appelle Bai, j'habite non loin du Petit-Bercail. »

Les deux mots « Petit-Bercail », tel un couteau, percèrent le cœur de M. Jin.

Le chef de police Bai se dirigea vers l'ouest. M. Jin, sans s'en rendre compte, le suivit.

Le nez de M. Jin était toujours aussi rouge, mais il ne brillait plus. Son front, à l'origine luisant, s'était assombri, creusé de rides profondes. Il avait les paupières rouges, on aurait dit qu'il n'avait pas dormi depuis plusieurs nuits. La poussière qui recouvrait ses chaussures, ses épaules, son pantalon laissait à penser qu'il était resté debout dans la rue pendant des jours. « Cherchons un endroit où nous asseoir ! » dit le chef de police Bai.

M. Jin hocha sa tête carrée. « Alors ? » À peine assis, il se mit à débiter un flot de paroles, comme si tout ce qui était refoulé en lui ne cherchait qu'une occasion pour jaillir. Si un chien était venu vers lui en remuant la queue, il lui aurait raconté de la même façon tout ce qu'il avait sur le cœur. « Mon parent, il a été arrêté ! dit-il de but en blanc.

— M. Qian ? » Tout en disant cela, le chef de police Bai repensait à l'arrestation du poète sept ans auparavant.

« Comment le savez-vous ?

— Ce sont eux qui me l'ont dit — eux, les Japonais. Aïe ! Cette fois je lui ai vraiment fait du tort ! Pour garder mon patrimoine, pour que ma fille et mon petit-fils aient de quoi manger, je suis allé me lier d'amitié avec les Japonais. Le résultat, le voici : je suis resté juste un moment à regarder à la porte du temple, ils sont entrés furtivement, et l'ont enlevé en cachette. Ensuite, ils m'ont amadoué, me disant de ne pas m'inquiéter, qu'il ne serait pas maltraité. Vous parlez ! Sept ans auparavant, ils ont failli lui briser la colonne vertébrale. Je ne suis plus digne d'être considéré comme un être humain, j'ai honte de rentrer chez moi et de voir mon petit-fils, car j'ai envoyé son grand-père dans la gueule du tigre ! » M. Jin parlait, parlait, comme s'il voulait dévoiler d'un coup l'abattement qui l'oppressait.

« Il faut penser à un moyen de sauver M. Qian. » Le policier Bai, tout en parlant, espérait que M. Jin trouverait une idée.

« Le sauver ? Mais certainement. » M. Jin sortit de l'intérieur de sa veste une liasse de billets. J'ai apporté de l'argent. Je passe mon temps à traîner par ici. Je voudrais acheter sa délivrance. Si la somme ne suffit pas, je peux vendre une maison. Je suis prêt à mettre la somme qu'il faut. L'argent, les maisons, quelle importance ! Même si c'est difficile, je dois rencontrer mon parent pour lui dire que je suis un salaud, lui dire à quel point je ne suis plus digne d'être considéré comme un être humain. Je sais que dès que je lui aurai dit tout cela, il comprendra, il me fera grâce. C'est un homme cultivé, plein de bon sens. S'ils l'ont frappé à mort, si je ne peux pas lui parler en face, comment pourrais-je me trouver en sa présence outre-tombe ? Je ne pourrais pas être en paix dans mon cercueil. Aidez-moi, ah ! aidez-moi — ayez pitié de moi !

— Bien sûr que je vais vous aider !

— Et comment ? » M. Jin était tout à fait prêt à donner de l'argent, mais il voulait savoir avant comment serait employée cette somme.

« Il faut d'abord trouver les amis de M. Qian, puis penser ensemble à un moyen de le sauver.

— Et où irez-vous vous informer ?

— Dans le petit temple.

— Bon, j'y vais ! » Tout en parlant, il s'était levé.

« Un moment ! » Le chef de police Bai s'était levé lui aussi, il retint M. Jin. « J'y vais, vous resterez posté assez loin à observer. Si je suis arrêté, apportez une lettre à Ruixuan.

— C'est entendu. » Le visage de M. Jin avait retrouvé un peu de couleur. Bien que, en ce qui concerne M. Qian, le plus dur fût encore devant eux, au moins, il y avait de l'espoir. Il donna quelques billets au chef de police Bai. « Prenez, si vous n'acceptez pas, que je sois changé en chien ! Vous faites cela pour un de mes parents, je ne veux pas que vous en soyez de votre poche. »

CHAPITRE XCV

La jeune Mme Qian était assise sur les marches devant la porte, la tête dans les mains. Cela ne remontait qu'à quelques heures et il lui semblait qu'elle ne s'en souvenait déjà plus très bien. Tout en se forçant à réfléchir, elle balbutiait : « Il a dit qu'il sortait acheter quelques friandises...

— Et après ? Dis vite ! » M. Jin commençait à s'impatienter.

« Il est sorti — et n'est pas revenu.

— Pourquoi l'as-tu laissé sortir seul ? »

Elle n'avait pas envie de se justifier. « Je croyais qu'il jouait tout en mangeant dans la cour devant le portail. Au bout d'un moment je me suis un peu inquiétée, je suis sortie en courant pour voir. Il n'était pas là. Je suis allée dans la rue, je l'ai cherché, l'ai appelé, appelé encore... » Elle baissa de nouveau la tête.

M. Jin s'assit aussi sur les marches. Il contint sa colère, se calma pour réfléchir. Au bout d'un long moment il raconta à sa fille ce qui s'était passé ces derniers jours. Qui sait s'il n'allait pas sortir quelque chose de cet imbroglio, si l'on ne découvrirait pas la raison de la disparition de l'enfant.

En entendant le récit fait par son père, la jeune

Mme Qian se leva d'un bond. « C'est un coup des diables japonais !

— Des diables japonais ?

— Ils ont arrêté mon beau-père, ils ont volé mon fils. Le vieil homme est un dur, mais s'il voit qu'on fait du mal à l'enfant son cœur va fléchir et il dira tout ce qu'on veut bien lui faire dire. Ils vont tourmenter mon fils jusqu'à ce que mort s'ensuive ! Et, toi, tu as gagné : pour garder tes trois maisons, tu auras mis fin à la descendance des Qian ! »

M. Jin ne trouva plus rien à dire. Il était épuisé, en colère, honteux. Il restait là perdu, hébété face au mur de la cour.

Le lendemain le chef de police Bai vint. Il dit à M. Jin que M. Qian était bel et bien en prison, mais qu'il n'avait pas encore été torturé.

Cette nouvelle, il l'avait apprise grâce aux fiches de divination du petit temple. Il y avait aussi d'autres informations dont il ne pouvait informer M. Jin.

« Oh ! — Il n'a pas été torturé. » M. Jin eut un sourire.

« Les Japonais sont bientôt cuits, pensez donc, ils n'osent plus faire n'importe quoi. Merde ! Ils sont tout juste bons à opprimer les faibles et à trembler devant les forts !

— Mais mon petit-fils a disparu. » Le sourire de M. Jin s'était effacé.

« Il a disparu ? » Le chef de police Bai en resta interloqué.

« Oui.

— C'est aussi un coup des Japonais ? »

M. Jin ne put rien répondre. Il pensait se gifler, mais son bras était si lourd qu'il n'arrivait pas à le lever. Il resta assis encore un bon moment hébété avant de demander : « Vous pourriez vous informer ? »

Le chef de police Bai savait bien que c'était hors de ses possibilités, car il ignorait où s'adresser. D'un autre côté, il n'osait pas non plus se montrer trop catégorique et laisser M. Jin dans le désespoir. « Je vais essayer, je ferai de mon mieux ! »

Le chef de police Bai partit. Il savait que le malheur qui s'abattait sur les Jin était grand et qu'il n'y pouvait rien, qu'il vaudrait mieux, pour lui, s'occuper de ses propres affaires. Ruixuan et lui avaient déjà déchiffré la fiche :

Premièrement : M. Qian a été emprisonné, mais il n'a pas été torturé, les Japonais ont l'intention de le prendre par les sentiments.

Deuxièmement : Le moine Mingyue pour le moment ne peut poursuivre ses activités, il est tenu à l'œil par les espions.

Troisièmement : le principal du travail de Ruiquan se situe à l'extérieur de la ville, il ne peut revenir souvent à Peiping.

Quatrièmement : Ruixuan doit prendre la relève de M. Qian et faire du travail de rédaction pour les revues clandestines, trouver un moyen pour faire passer les manuscrits hors de la ville. Il faut quelqu'un qui ait de bonnes jambes.

Ruixuan était prêt à assumer ce travail de rédaction, le chef de police Bai était d'accord, de son côté, pour faire le coursier. Ils savaient tous deux que si les choses ne se passaient pas comme ils le souhaitaient, ils risquaient d'y laisser leur tête. Toutefois, ils se décidèrent sans la moindre hésitation. Ils restèrent un moment plongés dans leurs pensées face à la fiche, puis ils se regardèrent en riant, comme s'ils se disaient : « Bah ! S'il faut mourir, une telle mort, au moins, sera agréable et valorisante. »

Chaque jour, le chef de police Bai sortait les manuscrits hors de la ville et rapportait des journaux. Il s'était déguisé en petit marchand, n'empruntait jamais le même chemin.

Il se rendait souvent au Petit-Bercail, mais n'allait pas trouver Ruixuan. Ils avaient décidé de ne pas se rencontrer dans ce coin-là. Chaque fois qu'il s'y rendait, il allait voir John Ding, bavardait avec lui de son commerce, de ses difficultés et de choses insignifiantes, afin de ne pas éveiller les doutes du chef de quartier. Ce dernier était le seul au Petit-Bercail à pouvoir faire courir des rumeurs sur son compte.

La jeune Mme Qian parcourait tous les jours les rues à la recherche de son fils... Elle s'était comme dédoublée. Telle une morte, elle ne mangeait plus, ne dormait plus, ne tenait plus sa maison, ne vivait que lorsqu'elle errait par la ville en appelant son fils. Elle courait partout et, quand elle voyait un enfant qui avait à peu près la taille du sien, elle se précipitait pour le voir de plus près, faisant souvent sursauter de peur le petit. Lorsqu'elle se rendait compte que ce n'était pas son fils, elle ne disait rien, donnait une légère tape sur la tête du gosse et s'éloignait.

Au terme de ses recherches quotidiennes, brisée de fatigue, elle laissait ses jambes la ramener à la maison. Elle ne parlait pas à M. Jin, faisait comme s'il n'était plus son père. La nuit, agenouillée dans la cour, elle priait : « Père de notre enfant, protège ton fils ! » Elle ne pouvait dire que cette seule phrase, la répétait, encore et toujours.

M. Jin serrait souvent ses gros poings à en faire craquer les articulations. Il avait loué les services de gens pour l'aider à rechercher l'enfant. Ceux-ci parcouraient les rues et les ruelles en faisant résonner des gongs et en criant. Il demanda aussi à de nombreuses personnes de rédiger des avis de recherche qui furent collés à chaque coin de la ville. Les Japonais lui firent savoir que M. Qian était bien traité en prison et qu'il ne devait pas s'inquiéter. Ils lui dirent encore qu'ils devraient, sa fille et lui, écrire une lettre pour exhorter M. Qian à ne pas s'entêter. Si le poète collaborait avec eux, ce dernier pourrait devenir un haut fonctionnaire et lui, M. Jin, y trouverait son compte.

Quand il leur demanda où était son petit-fils, les Japonais se contentèrent de sourire sans répondre. Il comprit qu'il y avait de fortes chances pour que l'enfant eût été enlevé par eux. Il pensa que si M. Qian n'agréait pas leurs conditions, ils passeraient à l'action contre le petit. M. Jin, bon gré mal gré, accepta d'écrire cette lettre. Si cela pouvait servir à quelque chose, l'enfant, présentement, n'aurait pas à souffrir. Il demanda l'aide de quelqu'un pour rédiger une missive qu'il donna aux Japonais.

Une fois la lettre remise, il regretta ce qu'il venait de faire. Il savait à quel point son parent pouvait se montrer inflexible. Si, après avoir lu la lettre, M. Qian continuait de refuser de collaborer, n'envoyait-il pas lui-même l'enfant à la mort !

Il retourna auprès des Japonais, les supplia de le laisser voir M. Qian. Il se disait que, s'il rencontrait son parent, les choses pourraient être dites plus clairement, et puis il lui demanderait aussi de lui accorder son pardon. Mais les Japonais continuèrent de hocher la tête en signe de désaccord.

CHAPITRE XCVI

L'Allemagne capitulait sans conditions.

Les journaux de Peiping n'osèrent pas commenter les causes de cette capitulation. Ils s'efforcèrent de détourner l'attention en parlant abondamment de la détermination de l'armée impériale japonaise de se battre jusqu'au bout Même si les forces alliées s'en prenaient à son territoire, le Japon ne se soumettrait pas. On jouait tous les jours la rengaine de la « Guerre sainte », sans répit.

Les Japonais résidant à Peiping déployaient toute leur habileté pour se lier d'amitié avec les Chinois. Cette fois-ci, ils ne le faisaient pas pour se conformer aux ordres venus d'en haut, cela partait d'un sentiment personnel. Certains Japonais sans vergogne flattaient les Chinois pour devenir leurs frères jurés. D'autres se choisissaient des « marraines » parmi les vieilles Pékinoises.

C'était le moment pour les forces armées japonaises de se montrer magnanimes. On libéra les prisonniers qui n'étaient pas encore morts. On relâcha aussi, après leur avoir fait rédiger une lettre de repentir, de mauvais sujets dont on n'avait pas brisé les os, puis on les expédia dans l'arrière-pays pour s'informer sur les rumeurs de paix, et les propager à leur tour. Ils avaient pour mission de dire : « Les troupes impériales sont pacifiques, si le Japon et la Chine contractaient une entente et se donnaient la main pour faire la guerre à la Grande-Bretagne et aux États-Unis, ne serait-ce pas formidable ! »

Outre les Japonais, les plus pressés étaient les traîtres. Voyant d'où venait le vent, à l'annonce de la capitulation allemande, ils s'agitèrent comme de beaux diables. Certains d'entre eux proclamèrent leur intention de divorcer pour que, dans l'éventualité où ils n'échapperaient pas aux mailles de la Loi, leur femme et leurs descendants puissent conserver le patrimoine. D'autres envoyaient secrètement leurs enfants à l'intérieur du pays, ou des parents et des amis qui escomptaient y trouver du travail. Ils jouaient sur deux tableaux à la fois, pour atténuer leurs crimes de traîtres à la patrie, et cachaient leur conduite abjecte de capitulards derrière des mensonges du genre : « Sauver le pays par des voies détournées. »

Mais revenons au Petit-Bercail, le chef de bureau Niu, dans sa demeure flanquée de quatre grands saules, n'avait jamais voulu admettre qu'il était un traître. Cette fois-ci, il avait perdu son calme. Il ne pouvait plus resté plongé dans ses piles de livres ou parmi ses instruments d'expérimentation. Il avait l'intention de filer en douce de Peiping. Il ne devait pas aller plus loin que la station de la porte Qianmen. Les Japonais l'arrêtèrent et le mirent en prison.

À la faveur de ce vent de clémence, le diseur de dialogues comiques, Fang le sixième, dit Poil noir, fut relâché.

Si les habitants du Petit-Bercail ne se soucièrent guère de l'arrestation du chef de bureau Niu, la libération de Fang le sixième en revanche fit sensation. Tous l'entourèrent comme un essaim d'abeilles et c'était à qui serait le premier à le consoler de ses frayeurs passées. Même si, lors de son arrestation, personne n'avait eu le courage de signer une pétition pour se porter garant, à présent qu'il était sorti, on ne pouvait lui battre froid.

Fang le sixième n'était plus le même homme. Pendant son séjour en prison, il avait connu la mort et la torture, il n'était plus hâbleur et rigolard comme autrefois.

Pour gagner sa croûte, il se remit très vite à raconter de nouveau des dialogues comiques, mais il gardait toujours la tête baissée. Il ne pouvait pas retourner à la radio, les maisons de thé n'étaient pas disposées à louer ses services. Il ne lui restait plus qu'à se rendre au Pont du ciel, au Temple de l'ouest et à celui de l'est, où il gagnait quelques misérables sous.

En quelque endroit où il exerçât, il employait les mots les plus cinglants pour laisser libre cours à sa colère et à sa haine. Il avait un humour drolatique et savait aussi réagir en fonction des circonstances, improviser sur des thèmes d'actualité pour éveiller le patriotisme des auditeurs.

Il savait manier les sous-entendus, l'ironie cinglante et la satire mordante pour les faire vibrer à l'unisson. Chaque fois qu'il se mettait à dire des dialogues, les gens se pressaient au coude à coude. Il pouvait faire se lever un sentiment de haine dans la foule. De tels dialogues, qui avaient le pouvoir de galvaniser l'auditoire, étaient certes les bienvenus. Il allait souvent trouver Ruixuan pour qu'il lui explique les mots nouveaux qu'il rencontrait à la lecture des journaux ainsi que les informations qu'il ne comprenait pas.

Ruixuan se prêtait volontiers à ce rôle d'éducateur bénévole, mais il lui demandait de ne pas venir trop souvent. Le mieux était de se rencontrer dans la rue, quand Ruixuan allait ou revenait de son travail, et de bavarder tout en marchant. Ruixuan remplaçait déjà M. Qian et était responsable de la rédaction des publications clandestines, il devait donc redoubler de prudence. Si Fang le sixième venait chez lui et était vu par John Ding, cela serait peut-être fâcheux.

Ruixuan aimait bien Fang le sixième et avait John Ding en aversion. Depuis qu'il avait appris la capitulation de l'Allemagne, ce dernier venait souvent le voir. Ruixuan avait peur qu'il ne vînt alors qu'il était en train d'écrire des articles, mais, d'un autre côté, il n'osait pas l'en empêcher et prétexter un surcroît de travail.

Selon John Ding c'était la Grande-Bretagne qui avait battu l'Allemagne. Ses connaissances des affaires internationales étaient très lacunaires, mais cela ne l'empêchait pas d'avoir sa propre vue des choses.

Si l'on exceptait la Grande-Bretagne, le pays que John Ding admirait le plus était l'Allemagne. Cette admiration semblait être liée aux bicyclettes et aux colorants chimiques que fabriquaient les Allemands. À présent, au cours de la conversation, il aimait toujours ajouter une phrase comme celle-ci : « En dehors des produits anglais, les marques allemandes sont les plus fiables. » S'il prononçait ces mots, c'était pour faire étalage de ses connaissances en matière d'affaires internationales. Chaque fois qu'il mentionnait l'Allemagne, il assortissait toujours le nom de ce pays des mots : « cette bonne vieille », comme on fait lorsqu'on parle d'un voisin de longue date.

Il disait à Ruixuan tout ce que la Grande-Bretagne avait d'extraordinaire, à quel point elle était plus puissante que l'Allemagne. Pour l'amener à se prononcer, il lui posait des questions très directes du genre : « Si le Japon à son tour est vaincu, devrons-nous tuer tous les Japonais de Peiping ? »

Ruixuan ne répondait rien, il aurait voulu le flanquer dehors d'un coup de pied bien appliqué.

Voyant que Ruixuan se taisait, John Ding pensait qu'il avait lui-même raison, aussi s'empressait-il d'ajouter vite une phrase supplémentaire : « Au Petit-Bercail, je suis le chef de quartier, alors si, le moment venu, je ne montre pas de quel bois je me chauffe aux habitants du n° 1 et du n° 3, voilà qui serait bien étonnant ! Monsieur Qi, vous avez pu le constater de vos propres yeux, je suis toujours resté fidèle à l'ambassade de Grande-Bretagne. Quand M. Goodrich reviendra, je retournerai le servir. Qu'en dites-vous ? »

Ruixuan savait bien que s'il disait « oui », John Ding allait lui faire des courbettes pour lui demander de s'occuper de lui, comme si le fait qu'il pût retourner ou non à l'ambassade de Grande-Bretagne tenait à une parole de Ruixuan. Mais, d'un autre côté, s'il disait « non », John Ding resterait là à bavarder à n'en plus finir pour avoir des explications claires. Il ne voulait pas perdre son temps en parlotes avec ce chien courant.

Cheng Changshun vint lui apporter une nouvelle. Il lui dit que les Japonais commençaient à vendre des objets. Changshun n'était pas enclin à faire du commerce avec eux, il ne leur avait rien acheté, bien que ces derniers l'eussent sollicité.

Quant aux autres tambourineurs, ils avaient réellement vendu des marchandises qui avaient appartenu à des Japonais. « Monsieur Qi, ainsi les diables japonais seraient bientôt cuits. Les voilà qui s'empressent de vendre des bricoles contre des liquidités pour rentrer au Japon. »

Ruixuan trouvait que Changshun avait bien analysé la situation.

« Monsieur Qi, avez-vous remarqué, disait Changshun en nasillant, comme, depuis la capitulation de l'Allemagne, les Japonais ont changé. Ils vont jusqu'à nous faire des courbettes, avec force sourires. Voyez, au n° 3 ils ferment toujours leur portail, on dirait qu'ils redoutent qu'on vienne les égorger. »

Un jour, Ruixuan reçut une lettre inattendue. Bien que la signature fût fausse, il reconnut au premier coup d'œil l'écriture du Troisième. Il trouva cela bizarre : son frère osait écrire directement à la maison, alors qu'auparavant il faisait parvenir les lettres par un canal secret, jamais par la poste.

Au bout de quelques lignes, il fut rassuré. Même contrôlée, on n'aurait rien pu trouver à redire à une telle lettre.

« J'ai vu la grosse belle-sœur à Luomahu. On lui a confisqué tout ce qu'elle avait emporté, alors elle vend son gros corps pour survivre. Elle est couverte de plaies, le pus coule entre ses doigts. Je ne la plains pas, et juge inutile de l'insulter. Elle va pourrir sur place là-bas. »

Ruixuan savait qu'il parlait de la grassouillette Chrysanthème. Bien qu'il ne sût pas où se trouvait ce Luomahu, en lisant entre les lignes on pouvait deviner qu'il ne s'agissait pas d'un endroit décent. Il demanda à Fang le sixième.

Celui-ci lui dit qu'il s'agissait d'un quartier de bordels de la pire espèce à Tianjin.

Les Japonais de Peiping s'affairaient à trouver des « marraines », à vendre leurs affaires, tandis que les Chinois qui se trouvaient au Japon cherchaient par tous les moyens à rentrer au pays. Le Japon subissait de terribles bombardements ; les Chinois qui s'y trouvaient, traîtres ou étudiants, avaient peur de mourir là-bas ou de subir des pertes financières. En voyant les bombes, ils repensaient à la patrie.

À Peiping, ceux qui avaient eu l'idée de partir au Japon, avaient peur désormais d'y aller en mission ou pour des réunions. S'ils pouvaient ajourner, ils ne s'en privaient pas, cherchant tous les moyens pour ne pas partir. La vie était plus importante que tout le reste, il n'était pas question d'aller chercher la mort dans un endroit où les bombes pleuvaient.

Seul Lan Dongyang voulait y aller. Il avait été malade longtemps. Pendant sa maladie, il avait été veillé par un médecin et une infirmière, japonais tous les deux. Le médecin venait de l'armée, il avait pouvoir de vie et de mort. Si pendant son délire Lan Dongyang avait prononcé une ou deux phrases montrant qu'il n'était pas satisfait des Japonais, le médecin l'aurait empoisonné et lui aurait fait monter les globes oculaires vers le haut sans leur donner l'occasion de jamais redescendre. Mais dans son délire Lan Dongyang criait : « Vive l'Empereur ! » Le médecin et l'infirmière en avaient été touchés et avaient dit beaucoup de bien de lui à leurs supérieurs, le présentant comme le Chinois le plus fidèle à l'Empereur qui existât. Ils l'avaient soigné avec beaucoup de précautions et avaient fait de leur mieux pour le sauver. Il avait été passé entièrement aux rayons

X, et les radios avaient été envoyées au Japon afin de servir de matériaux scientifiques pour la recherche. Il s'agissait de voir si son cœur, son foie, son cerveau et ses poumons n'avaient pas une structure spéciale pouvant expliquer cette fidélité indéfectible.

Dongyang avait peur que Ruiquan ne l'expédiât d'une balle dans l'autre monde. À peine remis, il pensa aller au Japon, pour échapper au sort qui le guettait.

Pendant sa maladie, son poste de chef de département à l'Union du Peuple nouveau avait été donné à quelqu'un d'autre. Cela ne l'affecta pas outre mesure, car le médecin et l'infirmière lui avaient dit que, s'il allait au Japon, il aurait un poste plus important. Comment ne les aurait-il pas crus ?

Le chef de bureau Niu avait été arrêté. Le poste qu'il occupait était vacant. Les Japonais pensèrent à Lan Dongyang. C'était leur esclave, fidèle entre tous, leur toutou obéissant. Les mérites portés dans son dossier en faisaient quelqu'un d'une fiabilité à toute épreuve.

Lan Dongyang, c'était vrai, aurait bien aimé être chef de bureau. Mais il devait d'abord faire un tour au Japon, sous le prétexte d'une enquête sur l'éducation. S'il y allait, et que Ruiquan fût, entre-temps, arrêté et exécuté, ne pourrait-il pas revenir rassuré et mener une vie tranquille ? Et puis, qui sait si, une fois au Japon, il ne pourrait pas avoir une femme japonaise, ne serait-il pas alors le gendre de la famille impériale ?

Et Lan Dongyang partit pour le Japon.

Ceux qui étaient venus pour l'accompagner firent là une démarche inutile car, déguisé et flanqué de deux gardes du corps en civil, il avait quitté Peiping de nuit, en cachette. Il avait eu peur du scénario suivant · il arrivait à la gare, entouré par une foule bruyante, Ruiquan le reconnaissait au premier coup d'œil et lui tirait dessus.

Après son départ, ceux qui avaient acheté des cadeaux pour lui dire au revoir, soupirèrent et dirent en se regardant : « Il est terrible ce Lan Dongyang ! Le Japon est bombardé tous les jours et il ose s'enfuir là-bas ! Mais regardez-nous : nous voulons manger, et, dans le même temps, nous avons peur d'être brûlés. Des gens comme nous ne pourront jamais faire fortune de leur vie ! » Ils étaient loin de penser que Dongyang partait pour ne plus revenir et qu'on ne retrouverait de lui pas même un seul ossement !

Lan Dongyang n'avait aucun lien avec la culture chinoise vieille de cinq mille ans. Sa fourberie et sa cruauté étaient celles d'un barbare authentique. Il appartenait à cette époque barbare faite de désolation où l'homme mangeait l'homme et où les chiens se dévoraient entre eux. Les Seigneurs de guerre japonais avaient déclenché une guerre d'agression en se servant de cette même philosophie. C'est cela qui l'avait propulsé si haut. Il était de la même farine qu'eux, il parlait comme un être humain, avait la peau d'un humain, mais pas de nature humaine. Il était bestial, fourbe, cruel.

Il n'avait jamais réfléchi à ce qu'aurait dû être le monde. Il était une mouche — comblée d'avoir aspiré une goutte de sang ou mangé une parcelle d'excrément. Il ne se sentait pas lié au monde. Il le trouvait beau, pourvu qu'il eût un morceau de charogne à manger. Ainsi, il n'avait jamais imaginé un monde sans armes, sans bombes, sans guerres et, par là même, ne s'était jamais demandé si de telles choses devaient ou non exister en ce monde.

La science avait fait des progrès fulgurants, on avait inventé la bombe atomique. Cette invention, due à ceux qui n'avaient jamais songé à ce que devrait être le monde, était aussi stupide que l'attitude des Japonais et que celle de Lan Dongyang. Avoir fait cette découverte et l'avoir utilisée d'abord à des fins militaires ce fut la plus grande honte qu'ait jamais connue l'humanité. C'est ainsi que Lan Dongyang rencontra une machine de guerre plus fourbe, plus cruelle que lui. Il ne put voir le début d'une nouvelle ère, mais fut pulvérisé dans l'époque qui avait été la sienne, où l'homme s'était fait mangeur d'hommes et où les chiens se dévoraient entre eux.

CHAPITRE XCVII

Si les yeux d'un enfant peuvent traduire la terreur de la guerre, alors c'est ce qu'on lit dans les yeux de Niuzi.

La faim lui a ôté toute force de courir et de gambader. Son cou grêle paraît plus long. Bien qu'il n'y ait plus guère de chair sur son visage, ce cou ne semble plus pouvoir supporter sa petite tête. Ses vêtements sont vieux, trop courts, mais surtout trop larges, car elle n'a plus que la peau sur les os. Elle donne l'impression d'avoir déjà un pied dans la tombe.

Quand elle déclare ne pas vouloir manger de « farine républicaine », son regard semble dire aux siens que sa petite vie a elle aussi sa dignité : elle ne veut pas manger ce qu'un chien ou un porc ne goûteraient même pas. Et, puisqu'elle en a décidé ainsi, rien ne saurait l'ébranler, personne ne pourrait la forcer ni n'aurait le cœur à la gronder pour autant. La rage dans ses yeux semble l'expression de l'aversion que tous éprouvent pour cette guerre d'agression.

Après ces accès de colère, elle jette des regards en coin à tous les siens derrière ses paupières micloses, comme pour s'excuser, leur demander leur pardon. Elle ne sait pas dire : « Les temps sont si difficiles, je ne devrais pas me mettre en colère ! » C'est pourtant ce qu'exprime effectivement son regard. Puis, elle ferme lentement les yeux et enfouit sa souffrance dans son petit cœur.

Bien qu'elle garde les paupières closes, elle sait que les adultes s'approchent pour la regarder et poussent sans bruit un soupir. Elle sait qu'ils ont pitié d'elle, qu'ils l'aiment, c'est pourquoi elle lutte pour ne pas pleurer, elle doit supporter la souffrance. La guerre le lui a appris.

Elle ferme les paupières pour faire un petit somme et, quand elle les ouvre de nouveau, elle se force à esquisser un sourire. Elle cligne ses petits yeux, se dupe elle-même : Niuniu est sage, elle sait sourire en se réveillant, se faire aimer de tous.

Si les grandes personnes ont réussi à se procurer quelque nourriture pour elle, elle ouvre tout grand ses yeux pensant qu'avec cette maigre pitance elle va survivre. Son regard brille, on croirait qu'elle va chanter le cantique de la vie.

Elle mange ce qu'on lui a donné, son regard rayonne, tel le soleil pendant une éclaircie après une pluie qui n'en finissait pas. C'est comme si elle disait : « Je ne suis pas très exigeante, même si j'ai juste un tout petit quelque chose comme ça à manger, je peux survivre dans la joie. » Alors, dans ces moments-là, elle parvient à se souvenir des histoires que lui raconte sa grand-mère.

Puis le sourire disparaît rapidement de ses yeux. Elle n'est pas rassasiée, elle a encore envie de manger ; ce morceau de melon ou cette galette, c'était vraiment si peu ! Pourquoi doit-elle toujours se nourrir si chichement ? Pourquoi ? Mais elle ne pose pas cette question. Elle sait que son frère, Petit Shunr, n'a même pas, lui, ce petit bout de melon.

Ruixuan n'ose plus regarder sa petite fille. Les marines anglais et américains vont lancer l'offensive contre le territoire japonais. Il sait que le dieu de la guerre oriental va bientôt capituler sans conditions comme ont fait l'Allemagne et l'Italie. Il faut s'en réjouir. Mais si l'on ne parvient pas à sauver sa petite fille, comment exulter pour cette victoire sur le Japon ? L'homme meurt sans espoir de renaître, quel crime a commis la petite Niuzi pour connaître un tel sort ?

Le vieux Qi n'a plus la force de faire quoi que ce soit, mais il lutte pour veiller sur Niuniu. Le plus ancien et le plus petit sont toujours très proches l'un de l'autre. Chaque fois que Yun Mei se procure pour lui quelque chose de plus nourrissant que la « farine républicaine », sans même regarder de quoi il s'agit, le vieil homme dit : « Ce sera pour Niuzi, moi j'ai assez vécu, Niuzi est... », puis il pousse un long soupir. Il sait que Niuzi ne s'en trouvera pas plus robuste. Il repense à son fils mort, et à ses deux petits-fils portés disparus. Il ne faut pas que la toute dernière des quatre générations habitant sous le même toit soit touchée ! Quand il souffre d'insomnie le soir, il prie : « Ô Ciel ! Reprends-moi, reprends-moi donc et, surtout, laisse Niuzi à la famille Qi ! »

Les yeux de mère de Yun Mei ont vu le danger depuis longtemps. Mais elle ne peut que soupirer tout bas, elle n'ose pas alarmer le vieil homme. Elle feint de ne pas y attacher d'importance et déclare : « Ce n'est rien, rien du tout, les filles c'est résistant ! »

Tout en disant cela, elle est plus peinée que quiconque. Niuzi est sa fille, dans ses calculs à long terme, elle est le centre de tous ses espoirs. Fermant les yeux elle la voit grandir, devenir une jolie jeune fille, se marier, avoir des enfants, tandis qu'elle-même est devenue une grand-mère digne de respect.

Petit Shunr est bien sûr un personnage important. C'est lui qui assurera la descendance. Mais c'est un garçon. Yun Mei ne peut pas se mettre à sa place et faire des projets précis pour lui. Niuzi est une fille, Yun Mei, en se basant sur sa propre expérience, est capable de préparer correctement son avenir. Une mère et sa fille sont dépendantes l'une de l'autre.

Que Niuzi doive mourir, elle n'ose pas y songer car, pour elle, ce serait une demi-mort. Pour dire une phrase qui va à l'encontre de la piété filiale : le vieux Qi, Mme Tianyou peuvent mourir, mais Niuzi doit vivre. Les personnes âgées sont comme la feuille d'automne qui, le moment venu, se détache et tombe. Niuzi est encore un bouton de fleur éclatant. Yun Mei voudrait tant la prendre contre elle, tout comme lorsqu'elle avait deux ou trois mois. Quand elle lui caresse les mains et les pieds, elle regrette que Niuzi ne puisse redevenir un bébé tétant le sein maternel.

Niuzi passe tout son temps avec sa grand-mère, elles ont toujours été inséparables. Prendre soin de Niuzi, la câliner est toute la vie de Mme Tianyou. Yun Mei ne peut les séparer. Parfois, elle en devient même jalouse, voudrait pouvoir l'arracher à sa belle-mère ; pourtant, elle ne le fait pas. Elle sait que cette dernière n'a pas eu de fille. Niuzi est certes sa petite-fille, mais aussi un peu comme une fille. Yun Mei console la vieille dame. « Niuzi n'a rien de bien méchant, ce n'est pas une maladie grave ! » Comme si Niuzi n'était rien d'autre que la petite-fille de sa grand-mère et non un morceau de sa chair à elle.

Alors que cette petite vie errait entre la vie et la mort, le Troisième faisait passer à Ruixuan tant de bonnes nouvelles, qu'il avait presque trop de matériaux pour ses articles : il ne savait plus où donner de la tête. La Troisième Flotte américaine avait déjà attaqué la baie de Tokyo ; la Russie, les États-Unis et la Grande-Bretagne avaient signé les accords de Potsdam ; la première bombe atomique avait été larguée sur Hiroshima.

Il faisait très chaud. Ruixuan transpirait du matin au soir, occupé à sélectionner des articles, à rédiger, recevoir et envoyer des manuscrits. Il semblait calme en apparence, mais ses yeux brillaient et son cœur battait plus vite. Il en oubliait sa faiblesse physique, il se sentait empli d'une énergie débordante. Il ne se reposait pas une seconde, avait envie de chanter à tue-tête pour célébrer la fin de la plus grande tragédie qu'avait connue l'humanité.

Non seulement il annonçait la victoire, mais il écrivait sur les lendemains. Après cette leçon meurtrière, il n'espérait qu'une chose : qu'on ne fasse plus parler les armes. Mais, cela, il ne l'écrivait pas. Les revues clandestines étant de format modeste, il ne pouvait faire passer tant de choses.

Aussi parlait-il sans retenue de ses espoirs à ses élèves en classe. Il leur expliquait comment le genre humain était devenu l'esclave de ses armements, jusqu'à ne plus avoir de perspectives d'avenir ; comment, les esprits s'étant heureusement apaisés, il avait été mis fin à la guerre par des pourparlers de paix ; comment, si chacun diminuait son armement, cessait d'être l'esclave des armes, il y aurait des espoirs pour la paix.

Mais, dès qu'il voyait Niuzi, il était découragé. Niuzi ne l'autorisait pas à faire confiance au lendemain. Il priait tout bas : « La victoire est là, devant nous, Niuzi, il ne faut pas que tu meures ! Essaie de tenir quelques mois encore, un mois, peut-être même une dizaine de jours — ah ! petite Niuzi, et tu verras la paix ! »

Cette prière était vaine, et la victoire ne pouvait rien pour sa petite fille. La victoire disait la fin de la guerre, elle ne pouvait pas ressusciter les morts, ni empêcher de mourir ceux qui agonisaient.

Quand la petite Niuzi n'eut vraiment plus rien à manger, elle dut se contenter d'avaler une bouchée de « farine républicaine » ; elle la faisait passer avec de l'eau ou de la soupe. Les grains et la balle des céréales s'accumulèrent dans l'intestin avant de provoquer une appendicite aiguë.

Niuzi avait des accès de douleur au ventre. On aurait dit que toutes les souffrances liées à ces huit ans de guerre s'étaient concentrées en un seul point. Sous le coup de la douleur, elle se pelotonnait sur elle-même, son corps se couvrait de sueur, son vieux pantalon, sa tunique en étaient trempés. Elle poussait des cris aigus, ses lèvres se violaçaient, ses yeux se révulsaient à tout moment.

Toute la famille l'entoura, ne sachant que faire. En temps de guerre, on est toujours pris au dépourvu.

Le vieux Qi, voyant que Niuzi, le corps raidi, ne bougeait plus, cria : « Niuzi, sois sage, réveille-toi, Niuzi, allez, réveille-toi ! »

Les petites jambes de l'enfant, pas plus grosses que des tiges de sorgho, étaient allongées toutes raides. Mme Tianyou et Yun Mei se précipitèrent sur elle. Yun Mei laissa sa belle-mère la devancer. Celle-ci serrant sa petite-fille contre elle ne cessait d'appeler : « Niuzi ! Niuzi ! » L'enfant était si faible qu'elle avait tout juste la force de respirer.

« Je vais quérir un médecin ! » Ruixuan sembla

soudain s'éveiller d'un rêve, bondit sur ses pieds, se rua vers l'extérieur.

Dans un nouvel accès de douleur la petite Niuzi bougea convulsivement dans les bras de sa grand-mère, elle puisait dans ses dernières forces. Mme Tianyou, qui ne pouvait plus la porter, la remit sur le lit.

Le corps affaibli de Niuzi ne pouvait résister à cette souffrance atroce. Elle eut encore quelques convulsions, ses yeux se révulsèrent et elle ne bougea plus.

Mme Tianyou porta sa main vers les lèvres de la petite fille pour voir si elle respirait encore. Aucun souffle n'en sortait plus. Niuzi n'ouvrirait plus les yeux pour regarder sa grand-mère ni ne dirait plus : « Maman ! » de sa petite voix mélodieuse.

Mme Tianyou en eut des sueurs froides, sa main resta suspendue en l'air. La vieille dame était incapable de bouger ou de pleurer. Elle restait debout, égarée devant le petit lit, le cerveau engourdi. La douleur était si vive qu'elle n'était même plus capable de pleurer.

En voyant qu'elle ne bougeait plus, Yun Mei se jeta sur sa petite fille et serra très fort contre elle le petit corps inerte, trempé de sueur et de pleurs. Elle non plus n'arrivait pas à pleurer, sa joue contre la poitrine de la petite Niuzi, elle criait comme une folle : « Niuzi, chair de ma chair, ma Niuzi ! » Petit Shunr éclata en sanglots.

Le vieux Qi tremblait de tout son corps, il s'assit en tâtonnant sur une chaise, baissa la tête. On n'entendait plus dans la pièce que les cris de Yun Mei et les pleurs de Petit Shunr.

Le vieil homme resta longtemps, ainsi, assis la tête baissée, très longtemps. Soudain, il se leva et, lentement mais avec détermination, il s'avança vers le petit lit, attira Yun Mei par les épaules dans l'intention de la repousser.

Yun Mei serra encore plus fort Niuzi contre elle. C'était la chair de sa chair, elle aurait voulu ne faire plus qu'un avec elle, comme avant.

Le vieux Qi était un peu agacé, il dit d'un ton suppliant : « Éloigne-toi un peu, allons ! »

En entendant cela Yun Mei, comme prise de folie, cria : « Qu'est-ce que vous voulez ? »

Le vieil homme la repoussa de nouveau. Elle se retrouva assise par terre. Il prit la petite Niuzi dans ses bras et, tout en l'appelant : « Niuzi ! » il se dirigea lentement vers l'extérieur. « Niuzi, viens avec ton arrière-grand-père ! » Niuzi ne réagissait pas. Ses petites jambes se balançaient doucement au rythme de la marche du vieil homme.

Celui-ci porta Niuzi en chancelant jusque dans la cour, il avait le front couvert de sueur. Il n'avait attaché que deux boutons de sa tunique et l'on voyait son poitrail dur, décharné. Il s'arrêta sur les marches, il haletait, on aurait dit qu'il avait peur d'oublier ce qu'il voulait faire. Il serra encore plus fort Niuzi contre lui, tout en continuant d'appeler doucement : « Niuzi, Niuzi, viens avec moi, allez ! »

Ces appels répétés, prononcés tout bas, firent sortir à son tour Mme Tianyou. Le regard fixe, elle rejoignit le vieil homme aussi pétrifiée qu'une momie, comme si c'était elle et non Niuzi qu'il appelait.

Les cris de Yun Mei et les pleurs de Petit Shunr avaient fait venir de nombreux voisins.

John Ding, en tant que chef de quartier, était debout devant les autres. Vu son air, il était clair que, lorsque viendrait le moment de prendre la parole, il le ferait le premier.

Mme Li était presque aveugle mais elle avait toujours son grand cœur, sa franchise et sa cordialité. Appuyée sur un bâton, elle était pressée de donner un coup de main comme si, depuis la mort de sa « vieille baderne », il lui revenait d'assumer seule l'aide aux voisins.

Cheng Changshun, le petit Kai dans les bras, était debout derrière elle. Il avait l'air maintenant d'un homme mûr. Son fils n'était certes pas très gros, mais c'était un bel enfant.

La veuve Ma n'était pas entrée. Le fait que les Qi se fussent mis soudain à éclater tous en sanglots l'inquiétait. Elle restait pourtant de l'autre côté du portail, attendant que Changshun sortît pour la mettre au courant.

Le conteur de dialogue comique, Fang le sixième, ainsi que d'autres voisins se tenaient debout silencieux dans la cour.

Le vieux Qi s'avança d'un pas extrêmement lent mais résolu. Il avait peur de tomber, allait clopin-clopant, n'avançait pas vite.

Ruixuan accompagné du médecin fit irruption, contourna le mur-écran. Il repoussa tous les voisins et se dirigea droit sur son grand-père. Le médecin s'avança aussi, saisit le poignet raidi de Niuzi.

Le vieux Qi s'arrêta brusquement, releva la tête, vit le médecin. « Qu'est-ce que vous voulez ? » cria-t-il avec colère.

Ce dernier, sans s'occuper de l'air furieux du vieil homme, se contenta de chuchoter à l'oreille de Ruixuan : « L'enfant est morte. »

Ruixuan sembla n'avoir pas entendu. Les yeux pleins de larmes, il s'approcha et saisit son grand-père par le bras. Le médecin repartit.

« Grand-père, où courez-vous ainsi avec Niuzi.

Elle est déjà... » Le mot « morte » resta coincé dans sa gorge, il ne put le prononcer.

« Écarte-toi de mon chemin ! » Les jambes du vieil homme lui obéissaient difficilement, mais il continuait d'avancer. « Je vais la montrer aux Japonais du n° 3. C'est eux qui nous ont volé nos céréales. Leurs enfants étaient rassasiés tandis que ma petite-fille mourait de faim. Je vais la leur montrer. Écartez-vous, tous ! »

CHAPITRE XCVIII

Comme le vieux Qi peinait pour sortir de la cour, les Japonais du n° 3 avaient déjà bouclé leur portail et entassé derrière quelques objets lourds. On aurait dit qu'ils se protégeaient contre une émeute de rue !

Ils étaient déjà au courant de la capitulation du Japon.

Ils avaient une peur bleue. Quand les Seigneurs de guerre japonais avaient déclenché cette guerre d'agression, ils n'avaient pas eu le courage de les arrêter. Pendant toute la durée du conflit, ils n'avaient pas vu le côté criminel de l'affaire tant ils étaient satisfaits, se sentaient honorés. Si eux-mêmes n'avaient pas d'envies meurtrières, combien y avait-il de Chinois qui n'avaient pas tué de soldats japonais ?

Leurs préparatifs faits, ils rentrèrent chez eux et pleurèrent sans bruit. Honneur et privilèges étaient partis en fumée, la guerre était devenue pour eux un cauchemar. Ils allaient devoir abandonner cette belle ville de Peiping, leurs jolies maisons et cette vie un peu supérieure à la moyenne pour être réexpédiés au pays tels des prisonniers. Et si leurs voisins chinois accouraient pour se venger, ils mourraient en terre étrangère.

Tout en sanglotant tout bas, ils écoutaient ce qui se passait au-dehors. Si la nouvelle de la capitulation du Japon parvenait aux oreilles des Chinois, ceux-ci n'allaient-ils pas, armés de couteaux, de fusils, de bâtons, venir enfoncer leur portail et leur fracasser la tête ! Ils ne réfléchissaient pas au crime qu'ils avaient commis en déclenchant cette agression, mais à la honte et à la terreur qui suivaient la défaite. Tout au plus trouvaient-ils que la guerre n'était pas quelque chose de fiable.

La vieille dame du n° 1, en revanche, avait ouvert en grand sa porte. Son sourire semblait dire : « Que ceux qui veulent se venger viennent ! Nous vous avons opprimés pendant huit ans, il serait juste que vous ripostiez maintenant ! »

Du portail, elle regardait les gros sophoras à l'extérieur. Elle ne se réjouissait pas de la défaite des troupes japonaises, mais elle n'en éprouvait pas de honte non plus. Elle s'était toujours montrée opposée à la guerre. Elle savait depuis longtemps que les agresseurs, qui ont toujours une foi aveugle en leur force, finissent par récolter ce qu'ils ont semé. Elle restait debout, calme, au portail, en proie à la tristesse. La guerre était finie, mais tous ces morts !

Elle sortit dans la rue. Il lui fallait informer les voisins de la capitulation japonaise. Il n'y avait pas de honte à cela, c'était le résultat inévitable du culte aveugle de la force. Elle ne pouvait pas, parce qu'elle était japonaise, fermer les yeux et ne pas reconnaître les faits. Et puis, elle devait se lier avec les Chinois, dépasser la vengeance et la haine, instaurer avec eux une véritable amitié.

Une fois sortie, elle se dirigea tout naturellement du côté de chez les Qi. Elle trouvait certes que le vieux Qi représentait la dignité de la vieille génération, pourtant, c'est de Ruixuan qu'elle se sentait la plus proche. Il pouvait parler anglais avec elle. Elle avait beaucoup d'estime pour lui, l'aimait pour son érudition, pour son allure. Elle avait parcouru le monde entier, alors que lui n'était jamais sorti de Peiping, pourtant, tout ce qu'elle savait, il le comprenait. Non seulement il comprenait les grands problèmes mondiaux, mais en avait une connaissance profonde ; et puis il gardait une confiance inébranlable dans l'avenir de l'humanité.

Comme elle arrivait devant le portail, le vieux Qi contournait le mur-écran avec Niuzi dans les bras. Ruixuan soutenait son grand-père. La vieille dame japonaise s'arrêta. Au premier coup d'œil elle comprit que Niuzi était morte. Alors qu'elle se rendait chez les Qi pour leur annoncer la bonne nouvelle et parler avec Ruixuan des relations futures entre la Chine et le Japon, elle ne s'attendait pas à rencontrer un vieillard à demi mort tenant dans ses bras une enfant morte — tout comme la Chine moribonde portait dans ses bras d'innombrables enfants morts. Quelle différence y avait-il entre la victoire et la défaite ? Que pouvait apporter de bon la victoire ? C'était un jour à maudire entre tous, un jour à pleurer.

Si la honte de la défaite ne l'affligeait pas, la mort de la petite Niuzi lui faisait perdre toute confiance en elle, tout courage. Elle s'apprêta à revenir sur ses pas.

Le regard du vieux Qi se reporta du corps de Niuzi au portail. Il ne reconnaissait plus déjà ce seuil qu'il avait franchi tant de fois. Il sentait seulement qu'il devait sortir par là pour aller trouver les Japonais. C'est alors qu'il vit la vieille dame.

Tout comme lui, elle aimait la paix. Au cours de la guerre elle avait perdu ses parents de la jeune génération. En fait elle n'avait pas à éprouver de honte, elle aurait pu aller vers le vieil homme. Mais cette guerre d'agression avait rendu les militaristes orgueilleux et arrogants, tandis que ceux qui écoutaient leur conscience éprouvaient honte et remords. Quoi qu'on en dît, en fin de compte, elle était japonaise. Dans une certaine mesure, elle se sentait responsable de la mort de la petite Niuzi. Elle revint sur ses pas. En présence du vieux Qi, elle se sentait coupable.

Ce dernier, sans réfléchir davantage, cria haut et fort : « Arrêtez-vous ! Venez voir, allez, venez ! » Il éleva le petit corps inanimé de Niuzi qui n'avait plus que la peau sur les os pour le montrer à la vieille dame.

Celle-ci s'arrêta, interloquée. Elle eut envie de se détourner et de fuir, mais c'était comme si une force émanant de la personne du vieil homme la clouait sur place.

Ruixuan soutenait son grand-père, tout en l'appelant tout bas : « Grand-père ! Grand-père ! » Il savait bien que la vieille dame du n° 1 n'était pour rien dans la mort de Niuzi, mais il n'osait pas discuter avec le vieil homme, car celui-ci était un mort en sursis, et il se trouvait dans un état second.

Le vieux Qi continuait d'avancer en chancelant, les voisins suivaient en silence.

Quand elle vit le vieil homme devant elle, la vieille Japonaise se prépara mentalement. Elle avait un peu peur de lui, mais elle connaissait sa droiture naturelle. Si Niuzi n'avait pas connu une mort aussi tragique, il ne se serait pas comporté ainsi. Elle voulait les informer tous que le Japon avait capitulé, pour qu'ils éprouvent un peu de réconfort.

Elle s'adressa en anglais à Ruixuan : « Dites à votre grand-père que le Japon a capitulé. »

Ruixuan ne semblait pas avoir compris ce qu'elle venait de dire ; il répétait pour lui-même : « Le Japon a capitulé ? » Il regarda de nouveau la vieille dame.

Celle-ci hocha légèrement la tête.

Ruixuan se mit soudain à trembler de tout son corps. Il était tout désorienté. Il posa sa main sur le corps de la petite Niuzi.

« Qu'a-t-elle dit ? » demanda d'une voix forte le vieux Qi.

Ruixuan souleva doucement une des mains glacées de la petite Fille, regarda sa frimousse et dit en se parlant à lui-même : « On a gagné, Niuzi, mais toi...

— Qu'a-t-elle dit ? » cria le vieil homme.

Ruixuan s'empressa de lâcher la main de la petite fille, il regarda son grand-père et les voisins. Les yeux pleins de larmes, il sourit. Il aurait voulu crier à l'intention de tous : « Nous avons gagné la guerre ! » mais, comme à contrecœur, il dit tout bas au grand-père : « Le Japon a capitulé ! » Une fois ces mots prononcés, les larmes coulèrent le long de ses joues. Les souffrances physiques et morales qu'il avait endurées ces dernières années avaient pesé sur son cœur comme un fardeau d'une tonne.

Bien que Ruixuan n'eût pas parlé d'une voix forte, les mots : « Le Japon a capitulé ! » comme portés par le vent, étaient parvenus aux oreilles des voisins.

Tout le monde en oublia immédiatement la mort de la petite Niuzi et, par là même, de manifester de la sympathie à l'égard du vieux Qi et de Ruixuan, d'aller consoler Yun Mei et Mme Tianyou. Tous voulaient faire quelque chose, ou dire quelque chose, aller voir à quoi ressemblait la victoire, ouvrir la bouche et hurler de joie : « Vive la nation chinoise ! » Le vieux Qi lui-même en avait oublié ce qu'il voulait faire, il restait là, hébété, à regarder l'un, puis l'autre, partagé entre la tristesse, la joie et la perplexité.

Tous les regards convergèrent d'un coup vers la vieille dame japonaise. Ce n'était plus cette vieille dame qui avait toujours aimé la paix, mais l'incarnation de la force militaire, de l'agression, du massacre. Elle ne pouvait rien contre les regards emplis de haine et de colère dirigés contre elle. Elle ne pouvait plaider sa cause. Quand vient le temps des règlements de compte, les paroles restent sans effet. Elle ne pouvait clamer son innocence. Les Japonais avaient péché par militarisme. Certes ses idéaux dépassaient les cadres de la nation et du pays, mais, finalement, elle relevait de ces cadres, c'est pourquoi elle devait aussi assumer sa part de responsabilité dans ce comportement criminel.

À la vue de ces gens en face d'elle, elle sentit soudain à quel point elle les comprenait mal. Ce n'était plus ses voisins, mais des êtres qui la haïssaient, voire qui pensaient la tuer. Elle connaissait leur bonté à tous, c'était des gens de commerce facile. Pourtant, qui oserait garantir qu'aujourd'hui ils n'allaient pas être pris de folie et déverser sur elle la haine qui les habitait !

Yun Mei ne pleurait plus. Elle s'avança près du grand-père, elle prit Niuzi. Que pouvait lui faire la victoire ? Elle n'avait qu'une seule pensée : tenir encore un peu Niuzi dans ses bras.

Elle retourna lentement dans la cour en la serrant contre elle. Elle baissait la tête, regardait, regardait encore la petite frimousse si blanche, inerte, si maigre que la peau collait aux os. Elle l'appela tout bas : « Niuzi ! » comme si la petite était juste endormie.

Le vieux Qi se détourna, la suivit en disant : « Mère de Petit Shunr, tu as entendu ? Le Japon a capitulé. Mère de Petit Shunr, ne pleure plus, les beaux jours sont devant nous. À l'instant j'étais si oppressé, si égaré. Je pensais aller trouver les Japonais avec Niuzi dans les bras. C'était une erreur, il ne fallait pas bafouer ainsi cette enfant. Mère de Petit Shunr, trouve-lui des vêtements propres, lave-lui le visage. Il ne faut pas qu'elle soit mise en bière avec des traces de larmes. Mère de Petit Shunr, ne sois pas trop triste, les diables japonais vont déguerpir, et nous pourrons couler des jours paisibles. L'aîné et toi, vous êtes jeunes encore, vous aurez d'autres enfants. »

Yun Mei ne semblait pas avoir prêté attention aux efforts que faisait le vieil homme pour la consoler. Elle avançait péniblement pas à pas, appelant à voix basse : « Niuzi ! »

Mme Tianyou était restée debout dans la cour. En apercevant Yun Mei, elle se mit à marcher elle aussi, mais elle demeura en retrait. Elle semblait avoir compris que Yun Mei n'était pas disposée à la laisser porter la petite.

Mme Li, qui était restée avec Mme Tianyou, les suivit sans hésiter. Toutes trois entrèrent dans la maison l'une derrière l'autre.

Au mur-écran le diseur de dialogues comiques Fang le sixième s'adressait aux voisins, il s'époumonait : « Voisins, aujourd'hui nous devons nous venger ! » Bien qu'il s'adressât aux voisins, son regard restait rivé sur la vieille Japonaise.

Ils avaient tous entendu, mais n'avaient pas

compris le sens de ses exhortations. Les Pékinois savent supporter le malheur et, quand les calamités sont passées, ils ne pensent pas à la vengeance. Ils se conforment toujours au sens naturel de l'Histoire, n'essaient pas de créer ou de changer son cours. Même quand souffle un vent contraire, ils restent en accord avec cette philosophie de la vie immuable qui est la leur et dont le fondement est la croyance en l'adage : « Les bons seront récompensés, les méchants punis. » Pour eux, se retourner contre l'ennemi était donc inutile. Voyez, comme les Japonais sont féroces... eh bien, ils ont fini par capituler ! Huit ans d'occupation, ce fut vraiment long, mais mises en regard de l'histoire de Peiping, vieille de six ou sept siècles, que représentaient huit années ?... Personne ne bougea.

Fang le sixième avait beau leur dire : « Nous avons souffert tout juste huit ans, chaque jour nous avons vécu dans la crainte d'avoir la tête coupée. Pourquoi aujourd'hui ne pas leur en faire voir un peu ? Sans aller jusqu'à les tuer, au moins faisons-nous plaisir en leur crachant au visage ? »

Cheng Changshun qui était toujours affable et soumis se montra d'accord. « C'est ça, pas de coups, pas de carnage mais, au moins, crachons-leur à la figure ! » et il cria de sa voix nasillarde : « Allez, on y va ! »

Tous se précipitèrent bruyamment sur la vieille Japonaise. Elle n'avait pas compris ce qu'ils avaient dit ; elle vit cependant qu'ils n'étaient pas animés de bons sentiments. Elle voulut s'enfuir, mais ne bougea pas. Elle se redressa et, s'armant de courage, attendit leur assaut. Elle acceptait la honte d'être frappée pour alléger ses crimes et ceux des autres Japonais.

Ruixuan qui était resté jusque-là assis par

terre, comme anesthésié, se leva brusquement et se plaça entre la vieille Japonaise et les autres. Il était livide, mais ses yeux lançaient des éclairs. Il redressa le torse, sembla soudain beaucoup plus grand. Il demanda, sans se départir de son amabilité coutumière, mais sur un ton résolu : « Qu'est-ce que vous alliez faire ? »

Personne n'osa répondre, Fang le sixième lui-même ne disait rien. Les Chinois respectent les intellectuels. Ruixuan leur plaisait beaucoup et, de plus, il était le seul parmi eux tous à avoir reçu de l'instruction. « Vous aviez l'intention de vous en prendre à cette vieille dame pour commencer, de la frapper ? » Ruixuan avait accentué exprès les deux mots : « vieille dame ».

Tous le regardèrent, puis regardèrent la vieille Japonaise. Fang le sixième le premier hocha la tête en signe de dénégation. Personne n'était prêt à brutaliser une vieille femme.

Ruixuan se retourna vers la vieille Japonaise et lui dit : « Partez vite ! »

Celle-ci poussa un soupir, fit un profond salut devant l'assemblée et s'éloigna.

À peine était-elle partie que John Ding s'approchait.

Fang le sixième, à la vue de John Ding, se dit qu'il aurait là du renfort. Depuis la défaite de l'Allemagne, John Ding ne s'était pas privé de déclarer à la ronde que, dès que le Japon serait vaincu, il faudrait corriger sérieusement les Japonais de Peiping.

« John, qu'en pensez-vous ? Devons-nous aller donner une correction aux Japonais du n° 3 ?

— Que se passe-t-il donc ? »John Ding n'avait pas encore appris la nouvelle de la victoire.

« Les diables japonais sont cuits, ils ont capitulé ! » lui répondit d'une voix forte Fang le sixième.

John Ding ferma les yeux, comme il faisait à l'église quand il prononçait le mot « Amen ! ». Il ne dit rien, se détourna et fila.

« Où allez-vous ? lui demanda Ruixuan.

— Je... je vais à l'ambassade de Grande-Bretagne ! » lui lança John Ding.

CHAPITRE XCIX

À Chongqing, Chengdu, Kunming, Xi'an et dans de nombreuses autres villes, les gens criaient, chantaient, pleuraient de joie. Peiping restait morne. Les Japonais qui y demeuraient n'avaient pas encore rendu leurs armes, les agents de la police militaire japonaise continuaient de patrouiller dans les rues.

La désolation et les souffrances d'un pays conquis ne peuvent être balayées comme de la poussière sur un meuble. Toutefois, ce qui remplissait les gens de joie, c'était le fait que les Japonais avaient mis en berne les drapeaux ornés du soleil levant qui étaient désormais remplacés par le drapeau chinois. Même s'il n'y avait ni défilés, ni salves de canons, ni cris d'allégresse, la vue de ce drapeau réconfortait les cœurs.

Le Stuppa blanc du parc Beihai se dressait toujours aussi fièrement. Les nénuphars rouges et blancs des Trois Mers continuaient d'exhaler leur parfum léger. Le Temple du ciel, le Temple des ancêtres de l'Empereur et le Musée du palais impérial restaient solennels et imposants. Les antiques tuiles vernissées brillaient de tout leur éclat.

Peiping la froide. En ce moment de victoire, il

n'y avait aucun signe de vie dans toute la ville, pourtant les Japonais s'étaient empressés de se barricader chez eux.

Nul endroit ne pouvait être plus morne que chez les Qi. Ruixuan avait reconduit le grand-père jusque dans sa chambre. Le vieil homme s'était assis sur le bord du kang, il tenait la main de son petit-fils. Il songeait à toutes les difficultés rencontrées pendant ces huit ans. En repensant à son fils mort, à ses petits-fils, à son arrière-petite-fille il aurait bien voulu proférer tout haut des injures et aussi laisser libre cours à ses larmes.

Il lâcha peu à peu la main de Ruixuan, s'allongea lentement. Ruixuan appela Petit Shunr pour qu'il tînt compagnie au grand-père.

Petit Shunr s'acquitta volontiers de cette mission. Il n'osait pas aller dans la chambre où était allongée Niuzi. Il ne voulait pas non plus rester comme un idiot seul dans la cour. Sans Niuzi, il ne savait où aller. En restant près de son arrière-grand-père, au moins il faisait quelque chose. Il laissa bien gentiment le vieil homme lui prendre la main.

Ce dernier ferma les yeux, comme s'il avait l'intention de faire un petit somme. La main de Petit Shunr était toute chaude, cette chaleur remontait le long de son bras jusqu'à son cœur. Il se sentait revivre, il tenait la main de son arrière-petit-fils — le plus vieux et le plus jeune, rescapés de la guerre — il avait l'impression d'être sur un nuage. Il serra plus fort la main de Petit Shunr. Son arrière-petit-fils pourrait vivre en paix, avoir des enfants et ainsi les Qi, de génération en génération, perpétueraient le culte des ancêtres. Il serrait de plus en plus fort la main de Petit Shunr, leurs deux mains n'en faisaient plus qu'une. Le vieil homme ouvrit les yeux, comme s'il voulait dire au petit garçon : « Toi et moi sommes les deux extrémités de ces quatre générations vivant sous un même toit. Toi et moi vivons, qu'importe la guerre ! Et même si je venais à mourir, toi il te faudra vivre jusqu'à l'âge que j'ai, être un vieil ancêtre avec quatre générations sous un même toit. »

Voyant que le vieil homme ouvrait les yeux, Petit Shunr se dit qu'il fallait lui parler : « Arrière-grand-papa, tu es réveillé ? »

Le vieil homme ne répondit pas, referma les yeux, un sourire naissait sur son visage.

Ruixuan faisait les cent pas dans la cour, au bout de quelques tours, il regarda à l'intérieur de la maison. Sa mère et sa femme étaient restées assises au chevet de Niuzi à la regarder ; ses larmes se mirent à couler. Il s'éloigna, resta debout sous le jujubier.

Il avait mal à la tête, n'arrivait pas à rassembler ses idées. La mort de Niuniu semblait avoir effacé tout ce pour quoi il avait lutté pendant ces huit années

À ce moment-là arrivèrent le chef de police Bai et M. Jin.

Le policier était tout en nage d'avoir couru. D'une main, il essuya la sueur sur son front, tandis qu'il tendait l'autre à Ruixuan. « Eh ! Monsieur Qi, nous avons gagné ! » Il s'apprêtait à lui serrer chaleureusement la main, mais à la vue de l'expression douloureuse sur le visage de Ruixuan, il retint son geste. « Quelque chose ne va pas, Monsieur Qi ? »

Ruixuan n'avait pas répondu que déjà M. Jin prenait la parole : « Monsieur Qi, j'aurais besoin de votre secours. On a gagné, alors qu'est-ce qu'on attend pour aller au plus vite chercher M. Qian et mon petit-fils ? Je vous en supplie, aidez-moi à les trouver, à savoir où ils les ont emmenés en fin de compte ! »

Ruixuan était tout à fait d'accord pour accompagner sur-le-champ M. Jin à la recherche de M. Qian, mais il n'arrivait pas à retrouver son allant. Il ne pouvait partir en laissant sa mère et Yun Mei à la maison auprès de Niuzi. Qui sait si le chagrin ne provoquerait pas chez la vieille dame des troubles respiratoires, si elle n'en mourrait pas. Il montra du doigt la chambre.

Le chef de police Bai s'en approcha, suivi par M. Jin. Le policier regarda à l'intérieur par la fenêtre et, au premier coup d'œil, comprit ce qui se passait. Il avait été chef de police tant d'années, il avait assisté à tant de scènes douloureuses ! Il savait qu'il fallait que les deux femmes pleurent, qu'elles ne pouvaient rester assises là auprès de Niuzi à la regarder en silence, que la douleur qui les oppressait finirait par avoir raison d'elles, et il pensait à Mme Tianyou en particulier.

« Monsieur Qi, c'est à vous de prendre l'initiative de pleurer haut et fort ! dit-il à voix basse à Ruixuan. Si vous vous mettez à pleurer elles vous suivront. Il faut qu'elles pleurent, qu'elles extériorisent le chagrin qui les oppresse, sinon, cela pourrait leur être fatal. »

Ruixuan n'avait pas encore eu le temps de réfléchir s'il devait ou non suivre les injonctions du chef de police, que deux personnes, un homme et une femme, arrivaient.

L'homme semblait une tour en fer noire, étroite, haute. Il était robuste, respirait la santé. Il allait tête nue, le crâne rasé tel un soldat. Son visage était ferme, hâlé, émacié ; la joie brillait dans ses yeux très noirs. Il portait un uniforme d'étudiant de deux ou trois tailles inférieures à la sienne. La veste ne lui arrivait pas aux reins, le pantalon laissait voir ses jambes. Bien que le vêtement n'eût l'air de rien, ne fût pas à la bonne taille, il l'habillait de façon décente et simple. Il avait un port de tête fier, un sourire apparaissait sur ce visage ferme. Il tenait par la main une jeune fille. Il s'agissait de Gaodi.

Cette dernière aussi avait maigri, ses lèvres épaisses en semblaient beaucoup plus jolies. Son sourire dessinait de nombreuses petites rides autour de son nez court. Ses cheveux n'étaient pas frisés, ses lèvres n'étaient pas fardées. Elle semblait s'être débarrassée de toutes les contraintes que lui imposaient la « grosse courge rouge » et Zhaodi. Elle se montrait sous son angle le plus naturel. Elle aussi avait la tête levée, comme pour regarder le visage du Troisième, ou le ciel bleu si haut.

Après avoir contourné le mur-écran, le Troisième lança : « Man ! » d'une voix si sonore que même M. Jin en sursauta. Ruiquan n'avait pas dans l'idée de faire peur à qui que ce fût, le cri était sorti malgré lui. Il n'avait pas prononcé ce mot depuis tant d'années ! Il lui avait échappé d'un coup du fond du cœur.

« Le Troisième ! » s'écria Ruixuan. L'espace d'un instant il en avait presque oublié la mort de Niuzi. Le Troisième représentait la jeunesse chinoise, il était le symbole de la Chine nouvelle, courageuse et forte. Ruixuan alla vers lui, reconnut Gaodi. Les prenant chacun par une main, il les attira à lui. Il pleurait à chaudes larmes.

Le chef de police Bai avait bien envie de s'approcher lui aussi pour saluer le Troisième, mais comme Ruixuan ne lâchait pas la main de son frère, par discrétion, il resta à distance Il savait que, lors de retrouvailles familiales, on n'aime pas que des tierces personnes viennent vous importuner. « En route ! » dit-il à M. Jin en l'entraînant vers la rue.

La voix du Troisième, comme un vent printanier, dégela l'atmosphère glacée qui régnait sur la maison. Mme Tianyou, qui n'arrivait pas à pleurer, était restée assise, égarée, à regarder fixement la petite Niuzi. En entendant la voix du Troisième, son cœur tressaillit, puis se mit à battre la chamade. Son fils, le Troisième, l'appelait dans la cour ! Elle revivait. Les larmes qu'elle avait retenues coulèrent à flot. Déjà elle ne s'occupait plus de veiller Niuzi. La petite était morte, mais son fils, lui, était encore en vie. Les larmes lui brouillaient la vue, elle sortit de la pièce à tâtons.

En la voyant apparaître à la porte, le Troisième lâcha immédiatement la main de son aîné et se précipita vers elle.

Mme Tianyou se mit à pleurer très fort. Tout en répétant sans cesse : « Man ! » le Troisième lui prit la main, elle était glacée.

Par-dessus l'épaule de sa mère le Troisième vit sa belle-sœur, assise près du lit de Niuzi. « Grande belle-sœur, je suis de retour ! »

Yun Mei ne tourna pas la tête vers son jeune beau-frère, mais elle se jeta contre le corps de Niuzi, en éclatant en sanglots.

« Que se passe-t-il ? Mais que se passe-t-il donc ? » Le Troisième, désorienté par les pleurs des deux femmes, entra, tenant sa mère par la main, dans la pièce où était Yun Mei. À la vue de Niuzi sur le lit, il resta pétrifié.

Quand il entendit sa mère et Yun Mei pleurer, Ruixuan fut soulagé. Il savait que les larmes étaient le meilleur moyen pour alléger les souffrances. Il s'apprêta à annoncer au grand-père le retour du Troisième à la maison.

« Grand-père, grand-père ! » appela Ruixuan en baissant le ton.

Le vieil homme semblait endormi , les yeux fermés il marmonna quelque chose.

« Grand-père ! Le Troisième est de retour !

— Comment ? » Le vieil homme n'avait pas encore ouvert les yeux.

« Le Troisième est arrivé ! »

Le vieil homme ouvrit d'un coup les yeux. « Petit troisième, mon petit troisième ! Où est-il ? » Il s'assit. « Où est-il ? » demanda-t-il avec impatience. Sans attendre la réponse de Ruixuan, il se mit à appeler : « Petit troisième, petit troisième ! Viens par là ! Que je te voie ! » Tout en appelant il s'appuya sur Ruixuan pour se lever et se dirigea précipitamment vers l'extérieur. « Tu es de retour, et tu ne viens pas voir en premier ton grand-père, espèce de garnement ! »

En entendant son grand-père l'appeler, le Troisième s'empressa de sortir de la chambre. À la vue du vieil homme, il s'arrêta net. Il ne retrouvait plus l'image qu'il avait gardée de lui : celle d'un grand-père robuste. Il avait devant lui un petit vieux maigre, affaibli, tout voûté. Non seulement ses cheveux et sa barbe étaient blancs, mais ses sourcils aussi.

Le vieil homme posa sa main flasque, décharnée sur l'épaule de son petit-fils et lui dit : « Bien, fort bien, petit troisième, tu as encore grandi, tu es plus costaud. Aïe !... voilà huit ans que tu es parti, grand-père attendait ton retour. Maintenant tout va bien, je peux mourir, me voilà rassuré, mon petit troisième a fini par revenir. »

Mme Tianyou qui continuait de pleurer sortit elle aussi de la pièce et se précipita vers son fils.

Le vieil homme regarda sa belle-fille en soupirant et dit avec beaucoup de douceur : « Ne pleure plus, notre petit troisième est revenu. Ne devons-nous pas nous en réjouir ? »

Mme Tianyou acquiesça de la tête, essuya ses larmes avec le pan de son vêtement.

Le vieil homme aperçut Gaodi, se frotta les yeux pour voir s'il ne se trompait pas et demanda : « N'êtes-vous pas l'aînée des demoiselles Guan ? »

Gaodi hocha affirmativement la tête.

« Vous êtes venue avec le petit troisième ? » Bien que le vieil homme sût que Gaodi avait une tout autre moralité que la « grosse courge rouge » et que Zhaodi, c'était plus fort que lui, il n'aimait pas les Guan.

« Oui. » Sur ce, Gaodi s'avança vers eux et prit la main de Mme Tianyou.

« Oh !... » Le vieil homme, qui ne voulait pas mettre Gaodi dans l'embarras, ne posa pas d'autres questions.

Au bout d'un moment, il demanda au Troisième de venir avec lui dans la chambre. « Petit troisième, que fait ici la demoiselle Guan ? »

Le Troisième répondit franchement : « Elle ne sait pas où aller, elle aimerait rester quelques jours ici.

— Oh !... » Le vieil homme s'allongea lentement. « Vous... »

Le Troisième avait compris ce que voulait dire le grand-père. « Il se pourrait... »

Le vieil homme resta un bon moment sans rien dire. Même si Gaodi était quelqu'un de bien, il n'aimait pas les Guan.

« Grand-père, n'espériez-vous pas une famille prospère ? » dit le Troisième en riant.

Le vieil homme réfléchit un court instant . « Bien dit ! »

CHAPITRE C

Niuzi n'avait pas de vêtements neufs, ceux qu'on lui enfila étaient vieux, trop courts, mais propres. On lui acheta une petite boîte en bois, on lui fit sa toilette funèbre, la mit en bière et l'enterra à l'extérieur de la ville.

Yun Mei tomba malade et dut rester alitée. Heureusement, il y avait le Troisième et Gaodi. Le garçon n'avait pas prévu de rester bien longtemps à la maison ; il était prêt à partir pour un travail aussi important que celui qu'il avait effectué dans la résistance contre le Japon. Il connaissait bien l'état actuel du pays et savait ce qu'il devait faire pour se montrer le plus utile. Il ne pouvait s'éterniser chez lui à s'occuper des petites choses de la vie domestique. Mais, pour le moment, il ne pouvait pas encore partir. Il lui fallait d'abord faire sortir l'oncle Qian de prison, prendre toutes les dispositions nécessaires à son existence, alors seulement il pourrait souffler un peu. De plus, pour l'instant, les siens ne pouvaient se passer de lui. Il savait qu'en parlant et en riant avec insouciance, il pouvait briser ce silence de mort qui régnait dans la maison.

Son attitude vis-à-vis de sa belle-sœur était simple, et pourtant très efficace. Il ne cherchait pas à la consoler mais, du matin au soir, lui demandait ceci ou cela, si bien qu'elle n'avait pas une minute de répit.

« Grande belle-sœur, tu n'es pas encore levée ? J'aimerais manger des raviolis. Cela fait huit ans que je n'ai pas mangé des raviolis préparés par toi ! » Ou alors il disait : « Grande belle-sœur, lève-toi, trouve-moi de vieux vêtements, vois comment je suis habillé !... Je suis si engoncé dans ceux-là que je ne peux plus respirer ! » Il savait à quel point elle avait bon cœur, elle tomberait dans le panneau, prendrait sur elle, se lèverait et travaillerait. Ainsi seulement ses blessures au cœur finiraient par guérir.

Tout en formulant ses petites exigences, afin qu'elle n'ait plus le temps de penser à ces choses désolantes la concernant, il lui parlait des événements tragiques dont il avait été témoin : des enfants tués par les bombardements ennemis, de ceux qui, alors qu'ils fuyaient le danger, avaient été poussés dans la rivière... Tant de gosses innocents étaient morts au cours de la guerre ! Niuzi n'était que l'un d'entre eux.

Yun Mei put finalement se lever et travailler. Elle avait maigri, ses yeux en semblaient plus grands encore. Elle s'arrêtait soudain au beau milieu d'une tâche, comme si elle se rappelait quelque chose. Le Troisième ne lui laissait pas l'occasion de s'abandonner à ses pensées, il demandait à Petit Shunr de tenir compagnie à sa mère, de parler avec elle.

C'est à son aîné qu'il avait le plus de choses à dire. Les deux frères avaient carrément emménagé dans la même pièce tandis que Gaodi tenait compagnie à Yun Mei.

Après avoir parlé pendant trois ou quatre soirs, ils s'étaient dit tout ce qu'ils avaient à se dire. Ils ne voulaient pourtant pas s'arrêter là. Ils continuèrent sur les problèmes familiaux, sur la politique, sur la situation internationale, comme si la prospérité du pays et la paix mondiale dépendaient des projets qu'ils échafaudaient. Quand ils n'avaient vraiment plus rien à se dire, ils répétaient ce qu'ils s'étaient déjà dit.

Tous aimaient Gaodi. Elle n'était déjà plus une « grande demoiselle », elle acceptait de bon cœur de faire toutes sortes de tâches. La guerre l'avait formée. Elle servait le vieux Qi et Mme Tianyou, faisait la cuisine pour toute la famille. Elle n'était pas très bonne cuisinière, mais cela ne la troublait pas pour autant. Mauvais ou non, les repas étaient prêts, et, si celui-ci était raté, le prochain serait meilleur.

Aussi Yun Mei se sentit-elle obligée de se lever au plus vite pour faire son travail. Elle ne pouvait pas laisser leur invitée s'occuper de tout à sa place. Le vieux Qi en était si touché qu'il en oubliait ses préjugés contre les Guan, disant en aparté au Troisième : « Ne laisse pas notre invitée nous servir, de quoi aurions-nous l'air ! »

Le Troisième riait, sans rien dire.

Le septième jour après l'annonce de la capitulation japonaise, le poète Qian sortait de prison.

Le Troisième avait l'intention d'organiser une petite fête de bienvenue. Depuis la victoire, Peiping était sinistre et Ruiquan n'aimait pas ce climat.

Il alla consulter le grand-père. Celui-ci lui donna son accord et lui recommanda avec insistance : « Il faut acheter une bouteille d'alcool, il aime en boire un peu.

— Bien évidemment. Je sais où m'en procurer. »

Il discuta aussi avec Yun Mei et Gaodi pour savoir combien il fallait préparer de plats. Yun

Mei trouvait que du dofou séché et des cacahuètes pour accompagner l'alcool seraient amplement suffisants. Elle n'avait ni l'argent, ni l'énergie de préparer de la nourriture pour tout le monde.

« Ce sera très bien comme ça, grande belle-sœur, et on fera un peu de thé. »

Il alla trouver sa mère : « Man ! L'oncle Qian va venir, il faudra que tu te lèves pour le recevoir ! »

Mme Tianyou acquiesça d'un signe de tête.

Ruiquan demanda à son frère de l'accompagner pour aller chercher M. Qian. Ruixuan accepta volontiers. Il pensait aussi à M. Goodrich. Il avait passé un jour entier en recherches pour savoir où était son vieil ami. Il avait fini par s'entendre dire que, quelques mois auparavant, ce dernier avait été envoyé dans un camp de concentration dans le district de Wei, dans la province du Shandong.

Le Troisième s'en fut trouver M. Jin, pour lui demander de venir chez les Qi accompagné de la jeune Mme Qian. Puis il invita aussi Mme Li, Chang Chengshun et tous les voisins du Petit-Bercail. Leur joie fut aussi grande que lorsqu'ils avaient appris l'annonce de la victoire.

Les deux frères allèrent chercher M. Qian à sa sortie de prison.

Ce dernier n'avait plus rien que ce qu'il portait sur le dos. Il sortit clopin-clopant, s'appuyant d'une main sur le bras du Troisième, tenant de l'autre son petit-fils. Ruixuan suivait derrière.

Pendant cette dernière incarcération, si M. Qian était passé en jugement, il n'avait pas été torturé. Les Japonais lui avaient demandé de capituler, il avait refusé leur « bonté ». Ils avaient donc enlevé son petit-fils pour le mettre lui aussi en prison. Le grand-père et l'enfant se voyaient une fois par jour. M. Qian avait compris qu'ils voulaient se servir du petit pour faire pression sur lui. S'il baissait la tête, capitulait, l'enfant aurait la vie sauve, sinon, ils le tortureraient devant lui.

M. Qian ne s'était pas inquiété pour autant. Il ne s'était pas mis en colère, ne les avait pas provoqués, s'efforçant d'éviter que l'enfant eût à en souffrir. Toutefois, il ne pouvait se soumettre pour sauver son petit-fils. Un sourire courtois sur le visage, il avait décidé de prendre les choses comme elles se seraient présentées. Quand il n'aurait plus été capable de protéger l'enfant, alors tant pis. De toute façon il n'aurait pas capitulé. On était en guerre, aussi, un mort de plus ou de moins... Même s'il s'agissait de son propre petit-fils.

À son arrivée en prison l'enfant pleurait, criait. La première fois où les Japonais l'avaient emmené voir M. Qian, il était en larmes. Il frappait avec force la jambe de son grand-père et criait : « Je veux ma maman ! Je veux ma maman ! »

M. Qian lui avait tapoté doucement la tête et lui avait dit : « Calme-toi, sois sage, ne pleure plus ! » L'enfant, après s'être un peu calmé, avait demandé : « Pourquoi on nous a enfermés ici ? Pourquoi on nous laisse pas rentrer à la maison ?

— Pour rien !

— Pourquoi pour rien ?

— C'est comme ça, pour rien ! »

Au bout de quelques jours, l'enfant avait commencé à s'habituer un peu, il ne pleurait plus, ne criait pas non plus. Chaque fois qu'on venait le chercher pour voir son grand-père, il était tout content. Il avait plein de questions à poser à ce dernier : pourquoi on faisait la guerre, à quoi servaient les prisons, d'où venaient les Japonais, pourquoi ils étaient venus à Peiping. Le grand-père, patiemment, s'efforçait à chaque fois de lui donner une réponse.

L'enfant lui avait demandé de lui donner un nom. Il se rappelait que sa mère disait souvent que c'était son grand-père qui devait lui en choisir un.

Avant même la naissance de son petit-fils, le grand-père avait déjà trouvé un nom : Qian Chou — Qian le « Vengeur[1] ». Or, maintenant que l'enfant était là, appuyé contre ses genoux, il estimait qu'il ne pouvait pas lui laisser porter toute sa vie un nom aussi navrant. Le vieil homme avait demandé à son petit-fils : « Qu'est-ce que tu penses de "Chou" ? »

L'enfant n'avait cessé de cligner des yeux, comme s'il réfléchissait avec beaucoup de sérieux. Il pouvait mettre une réalité derrière les mots : « chat », « chien », « bœuf », mais « vengeance » qu'est-ce que c'était ? Il n'arrivait pas à se faire une idée. Il se dit que ce ne devait pas être un mot bien. Il avait répondu : « Non, pas ça ! »

Le grand-père s'était empressé de s'excuser : « Bon, attends, laisse-moi réfléchir, je vais te trouver un beau nom ! »

Et c'est ainsi qu'un jour il lui avait dit : « Qian Shan, qu'est-ce que tu en penses ? Shan, c'est un mot tout à fait orthodoxe, cela veut dire : « juste », « bon ». Je l'ai choisi dans la première ligne du *Canon en trois caractères*[2] que je t'ai appris. "La nature humaine à l'origine est bonne." Tu te rappelles ? » L'enfant avait approuvé.

1. *Chou* : vengeance, celui qui n'oublie pas la vengeance.

2. Manuel ancien destiné à l'éducation des jeunes enfants. Le texte, rimé, composé de lignes de trois idéogrammes permettait leur apprentissage tout en inculquant aux petits lecteurs des préceptes de la morale traditionnelle.

Au début, les Japonais ne laissaient l'enfant que quelques minutes avec son grand-père, par la suite, quand tous les deux eurent pris l'habitude d'être ensemble, ils prolongèrent le temps de visite. Ils pouvaient se parler plus longuement. Les Japonais espéraient ainsi émouvoir M. Qian. Au plus fort de la conversation, ils emmenaient soudain le petit garçon et le laissaient exprès pleurer et crier fort.

La jeune Mme Qian était debout avec Petit Shunr à l'entrée du Petit-Bercail à les attendre. Elle avait tellement changé qu'on ne la reconnaissait plus. Elle était maigre, n'avait plus que la peau sur les os. Seuls ses yeux étaient restés brillants, on aurait dit que tout ce qui lui restait de vie s'était concentré là pour mieux repérer son fils. Elle savait qu'il serait bientôt à côté d'elle, son regard était presque chargé d'étincelles.

En apercevant les silhouettes de son beau-père et du petit, elle se mit à courir de toutes ses forces, déjà elle serrait le petit Shan contre elle. Elle s'accroupit, pressa son visage contre celui de son fils.

Arrivée devant la porte du n° 1, elle s'arrêta, par habitude ; M. Qian, lui, passa nonchalamment, sans même jeter un coup d'œil au portail.

Une foule se tenait devant chez les Qi. À la vue de M. Qian, tous mouraient d'envie de courir à sa rencontre, pourtant personne ne bougea. M. Qian était leur bon voisin, leur vieil ami, un héros. Il portait une vieille robe de moine en coton bleu, qui lui arrivait juste sous le genou. Ses cheveux étaient tout blancs, emmêlés, ses joues étaient hâves, sèches, exsangues. Il n'avait pas du tout l'air d'un héros couvert des blessures de la guerre. Malgré eux, ils ne purent s'empêcher de s'examiner les uns les autres des pieds à la tête. Leurs vêtements à eux aussi étaient en lambeaux, leurs visages aux os saillants étaient maigres, verdâtres. Tous balayèrent du regard le Petit-Bercail, pas un portail dont la peinture ne fût complètement écaillée, tandis que la couche d'enduit sur les murs s'était effritée. La désolation régnait, insupportable.

Le diseur de dialogues comiques, Fang le sixième, alluma un petit chapelet de pétards, comme on fait pour accueillir un héros.

Tous auraient voulu être le premier à serrer la main de M. Qian, mais, sans se concerter, ils laissèrent ce privilège au vieux Qi. Ce dernier prit les mains de M. Qian dans les siennes, ne dit qu'une seule phrase : « Vous avez fini par nous revenir ! » sans rien pouvoir ajouter d'autre. Il pensait à Tianyou. De tous les habitants du Petit-Bercail, il aurait été le plus proche de M. Qian par l'âge, la taille et les qualités morales.

M. Qian serra chaleureusement les mains du vieil homme, lui non plus ne pouvait pas parler.

Le Troisième, qui voulait que l'accueil fût animé, invitait les voisins : « Entrez, vous êtes conviés à boire un verre dans la cour ! Mais entrez donc ! »

Le vieux Qi se retourna, se mit debout à côté de la porte pour laisser passer M. Qian. Il ne cessait de répéter : « Faites ! Je vous en prie ! »

M. Qian avait effectivement bien envie de boire un verre. Il avait fait le serment de ne pas toucher à l'alcool tant que la victoire ne serait pas assurée. Aujourd'hui, il se devait d'en boire une grande coupe.

Il franchit le portail tout en saluant Gaodi, Mme Tianyou et les voisins.

Quand tous furent entrés dans la cour, le vieux Qi les suivit lentement. Déjà Ruiquan parlait et riait avec tout le monde. Ruixuan, resté sur le côté, attendait de venir en aide à son grand-père. Au bout de quelques pas, le vieil homme hocha la tête et dit : « Ruixuan, tous les voisins sont là ? Il faut fêter cela correctement ! » Un sourire peu à peu se montrait sur son visage.

« Pour vos quatre-vingt-dix ans, il faudra que la fête soit encore plus animée ! » dit Ruixuan.

Au Petit-Bercail, les feuilles des sophoras bougeaient doucement. Le vent s'était levé.

POSTFACE

L'histoire d'un roman réserve parfois des surprises. À l'origine, Lao She avait bien l'intention d'écrire, plus encore qu'une trilogie, un roman fleuve de cent chapitres, digne de rivaliser avec *Au bord de l'eau* ou *Le Rêve dans le pavillon rouge*[1].

Mais la rédaction de la dernière partie de son livre semble lui avoir posé problème. Parti aux États-Unis en 1946, il ne reviendra en Chine qu'en décembre 1949. Cette longue absence, en réalité, sera très profitable à l'ensemble de son œuvre, en particulier aux *Quatre générations*. D'abord, parce que l'écrivain peut alors entrer en contact avec les différents traducteurs américains de ses romans. Ida Pruitt est de ceux-là. Fille de pasteur au Shandong, c'est elle qui publiera, en 1951, sous le titre *The Yellow Storm*, la version anglaise des *Quatre générations*.

Durant son séjour en Amérique, il est attesté que Lao She a travaillé directement avec elle. Il avait commencé la rédaction du livre à Chongqing, en pleine guerre sino-japonaise, et une

1. Cf. notre étude « Pékin ou le microcosme dans *Quatre générations sous un même toit* de Lao She », *T'oung Pao*, 1974, LX, 3-4, p. 304-327.

majeure partie du roman avait paru en feuilleton dans un célèbre quotidien de l'époque. Mais, curieusement, si les deux premiers volumes ont été publiés après le conflit, le troisième ne l'a jamais été. Seuls ont paru vingt chapitres dans le *Roman mensuel* (*Xiaoshuo yuekan*) en 1950-1951.

D'après ses proches, le romancier aurait bien rapporté des États-Unis d'épais cahiers manuscrits. Les derniers auraient été perdus pendant les dix années de « désordre » de la Révolution culturelle. D'autres pensent que le manuscrit chinois des treize derniers chapitres n'a jamais existé. En tout cas, pour compléter le texte manquant, les éditions actuelles recourent au texte de la version abrégée américaine, qui se trouve ainsi « retraduite » en chinois par Ma Xiaomi

Paul Bady

DU MÊME AUTEUR

Aux Éditions Gallimard

GENS DE PÉKIN (Folio, n° 2473)

LA CAGE ENTREBÂILLÉE

L'ENFANT DU NOUVEL AN

HISTOIRE DE MA VIE (Folio, n° 3627)

Aux Éditions du Mercure de France

QUATRE GÉNÉRATIONS SOUS UN MÊME TOIT, tome I (repris en Folio, n° 3119)

QUATRE GÉNÉRATIONS SOUS UN MÊME TOIT tome II (repris en Folio, n° 3356)

QUATRE GÉNÉRATIONS SOUS UN MÊME TOIT, tome III (repris en Folio, n° 3564)

COLLECTION FOLIO

Dernières parutions

3582.	François Gantheret	*Libido Omnibus.*
3583.	Ernest Hemingway	*La vérité à la lumière de l'aube.*
3584.	Régis Jauffret	*Fragments de la vie des gens.*
3585.	Thierry Jonquet	*La vie de ma mère !*
3586.	Molly Keane	*L'amour sans larmes.*
3587.	Andreï Makine	*Requiem pour l'Est.*
3588.	Richard Millet	*Lauve le pur.*
3589.	Gina B. Nahai	*Roxane,* ou *Le saut de l'ange.*
3590.	Pier Paolo Pasolini	*Les Anges distraits.*
3591.	Pier Paolo Pasolini	*L'odeur de l'Inde.*
3592.	Sempé	*Marcellin Caillou.*
3593.	Bruno Tessarech	*Les grandes personnes.*
3594.	Jacques Tournier	*Le dernier des Mozart.*
3595.	Roger Wallet	*Portraits d'automne.*
3596.	Collectif	*Le Nouveau Testament.*
3597.	Raphaël Confiant	*L'archet du colonel.*
3598.	Remo Forlani	*Émile à l'Hôtel.*
3599.	Chris Offutt	*Le fleuve et l'enfant.*
3600.	Marc Petit	*Le Troisième Faust.*
3601.	Roland Topor	*Portrait en pied de Suzanne.*
3602.	Roger Vailland	*La fête.*
3603.	Roger Vailland	*La truite.*
3604.	Julian Barnes	*England, England.*
3605.	Rabah Belamri	*Regard blessé.*
3606.	François Bizot	*Le portail.*
3607.	Olivier Bleys	*Pastel.*
3608.	Larry Brown	*Père et fils.*
3609.	Albert Camus	*Réflexions sur la peine capitale.*
3610.	Jean-Marie Colombani	*Les infortunes de la République.*
3611.	Maurice G. Dantec	*Le théâtre des opérations.*
3612.	Michael Frayn	*Tête baissée.*
3613.	Adrian C. Louis	*Colères sioux.*
3614.	Dominique Noguez	*Les Martagons.*
3615.	Jérôme Tonnerre	*Le petit Voisin.*

3616. Victor Hugo — *L'Homme qui rit.*
3617. Frédéric Boyer — *Une fée.*
3618. Aragon — *Le collaborateur* et autres nouvelles.
3619. Tonino Benacquista — *La boîte noire* et autres nouvelles.
3620. Ruth Rendell — *L'Arbousier.*
3621. Truman Capote — *Cercueils sur mesure.*
3622. Francis Scott Fitzgerald — *La Sorcière rousse,* précédé de *La coupe de cristal taillé.*
3623. Jean Giono — *Arcadie...Arcadie...,* précédé de *La pierre.*
3624. Henry James — *Daisy Miller.*
3625. Franz Kafka — *Lettre au père.*
3626. Joseph Kessel — *Makhno et sa juive.*
3627. Lao She — *Histoire de ma vie.*
3628. Ian McEwan — *Psychopolis* et autres nouvelles.
3629. Yukio Mishima — *Dojoji* et autres nouvelles.
3630. Philip Roth — *L'habit ne fait pas le moine,* précédé de *Défenseur de la foi.*
3631. Leonardo Sciascia — *Mort de l'Inquisiteur.*
3632. Didier Daeninckx — *Leurre de vérité* et autres nouvelles.
3633. Muriel Barbery — *Une gourmandise.*
3634. Alessandro Baricco — *Novecento : pianiste.*
3635. Philippe Beaussant — *Le Roi-Soleil se lève aussi.*
3636. Bernard Comment — *Le colloque des bustes.*
3637. Régine Detambel — *Graveurs d'enfance.*
3638. Alain Finkielkraut — *Une voix vient de l'autre rive.*
3639. Patrice Lemire — *Pas de charentaises pour Eddy Cochran.*
3640. Harry Mulisch — *La découverte du ciel.*
3641. Boualem Sansal — *L'enfant fou de l'arbre creux.*
3642. J.B. Pontalis — *Fenêtres.*
3643. Abdourahman A. Waberi — *Balbala.*
3644. Alexandre Dumas — *Le Collier de la reine.*
3645. Victor Hugo — *Notre-Dame de Paris.*
3646. Hector Bianciotti — *Comme la trace de l'oiseau dans l'air.*
3647. Henri Bosco — *Un rameau de la nuit.*

3648.	Tracy Chevalier	*La jeune fille à la perle.*
3649.	Rich Cohen	*Yiddish Connection.*
3650.	Yves Courrière	*Jacques Prévert.*
3651.	Joël Egloff	*Les Ensoleillés.*
3652.	René Frégni	*On ne s'endort jamais seul.*
3653.	Jérôme Garcin	*Barbara, claire de nuit.*
3654.	Jacques Lacarrière	*La légende d'Alexandre.*
3655.	Susan Minot	*Crépuscule.*
3656.	Erik Orsenna	*Portrait d'un homme heureux.*
3657.	Manuel Rivas	*Le crayon du charpentier.*
3658.	Diderot	*Les Deux Amis de Bourbonne.*
3659.	Stendhal	*Lucien Leuwen.*
3660.	Alessandro Baricco	*Constellations.*
3661.	Pierre Charras	*Comédien.*
3662.	François Nourissier	*Un petit bourgeois.*
3663.	Gérard de Cortanze	*Hemingway à Cuba.*
3664.	Gérard de Cortanze	*J. M. G. Le Clézio.*
3665.	Laurence Cossé	*Le Mobilier national.*
3666.	Olivier Frébourg	*Maupassant, le clandestin.*
3667.	J.M.G. Le Clézio	*Cœur brûle* et autres romances.
3668.	Jean Meckert	*Les coups.*
3669.	Marie Nimier	*La Nouvelle Pornographie.*
3670.	Isaac B. Singer	*Ombres sur l'Hudson.*
3671.	Guy Goffette	*Elle, par bonheur, et toujours nue.*
3672.	Victor Hugo	*Théâtre en liberté.*
3673.	Pascale Lismonde	*Les arts à l'école. Le Plan de Jack Lang et Catherine Tasca.*
3674.	Collectif	*« Il y aura une fois ». Une anthologie du Surréalisme.*
3675.	Antoine Audouard	*Adieu, mon unique.*
3676.	Jeanne Benameur	*Les Demeurées.*
3677.	Patrick Chamoiseau	*Écrire en pays dominé.*
3678.	Erri De Luca	*Trois chevaux.*
3679.	Timothy Findley	*Pilgrim.*
3680.	Christian Garcin	*Le vol du pigeon voyageur.*
3681.	William Golding	*Trilogie maritime, 1. Rites de passage.*
3682.	William Golding	*Trilogie maritime, 2. Coup de semonce.*

3683 William Golding — *Trilogie maritime, 3. La cuirasse de feu.*
3684. Jean-Noël Pancrazi — *Renée Camps.*
3686. Jean-Jacques Schuhl — *Ingrid Caven.*
3687. *Positif,* revue de cinéma — *Alain Resnais.*
3688. Collectif — *L'amour du cinéma. 50 ans de la revue* Positif.
3689. Alexandre Dumas — *Pauline.*
3690. Le Tasse — *Jérusalem libérée.*
3691. Roberto Calasso — *la ruine de Kasch.*
3692. Karen Blixen — *L'éternelle histoire.*
3693. Julio Cortázar — *L'homme à l'affût.*
3694. Roald Dahl — *L'invité.*
3695. Jack Kerouac — *Le vagabond américain en voie de disparition.*
3696. Lao-tseu — *Tao-tö king.*
3697. Pierre Magnan — *L'arbre.*
3698. Marquis de Sade — *Ernestine. Nouvelle suédoise.*
3699. Michel Tournier — *Lieux dits.*
3700. Paul Verlaine — *Chansons pour elle* et autres poèmes érotiques.
3701. Collectif — *«Ma chère maman…»*
3702. Junichirô Tanizaki — *Journal d'un vieux fou.*
3703. Théophile Gautier — *Le capitaine Fracassse.*
3704. Alfred Jarry — *Ubu roi.*
3705. Guy de Maupassant — *Mont-Oriol.*
3706. Voltaire — *Micromégas. L'Ingénu.*
3707. Émile Zola — *Nana.*
3708. Émile Zola — *Le Ventre de Paris.*
3709. Pierre Assouline — *Double vie.*
3710. Alessandro Baricco — *Océan mer.*
3711. Jonathan Coe — *Les Nains de la Mort.*
3712. Annie Ernaux — *Se perdre.*
3713. Marie Ferranti — *La fuite aux Agriates.*
3714. Norman Mailer — *Le Combat du siècle.*
3715. Michel Mohrt — *Tombeau de La Rouërie.*
3716. Pierre Pelot — *Avant la fin du ciel.*
3718. Zoé Valdès — *Le pied de mon père.*
3719. Jules Verne — *Le beau Danube jaune.*
3720. Pierre Moinot — *Le matin vient et aussi la nuit.*
3721. Emmanuel Moses — *Valse noire.*

3722. Maupassant	*Les Sœurs Rondoli* et autres nouvelles.
3723. Martin Amis	*Money, money.*
3724. Gérard de Cortanze	*Une chambre à Turin.*
3725. Catherine Cusset	*La haine de la famille.*
3726. Pierre Drachline	*Une enfance à perpétuité.*
3727. Jean-Paul Kauffmann	*La Lutte avec l'Ange.*
3728. Ian McEwan	*Amsterdam.*
3729. Patrick Poivre d'Arvor	*L'Irrésolu.*
3730. Jorge Semprun	*Le mort qu'il faut.*
3731. Gilbert Sinoué	*Des jours et des nuits.*
3732. Olivier Todd	*André Malraux. Une vie.*
3733. Christophe de Ponfilly	*Massoud l'Afghan.*
3734. Thomas Gunzig	*Mort d'un parfait bilingue.*
3735. Émile Zola	*Paris.*
3736. Félicien Marceau	*Capri petite île.*
3737. Jérôme Garcin	*C'était tous les jours tempête.*
3738. Pascale Kramer	*Les Vivants.*
3739. Jacques Lacarrière	*Au cœur des mythologies.*
3740. Camille Laurens	*Dans ces bras-là.*
3741. Camille Laurens	*Index.*
3742. Hugo Marsan	*Place du Bonheur.*
3743. Joseph Conrad	*Jeunesse.*
3744. Nathalie Rheims	*Lettre d'une amoureuse morte*
3745. Bernard Schlink	*Amours en fuite.*
3746. Lao She	*La cage entrebâillée.*
3747. Philippe Sollers	*La Divine Comédie.*
3748. François Nourissier	*Le musée de l'Homme.*
3749. Norman Spinrad	*Les miroirs de l'esprit.*
3750. Collodi	*Les Aventures de Pinocchio.*
3751. Joanne Harris	*Vin de bohème.*
3752. Kenzaburô Ôé	*Gibier d'élevage.*
3753. Rudyard Kipling	*La marque de la Bête.*
3754. Michel Déon	*Une affiche bleue et blanche.*
3755. Hervé Guibert	*La chair fraîche.*
3756. Philippe Sollers	*Liberté du XVIIIème.*
3757. Guillaume Apollinaire	*Les Exploits d'un jeune don Juan.*
3758. William Faulkner	*Une rose pour Emily* et autres nouvelles.
3759. Romain Gary	*Une page d'histoire.*

3760. Mario Vargas Llosa — *Les chiots.*
3761. Philippe Delerm — *Le Portique.*
3762. Anita Desai — *Le jeûne et le festin.*
3763. Gilles Leroy — *Soleil noir.*
3764. Antonia Logue — *Double cœur.*
3765. Yukio Mishima — *La musique.*
3766. Patrick Modiano — *La Petite Bijou.*
3767. Pascal Quignard — *La leçon de musique.*
3768. Jean-Marie Rouart — *Une jeunesse à l'ombre de la lumière.*
3769. Jean Rouaud — *La désincarnation.*
3770. Anne Wiazemsky — *Aux quatre coins du monde.*
3771. Lajos Zilahy — *Le siècle écarlate. Les Dukay.*
3772. Patrick McGrath — *Spider.*
3773. Henry James — *Le Banc de la désolation.*
3774. Katherine Mansfield — *La Garden-Party* et autres nouvelles.
3775. Denis Diderot — *Supplément au Voyage de Bougainville.*
3776. Pierre Hebey — *Les passions modérées.*
3777. Ian McEwan — *L'Innocent.*
3778. Thomas Sanchez — *Le Jour des Abeilles.*
3779. Federico Zeri — *J'avoue m'être trompé. Fragments d'une autobiographie.*
3780. François Nourissier — *Bratislava.*
3781. François Nourissier — *Roman volé.*
3782. Simone de Saint-Exupéry — *Cinq enfants dans un parc.*
3783. Richard Wright — *Une faim d'égalité.*
3784. Philippe Claudel — *J'abandonne.*
3785. Collectif — *«Leurs yeux se rencontrèrent...». Les plus belles premières rencontres de la littérature.*
3786. Serge Brussolo — *«Trajets et itinéraires de l'oubli».*
3787. James M. Cain — *Faux en écritures.*
3788. Albert Camus — *Jonas ou l'artiste au travail* suivi de *La pierre qui pousse.*
3789. Witold Gombrovicz — *Le festin chez la comtesse Fritouille* et autres nouvelles.
3790. Ernest Hemingway — *L'étrange contrée.*

3791. E. T. A Hoffmann — *Le Vase d'or.*
3792. J. M. G. Le Clezio — *Peuple du ciel* suivi de *Les Bergers.*
3793. Michel de Montaigne — *De la vanité.*
3794. Luigi Pirandello — *Première nuit et autres nouvelles.*
3795. Laure Adler — *À ce soir.*
3796. Martin Amis — *Réussir.*
3797. Martin Amis — *Poupées crevées.*
3798. Pierre Autin-Grenier — *Je ne suis pas un héros.*
3799. Marie Darrieussecq — *Bref séjour chez les vivants.*
3800. Benoît Duteurtre — *Tout doit disparaître.*
3801. Carl Friedman — *Mon père couleur de nuit.*
3802. Witold Gombrowicz — *Souvenirs de Pologne.*
3803. Michel Mohrt — *Les Nomades.*
3804. Louis Nucéra — *Les Contes du Lapin Agile.*
3805. Shan Sa — *La joueuse de go.*
3806. Philippe Sollers — *Éloge de l'infini.*
3807. Paule Constant — *Un monde à l'usage des Demoiselles.*
3808. Honoré de Balzac — *Un début dans la vie.*
3809. Christian Bobin — *Ressusciter.*
3810. Christian Bobin — *La lumière du monde.*
3811. Pierre Bordage — *L'Évangile du Serpent.*
3812. Raphaël Confiant — *Brin d'amour.*
3813. Guy Goffette — *Un été autour du cou.*
3814. Mary Gordon — *La petite mort.*
3815. Angela Huth — *Folle passion.*
3816. Régis Jauffret — *Promenade.*
3817. Jean d'Ormesson — *Voyez comme on danse.*
3818. Marina Picasso — *Grand-père.*
3819. Alix de Saint-André — *Papa est au Panthéon.*
3820. Urs Widmer — *L'homme que ma mère a aimé.*
3821. George Eliot — *Le Moulin sur la Floss.*
3822. Jérôme Garcin — *Perspectives cavalières.*
3823. Frédéric Beigbeder — *Dernier inventaire avant liquidation.*
3824. Hector Bianciotti — *Une passion en toutes Lettres.*
3825. Maxim Biller — *24 heures dans la vie de Mordechaï Wind.*
3826. Philippe Delerm — *La cinquième saison.*

3827.	Hervé Guibert	*Le mausolée des amants.*
3828.	Jhumpa Lahiri	*L'interprète des maladies.*
3829.	Albert Memmi	*Portrait d'un Juif.*
3830.	Arto Paasilinna	*La douce empoisonneuse.*
3831.	Pierre Pelot	*Ceux qui parlent au bord de la pierre (Sous le vent du monde, V).*
3832.	W.G Sebald	*Les émigrants.*
3833.	W.G Sebald	*Les Anneaux de Saturne.*
3834.	Junichirô Tanizaki	*La clef.*
3835.	Cardinal de Retz	*Mémoires.*
3836.	Driss Chraïbi	*Le Monde à côté.*
3837.	Maryse Condé	*La Belle Créole.*
3838.	Michel del Castillo	*Les étoiles froides.*
3839.	Aïssa Lached-Boukachache	*Plaidoyer pour les justes.*
3840.	Orhan Pamuk	*Mon nom est Rouge.*
3841.	Edwy Plenel	*Secrets de jeunesse.*
3842.	W. G. Sebald	*Vertiges.*
3843.	Lucienne Sinzelle	*Mon Malagar.*
3844.	Zadie Smith	*Sourires de loup.*
3845.	Philippe Sollers	*Mystérieux Mozart.*
3846.	Julie Wolkenstein	*Colloque sentimental.*
3847.	Anton Tchékhov	*La Steppe. Salle 6. L'Évêque.*
3848.	Alessandro Baricco	*Châteaux de la colère.*
3849.	Pietro Citati	*Portraits de femmes.*
3850.	Collectif	*Les Nouveaux Puritains.*
3851.	Maurice G. Dantec	*Laboratoire de catastrophe générale.*
3852.	Bo Fowler	*Scepticisme & Cie.*
3853.	Ernest Hemingway	*Le jardin d'Éden.*
3854.	Philippe Labro	*Je connais gens de toutes sortes.*
3855.	Jean-Marie Laclavetine	*Le pouvoir des fleurs.*
3856.	Adrian C. Louis	*Indiens de tout poil et autres créatures.*
3857.	Henri Pourrat	*Le Trésor des contes.*
3858.	Lao She	*L'enfant du Nouvel An.*
3859.	Montesquieu	*Lettres Persanes.*
3860.	André Beucler	*Gueule d'Amour.*
3861.	Pierre Bordage	*L'Évangile du Serpent.*

3862.	Edgar Allan Poe	*Aventure sans pareille d'un certain Hans Pfaal.*
3863.	Georges Simenon	*L'énigme de la* Marie-Galante.
3864.	Collectif	*Il pleut des étoiles...*
3865.	Martin Amis	*L'état de L'Angleterre.*
3866.	Larry Brown	*92 jours.*
3867.	Shûsaku Endô	*Le dernier souper.*
3868.	Cesare Pavese	*Terre d'exil.*
3869.	Bernhard Schlink	*La circoncision.*
3870.	Voltaire	*Traité sur la Tolérance.*
3871.	Isaac B. Singer	*La destruction de Kreshev.*
3872.	L'Arioste	*Roland furieux I.*
3873.	L'Arioste	*Roland furieux II.*
3874.	Tonino Benacquista	*Quelqu'un d'autre.*
3875.	Joseph Connolly	*Drôle de bazar.*
3876.	William Faulkner	*Le docteur Martino.*
3877.	Luc Lang	*Les Indiens.*
3878.	Ian McEwan	*Un bonheur de rencontre.*
3879.	Pier Paolo Pasolini	*Actes impurs.*
3880.	Patrice Robin	*Les muscles.*
3881.	José Miguel Roig	*Souviens-toi, Schopenhauer.*
3882.	José Sarney	*Saraminda.*
3883.	Gilbert Sinoué	*À mon fils à l'aube du troisième millénaire.*
3884.	Hitonari Tsuji	*La lumière du détroit.*
3885.	Maupassant	*Le Père Milon.*
3886.	Alexandre Jardin	*Mademoiselle Liberté.*
3887.	Daniel Prévost	*Coco belles-nattes.*
3888.	François Bott	*Radiguet. L'enfant avec une canne.*
3889.	Voltaire	*Candide ou l'Optimisme.*
3890.	Robert L. Stevenson	*L'Étrange Cas du docteur Jekyll et de M. Hyde.*
3891.	Daniel Boulanger	*Talbard.*
3892.	Carlos Fuentes	*Les années avec Laura Díaz.*
3894.	André Dhôtel	*Idylles.*
3895.	André Dhôtel	*L'azur.*
3896	Ponfilly	*Scoops.*

Composition Graphic Hainaut.
Impression Société Nouvelle Firmin-Didot
à Mesnil-sur-l'Estrée, le 26 septembre 2003.
Dépôt légal : septembre 2003.
1er dépôt légal dans la collection : août 2001.
Numéro d'imprimeur : 65498.

ISBN 2-07-042006-X/Imprimé en France.

127224